À DISPOSIÇÃO DE UM MARQUÊS

SOFIE DARLING

Translated by
TANIA NEZIO

OLIVERHEBERBOOKS

PROLOGUE

A menina observava os dois meninos do outro lado da praça de terra que servia de pátio de recreação. Já era meio-dia e estava lotado com outras cinquenta crianças aproveitando sua dose diária de sol, o pouco que se filtrava através do denso manto de nuvens que envolvia Londres.

O único menino, que ela conhecia. *Ned.* Ele não era alguém em que ela pensasse muito. Era o menino do outro lado da fenda no muro que a interessava.

Aquele que tinha liberdade.

Com vontade própria, seus pés começaram a se mover, seu corpo esquelético navegando pelo frenético espaço, tomando cuidado para não fazer contato visual ou se envolver com as outras crianças. Ela não se envolveria em nenhuma das brigas deles ou, pior ainda, em suas brincadeiras.

Assim que ela se aproximou o suficiente, o outro garoto disse: "Bem, se você não tem coragem para isso..." Ele deu de ombros, indiferente.

"Não tem coragem para quê?" perguntou a menina.

Ambos os pares de olhos se voltaram. Os olhos de Ned estavam arregalados de culpa, os do outro garoto, cheios de avaliação. Um momento tenso se passou antes que ele dissesse: "A diretora tem um cofre no quarto dela. Flick Doyle quer que ele seja roubado."

"Flick Doyle?" perguntou a garota, que não se deixava abalar facilmente. "Quem é?"

"Deixa pra lá", ele disse.

A garota se sentia nervosa e agitada, como se moedas tilintassem em suas veias. "Para que ele quer isso?"

"Para ver se você tem a coragem necessária."

"Para fazer o quê?"

O garoto chupou os dentes. "Para se juntar a nós."

"E quem somos *nós*?"

O garoto cuspiu habilmente, de forma rápida e eficiente. "Você vai descobrir, ou não."

O garoto era evasivo, mas ela estava determinada. "Quando você deseja que isso ocorra?"

"Meia-noite."

"Hoje à noite?"

"Espere um minuto", disse Ned. "Acha que pode simplesmente vir aqui e se arriscar?"

A garota, trinta centímetros mais baixa que Ned e mais magra que uma sombra, se posicionou diante dele, com os punhos na cintura. "É, é exatamente o que eu acho. E sem nenhuma denúncia. Fique de boca fechada."

Com um giro preciso nos calcanhares, ela se afastou, apenas para retornar doze horas depois sob um céu negro, um relógio distante pronto para bater meia-noite. Enquanto carregava o cofre da Sra. Ditch pelo pátio escuro e vazio, ocorreu-lhe que aquilo poderia ser uma brincadeira, pois não detectou nenhum sinal do garoto, ou de qualquer outra pessoa.

Então ela ouviu um barulho. Ela semicerrou os olhos na noite. Uma mão pálida e trêmula apareceu pela fresta da parede e chamou sua atenção. Ela correu em sua direção o mais rápido que suas pernas conseguiam suportar sob o peso da carga. Ao chegar à parede, ela enfiou o cofre por um buraco recém-cavado na base e correu para baixo, em rápida perseguição. O cofre não sairia sem ela. Ela chegou do outro lado suja, úmida e...

Livre.

"Então você é uma de nós", disse o garoto.

"E quem somos *nós*?" Talvez ela obtivesse uma resposta agora.

"Enguias." O garoto deve ter lido a confusão em seu rosto, pois continuou: "Tão escorregadias quanto uma." Seu polegar cravou no peito, orgulhoso. "Somos enguias da sorte, é assim que Doyle nos chama."

"Enguias da sorte", repetiu a garota, testando as palavras em sua boca. Elas não pareciam ruins. De jeito nenhum. Elas tinham gosto de liberdade.

"Venha, então. Você vai ver. Você é a primeira garota que já tivemos. Qual é o seu nome?"

A garota quase disse Amélie, mas se conteve no *ahh*. "Hortense", ela disse, seu nome do meio, então não era uma mentira completa. Não que se importasse em mentir para se adequar a uma circunstância delicada, mas precisava de um nome pelo qual respondesse.

O instinto lhe dizia que ela não podia entrar nessa nova vida como Amélie, o nome que seu pai e sua mãe a chamavam com tanto carinho. Uma Amélie era suave e doce. Uma Amélie podia se machucar.

Nesse instante, e daqui para frente, ela era Hortense, uma garota durona e confiante.

O tipo de garota que podia se fundir com as sombras.

O tipo de garota que o mundo não podia tocar.

Ele não ousaria.

1

WESTMINSTER, LONDRES, ABRIL 1827

Hortense dobrou a esquina da Bowling para a Little Peter Street e, por hábito, olhou para os dois lados para avaliar o estado da rua. Estava vazia, exceto por um ou outro notívago, de costas para ela e mantendo-se reservado. Ela se manteve firme nas sombras da meia-noite, com os passos leves. Sempre melhor passar despercebida.

Sua pensão no número 11 ficava a apenas uma rua à frente. Ela já ansiava pelo conforto de sua cama depois de mais uma noite rastreando os movimentos de um marido mulherengo. O terceiro caso semelhante naquela semana.

Desde que a rede informal de espionagem da qual fazia parte se desfez, dois anos antes, seu antigo mentor e assessor, Lord Nicholas Asquith, a apresentara a aristocratas que precisavam do tato e de sua expertise. A partir daí, sua discreta unidade de investigação, a serviço da elite londrina, naturalmente se formou por meio do boca a boca. Nada era muito banal ou muito sórdido. Na maior parte do tempo, era a infidelidade que enchia seus cofres. Itens perdidos e roubados, de vez em quando. Não era a gloriosa e sedutora arte da espionagem que salvava nações às escondidas, mas pagava as contas, e ainda sobrava um pouco para guardar.

O salto de suas botas deveria ser o único *clique-claque* ecoando nos prédios irregulares de cada lado. Mas um *clique-claque* não contabilizado se juntou ao dela, com passos mais pesados e rápidos. Alguém estava se aproximando dela.

Seu coração disparou e o sangue correu por suas veias. Ela ultrapassou o número 11 e, meia rua depois, dobrou uma esquina e entrou em um beco escuro e fétido.

Encostada no muro de pedra úmido, o coração batendo forte na garganta, a respiração presa no peito, ela esperou. *Pode não ser nada*, disse a voz clara da razão. O homem poderia passar pelo beco, alegremente inconsciente de seu papel naquele pequeno drama que ela mesma havia criado. Era uma possibilidade.

No entanto, foi um resultado potencial diferente que a fez se agachar e segurar a adaga presa acima da bota. Silenciosamente, ela contou regressivamente a partir de dez. Chegou à zero, e ninguém havia passado, nem mesmo um rato. A dúvida a atormentava. Talvez a paranoia, que nunca estava longe de seu alcance, estivesse obscurecendo seu julgamento, e o homem — ou mulher, mas provavelmente um homem — tivesse virado para uma rua diferente sem pensar nela.

Mais uma vez, ela contou lentamente de zero a dez.

Mais uma vez, nada.

Ela respirou profundamente e apertou o punho da adaga, com a mão trêmula de ansiedade, antes de espiar pela esquina. A menos de três metros de distância, uma figura imóvel, envolta em sombras, a encarava. Em um instante, seu corpo foi inundado por uma onda dupla de medo e prontidão.

O reconhecimento a atingiu, substituindo o medo por um alívio tão agudo que ela poderia desabar no chão com ele. "Asquith?"

Lorde Nicholas Asquith deu um passo à frente sob um raio

fraco da lua minguante. "Você sabe que deve me chamar de Nick ultimamente."

"Velho hábito." A irritação o atingiu. "Você poderia ter se anunciado."

Um sorriso irônico se contorceu em sua boca. "De que outra forma eu poderia ter testado sua perspicácia?"

"E?" Ela não resistiu à pergunta, a ânsia de ganhar a aprovação de seu mentor enraizada profundamente depois de todos esses anos.

"Como sempre."

Ela bufou. "Você tem sorte de eu não ter te esfaqueado."

"Eu teria merecido." Ele apontou o queixo para a rua vazia. "Vamos caminhar."

Ela se afastou da parede e se juntou a ele. Eles não andavam lado a lado de braços dados, como um casal. O relacionamento deles não era, e nunca fora, esse tipo de relacionamento. "Imagino que você vai me dizer o motivo de ter me procurado esta noite?" ela finalmente perguntou.

"Eu gostaria de te contratar para um trabalho."

O alarme a percorreu. "Você não suspeita que Mariana..." Ela engoliu a última palavra, incapaz de pronunciá-la em voz alta.

Nick e Mariana eram um casal aristocrático raro, e que combinava perfeitamente um com o outro. Bem, depois de terem superado os primeiros dez anos de casamento. A conexão deles quase conseguia convencer alguém a acreditar no tipo de amor que durava.

"Infidelidade?" Ele acenou com desdém. "Nada disso."

Ela pôde relaxar com alívio. "Qual é o trabalho?"

"Meu irmão."

Ela sabia do irmão mais velho, mas Nick nunca falava dele.

"Você se lembra", ele continuou, "minha mãe e meu pai morreram em um acidente de carruagem há cinco meses."

Ela assentiu e manteve o silêncio diante da fria distância em sua voz. Os poucos fragmentos de rumores e especulações sobre o Marquês e a Marquesa de Clare que haviam chegado até ela ao longo dos anos — casos amorosos indiscriminados de ambas as partes, discussões públicas aos berros — os pintavam sob uma luz depravada e repugnante. Nick não era o tipo de homem que se aproximava dessas pessoas.

"Como primogênito, Jamie herdou o título."

Ela não detectou nenhuma amargura. Os segundos filhos sabiam que seu destino era ser o substituto do herdeiro. E se o herdeiro sobrevivesse para herdar, bem, o substituto não recebia nada em troca de seus esforços.

"Não vejo meu irmão desde a leitura do testamento, quatro meses atrás. Pelo que sei, ele não saiu de Asquith Court durante todo esse tempo e não deixa ninguém entrar. Eu tentei."

"O que você precisa de mim?" ela perguntou com a expectativa florescendo, impossível de resistir. Fazia tanto tempo que um emprego não a interessava de verdade.

"Preciso saber em que estado ele está." Nick a encarou por um instante, mas tempo suficiente para que ela detectasse incerteza e preocupação. "Se ele está vivo ou morto."

Ela respirou fundo, desejando alívio. "*Maldição*."

Ele a encarou com severidade. "Você não vai fazer isso?"

"Claro que sim." Ela não podia recusar nada a Nick. "Mas, pelo menos uma vez, eu gostaria de usar um vestido de seda em vez de um uniforme de empregada."

Ele bufou, com um sorriso irônico nos lábios. "Quando o trabalho estiver concluído, Mariana a levará à costureira dela. Um vestido de seda novo como bônus."

Seus olhos se voltaram para o incomum céu azul-escuro acima de Londres. "E onde eu usaria uma peça dessas?"

Ele deu de ombros. "A vida raramente nos permite saber para onde nos leva antes do fato acontecer. Ela tem o hábito de simplesmente chegar. É preciso estar sempre com um vestido de seda à mão, por precaução."

Eles caminharam alguns passos. "Quando você quer que eu comece?"

"Assim que puder."

Na verdade, ela tinha outro trabalho marcado para começar no dia seguinte — uma senhora cujo precioso terrier havia sido sequestrado por um ex-amante. Essa senhora, por acaso, era casada com um conhecido membro do Parlamento e exigia que o serviço fosse feito com discrição. Outro trabalho que era simplesmente uma variação do tema batido da infidelidade. Mas Nick era a única pessoa no mundo por quem ela largaria tudo. Ele a libertara de Doyle. A dívida que ela tinha com ele exigia lealdade total e completa.

Eles haviam retornado e se aproximavam rapidamente do número 11. "Posso começar amanhã de manhã."

"Não deve levar mais do que alguns dias."

"Algum outro fato pertinente que eu precise saber?"

Era uma pergunta padrão, mas a testa de Nick se franziu profundamente. "Meu irmão", ele começou, hesitante, "tem problemas com a bebida. Você deve estar ciente disso."

Ela assentiu brevemente. Ele não precisava dizer mais nada. Sua principal preocupação era que o irmão estivesse bebendo até a morte. "Entrarei em contato com você em alguns dias."

"Muito obrigado." Ele assentiu e girou nos calcanhares, continuando pela Little Peter Street, com um assobio abafado em seu rastro.

Hortense entrou no beco estreito que passava ao lado da pensão. Sua chave deslizou na fechadura de uma discreta porta preta. Uma vez lá dentro, ela trancou a porta atrás de si e subiu a escada para seus aposentos no sótão. Essa entrada privativa foi o fator decisivo para ter escolhido aquele lugar. Um recurso útil para aquelas noites em que ela voltava de madrugada, como hoje.

Precisara de muita procura para encontrar uma senhoria respeitável disposta a aceitar suas duas condições. Ela teria permissão para manter seu próprio horário. E nenhuma pergunta seria feita.

Nunca.

Por esse acordo, a Sra. Hayhurst cobrava o dobro do aluguel. A senhoria podia não fazer perguntas quando Hortense lhe entregava o pagamento pontual todas as quintas-feiras, mas sua boca franzida e seus olhos cúmplices falavam por ela. A mulher podia pensar o que quisesse.

Em seus aposentos, ela refletiu mais sobre a conversa com Nick, especificamente sobre a parte sobre o irmão dele. Na verdade, ela o vira uma vez. Fora no ano passado em um bar exclusivo. Ele estava concentrado no jogo e em suas bebidas. Ela não se lembrava de muita coisa sobre ele, além dos seus cabelos escuros, corpo esguio e expressão sarcástica, já que ele não era o seu alvo naquela noite. Ele era o alvo de outra pessoa, o que desencadeou uma série de eventos que terminaram com Lorde Bertrand Montfort baleado e Lorde Percival Bretagne casado. Ela duvidava muito que o altivo Marquês de Clare — então Conde de Pembroke — estivesse ciente de tudo isso.

No entanto, ela se perguntava como seria o homem. Ele e Nick deviam ter temperamentos diferentes, disso ela tinha certeza. Nick era disciplinado, paciente e leal. Então, o que isso implicava em relação ao irmão?

Diziam que ele era um marquês e um bêbedo. *Perdulário* não fora mencionado. *Certo*. Bastante dessa variedade de lordes circulavam por Londres.

A tentação a puxou para a cama, mas ela resistiu. Em vez disso, acendeu a única vela em seu criado-mudo e se despiu, ficando apenas com a combinação, que uma rápida cheirada revelou que talvez precisasse de uma lavagem após um longo dia andando de um lado para o outro por ruas lotadas e barulhentas. Por ter começado cedo naquela manhã, não teve a chance de fazer seus exercícios. Não houve um dia em que os deixasse de lado, nem mesmo quando estava exausta. Principalmente quando estava exausta, pois era o momento em que sua guarda poderia baixar.

E isso não era uma opção.

Ela se agachou profundamente e se levantou de um salto, com os braços esticados para cima e os dedos dos pés se levantando do chão por um segundo. Repetiu a sequência cem vezes, como todos os outros exercícios da sua rotina. Deitou-se no chão, de barriga para baixo, levantando-se com as mãos e os dedos dos pés, com os braços esticados. Ela soltou e dobrou os cotovelos, abaixando o corpo até o chão, antes de se empurrar para cima novamente. Assim que chegou a cem repetições, ela se virou de costas e abaixou o tronco até que suas costas quase tocassem o chão, então se curvou para frente. Em seguida, pegou o peso de chumbo envolto em estopa e começou a fazer uma série de movimentos de extensão, curvatura e agachamento. Meia hora depois do início, ela completou a sequência completa.

Agora, ela podia dormir.

Anos atrás, quando começou a trabalhar para Nick, ela aprendeu uma lição valiosa sobre prontidão da maneira mais difícil, cuja lembrança específica guardava no canto mais profundo de sua mente. A lição era esta: ela nunca seria maior ou mais forte que seus adversários, mas poderia ser mais rápida e inteligente.

Ninguém garantiria sua segurança por ela. Ela precisava fazer isso sozinha.

Ela apagou a vela e deslizou seu corpo cansado entre as cobertas de sua cama acolhedora. O sono, no entanto, fugiu dela.

Ela sentia falta dos encontros surpresas à meia-noite com Nick. Nos últimos anos, ela se sentira...

Sem amarras.

Claro, toda segunda-feira, ela visitava Nick para jantar, o que incluía Mariana e seus gêmeos, Geoffrey e Lavinia. Mas isso era no seio da família dele. Era o relacionamento que eles tiveram que construir quando Nick decidiu abandonar o ramo da espionagem, levando-a consigo. Ela ainda não havia se acostumado totalmente com isso. Não se considerava solitária, mas vinha vivendo uma vida solitária.

Não que ela achasse que conseguiria construir o mesmo tipo de vida familiar que Nick. Que homem teria uma mulher como ela? Ela não tinha interesse em tarefas domésticas, nem em nenhuma das atividades que faziam de uma mulher uma mulher aos olhos de um homem.

Ela tinha dois objetivos, na verdade. O primeiro era continuar a desenvolver seu negócio de investigação. A cada mês, ela conquistava mais alguns clientes. A ideia do segundo objetivo, no entanto, fez seu coração disparar, pois esse objetivo era absolutamente vital para o sucesso do primeiro. Em outras palavras, era se colocar fora do alcance de Flick Doyle, para sempre.

Durante os anos em que espionou para Nick, ela pensou que sim. Então, cerca de um ano após seu retorno a Londres, Doyle demonstrou o quanto ela estava enganada quando, em uma tarde ensolarada, enviou uma de suas *enguias da sorte* para chamá-la. Ele então explicou a ela os "impostos" que cobraria dela imediatamente. Afinal, ele estava *permitindo* — palavras dele — que ela conduzisse seus negócios em Londres, seu território.

"Isto não é o Continente, como aqueles nobres gostam de dizer. Todos os seus novos clientes chiques não seriam tão rápidos em pagar um vagabundo arrogante para ficar rondando seus palácios, bisbilhotando seus negócios, se soubessem do seu passado. Um desses jornais de fofocas engoliria essa história na hora."

De qual passado ele falava era claro. O passado dela antes de Nick. O passado dela com *ele*.

E sua ameaça era duplamente óbvia: se ela não pagasse seus impostos, ele destruiria seus negócios.

Assim, ele a puxou de volta para sua teia.

Mas agora, um ano depois, ela precisava se desembaraçar. Antes que Nick descobrisse. Antes que os "impostos" de Doyle arruinassem o bom nome que ela tentava construir, pois ele não exigia pagamento em dinheiro, mas em *lembrancinha*. Uma *lembrancinha* não precisava ser fina ou cara, mas sim pessoal para o aristocrata de quem ela a roubava. Ela acabaria sendo descoberta. Era apenas uma questão de tempo.

E, naquela noite, Nick lhe dera um emprego. Doyle não precisava saber, pois não roubaria de Nick. Ela tinha um limite, e esse era o limite.

Com essa garantia para si mesma, que talvez não se mantivesse a luz do dia, sua cabeça afundou no travesseiro e seus olhos se fecharam enquanto ela sucumbia ao somo exausto e, esperava ela, sem sonhos.

A mesma esperança de todas as outras noites.

2

A noite avançava lentamente até as primeiras horas da madrugada. Jamie tentou se acomodar na poltrona. A largura de seus ombros, no entanto, não era exatamente compatível com a estreiteza do espaço. Pegou a carta do agente de segurança da Bow Street Runner [1] que recebera na véspera e marcou o livro sobre procedimentos parlamentares ao qual tentara — sem sucesso — dedicar sua atenção. Nem o assunto do livro nem o da carta demonstrava a urgência do assunto em questão.

Esta noite, ele tinha um ladrão para capturar.

A indignação o percorreu só de pensar nisso. Que maldita cara de pau.

Pouca coisa em sua vida era por sua escolha, exceto esta sala, seu escritório particular. Todos os criados em Asquith Court sabiam que não deviam entrar sem seu consentimento expresso. No entanto, alguém, de fato, ousara.

Na verdade, ele ainda não havia encontrado nada faltando,

---

1. Os Bow Street Runners são conhecidos como a primeira força policial profissional de Londres. A força foi fundada em 1749 pelo escritor Henry Fielding com somente seis homens. *Bow Street runners* era o apelido dado pela população a esses oficiais. O grupo acabou somente em 1839.

apenas itens revirados. Três dias antes, o primeiro indício fora o tinteiro. O ângulo não era perpendicular ao canto da mesa, era *sempre* perpendicular ao canto.

Desde então, todos os dias, ele encontrava um item diferente em um ângulo estranho. A única conclusão lógica era que alguém estava revirando seus pertences à noite. Os pertences vale ressaltar, de um marquês. O que quer que essa pessoa estivesse procurando, logo perceberia que não valia o preço.

Um rangido lento soou na extremidade oposta da sala. Uma fresta de luz se alargou ao longo de sua extensão de carvalho quando a porta se abriu, e a expectativa o invadiu. Entrou uma forma tão leve que poderia ser confundida com uma sombra passageira.

Seu coração acelerou em um galope enquanto a sombra cruzava a sala em passos silenciosos. Com os olhos semicerrados, ele tentou distinguir quaisquer feições ou detalhes dessa pessoa além de sua constituição frágil. Calças escuras. Camisa escura. Um rapaz, talvez um criado ou um cavalariço.

Que ousadia estúpida para um garoto que só tinha tudo a perder se fosse pego. E ele seria. Outro tipo de raiva percorreu Jamie. Desta vez, pelo completo desperdício de uma vida jovem.

O rapaz parou diante de um armário imponente e abriu as duas portas. Com os punhos cerrados na cintura, olhou de cima a baixo, avaliando seu conteúdo. Pegando uma cadeira próxima, começou por cima. Exaustivamente, sistematicamente, vasculhou o conteúdo. Curioso isso.

Jamie permaneceu em silêncio. Claramente, o rapaz estava atrás de um item específico. O que poderia ser?

Aquele armário continha nada mais do que periódicos científicos centenários, ensaios, tratados, lembranças de várias partes do mundo, tomos sobre uma série de assuntos, desde jardinagem até o cuidado adequado com o gado e procedimentos parlamentares — como o livro em seu colo — e um cobertor velho e mofado na gaveta de baixo.

O rapaz agora estava dobrando e recolocando o cobertor, o que o fizera espirrar duas vezes. Ele fechou as portas do armário com cuidado, para não fazer barulho, e soltou um suspiro. Esse suspiro expressava sua frustração. Ele não havia encontrado seu prêmio.

Num impulso, Jamie disse: "Se você simplesmente me dissesse o que está procurando, talvez eu pudesse ajudar."

Embora o cômodo estivesse iluminado apenas por um fogo baixo na lareira, ele conseguiu captar o instante em que o corpo do rapaz ficou rígido. Ombros tensos, punhos cerrados e abertos ao lado do corpo. Um trio de batimentos cardíacos pesados passou antes que, finalmente, ele se virasse.

O intruso tinha cabelos pretos presos na nuca. Queixo e mandíbula delicados. Boca vermelha como um botão de rosa. Pele macia e úmida...

O choque o percorreu. Se não estivesse enganado, aquela pessoa não era um rapaz, mas sim uma... *Mulher.*

Ela o encarou por baixo de sobrancelhas pretas e retas. A luz da larcira tremeluzia e oferecia um vislumbre de um olhar de profundidades azuis extraordinárias. Ele poderia ter esperado medo ou, pelo menos, timidez naqueles olhos, mas diante dele estava uma mulher decididamente destemida e sem remorso.

A indignação que se tornara tão familiar nos últimos dias ressurgiu. Que audácia. "O que você está querendo roubar?" ele perguntou em um tom que indicava que não haveria clemência.

"Roubar?" Era diversão o que ele detectou na voz dela? "Nada."

"Então com que propósito você andou saqueando meu escritório nessas últimas três noites?"

"Onde você guarda?" ela perguntou.

Que estranha mudança de tom. "Guardo o quê?"

"Suas garrafas de conhaque. Ou seja lá o que você usa para se embebedar."

"Garrafas de..." A suspeita se elevou. Ele se inclinou para frente

e apoiou as mãos nos joelhos, todo o seu ser concentrado naquela mulher. "Quem te mandou?"

A cabeça dela se inclinou, certamente um espelho perfeito da dele. "Você sabe quem."

Se ele fosse um cachorro, suas orelhas teriam se erguido com a mudança repentina na fala dela, num inglês perfeito. *Você sabe quem.* Ela havia parado de usar o sotaque cockney [2] e passou para um sotaque refinado. No entanto, ele detectou uma inflexão nela também. Uma suavidade que ele não conseguia identificar.

Naquele instante, ele soube. *"Nick."* O nome do irmão mal havia saído de seus lábios quando a próxima pergunta se seguiu. "Por quê?"

"Ele não te vê há meses."

"Não é incomum ficarmos tanto tempo sem nos ver." Era apenas a verdade. A compreensão o atingiu. Ela estivera procurando garrafas, o que significava... "Ele acha que estou bebendo até a morte."

"Não está?"

Por fim, ele reconheceu o sotaque escondido atrás do inglês perfeito da mulher. *Francês.* Um detalhe intrigante, sem dúvida, mas ele não permitiu que isso o distraísse. "Eu estava", admitiu.

Por que se sentia compelido a se explicar para aquela mulher singular? Ele era um marquês. Precisava apenas se explicar para o rei.

A mulher deu de ombros. O gesto o incomodou. O tempo do verbo no passado era importante. Significava que ele havia parado de usar bebidas alcoólicas para acelerar sua morte. Isso poderia não fazer a menor diferença para ela, mas era algo importante para ele.

---

2. Cockney é um dialeto da língua inglesa, falado principalmente em Londres e arredores, particularmente por londrinos com raízes na classe trabalhadora e na classe média baixa. Em áreas multiculturais de Londres, o dialeto cockney está, até certo ponto, sendo substituído pelo inglês multicultural de Londres - uma nova forma de discurso com influência cockney significativa.

Era hora de pôr fim àquela farsa. "Seu serviço nesta casa está encerrado imediatamente."

A descrença tomou conta do rosto dela, que se conteve por um segundo, e então ela riu. Não era a resposta que ele esperava. Ele já vira mais de um homem tremer de medo quando ele usava aquele tom específico, uma mistura perfeita de direito, arrogância e raiva.

Não essa mulher.

"Você não pode me demitir. *Você* não é meu empregador."

Ele nunca conhecera uma mulher tão atrevida. "Diga ao Nick..."

"Diga você mesmo a ele", ela falou. "É disso que se trata."

Ele não conseguia escapar da sensação de que ela queria terminar a frase com *você mesmo seu idiota*, e sentiu a pontada da verdade. Ele errara ao excluir o irmão de sua vida nos últimos meses, mas não tivera escolha. Ou, pelo menos, era assim que se sentia. Era como se sua própria vida dependesse de sua retirada do mundo depois que seus pais morreram inesperadamente e ele assumiu o comando do marquesado; seu plano bastante vago de beber até morrer prematuramente antes de herdar o título, foi um esforço fracassado.

"Pode ir." Ele fez um gesto com o pulso, o gesto que pretendia transmitir uma indiferença arrogante e aristocrática, mesmo que o oposto estivesse mais próximo da verdade.

"Obrigada, milorde", ela disse em uma pequena reverência zombeteira, o sotaque cockney retornando. Com passos silenciosos de gato, ela atravessou a sala e estava abrindo a porta quando parou. Ela se virou e o encarou com seu impressionante olhar azul que cortava a luz fraca. "Gostaria de saber uma coisa?"

"Provavelmente não", respondeu Jamie, honesto.

Ele nunca havia falado com uma mulher daquele jeito. Mas, afinal, nenhuma jamais havia falado com ele como ela. Antes de se tornar um marquês de fato, ele fora um futuro marquês e Conde de Pembroke, o que lhe proporcionara uma dose considerável de admiração e respeito, principalmente por parte daqueles de posição e classe sociais mais baixas. Essa mulher claramente não dava a mínima para o título dele ou para a admiração e o respeito que lhe eram devidos. Ele se preparou para quaisquer palavras que estivessem prestes a sair de sua boca atrevida.

"Você é irmão do Nick."

"Um fato comprovado, eu acredito."

"Eu pensei—" Sua cabeça se inclinou, e um brilho avaliador brilhou em seus olhos. "Eu pensei que você seria mais imponente."

Com isso, ela saiu da sala tão silenciosamente quanto entrara. Suas palavras, no entanto, permaneceram e permearam o ar como uma chaminé nociva, rastejando por Jamie e o enchendo com seu veneno, de modo que tudo o que ele conseguiu fazer foi fumegar e ferver, mesmo com vontade de rugir de frustração.

Ele era um lorde. Lordes eram imponentes. Portanto, ele era imponente. Todos sabiam disso.

Mas ela estava falando de um tipo diferente de grandiosidade, ou da falta dela.

O desdém dela despertou um animal primitivo dentro dele. Ele tentou reprimi-lo, mas ter uma mulher — qualquer mulher, mas especialmente aquela mulher, por alguma razão sem sentido — dizendo aquelas palavras a ele — um marquês, um *homem* — bem, elas o faziam querer pular daquela cadeira e provar a ela exatamente o quão impressionante ele era.

Ele se empurrou para trás na cadeira e soltou um suspiro pesado. Ele encarou o fogo baixo e tentou deixar à calma se infiltrar nele. Na maioria das noites, funcionava, pois esse escritório era seu refúgio, o único cômodo naquela mansão extensa que parecia seu. O resto, bem, o resto parecia *deles*.

Ele bufou. Não *deles*. Não mais. Fantasmas não possuem posses. Essas posses e títulos eram passados aos primogênitos, quer eles quisessem tê-los ou não.

Ele lançou um olhar para a garrafa de conhaque vazia a menos de três metros de distância. Cinco meses antes, ele a esvaziara até a última gota, na noite em que a carruagem de seu pai e sua mãe não conseguiu fazer uma curva fechada e despencou de um penhasco.

Mortos nos braços um do outro. Um brilho de admiração surgiu nos olhos do magistrado quando ele relatou esse detalhe. Jamie aceitou as palavras estoicamente e se absteve de informar ao homem que seus pais preferiam passar a eternidade no sétimo círculo do inferno a um único minuto abraçado.

Jamie esvaziara a garrafa de conhaque, gole após gole amargo, naquela noite.

E, no dia seguinte, não a enchera de novo.

Nem no outro.

Nem no outro depois desse.

Oh, tinha sido uma tentação. Todas as noites, com as mãos trêmulas, ele destampava a garrafa e inalava profundamente os vapores adocicados e inebriantes com sua promessa de esquecimento, se ao menos ele a enchesse. Ele tinha sido um perdulário como herdeiro. Por que não agora como senhor? Não era como se o Marquês e a Marquesa de Clare tivessem deixado um legado que valesse a pena preservar.

Muito pelo contrário. Dizer que as pessoas sentiriam a falta deles ou que eles seriam lamentados era mentira.

O ódio que seus pais tinham um pelo outro era uma herança de natureza mais maliciosa. Pois esse tipo de ódio alcançava longos tentáculos e envenenava tudo o que tocava, incluindo quaisquer relacionamentos que seus dois filhos já tivessem formado. O casamento de Nick com Mariana sofreu por uma década sob o peso disso, até que, de alguma forma, eles conseguiram superar.

Jamie não invejava a felicidade de Nick, pois entendia como ninguém a coragem que devia ter sido necessária para alcançá-la.

De fato, em um movimento bastante incomum que chamou a atenção das revistas de fofocas, Jamie dividiu todas as propriedades e dinheiro não vinculados ao meio com Nick. Era justo, era isso que as revistas não sabiam. Nick sofrera a mesma infância miserável que Jamie, cheia de toda a humilhação e negligência que dois pais egocêntricos e indiferentes podiam oferecer. Nick havia conquistado sua parte.

Seu olhar se fixou no relatório do detetive da Bow Street Runner, que mantinha o lugar em seu livro. Substituiu a mentira — uma mentira que viera diretamente da boca do pai — que ele acreditara sobre Mollie Rafferty nos últimos quatorze anos pela verdade. Cada vez que ele olhava para o pedaço de papel, sentia-se arrasado, traído e como o maior idiota do mundo novamente.

Mollie não havia pegado o dinheiro do pai e fugido. O relatório em suas mãos atestava esse fato. Em vez disso, ela sofrera um destino muito diferente daquele que ele imaginara todo esse tempo.

Raiva e vergonha reviram suas entranhas, transformando-as em ácido e corroendo-o por dentro. Estava achando difícil conviver com essa nova informação que não tinha como mudar. Não fazia muito tempo que ele teria encontrado o fundo de uma garrafa de conhaque e não teria voltado à tona por duas semanas.

Ele bufou. Não entendia direito por que não havia bebido nem ontem nem hoje. Afinal, a bebida era um conhecido agente anestésico para a raiva e a vergonha. Sabia por experiência própria, mas que não curava nenhuma das duas condições. Melhor continuar afundando em seu papel de recluso abstêmio, um papel do qual ele não tinha intenção de sair. Exceto...

Agora que não era mais um herdeiro perdulário, não sabia exatamente o que fazer consigo mesmo.

Ele examinou as estantes do chão ao teto na parede oposta. A biblioteca fora ocupada por um de seus antepassados algumas gerações antes, quando seu estoque de periódicos científicos, ensaios, tratados e tomos se estendia por até dois séculos. Sem muito mais o que fazer nos últimos meses, ele se dedicou a lê-la. Mas era impossível manter o interesse por temas como a facilidade de parto, a alta fertilidade e na abundante produção de leite da raça ovina Black Welsh Mountain, e outros assuntos semelhantes, mas distintos.

Ainda assim, ele não conseguia deixar de sentir que se aproximava rapidamente o momento em que teria que se aventurar para fora de Asquith Court e construir uma vida para si como Marquês de Clare, uma vida com algum significado, possivelmente. Era uma vida que poderia facilmente levá-lo em sua correnteza de uma obrigação para outra, se ele simplesmente permitisse e deixasse o passado para trás. Por que ele estava resistindo? Por que ele havia agitado as águas e buscado informações sobre Mollie Rafferty depois de todos esses anos?

Num acesso de agitação, ele se levantou de um salto e caminhou até a janela com vista para a Praça St. James. E agora, havia a questão de sua visitante que acabara de sair.

Nick havia contratado a mulher para espioná-lo.

E ela havia saído dali pensando que o irmão de Nick não era um homem imponente.

Que seu sangue não fervesse só de pensar nisso. Ele deveria ignorar e esquecer. Por que se preocupar com o que uma mulherzinha que ele nunca mais veria pensava dele? A opinião dela não valia nada.

No entanto, de alguma forma, valia. A mulher não o admirava. Um fato que ele achava irritante e estranhamente estimulante.

E aqueles olhos extraordinários dela, eles podiam ver através dele.

Não, não *através* dele. *Dentro* dele.

E eles o consideraram inadequado?

A pergunta atingiu um ponto profundo dentro dele que ele nunca deixava os outros verem, e raramente até ele mesmo. Durante toda a sua vida, seus títulos — passados, presentes e futuros — foram tudo o que lhe deu distinção aos olhos do mundo. Mas por trás dessa fachada, ele suspeitava de uma verdade diferente.

Não haveria o suficiente para ele sem eles.

E aquela mulher, bem, ela o vira — o verdadeiro ele — e não era uma semelhança lisonjeira, mas sim algo inexpressivo.

Seu olhar se fixou em uma figura atravessando a praça. Uma figura esguia. Não mais espessa que uma sombra...

Ela.

Claro, ela estava indo embora. Ele havia exigido isso. Mas...

Para onde ela estava caminhando com passos tão seguros?

Para onde uma mulher como ela vai?

Ele começou a se mover sem conscientemente se esforçar para fazê-lo. Em um minuto, estava dentro do seu quarto e enfiou um pé em uma bota, seguido pela outra apressadamente. Então seus braços deslizaram para dentro do sobretudo, e ele colocou um chapéu na cabeça.

Ao sair do quarto, pegou alguns pedaços de bacon da mesa do jantar perto da porta. Como seu apetite andava irregular nos últimos meses, seu mordomo, Stinton, começou a colocar vários pedaços de comida em diferentes locais para tentá-lo. A casa logo estaria infestada de ratos se Jamie não pusesse fim a essa prática. Naquela noite, porém, ele estava grato, pois estava faminto de repente.

Não tinha a menor ideia do que descobriria sobre aquela maldita mulher, mas não importava. Pela primeira vez em meses, a curiosidade percorreu seu corpo, revigorando-o, impelindo-o a seguir em frente. Como primogênito e herdeiro perdulário, seu mundo se limitava às atividades de seu grupo seleto, que se resumiam principalmente em beber e festejar. Uma vida que não era nem de longe tão emocionante quanto se dizia. Então, depois de herdar o título de Clare, seu pequeno mundo encolheu ainda mais, ficando restrito às quatro paredes de Asquith Court, em seu exílio autoimposto.

Esta noite, ele descobriu que nenhum dos dois mundos lhe convinha.

Esta noite, ele queria experimentar um mundo diferente.

O mundo *dela*.

A simples ideia fez seu coração disparar e o sangue correr por suas veias.

Ele se sentiu vivo.

3

Hortense atravessou a rua quase vazia de Piccadilly, a rua tão silenciosa agora quanto movimentada durante o dia, seus pés moviam-se rapidamente, reflctindo o movimento de sua mente.

Ela estava abalada.

Por aquele homem.

Desde que fora contratada para a casa pela governanta, Sra. Blanche, esta noite foi sua primeira interação com o Marquês de Clare. Certamente, ela o vislumbrara de longe em Asquith Court enquanto esfregava pisos de mármore, tirava o pó de vasos de porcelana e recolocava lenha em lareiras frias, invisíveis para ele como qualquer outro criado. O que, para ela, não tinha problema. Preferia se esgueirar pelas sombras. Por experiência própria, entendia que ser notada só trazia problemas de um tipo ou de outro para um criado.

Esta noite não fora exceção.

Maldição.

Ela permitira que a complacência se instalasse, presumindo que, já que o senhor da casa não permanecera em seu escritório nas últimas três noites, ele não permaneceria naquela noite. O que Nick sempre lhe dizia?

O passado não prevê o futuro.

Existia a possibilidade de que um fator adicional a tivesse induzido a uma falsa sensação de segurança. O homem era irmão de Nick. Quão diferentes eles poderiam ser?

Acabou sendo, tão diferente quanto o preto do branco.

Não se atentasse para a aparência, no entanto. Os homens compartilhavam altura e magreza semelhantes. Cabelos escuros que queriam se enrolar nas pontas. Olhos cinzentos, inescrutáveis e tempestuosos. Nariz reto. Maçãs do rosto e queixo esculpidos em mármore. Em suma, *bonitos*. A beleza de Nick nunca a afetara de uma forma ou de outra. Mas a do irmão...

Sua beleza era uma questão completamente diferente, uma que não convinha examinar muito de perto.

Mas, oh, como esse irmão tinha a personalidade diferente. *Arrogante. Condescendente.* Um lorde rico e mimado era tudo o que ele era. *Um marquês.*

E ele não sabia disso?

O impulso de provocá-lo veio naturalmente demais. *Achei que você seria mais imponente.* Ah, o fogo que faiscara em seus olhos. O que a levara a dizer tais palavras ao homem? Ela deveria simplesmente ter saído da sala.

No entanto, ela sabia por que falara daquela maneira.

Porque ele era rico, mimado, arrogante, condescendente e tinha a vida toda planejada para ele. Que um homem assim pudesse levá-la a acreditar nisso, bem, isso a irritava profundamente. Ele a pegara, e ela a atacara, querendo que ele sentisse a ferroada que lhe infligira. Pois, ela podia admitir para si mesma, o homem possuía uma imponência natural, uma inteligência por trás dos olhos. Ela apostaria que ele lera todos os livros, ensaios e tratados daquele escritório.

E quanto à arrogância dele, bem, ela sempre achou um pouco de arrogância em uma pessoa atraente. Não do tipo presunçoso.

Mas uma arrogância confiante em suas próprias habilidades e capaz de cumprir o que promete.

A condescendência em sua voz baixa e grave era algo que ela podia dispensar completamente. De qualquer forma, ela estava livre dele, tendo deixado seu uniforme dobrado na sua estreita cama de criada e fugido com nada mais do que as roupas do corpo. Viajava com pouca bagagem quando estava a trabalho. Amanhã, relataria suas descobertas a Nick — o irmão dele estava vivo e não havia bebido até a morte — e seria o fim de tudo. Nunca mais pensaria naquele homem cuja arrogância e beleza poderiam deixá-la um pouco confusa. Em circunstâncias diferentes, é claro.

Esta noite, ela tinha o terrier de Lady Fortescue para resgatar de um ex-amante descontente. Ela havia garantido à dama que devolveria o cachorro dentro de uma semana, a data final seria no dia seguinte.

Ela levantou a gola de seu casaco de lã e enfiou o queixo no pescoço para se proteger da súbita brisa do norte que abril poderia produzir. A casa que procurava na Berkeley Square ficava a apenas algumas ruas de distância.

Seu ouvido captou um som noturno que não era exatamente certo. Passos que demonstravam segurança de intenção. Ela olhou por cima do ombro. *Nick foi* sua primeira impressão. Em seguida, veio outra rapidamente. Não, não era Nick se aproximando rapidamente. Era o irmão.

O marquês.

Contando até três, ela se virou e plantou os pés bem afastados. Ele parou cambaleando para não colidir com ela a toda velocidade. De perto, ela se surpreendeu novamente com o quão parecido ele era com Nick.

"Clare", ela disse, com a voz grave e dura. Ao longo dos anos, ela fizera mais de uma pessoa repensar suas escolhas com o estreitamento de seus singulares olhos azuis. Olhos de bruxa, ela os ouvira chamar.

Ele não se mexeu. "Chame-me de Asquith."

Sua nobreza não a influenciou. "Seu irmão é Asquith."

"Então, Jamie."

Um leve choque a percorreu com a familiaridade sugerida. Mas os lordes tinham suas próprias regras e tendiam a inventá-las à medida que avançavam. "Que tal eu te chamar de nada?" ela perguntou. "Não ficaremos juntos por tempo suficiente para que isso faça diferença."

Sua cabeça se inclinou. "Não?"

O que o maldito homem estava tramando?

"Por que você está me seguindo?" Ela podia muito bem ir direto ao ponto. "Posso garantir que não fugi com a prata da família."

Ele bufou frio, indiferente. "Como se eu me importasse com a prata."

Ela imitou a inclinação da cabeça dele. "Um ponto curioso." Ela deixou um instante passar. "Com o que *você* se importa?"

Mesmo na penumbra, ela detectou uma sombra passar pelos olhos dele. Ele se importava com algo ou alguém. Ou *tinha* se importado. Ela reprimiu o instinto de seguir a linha da intriga. "Você pode, pelo menos, responder à primeira pergunta? Por que você me seguiu?"

"Eu vi você saindo."

"Isso é geralmente o que uma criada faz quando é demitida do emprego pelo dono da casa."

A sugestão de um sorriso surgiu em sua boca. "Você mesmo disse. Você nunca foi minha criada."

Ela queria soltar um suspiro de frustração, um suspiro que se recusava a permitir. Ele provavelmente apreciaria demais. "O que continua a ser uma verdade."

"Você é colaboradora do meu irmão."

Ela estava perto o suficiente agora para notar a espessa franja de cílios negros circundando seus olhos cinzentos. Eles fariam o coração de qualquer mulher ficar verde de inveja. "Um fato comprovado em seu escritório."

"Você é uma das espiãs dele", ele afirmou com absoluta certeza.

Ela estava começando a sentir uma antipatia genuína por aquele irmão de Nick. "Simplesmente um favor para um velho amigo", ela retrucou.

Um lado da boca dele se curvou, dando ao seu rosto uma expressão sombria. "Você é muito jovem para ter amigos antigos."

A audácia desse homem. "Nem a minha idade nem meu paradeiro são da sua conta. Agora, eu realmente não tenho tempo nem disposição para me envolver em intrigas familiares. Então, se isso é tudo, tenho assuntos a tratar e uma noite pela frente." Com um giro eficiente do calcanhar, ela seguiu seu caminho.

"Espere", ele chamou.

Com grande relutância, ela parou e se virou um pouco, as sobrancelhas erguidas em uma pergunta silenciosa.

Ele gesticulou para cima e para baixo, percorrendo seu corpo. "Por que você está vestida de rapaz?"

Seu corpo acompanhou relutantemente o movimento de sua cabeça. "Um homem, você quer dizer. Como mulher, eu me vestiria como um homem."

Ele soltou uma risada de indignação. Uma condescendência enlouquecedora emanava dele em ondas. "Você já se olhou no espelho? Você não parece ter mais de dez anos."

"É só isso?" ela rosnou. Não precisava ficar ali e se sentir insultada, mesmo que suspeitasse que suas palavras fossem verdadeiras.

Ele balançou a cabeça lentamente. "Você não respondeu à minha pergunta."

"Eu não lhe devo uma resposta."

"Você consideraria me dar de graça?"

Foi um lampejo de brincadeira que ela detectou em seus sérios olhos cinzentos? "Tudo na vida é uma transação", ela disse as palavras mais verdadeiras que havia dito a noite toda. "Boa noite, Clare."

Ela se virou e disparou pela calçada. Imediatamente, os passos pesados dele começaram a perseguir os dela. *Maldição*. O homem podia ser rico, mimado, arrogante e condescendente, mas também era obstinado.

"Para onde você está indo com tanta determinação a esta hora da noite?"

"Você não vai me deixar em paz, vai?" ela perguntou mais do que exasperada.

Com uma facilidade irritante, ele aproveitou a vantagem de seus passos mais longos e se aproximou dela. "Duvido bastante."

Ela lhe lançou um olhar incrédulo e riu. Parecia não conseguir se conter. O homem era demais.

"Qual é o seu nome?" ele perguntou.

"Ahh", ela parou, o choque percorrendo seu corpo. Quase dissera "Amélie" abruptamente, um nome que não pronunciava há doze anos. "Hortense", ela disse.

As sobrancelhas dele se franziram. "Tem certeza? Parece haver alguma dúvida."

"Hortense." Definitivamente Hortense.

Ela costurou a boca antes que pudesse dizer — ou quase dizer — alguma outra coisa perturbadora.

Ela quase lhe dissera seu nome, seu verdadeiro nome, aquele que seu pai e sua mãe a chamavam. Por quê? Seria porque ele se parecia tanto com Nick? Não podia ser. Ela nunca compartilhara esse nome com Nick.

"Hortense é um nome francês, *non*?" perguntou Clare.

Ele estava deduzindo muita coisa sobre ela. Sua observação anterior estava correta. Ele era perspicaz. Seria bom que ela se lembrasse disso. "Estou ficando entediada com este jogo e tenho um trabalho a fazer."

"Como o trabalho que você fez para o Nick esta noite?"

"Um trabalho diferente", ela disse, áspera, mas também um

pouco envergonhada. A pergunta dele a irritou. "Um que não tem nada a ver com você. Então, se me deixar em paz—"

"Pelo que vejo, você me deve."

Outra risada incrédula a assustou. "Não lhe devo nada."

"Você anda rondando minha casa há dias e me espionando."

"Era um trabalho, e nada pessoal."

"No entanto, tinha a ver comigo. Você teve sorte de eu não ter chamado a guarda noturna e mandado prendê-la."

"Você não pode estar falando sério", ela disse olhando nos olhos dele. Ela percebeu que ele estava.

"No entanto", continuou ele, "se me permitir acompanhá-la esta noite, perdoarei sua dívida."

Ela mal percebeu que estava boquiaberta. Fechou-a bruscamente. Mas, na verdade, aquele lorde tinha coragem. "Não lhe devo nada", ela repetiu.

Quando ele abriu a boca, certamente para refutar sua declaração, ela ergueu a mão, hesitante. O homem estava determinado, e a tarefa à sua frente, bem, não era difícil. Claramente, aquele lorde mimado e arrogante estava procurando diversão, e ela deveria providenciar. Com raras exceções, não era assim que todos os lordes viam mulheres como ela?

"Eu permitirei", cedeu ela. "Com uma única condição."

"Diga", ele falou sua resposta o equivalente vocal de um dar de ombros. Que confiança absoluta o homem possuía.

"Que me deixe em paz depois desta noite."

"Você tem a minha palavra."

Ela bufou. "E como eu sei quanto vale a sua palavra?"

Dedos longos e masculinos envolveram seu braço e a fizeram parar. O olhar dele se tornara sombrio e intenso. Ela já tinha visto essa expressão antes, no rosto do irmão dele, mas nunca tinha sido a destinatária dela.

"Você está insinuando que eu não sou um homem honrado?" ele praticamente rosnou.

Ela o olhou diretamente nos olhos, embora um arrepio inquietante percorresse seu corpo. A mão livre que podia alcançar a adaga presa ao tornozelo se abria e fechava, pronta. "Solte-me."

Ele olhou para a mão ainda apertada em volta do braço dela e a soltou.

"Estou dizendo que não te conheço", ela continuou, com a voz cuidadosa e firme. "Portanto, não tenho a menor ideia de que tipo de homem você é. E ser da aristocracia não confere honra espontaneamente a um homem. Na verdade, é bem o oposto."

Ele sustentou o olhar dela, sem revelar seus pensamentos, até que, finalmente, cedeu com um aceno lento. Homens e sua honra estúpida. A honra geralmente era o que os matava. Ela não tinha utilidade para isso.

"Certo", ela disse toda profissional, os pés em movimento novamente, deixando aquela sensação trêmula para trás. "Vamos continuar com a noite, certo?"

Um pouco mais apaziguada, Clare perguntou: "De que parte da cidade é esse trabalho?"

"Berkeley Square."

"E o trabalho em si?"

"Nós, hum—" Ela quase não queria falar em voz alta, mas o homem saberia mais cedo ou mais tarde. "Estamos resgatando um cachorro sequestrado."

As sobrancelhas de Clare se uniram. Ele se perguntou se a tinha ouvido corretamente. No momento seguinte, um sorriso se espalhou por seu rosto, sua boca perdendo a curva irônica. Ele era um homem transformado por aquele sorriso, não mais o marquês taciturno, mas um homem completamente diferente. Um homem dotado de humor. Um homem atraente e muito bonito.

Ela teve que desviar o olhar. Aquele sorriso tornava o homem atraente demais.

"Um *cachorro* sequestrado?" A risada dele ecoou nos sobrados de calcário dos dois lados.

"Shhhh", ela o repreendeu, levando um dedo à boca. Não

precisava de um morador assustado chamando a guarda noturna. "Trabalhos vêm em todas as formas."

"E espécies." O sorriso travesso dele não havia diminuído nem um pouco.

Um sorriso de resposta surgiu em sua boca, mas ela o conteve e continuou colocando um pé na frente do outro, andando pelas poucas ruas restantes em silêncio, até que, finalmente, chegaram a um discreto portão de ferro preto.

Ela se agachou e pediu a Clare que fizesse o mesmo. Com a voz baixa, disse: "O jardim tem um guarda, então me siga de perto e —" Ela levou um dedo à boca, esperando que ele entendesse que a hora da conversa havia chegado ao fim.

Ela pressionou o rosto contra as barras de ferro e espiou através delas, examinando os jardins em uma miríade de tons de cinza e preto noturnos. Por fim, ela localizou o guarda a uns bons vinte metros de distância. Membros relaxados, cabeça inclinada para o lado, o homem estava acomodado em um banco, tirando uma soneca. O ex-amante havia se esquecido de pegar a chave de seu jardim particular com Lady Fortescue quando se separaram. Hortense tirou a chave de prata do bolso do casaco, girou-a na fechadura e empurrou o portão, abrindo-o apenas o suficiente para que ela passasse primeiro, depois Clare.

Mesmo no escuro, era um belo jardim com flores primaveris de todas as variedades desabrochando em vários estágios de floração. Pessoas como ela — *hoi polloi* [1] — tinham acesso a alguns jardins públicos, mas nada como este, repleto de estátuas

---

1. *Hoi polloi* é uma expressão grega que significa *muitos* ou, no sentido mais estrito, *a maioria*. É atualmente usada de forma derrogatória para descrever as massas. Sinónimo inclui "plebeus". A frase tornou-se conhecida por estudiosos ingleses, provavelmente a partir da *Oração Fúnebre de Péricles*. Como mencionada na obra *História da Guerra do Peloponeso* de Tucídides, Péricles usa o termo como uma forma de elogiar a democracia ateniense, contrastando com *hoi oligoi*, "os poucos". Seu uso atual teve origem no início do século 19, época em que era geralmente aceito que uma pessoa devesse estar familiarizada com a língua grega e o latim, a fim de ser considerada bem educada.

de mármore e bronze, rosas raras e trilhas excêntricas. Um jardim como este era para os ricos, e somente para os ricos.

Como o nobre que a seguia no momento.

"Este trabalho envolve Sir Archibald Winthrop?" ele sussurrou às suas costas.

Seus olhos se ergueram para o céu. É claro que este lorde conhecia Sir Archibald Winthrop. Todos os lordes se conheciam.

Ela levou um dedo à boca e continuou a rastejar ao longo do perímetro do muro, agachada, torcendo a cada movimento para não acordar o guarda. Felizmente, a casa geminada estava às escuras e era a última da fileira, o que a tornava a mais próxima. Ainda assim, eles precisariam sair do esconderijo para acessar as portas duplas de vidro.

Ela apontou para os pés deles antes de se agachar para tirar as botas. Ela indicou que Clare fizesse o mesmo. As sobrancelhas dele se uniram em questionamento, depois em descrença ao intuir o significado dela.

"É melhor entrar em uma casa de meias", ela explicou em um sussurro apressado. Sério, o homem era um problema.

Ela esperou que ele se recusasse a aceitar a ideia — até mesmo torceu para que ele se despedisse. Mas, alguns instantes depois, ele a seguiu.

Ela pegou outra chave de um bolso diferente, lançou outro olhar rápido para o guarda, cujo ronco suave era quase inaudível através da distância, e saiu do esconderijo, Clare logo atrás. Com a chave em punho, ela a enfiou na fechadura e girou.

Ou tentou girar. O mecanismo não se mexeu.

"O que foi?" ele perguntou.

"Não é nada." Ela tentou novamente, colocando todo o seu peso no mecanismo. Ele se recusou a obedecer. Uma preocupação a invadiu. "O guarda. Ele se moveu?"

"Morto para o mundo." Um instante se passou, e ela sentiu Clare se aproximar, tão perto que ela podia ouvir a inspiração dele, sentir o calor de seu corpo. "Deixe-me tentar."

"Ela deve ter me dado à chave errada."

"Aqui", disse ele, usando seu corpo maior para empurrá-la para o lado.

"Desculpe", ela falou mesmo aceitando que talvez tivesse que admitir o que ele dizia. Ele era maior e mais forte. Além disso, ele poderia estar certo.

Ela estava começando a ceder quando a mão dele cobriu a dela. Ela recuou assustada, mas os dedos dele apenas a apertaram com mais força. Sua cabeça se virou bruscamente e ela encontrou o cinza frio dos olhos dele.

Seu coração, já acelerado, disparou a todo vapor. Com uma necessidade repentina de respirar fundo, ela inalou os aromas florais do jardim, mas também o aroma *dele*.

Amadeirado e quente, ele tinha um cheiro caro, mas não de um jeito insuportável, não perfumado como o de tantos homens de sua classe. Era um aroma sutil que a fazia querer se aproximar cada vez mais — o que não daria certo. Mesmo assim, ele era o homem com o cheiro mais delicioso que ela já conhecera.

Ele engoliu em seco, e o olhar dela seguiu a ondulação de sua garganta. Quando seu olhar se ergueu, o que ela detectou nos olhos dele congelou a respiração em seu peito.

Conhecimento.

Oh.

Ele também sentiu isso, então.

4

E le deveria soltá-la.
       Jamie entendia isso.

Mas ele não conseguia soltar os dedos o suficiente para lhe dar liberdade.

Um batimento cardíaco, depois outro, a mão dela e seus espetaculares olhos azuis permaneceram cativos dele. Sua língua rosa deu uma rápida lambida em seu lábio inferior carnudo. Sua boca ficou seca.

O que estava acontecendo, ali, com aquela mulher?

De repente, como se arranca uma bandagem com um único movimento rápido, ele abriu os dedos. Ela se afastou, mas seus olhos permaneceram fixos nos dele.

"Experimente antes que o guarda acorde", ela disse, com a voz rouca e sussurrante.

Jamie assentiu e suprimiu a inesperada onda de desejo que fizera sua calça ficar apertada. Ele se sentiu estranhamente pego de surpresa. Enquanto seus dedos apertavam a chave, ele se esforçou ao máximo, os músculos do antebraço se contraindo com o esforço. No momento em que ficou preocupado que a chave pudesse quebrar na fechadura, as travas teimosas começaram a se mover e, finalmente, se soltaram com um clique abafado. A mulher — *Hortense*, ela insistiu, embora ele sentisse uma meia mentira no nome — agarrou a maçaneta e abriu uma fresta da porta, o suficiente para ela passar. Ela era como mercúrio, seus movimentos líquidos e rápidos. Como ela pudesse escapar facilmente por entre os dedos.

Uma vez lá dentro, com as costas pressionadas contra a porta envidraçada, ele levou um instante para perceber que estavam atrás de grossas cortinas de veludo que haviam sido fechadas, apenas alguns metros de distância de cada lado. Com duas pessoas dentro de seus limites escuros, aquele era um espaço íntimo.

Em sintonia com ela, era assim que seu corpo se sentia. Era extremamente inconveniente.

Ela se aproximou e usou um único dedo para abrir um pouco a cortina antes de espiar. "A sala está vazia."

Ela passou pela abertura, e ele a seguiu para uma sala de estar que estaria mergulhada na escuridão total se não fosse pelo fogo apagado na lareira. Era uma sala elegante que também conseguia ter a aparência de uma residência de solteiro, com cores suaves, a madeira escura, a ausência de flores e de feminilidade em geral. Era um espaço que Jamie conhecia bem.

Hortense apontou o queixo em direção à lareira. Diante dela, cochilava uma pequena forma peluda, marrom e branca, enrolada em um cobertor. O cachorro sequestrado. Um pequeno terrier, a julgar pela aparência, que os observava com um olho aberto.

A decepção tomou conta de Jamie. Aquele trabalho parecia fácil, o que significava que terminariam em questão de minutos. Então ele retornaria a Asquith Court.

Um passo cauteloso após o outro, Hortense se esgueirou em direção ao cachorrinho. Sua cabeça se ergueu e se inclinou para o lado enquanto ele observava silenciosamente aquele humano avançando em sua direção.

"Cachorro", ela sussurrou.

As orelhas castanho-claros do terrier se inclinaram para frente. Talvez isso não fosse tão simples.

"*Cachorro*", ela tentou novamente.

O animal mostrou seus dentinhos brancos e rosnou baixinho.

"Você não sabe o nome dele?" perguntou Jamie.

Um breve aceno de cabeça foi a única resposta que ele obteve.

"Tente uma voz melodiosa", ele sugeriu. "Tipo" — ele pigarreou — "*Ca-chor-rinho*".

Bem, isso foi uma bobagem, não foi?

Seu olhar se voltou para o dele, o humor brilhando em seus olhos. A mulher estava definitivamente contendo uma risadinha. Ela abriu a boca para possivelmente expulsá-lo da sala quando o cachorro se levantou sobre as quatro patas e começou a rosnar sem parar, sacudindo seu corpo compacto da cabeça às patas. Ele não estava aceitando aquilo.

A batida repentina de uma porta na frente da casa atraiu os três pares de olhares. Em seguida, veio o farfalhar de saias de seda, seguido pelo ronco baixo e persuasivo de uma voz masculina e uma risadinha feminina deliciada.

Sir Archibald Winthrop havia voltado para casa.

Com uma amante.

E a julgar pelo volume crescente, o casal se aproximava dessa sala.

Hortense apontou o queixo em direção às cortinas. Antes que Jamie percebesse o que estava fazendo, ele agarrou a mão dela e a puxou para ficarem atrás da cortina com ele. E bem na hora, pois o casal, que parecia bastante embriagado, entrou na sala.

Ele olhou para baixo e encontrou olhos arregalados o encarando, com expectativa em suas profundezas. "O que foi?", sussurrou.

O olhar dela baixou, e ele sentiu a mão pousar em sua mão, que ainda segurava a dela. Seus dedos soltaram a mão esguia naquele instante. Ele não conseguia tirar as mãos das dela.

Que noite estranha e intrigante aquela estava se tornando. Ele não tinha certeza se gostava da mulher, mas parecia atraído por ela de uma forma que nada tinha a ver com sua consciência.

"Vamos?" ele perguntou sem ver outra opção.

O olhar dela endureceu como aço. "Vá embora se quiser, mas eu nunca desisto de um trabalho. Esse cachorro será capturado."

Ela abriu as cortinas alguns centímetros e pressionou um olho na fresta. Acima da cabeça, Jamie mal conseguia distinguir Winthrop do outro lado do quarto, servindo dois conhaques. Aqueles dois não iriam a lugar nenhum tão cedo. Um gemido de frustração quase imperceptível foi liberado com a respiração de Hortense. Ela se agachou e passou os dedos pela fresta das cortinas. Do seu ninho de cobertores, o cão a observava com um olhar cauteloso e não moveu um músculo.

O ouvido de Jamie captou um som, familiar e previsível. O estalar de carne molhada contra carne. Winthrop e sua companheira começaram — *maldição!* — uma sessão de beijos bastante amorosos na chaise longue [1].

Ele se agachou ao lado de Hortense e balançou os dedos ao lado dos dela para atrair o terrier. Ele entendia a direção da noite de Winthrop e não tinha intenção de estar ali para presenciar.

Infelizmente, seus esforços tiveram o efeito oposto ao desejado sobre o cão. Claramente cansado daquela brincadeira, o cãozinho impetuoso latiu uma vez, duas vezes, até que se transformou em um latido completo. Como um só, Jamie e Hortense recuaram assustados.

Winthrop, pensando que o cão estava latindo para ele, gritou: "Ah, cala a boca, seu pestinha!" e jogou um travesseiro na direção do animal. O travesseiro passou longe do alvo, tanto literal quanto figurativamente, pois agora o terrier direcionava seu ânimo para Winthrop.

"Presumo que esta seja a primeira vez que você tenta afastar

---

1. *Chaise longue* é um sofá estofado em forma de poltrona com uma extensão onde se podem estender as pernas.

um cachorro de seu sequestrador?" sussurrou Jamie, com a boca a centímetros da orelha de Hortense.

Seu maxilar ficou tenso.

Ele detectou uma relutância em dar uma resposta verdadeira no movimento.

"Pode ser." A confissão soou arrancada dela com a mesma facilidade de um dente extraído. "Winthrop deveria estar fora até o amanhecer. Agora, cale a boca e deixe-me pensar."

Outra risada feminina percorreu a sala, esta mais grave, emergindo do fundo da garganta da mulher. Essa risada não deixou dúvidas sobre para onde os próximos minutos a levariam. Em seguida, soou um suspiro solto com um pequeno gemido no final. Peças de roupa começaram a ser descartadas em um ritmo alarmante e aleatório.

Com o rosto pálido, os olhos de Hortense brilharam para encontrar os de Jamie, o pânico ecoando em suas profundezas. E algo mais também.

Conscientização.

O espaço íntimo atrás das cortinas de veludo preto de repente diminuiu pela metade. Ficou mais quente também.

Não, não apenas mais quente. *Tórrido.*

Ele engoliu em seco e se viu afrouxando a gravata.

Então vieram outros sons. Sons rítmicos acompanhados por um barulho que lembrava o miado de um gato.

Oh, Deus. O que ele precisava era de um copo d'água.

Ou de um mergulho, mais provavelmente.

O olhar de Hortense desviou do dele e encontrou seus pés. Ele não tinha certeza se conseguiria suportar aquilo.

Os gemidos.

Os *"ohs".*

Os *"ahs".*

O som de um corpo nu deslizando contra o outro.

O casal que estava transando na chaise longue não era o único suando naquela sala. A consciência floresceu em plena efusão.

Consciência do corpo dele.

Consciência do corpo dela.

Consciência do corpo dele em relação ao dela. O dele era esguio e corpulento comparado à forma pequena e graciosa dela. No entanto, ele suspeitava que eles se encaixassem perfeitamente.

Ela mordeu o lábio inferior entre os dentes, e seu pensamento predominante foi que ele não queria nada mais do que testar sua delicada maciez entre os próprios dentes. Cerejas, ele decidiu. Ela teria gosto de cerejas.

Ele convocou os últimos resquícios de sua força de vontade. Quando havia sentido desejo pela última vez? Meses? *Anos?*

Um grito particularmente estridente o trouxe de volta à realidade. O interlúdio sexual do outro lado das cortinas estava ficando cada vez mais alto, e barulhento e estridente.

E o interlúdio que começara a se desenrolar em sua cabeça com a mulher ao seu lado, bem, era melhor parar nos lábios e cerejas.

"Você não acha que seria sensato ir embora?" ele perguntou. Sabedoria era o que o momento pedia. A sabedoria de Salomão. Seu pênis, no entanto, tinha outras ideias enquanto se esticava com força contra a calça superfina.

A mulher teimosa ao seu lado balançou a cabeça. "Não sem o cachorro."

Jamie inalou um gemido de mil frustrações, mas uma em particular. "Você tem alguma ideia?"

"Precisamos..." Seu olhar se voltou para o teto como se pudesse encontrar a resposta ali.

"O quê?" ele perguntou, precipitando-se em suas palavras. Ele precisava que ela o salvasse de si mesmo. "Precisamos *do quê?*"

"Precisamos...", ela começou novamente. "Precisamos de algo para atraí-lo."

"Uma isca?" Jamie deu um tapinha no bolso do casaco. "Como comida?" ele perguntou a ideia só agora lhe ocorrendo.

Sobrancelhas pretas se franziram questionadoras. "Hum, sim."

Quando ele tirou um pequeno pedaço de bacon do bolso, a boca dela se abriu por uma fração de segundo. Uma dose considerável de satisfação o percorreu. Ele suspeitava que fosse muito difícil chocar a mulher.

A decisão apareceu em seus olhos, e ela deu um passo à frente — tão perto que seu perfume sutil chegou ao nariz dele. *Fresco... Limpo... Limão* — e estendeu a mão. Ele ficou rígido antecipando o toque dela. Talvez uma carícia em sua bochecha. Ou talvez os dedos delgados dela deslizassem pelo seu pescoço e se enroscassem em seus cabelos. Ele achava que não se importaria muito com isso.

Ou nem um pouco.

As mãos dela, no entanto, pararam em seu pescoço e começaram a puxar sua gravata. "Como é?" Não havia como negar o desejo cortante em sua garganta.

"Eu preciso disso."

Palavras que seu corpo ansiava por ouvir, mas não sobre sua gravata.

Seus dedos hábeis tiraram rapidamente a peça antes de tirá-la do pescoço dele. Ela amarrou uma ponta em volta do bacon e abriu a cortina os centímetros necessários para lançar a carne como uma isca. Ela pousou com um baque suave, abafado demais para o casal ouvir, envolvidos como eles estavam no que parecia uma disputa de gritos.

O focinho do pequeno terrier começou a se mexer, então sua cabeça se ergueu. Num piscar de olhos, ele saltou sobre as quatro patas e, com o focinho no chão, começou a seguir o rastro de carne enquanto Hortense puxava a gravata, tomando cuidado para manter o bacon fora de alcance.

Jamie abriu a cortina apenas o suficiente para deixar o cão rabugento entrar. Hortense o agarrou e ofereceu a carne na palma da mão aberta. O cachorro a devorou em uma única mordida. Seu rostinho a encarou por mais, toda inocência. "Besta gananciosa", ela murmurou.

Jamie sentiu um sorriso prestes a escapar. Aqueles sorrisos sempre tentavam escapar. Ele reprimiu os músculos traidores da boca e se fez útil abrindo a porta externa. "Depois de você."

Ela colocou a cabeça para fora e olhou para os dois lados, provavelmente procurando pelo guarda. Então, ela passou pela porta estreita, seu ombro roçando o braço dele no espaço apertado. Uma onda inesperada de eletricidade percorreu seu corpo. Que efeito novo aquela mulherzinha tinha sobre ele. Ele deixou o pensamento de lado e a seguiu, juntando-se a ela na sombra do muro onde haviam deixado as botas.

"Você tem mais daquela carne?" ela perguntou num sussurro apressado.

Jamie olhou para baixo e viu a pequena terrier rosnando para ele em seus braços. Ele tateou o bolso, encontrou outro pedaço de bacon e o estendeu. O cachorro deu uma cheirada cautelosa, depois outra, antes de abocanhar o petisco saboroso.

Hortense aconchegou o terrier mais fundo sob o braço, enquanto ele permanecia um tanto satisfeito, e novamente abraçou o muro enquanto saíam do jardim em um passo rápido. Não se falaram mais até estarem a meia rua de distância.

"Preciso perguntar", ela disse sem diminuir o passo. "Como você conseguiu bacon?"

"Stinton deixa bandejas de comida espalhadas pela casa, pois meu apetite ficou um tanto caprichoso." Por que ele não conseguia conter essa tendência de se revelar para aquela mulher? "Então eu saí correndo atrás de você. Daí, bacon."

Isso arrancou um sorriso relutante dela. O fato de ele se sentir tão gratificado por isso era desconcertante. "Devo te agradecer por ter salvado o meu emprego?", ela disse.

"Você pode, se quiser. Eu não vou impedi-la."

Ela bufou. Seus lábios se fecharam, sem agradecimentos. Ela diminuiu o passo para um mais razoável, um que convidasse à conversa.

"Isso foi", ele se viu dizendo, *"divertido"*. A palavra surgiu como se fosse uma nova experiência. "Poderíamos fazer de novo."

Olhos incrédulos se voltaram para ele. "Esse não era o nosso acordo."

"Acordos podem ser alterados."

Ela jamais concordaria com tal acordo, então por que ele a estava pressionando?

Porque algo dentro dele não conseguia resistir.

"Não o nosso", disse ela, firme e determinada. "Agora, é aqui que nos separamos."

Ele olhou ao redor das fileiras organizadas de casas geminadas que se estendiam de cada lado. "Você mora em Mayfair?"

"Claro que não."

"Eu a acompanharei até seus aposentos." Seu tom senhorial não tolerava discordâncias.

"Isso é completamente desnecessário." Ela retomou a caminhada, claramente decidida a deixá-lo comendo poeira.

Ele conteve a língua e permitiu que seus pés conduzissem a conversa por ele enquanto se aproximava dela. Ele a acompanharia até seus aposentos. Afinal, ele era um cavalheiro.

Eles continuaram a caminhar por Londres em silêncio. Até mesmo o pequeno terrier manteve a calma e mal puxou a guia que ela havia feito com a gravata. Eles atravessaram ruas, atalhos e becos, saindo dos arredores tranquilos de Mayfair para o coração da cidade, que muitos de sua classe social nunca haviam conhecido. Londres nunca dormia completamente, mas isso era o mais perto que chegava, com poucos outros cruzando seu caminho, e os que cruzavam, sem dar a mínima atenção.

Nas profundezas de Westminster, seu passo diminuiu e ela indicou um prédio à frente. "É aqui que nos separamos."

Ele deu uma olhada no edifício — um acabamento cinza e preto indefinido, com o único adorno sendo o número onze. "Você mora aqui?"

Ele estava enrolando. Por quê?

Uma resposta surgiu sozinha, uma da qual ele não gostou muito. Uma resposta que explicava por que ele dissera que poderiam fazer aquilo de novo.

Ela olhou para cima, com um brilho nos olhos. Que azul extraordinário eles eram. Como se o Mar Mediterrâneo tivesse sido atingido por um raio. O terrier a seus pés o encarou com exatamente o mesmo olhar, só que seus olhos eram castanhos. "Tenho uma pergunta para você", ela disse.

"Continue."

"Como você sabia que eu tinha estado no seu escritório? Eu fui cuidadosa."

Ao se lembrar do motivo do primeiro encontro deles — não mais de duas horas antes — sua indignação tentou reacender. Mas a antiga ira não conseguiu reunir muito mais do que uma faísca efervescente.

"O tinteiro", ele disse.

Ela franziu a testa. "Como é?"

"O tinteiro não estava no ângulo de costume."

Sua sobrancelha se ergueu. "E você notou?"

"Sim."

"Hã."

"O quê?"

Ela balançou a cabeça brevemente, como se tentasse limpar a sujeira. "Você não é tão diferente do seu irmão, é?"

"Como o dia da noite."

"E qual você é?"

Ele abriu a boca e a fechou. Na verdade, não tinha certeza.

Sem dizer mais nada, ela pegou o pequeno terrier e entrou em um beco estreito que Jamie mal notou. Seus olhos a seguiram até que ela desapareceu por uma porta.

E durante todo esse tempo ele manteve os pés firmemente plantados no chão, pois, se eles lhes desse permissão, eles poderiam tentar seguir a mulher frustrantemente interessante.

Algo nele não queria deixar aquela noite passar.

Mas não adiantou. Ele ordenou que seus pés se afastassem da rua dela, do bairro dela, um passo após o outro.

Ele tentou se agarrar à sensação que começara a percorrer seu corpo naquela noite ao vê-la pela primeira vez. Era uma sensação que ele não sentia há meses, anos, talvez a vida inteira. Sim, houve a indignação, mas o que se seguiu foi singular. Excitação, sim, mas algo mais.

O ar ao redor daquela mulher tinha uma luminosidade, uma imprevisibilidade.

A vida dela era incomum, uma que ele nunca havia compreendido em todos os anos em que Nick esteve envolvido nela. Mas, naquela noite, ele tivera um vislumbre, e com certeza, desejava saber mais.

Por alguma razão, ele queria impressionar aquela mulher que suspeitava ser bastante impressionante.

Você não é tão diferente do seu irmão, não é mesmo?

Quando ela fez a pergunta, mais uma vez, ele sentiu isso. *Viu.* Ele não entendia muito bem, mas aquela mulher o *viu*. Estranhamente, isso era importante.

Por fim, seus pés o levaram a St. James Square e à sua mansão, que mais parecia um mausoléu. Um medo terrível tomou conta dele, à medida que, a cada passo, a noite ficava cada vez mais distante.

À sua frente estava seu futuro, o oposto daquela noite. *Previsível... Sem graça...*

Sozinho.

Exceto... E se não precisasse ser? E se...

Claro.

E se ele tivesse alguma utilidade para ela?

Seu pênis se contraiu.

Não *essa* utilidade.

No final do relatório, o agente da Bow Street Runner perguntou como Jamie queria prosseguir. Ele adiou a resposta, ponderando se deixaria ou não o assunto de Mollie Rafferty de lado. Mas agora entendia que estava sendo desonesto consigo mesmo. Ele havia ressuscitado os mortos e, embora quatorze anos tivessem se passado, precisava saber como, por que e o que aconteceu com ela.

Essa noite, ele encontrara a pessoa certa para encontrar as respostas para essas perguntas.

Convencê-la a concordar seria uma questão completamente diferente.

5

A coleira na mão de Hortense se esticou e a fez parar abruptamente.

Uma frustração agora familiar tomou conta dela. Essa era a décima parada nos últimos quinze metros. Ela estava contando. Quem diria que um cãozinho tão pequeno poderia ser tão forte e tão curioso?

Ela estava acostumada a uma economia de movimento que envolvia viajar de um lugar para outro da maneira mais eficiente possível. O pequeno terrier — e seu faro arrojado — tinha outras ideias, que incluíam explorar cheiros interessantes para sua completa satisfação e depois se aliviar neles. Ela passou a chamá-lo de Sir Bacon, devido à sua predileção pela carne saborosa e à sua educação aristocrática. Para um animal de estimação de sangue azul, no entanto, ele certamente demonstrava uma variedade de maneiras rudes.

Falando em aristocratas, era da casa de Lady Fortescue em Mayfair que eles estavam retornando. Uma viagem improdutiva, para dizer o mínimo, pois Sir Bacon permaneceu ao seu lado, com suas perninhas acompanhando o passo mais longo dela em cinco passos, enquanto ele caminhava sem farejar. A energia do terrier era ilimitada, assim como sua bexiga, pois na noite anterior ele havia urinado duas vezes no chão do quarto dela e uma vez na cama. Na verdade, ela não se importava tanto com ele depois que ele se acomodou e se aconchegou ao lado dela enquanto dormia.

O que a incomodava profundamente era que Lady Fortescue não estava em casa para recebê-lo hoje. A mulher nem estava em Londres. Ela havia ido para sua propriedade em Hampstead, sem previsão de retorno por um período indeterminado de dias. Esse fato lhe fora relatado por uma ajudante de cozinha que não se dera ao trabalho de esconder sua alegria.

Inicialmente, Hortense deu de ombros diante do acontecimento inesperado — ela poderia receber o pagamento outro dia — e estendeu a guia do cachorro para a ajudante. Balançando a cabeça decididamente, a moça deu um passo apressado para trás, depois outro, só para garantir. "Ah, não. Com a partida de Sua Senhoria, não estou a fim de limpar a bagunça desse malandro."

A porta da cozinha se fechou diante do rosto perplexo de Hortense, e pronto. Sir Bacon continuaria sob sua tutela por um futuro próximo. Ela lançou um olhar para o terrier. Ele possuía certo charme com seu passo curto e alegre e porte altivo.

Seu nariz o fez parar. Mais uma vez. "Ah, Sir Bacon. Não vê que o número onze está logo ali?"

Ela calculou uma distância de trinta metros até seu destino. O que significava vinte paradas vexatórias entre aqui e lá.

De repente, uma sensação arrepiou sua pele. Ela olhou ao redor até encontrar um par de olhos fixos nela do outro lado da rua. Agachado em um canto indefinido, o rapaz estava desgrenhado, vestido em trapos e dificilmente receberia um segundo olhar, exatamente como todas as enguias queriam. Tendo chamado a atenção dela, ele desdobrou seu corpo esguio e se levantou. Então, tirou o boné e saiu correndo, a mensagem enviada. Doyle esperava o pagamento do imposto naquela noite.

Ela tinha o imposto dele. Um pequeno cavalo de latão empinado nas patas traseiras — Doyle tinha uma queda tanto por latão quanto por cavalos — que parecia ser limpo apenas duas vezes por ano. Em outras palavras, era improvável que Winthrop deixasse passar despercebida uma bugiganga dessas.

Um tremor de gelo a percorreu. Mas por quanto tempo? Por quanto tempo ela conseguiria continuar assim? Quantas vezes "dessa vez" seria a última vez?

Em frente à pensão, ela notou um magnífico cavalo cinza-malhado, cujas rédeas eram seguradas por um cavalariço bastante elegante, atraindo o olhar de todos os passantes. Um animal assim não era visto com frequência por aquelas bandas.

Seu estômago se revirou. Era uma visão mais familiar em lugares como, digamos Mayfair e St. James's Square.

Intrigada, mas principalmente desconfiada, ela decidiu entrar na pensão pela porta principal, em vez de pegar a entrada do beco diretamente para seus aposentos. Ela estava estendendo a mão para a maçaneta quando a porta se abriu por dentro. Bem no centro da abertura estava a Sra. Hayhurst, alta, ereta e vestida da cabeça aos pés com seu costumeiro vestido preto. O que não era comum era o olhar frenético em seus olhos. "Você tem uma visita", ela disse sua voz um sussurro apressado.

"Ah?" Hortense permaneceu calma pelo bem da outra mulher.

O olhar da Sra. Hayhurst baixou. "O que é isso?"

"Um cachorro." Ela sabia que esse confronto estava para acontecer.

"Mas... mas por que está aqui?" Os olhos da senhoria se estreitaram. "Embora eu tolere seus pedidos excêntricos e horários estranhos, um vira-lata na minha casa é completamente fora de cogitação —"

Hortense ergueu a mão para conter o restante da repreensão da Sra. Hayhurst. "Este vira-lata é Sir Bacon. Você e eu falaremos sobre ele — e sobre uma recompensa adequada — mais tarde."

A outra mulher soltou um suspiro de alívio, mas um brilho avarento surgiu em seu olhar, com a perspectiva de uma *recom-*

pensa adequada. A estadia de Sir Bacon poderia ser negociada por um preço. Hortense conteve um suspiro. O mundo podia ser um lugar tão previsível.

"Agora", disse ela, "você estava falando sobre essa visita?"

A Sra. Hayhurst piscou, e o olhar aflito retornou. Sua voz baixou uma oitava confidencial. "É um cavalheiro veio lhe visitar. Eu o levei para a sala de estar."

Hortense cumprimentou a senhoria com um aceno de cabeça, e ela e Sir Bacon passaram rapidamente por ela. O visitante provavelmente era Nick, e o cavalo lá fora era dele. No início da manhã, ela havia enviado um bilhete informando-o de que um relatório sobre o irmão dele estaria pronto o mais breve possível.

No entanto, um detalhe a incomodava. Nick nunca entrava pela porta da frente do estabelecimento da Sra. Hayhurst, sempre optando pela escada dos fundos, que dava diretamente para os aposentos dela, quando precisava vê-la.

Hortense enfiou a cabeça para dentro da sala de estar e ficou aliviada ao ver que estava certa, pois lá, na extremidade oposta da sala, estava Nick, olhando pela janela que dava para a Rua Little Peter. Ela considerou a possibilidade absurda de que pudesse ser o irmão.

Ela se sacudiu mentalmente. Não conseguia pensar no irmão. Porque se pensasse no irmão, pensaria na noite passada e no trabalho. E se pensasse no trabalho, bem, poderia pensar no casal do outro lado das cortinas, brigando como dois gambás no cio... E no homem escondido com ela. E em seu delicioso aroma, em seus dedos longos e másculos, no ronco profundo e atraente de sua voz e no calor insuportável que a percorreu com a combinação de tudo isso.

O fato era simples. O homem exercia uma atração sobre ela.

Ela não era uma virgem, mas também não era do tipo que transava com qualquer homem que achasse atraente. Esse comportamento só trazia problemas para uma mulher, seja na família ou com doenças. Nenhuma das opções tinha o menor apelo.

Então, sim, era ótimo que fosse Nick quem estivesse fazendo uma visita.

Sir Bacon à frente, ela entrou confiante na sala, com um cumprimento nos lábios. Ele se virou ao vê-la se aproximar, e ela parou de repente. Sua boca se fechou.

Não era Nick.

Era o irmão.

Lorde James Asquith, o Marquês de Clare.

Jamie, como ele havia pedido para ser chamado.

E, de alguma forma, ele era mais atraente à luz do dia, vestido com a elegância típica do cavalheiro londrino: botas Hessian [1] reluzentes, calças de camurça bege, fraque verde-escuro e gravata de seda branca impecavelmente amarrada. No entanto, a forma como ele preenchia a roupa com seus ombros largos e coxas musculosas era, bem, tudo menos comum.

E ela havia chamado *esse* homem de inexpressivo?

Em contraste, era ela quem não impressionava, com seu vestido cinza opaco, capa cinza opaca e botas marrons opacas. Tudo limpo, mas decididamente simples, como deveriam ser. Ela não se vestia para chamar atenção. Muito pelo contrário. Então, por que se sentiria maltrapilha? Nunca se importara antes; por que se importaria agora?

Ela limpou a garganta, mesmo que sua mente não estivesse tão tranquila. "A que devo o prazer desta visita?" Seu tom de voz sugeria tudo, menos prazer. "Eu acreditava que nossa associação

---

1. A bota Hessian é um estilo de bota leve para montaria que se tornou popular a partir do início do século XIX. Usadas pela primeira vez por soldados alemães no século XVIII, essas botas militares de montaria tornaram-se populares na Inglaterra, particularmente durante o período da Regência (1811-1820), com seu couro polido e borlas ornamentais. Inicialmente usadas como calçado padrão para regimentos de cavalaria leve, especialmente hussardos, elas se tornariam amplamente utilizadas também por civis em atividades equestres e outras atividades ao ar livre.

um com o outro havia chegado ao fim natural." Irresistivelmente, ela acrescentou: "Mais uma vez, eu não fugi com a prata."

Ele apontou o queixo para Sir Bacon. "Ele ainda está sob seus cuidados?"

"De fato." Impossível disfarçar sua irritação.

"E vejo que minha gravata continua servindo ao seu novo propósito."

Seu olhar pousou na extensão de seda branca. "Oh."

Claro, ele desejaria uma peça tão fina de volta. Ela se agachou e começou a puxar o nó no pescoço de Sir Bacon. O canino impetuoso soltou um rosnado fugaz, mas se rendeu. "Deixe-me só —"

"Não precisa."

O nó estava provando sua força e não cedendo. "Vou tirá-la—"

"Fique com ela."

Seus dedos pararam. Simples, discreta e segura, a ordem de Clare não era para ser recusada. Ela olhou para cima e o viu observando-a. Seria um brilho de humor em seus olhos cinzentos? Cautelosamente, ela se levantou.

"Você nunca me agradeceu ontem à noite por ter conquistado essa fera", ele disse.

"Atribuí isso à sorte."

"Atribuí isso à fatia de bacon que eu tinha no bolso."

Ela deu de ombros, como se estivesse indiferente, quando, na verdade, sabia muito bem que o maldito homem havia salvado o trabalho de um desastre certo. Mas isso não significava que ela precisasse gostar. Ou agradecê-lo por isso. "A natureza do negócio pode ser inconstante."

Suas sobrancelhas se ergueram em descrença. "Você realmente está se esforçando para não me agradecer."

"Por que você está aqui?" ela perguntou pronta para pegá-lo tão desprevenido quanto ele a pegara.

Com todos os traços de humor desaparecendo, ele foi até o único sofá do cômodo, sentou-se na almofada puída e cruzou as pernas, como se fosse o dono do lugar. O homem era aristocrático, sem dúvida, mas seus movimentos não eram rígidos ou inibidos. Ele tinha uma naturalidade especial.

Ele a encarou com seu olhar tempestuoso e arrogante. Mais um instante se passou, desta vez interminável. Ela não se mexeria nem demonstraria seu desconforto. Simplesmente não demonstraria nada. Ele jamais revelaria o que queria?

"Eu gostaria de contratá-la", disse ele, finalmente.

Um choque repentino e chocante a percorreu. O que—

Então ela se lembrou. Ele era um *marquês*. Em suma, um nobre se divertindo. Ele havia adquirido um gosto por aventuras na noite anterior, e isso ainda não havia saído do seu sistema. "Sou uma péssima empregada. Você pode conseguir alguém melhor", ela disse deliberadamente obtusa. Talvez isso o desencorajasse de qualquer proposta maluca que estivesse prestes a fazer.

Tudo o que fez foi arrancar um sorriso irônico dele. "Que engraçado."

Se era tudo o que ele tinha a dizer, que assim fosse. Sem querer facilitar o caminho para ele, ela permitiu que o silêncio preenchesse o ar e criasse um pouco de desconforto. Que ele encontrasse alguns obstáculos no caminho. Provavelmente, ninguém nunca os jogou em seu caminho.

"Estou aqui para contratar seus serviços de investigação."

"Sentindo falta de um cachorro?" ela perguntou.

"Dificilmente."

"Amante infiel?"

Ele bufou. Se um bufo pudesse soar nobre, o dele soava.

"Por que eu?" ela perguntou. "Um detetive da Bow Street Runner provavelmente serviria aos seus propósitos, sejam eles quais forem."

"Já passei por isso."

"Passe por isso de novo."

Ele balançou a cabeça lentamente. "Eu não quero um Bow Street." Ele descruzou as pernas e sentou-se para frente, com os cotovelos apoiados nos joelhos. De repente, ele ocupou todo o espaço da sala. "Eu quero você."

A respiração dela se esvaziou. Que ele pudesse dizer tais palavras...

"Para o trabalho, é claro", ele emendou, mas não timidamente.

Ela recuperou a compostura. E a inteligência. "Minha agenda está cheia."

"É uma questão delicada", ele continuou, como se ela não tivesse acabado de recusá-lo.

"Eu pareço delicada para você?"

Sua cabeça se inclinou e seus olhos se estreitaram em avaliação. "Sério?"

Algo no som daquela pergunta fez seus nervos se animarem, mas ela assentiu mesmo assim.

"Você pode ser."

Seus pulmões pareciam repentinamente cheios de ar. Ela podia ignorar aquelas três palavras. Ela precisava. Caso contrário, ela poderia se perguntar o que mais ele via nela.

"Qual é o trabalho?" ela perguntou contra seu bom senso. Ela se deixaria levar se não tomasse cuidado.

"Preciso que você descubra o que aconteceu com uma mulher."

Claro, veio um pensamento cínico. Assuntos delicados sempre envolviam mulheres. "As mulheres do seu grupo não são muito difíceis de rastrear, e você verá que os criados geralmente estão dispostos a compartilhar informações por uma ou duas moedas. Existem poucos lugares onde sua dama poderia estar."

"Ela não era minha *dama* no sentido estrito da palavra."

"Sua casa em Londres", ela continuou, ignorando-o. "Ou sua propriedade rural."

"Para deixar claro, ela não era do meu grupo social."

De novo, o pretérito. Além disso, ela captou um tom em sua voz, um tom que permaneceu por um instante em seus olhos. Seria... *Dor?*

Ela devia ignorar qualquer emoção que detectasse em seus olhos, o que certamente não lhe dizia respeito, e recusá-lo, por três simples razões.

Ele era irmão de Nick.

Ele só a via como um meio para uma brincadeira.

Ele a deixava nervosa com um simples olhar.

"Tenho vários trabalhos na fila que preencherão meu tempo no futuro próximo."

Ela tinha um trabalho agendado. E outro para terminar. Ela olhou para Sir Bacon, sentado a seus pés, lambendo partes que deveriam permanecer privadas. Ele realmente não tinha boas maneiras.

"Agora, se isso é tudo", ela disse na esperança de acelerar aquele encontro para o seu fim inevitável. "Eu tenho um dia atarefado." Ela se aproximou lentamente da porta.

O homem não se mexeu. "Pago o dobro do seu preço normal."

As palavras prestes a sair de sua boca caíram no chão. *O dobro?* A tentação, astuta e sedutora, ergueu a cabeça e fez uma pergunta. *E se—*

Ela não permitiu que terminasse. Precisava recusar. Simplesmente não podia se envolver com o irmão aristocrático e muito atraente de Nick, que poderia fazer seu sangue ferver em suas veias. "Embora eu aprecie a generosidade de sua oferta, devo recusar—"

"O triplo."

Os motivos para sua recusa tornaram-se nebulosos. *O triplo?* Quão difícil seria encontrar uma mulher que, pelo que parecia, não estava viva?

"Mas você não sabe o quanto está triplicando", ela falou dando-lhe outra oportunidade de recobrar os sentidos e ver o ridículo da situação.

Com o rosto impassível em granito inescrutável, ele se levantou e caminhou — o homem andava de outra maneira? — até a escrivaninha, que já vira dias melhores, a julgar pelos arranhões e marcas profundas em sua superfície. Ele começou a vasculhar as gavetas até que sua mão emergiu segurando um pedaço de papel, no qual imediatamente começou a rabiscar. Então, caminhou até onde ela estava e parou a menos de um metro de distância, com o papel estendido.

Seu aroma a envolveu em suas notas agora familiares de bétula e patchuli. Resistindo à vontade de inalar profundamente seu delicioso aroma, ela pegou o pedaço.

"Essa é a quantia que eu estou disposto a lhe pagar se você aceitar o trabalho."

Ela olhou para baixo e seu pulso acelerou a todo vapor. Seria esse número verdadeiro?

Ela piscou. A quantia permanecia a mesma.

Podia, e era.

O número naquele insignificante pedaço de papel representava um ano de espionagem de esposas infiéis de homens aristocráticos, e vice-versa. Ele tornara impossível recusar, e sua expressão arrogante dizia que ele sabia disso.

Seu olhar frio e cinzento se estreitou. "Tenho duas condições."

Seu corpo ficou rígido de tensão. *Condições.* Claro. Sempre havia condições, ao lidar com homens poderosos. Eles estavam tão acostumados a ter todos os seus pensamentos e desejos atendidos. Por que ele deveria esperar menos neste caso?

Bem, ele veria.

Ela cruzou os braços. Sir Bacon, sentindo a mudança em seu comportamento, soltou um pequeno rosnado. "A primeira condição?"

"Nada nefasto, posso garantir. É simples, na verdade."

Ela se preparou.

"Eu vou te acompanhar."

"Me acompanhar?"

"Eu vou participar da sua investigação", ele explicou com paciência.

"Mas por quê?"

Ele deu de ombros e tirou um fiapo da manga, antes impecável. "Chame de capricho."

"Um capricho?" Ela zombou. "Você não é um homem caprichoso."

"E o que mais você sabe sobre mim?" ele perguntou em voz baixa e dura. Só na noite anterior ele a flagrou entrando sorrateiramente em seu escritório. Ela sabia algumas coisas sobre ele.

Mesmo com borboletas no estômago a percorrendo, era vital que ela se mantivesse firme e retribuísse o mesmo que recebia. "Eu mal te conheço, mas disso eu sei."

Mais uma vez, o sorriso sarcástico dele apareceu. "Vou estar envolvido em cada passo do caminho, entendeu?"

Ela deveria dizer não. Ela deveria dizer não. *Ela deveria dizer não.*

Em vez disso, ela ergueu o papel. "O dobro desta quantia."

Ele bufou, como só um lorde poderia fazer. Ele recusaria, ela sabia. Então, sua mão se estendeu rapidamente. "Você acabou de fechar um acordo."

Ela engoliu em seco antes de pegar a mão dele. Era quente, masculina e possuía um aperto firme e seguro. Se os olhos dele não transmitiam a mensagem decididamente, o aperto de mão dele transmitia. Ela não recuaria o acordo. Seu destino estava selado.

Ela sentiu uma pontada de apreensão. Sempre fora capaz de lidar com qualquer situação e qualquer eventualidade, com poucas exceções. Era essa a sua reputação. Mas agora, com este homem, não tinha tanta certeza. O que ela tinha feito?

Ela fez menção de puxar a mão, mas a dele a segurou firme. "Quando começamos?"

"Amanhã."

"Por que não hoje?"

Uma risada a assustou. "Ao contrário do que provavelmente lhe ensinaram desde o nascimento, você não é o sol em torno do qual o universo orbita." Com essas palavras, ela recuperou a razão e sua habitual coragem, enquanto recuperava a mão com um pequeno e elegante movimento. "Qual é o nome dessa mulher?"

"Vamos sentar enquanto conversamos?" Ele acenou em direção ao sofá.

Ela o contornou, sentou-se na beirada da cadeira em frente e esperou enquanto ele se sentava. "O nome dela?", perguntou ela, disparando a primeira pergunta de qualquer entrevista com um novo cliente.

"Mollie Rafferty."

"Irlandesa?"

"Os pais dela vieram da Irlanda quando ela era um bebê."

"Onde você a conheceu?"

"No Pett's Coffeehouse em Covent Garden."

"E onde você a viu pela última vez?"

"No apartamento dela em Honey Lane."

"Cheapside? Bairro decente." Mas não em Mayfair. Uma imagem da mulher e do relacionamento de Clare com ela começava a se formar.

Ele a encarou. "Era o apartamento que aluguei para ela."

E lá estava, a imagem nítida. Mollie Rafferty fora mantida por ele. Hortense não pôde deixar de se sentir um pouco decepcionada. Era sempre esse tipo de coisa com lordes. No entanto, ela pensou que desta vez poderia ser diferente.

"E quando foi seu último encontro?"

"Quatorze anos atrás."

"O que o Bow Street lhe disse?"

"Que ela está morta."

Embora suspeitasse, um traço de choque percorreu Hortense diante da franqueza da declaração. Era como se ele tivesse que dizer as palavras de forma áspera para esconder... O quê? Ela não conhecia aquele homem, nem a maneira como ele deveria dizer tais palavras. Certo. "Pessoas mortas tendem a ficar no mesmo lugar", disse ela. "Ela não deve ser muito difícil de localizar."

"Quero saber como, por que e o que aconteceu com ela." Uma batida pesada de tempo passou. "Preciso saber."

Ela ignoraria a nota de emoção que se perdera na palavra necessidade. Ele não gostaria que isso fosse reconhecido. Ela também sabia disso. "Peça ao Bow Street para fazer mais investigações."

"Mais uma vez, quero que *você* as faça."

"Ele lhe disse onde ela morreu?"

"Bermondsey."

Hortense sentiu um ácido no estômago. Era a mesma coisa toda vez que ouvia o nome daquele lugar. "Uma área grande para cobrir. Ele reduziu a lista?"

"Um asilo."

Ela forçou a voz a manter a firmeza. "St. Mary Magdalen?"

"É esse mesmo."

Lá estava, como seu instinto suspeitava. Seria aquele asilo. As paredes da sala de estar começaram a encolher, estreitando-se a cada rápida inspiração de seus pulmões.

Os olhos de Clare se estreitaram. "Você está bem?"

Ela desejou que seu corpo se acalmasse, mesmo com a emoção a percorrendo. Depois de todos esses anos, St. Mary Magdalen exercia um poder sobre ela. No entanto, esse passado não tinha nada a ver com o trabalho em questão. "Certo", ela disse com uma voz rouca.

"Eu não acredito em você."

As palavras pairaram no ar, seu olhar se prendendo ao dele como se fosse uma tábua de salvação. Seria *preocupação* o que ela detectava entre os espaços daquelas quatro palavras? E por que elas varriam o pânico de seu corpo?

"Você não precisa acreditar em mim", ela retrucou. Era o que ela diria.

E conseguiu, pois ele deu mais uma de suas bufadas senhoriais e se recostou. Ambos entenderam que ela havia se recuperado.

"Vamos para o asilo agora?" ele perguntou, novamente tentando abrir caminho.

"Não."

"Por que não?"

"Não é a hora certa."

"Não vejo por que —"

"Hoje não", ela disse, impondo autoridade em seu tom. Vital ao lidar com um aristocrata. "Amanhã."

Seu maxilar se contraiu e relaxou, mas seu olhar permaneceu sempre atento a ela. Por fim, ele assentiu.

Com o equilíbrio quase recuperado, ela começou a dar uma série de instruções. "Chegue aqui amanhã às três horas. Venha com a sua carruagem com quatro cavalos. Você tem uma carruagem com quatro cavalos, não tem?"

"Claro." Ele pareceu levemente ofendido.

"E use suas melhores roupas. Algo com fios de ouro."

Suas sobrancelhas se ergueram em questionamento.

"Para falar com a diretora de St. Mary Magdalen", explicou ela, "você vai precisar de toda a sua pompa e título." Ela se lembrou de algo mais que precisariam. "E dinheiro. Traga uma bolsa cheia de moedas." Ela se recostou na cadeira. "Só isso."

Um sorriso repentino iluminou seu rosto. Aquele que o tornava um pouco atraente demais. "Estou dispensado?"

Ele não estava errado. Ela, de fato, o havia dispensado, um marquês. Provavelmente era uma experiência nova. Uma que ela estava muito feliz em proporcionar. "Você está."

O sorriso sumiu um pouco, ele se levantou e fez uma reverência superficial. "Até amanhã, Srta. Marchand."

Ela começou a responder e parou. *Como ele a chamara?* "Como sabe meu sobrenome? Eu não lhe disse."

"Sua senhoria talvez não seja tão discreta quanto você gostaria."

O maldito homem estava prestes a sair do quarto quando ela se lembrou de algo. "Clare?"

Com a mão na maçaneta da porta, ele se virou. "Sim?"

"Sua segunda condição? Você nunca disse."

O brilho sardônico retornou aos seus olhos. "Eu estipulo que você me chame de Jamie."

"Altamente irregular", ela disse. Ela não queria chamá-lo de Jamie. Era muito familiar, e familiaridade só gerava mais familiaridade.

"*Faça-me esse favor*", saiu de sua boca em um ronco baixo e aveludado que quase a deixou sem fôlego.

Por sorte, ela conteve a respiração e a razão o suficiente para dizer: "Aí está o problema."

"Que problema é esse?"

"Você não foi mimado a vida toda?"

Ele deu mais uma de suas bufadas senhoriais em resposta e saiu do quarto.

E ela estava sozinha. Bem, não exatamente. Ela tinha Sir Bacon como companhia. No entanto, o pequeno cão havia começado a cheirar em volta de uma das pernas da cadeira de uma maneira muito suspeita. "Ah, não, você não vai fazer isso."

Ela pegou o terrier e correu com ele pela pensão, passando por uma Sra. Hayhurst perplexa no corredor estreito. Uma vez lá fora, ela depositou o cachorro no chão e apontou. "Aqui."

Ele lhe lançou um olhar cético antes de farejar um lugar adequado para um lugarzinho insignificante. Seu olhar se fixou no magnífico cavalo cinza malhado que se afastava pela rua, com Clare montado nele com total facilidade instintiva. Só um homem com posição, poder e privilégio montava um cavalo com tanta naturalidade. Ela se deu conta de quão diferentes eram em posição social, uma consideração que a tocou profundamente no que a incomodava em seu arranjo.

Em suma, existia um desequilíbrio de poder entre eles que não pesava a seu favor. Ela não seria a única no controle, não importava o quanto o atacasse e o provocasse. Essa imprevisibilidade a deixava com um nó no estômago. Em todos os trabalhos, ela era a única no controle. Mesmo durante os anos que passou com Nick, ela sempre fora tratada como igual.

Mas o marquês? Ela não seria capaz de controlá-lo.

Ao concordar em aceitar o dinheiro dele e os termos que ele exigia, ela lhe cedera todo o poder. E se sua intuição sobre o homem estivesse correta, ele usaria cada pedacinho dele. Ele estaria à vontade.

No entanto, o homem insistia em ser chamado — não pelo título, como certamente faziam todos os outros lordes da terra — pelo seu nome de batismo. Não, nem mesmo isso, pois ele não insistia em ser chamado de James, mas sim de *Jamie*.

Mesmo assim, essas considerações não eram o que a deixava com o estômago revirado de ansiedade.

St. Mary Magdalen.

Ela havia jurado nunca mais voltar.

E amanhã voltaria.

Ali estava, um exemplo de sua incapacidade de manter a auto-determinação quando seu caminho cruzava com o de Clare. De quantas outras maneiras ela perderia o controle antes que os negócios deles chegassem ao fim?

Que um arrepio de pavor a percorresse com o pensamento era esperado. Foi o outro sentimento que o acompanhava, no entanto, que a fez hesitar.

Excitação.

Não havia outra palavra para o que pulsava dentro dela quando ele estava por perto.

Maldição.

Ela poderia estar em apuros.

Quando ela visitasse Doyle esta noite, ali estava mais um assunto que ela guardaria para si. Clare tinha ligação com Nick e ela estava determinada a que Doyle não tivesse oportunidade de corromper esse relacionamento.

Ela definitivamente estava em apuros.

Em mais de um sentido.

6

Jamie tentou se acomodar em sua carruagem e seus assentos de couro, mas foi inútil. Sua carruagem bem-arrumada não era páreo para as ruas esburacadas de Londres. As rodas chacoalhavam em uma nova vala a cada seis metros enquanto se dirigiam para a Little Peter Street.

Ele ajustou a gravata pela décima segunda vez e alisou a mecha rebelde de cabelo, determinada a cair sobre seu olho direito. Ele não se preocupava tanto com a aparência havia meses, e não era simplesmente porque estava vestido extravagantemente o suficiente para se apresentar na corte do Rei George.

Era aquela mulher.

Ela o afetava.

A verdade era que ele estava em suspense desde que se separaram no dia anterior. A possibilidade de que ela mudasse de ideia e desfizesse o acordo estava se tornando uma probabilidade muito real em sua mente. Ele até considerou adicionar outra condição ao acordo: que ela residisse em Asquith Court durante o período de serviço.

Ela jamais concordaria com tal acordo. Ele podia conhecê-la há menos de 48 horas — seria possível que tivesse sido tão pouco tempo? —, mas até ele entendia o alto valor que ela dava à sua independência. O fato era que, mesmo com sua língua afiada e olhar cínico, o ar ao seu redor brilhava com vibração.

Ele queria mais daquele ar, e nunca fora muito disciplinado em conter seus desejos. Ela diria que era porque ele foi criado para ser um futuro marquês, e ela estaria certa, em grande parte. Mas, uma vez que ele decidia seguir um caminho, ele se comprometia totalmente com ele, nunca fazendo as coisas pela metade. Foi assim que ele caiu na bebida por tantos anos — e, sem dúvida, ele se comprometera totalmente a se tornar um perdulário. Mas, por outro lado, também fora assim que ele abandonara o vício tão rapidamente cinco meses antes. Não que tivesse sido fácil, mas sua decisão já estava tomada.

A roda da carruagem caiu em mais um buraco profundo. Enquanto se recuperava, questionou não por que havia tomado aquele rumo — ele entendia isso muito bem —, mas sim o rumo em si. Depois de todos esses anos, por que havia começado a busca por Mollie Rafferty?

Sobriedade. Essa era a resposta. Ele não estava mais entorpecido pelo passado alojado em seu íntimo. Mas, também, o tédio — do tipo que surge por estar muito absorto em seus próprios pensamentos — teve um papel importante. E assim que pensou em Mollie, a curiosidade se instalou, o que o levou a contratar o detetive da Bow Street Runner.

Agora que tinha algumas respostas — ela morrera em um asilo — precisava de mais. Precisava de respostas para o como, o porquê e o que lhe acontecera. Por que ela acabara em um asilo? Por que não o procurara em busca de apoio? Se tivesse, ele o teria dado, livremente, sem questionar.

Mais uma vez, sentiu-se dez vezes mais tolo. Ele acreditara na palavra do pai — que ela tinha seguido seu caminho alegremente com um pouco de dinheiro no bolso — quando ele agora sabia que as palavras de seu pai eram mentiras. Se Mollie tivesse dinheiro, não teria ido para o asilo. Quando foi informado da partida de Mollie, no entanto, seu julgamento ficou obscurecido. Tudo o que viu foi a certeza de sua inevitabilidade. É claro que ela o deixaria pelo dinheiro do pai. Quando é que ele já tinha sido suficiente para alguém realmente lhe amar? Para alguém ficar ao lado dele?

Seus pais certamente nunca o escolheram. Nem qualquer amante. Por que Mollie teria sido diferente?

Agora, com o passar dos anos e as emoções mais claras, ele precisava entender. Era natural que ele contratasse Hortense — ele não conseguia pensar nela como a Srta. Marchand — para o trabalho. Ele tinha o poder e os recursos. Era sua prerrogativa.

A carruagem começou a diminuir a velocidade quando o Número 11 apareceu. Ele olhou para o relógio de bolso. Três horas, precisamente. No momento em que abria a porta, avistou um pequeno terrier alegre latindo sem parar para um passante que se aventurara a se aproximar demais. Seguiu toda a extensão da guia de seda branca até encontrar Hortense na outra extremidade, afastada da estrada, à sombra de um beco.

Seu olhar a percorreu lentamente. Como de costume, suas roupas não eram nada de especial, mas sua pessoa — ele percebeu novamente como ela era pequena. E jovem também. Ela não devia ter ainda chegado aos 25 anos. Mais de uma década mais nova que ele em idade, se não em experiência de vida. Um pensamento preocupante, em mais de um sentido.

Ele não pôde deixar de notar algo mais. Com seu queixo e maçãs do rosto delicadas, pele clara e pálida, cabelos negros como azeviche, olhos azuis mediterrâneos penetrantes e boca vermelho-cereja, Hortense era uma beldade. Ele intuiu por que ela se vestia com cores simples, opacas e sem ostentação. Para mascarar sua beleza. Ele não conseguia imaginar que isso enganasse alguém.

Ela ergueu os olhos da preocupação com o cachorro — um trabalho de tempo integral, sem dúvida — e encontrou o olhar dele pela janela. A nuvem de tempestade em seu rosto não diminuiu nem um pouco. Ela e o cachorrinho impetuoso correram para frente. Ela pegou o cão e o depositou sem cerimônia no chão antes de entrar para se acomodar no banco em frente a Jamie. Ela deu um tapinha no colo, e o cachorro pulou e se enrolou em uma bola apertada. Os dois claramente haviam se acertado.

Jamie deu três batidas fortes no teto, e a carruagem se pôs em movimento. "Você já deu um nome para ele?" ele teve que perguntar.

"Sir Bacon."

Ele deu uma risada. "Não há nome mais apropriado."

O olhar dela o percorreu em uma lenta avaliação de cima a baixo. "Você me ouviu quando eu disse para usar sua melhor roupa."

"O veludo é demais?"

Ela balançou a cabeça. "Você está..." Ela deu uma risada tímida. "Você está, bem, magnífico." O apreço em seus olhos era pelas roupas? Ou por ele?

Sem saber o que fazer com o comentário, ele não respondeu. O olhar dela se desviou um leve rubor manchando suas bochechas. Ela estava... "Linda."

Suas sobrancelhas se encontraram, formando uma longa linha interrogativa. "Como assim?"

Ele havia expressado sua opinião em voz alta. Que diabos. "Você está linda."

Ela puxou a saia, soltando uma risadinha. Cheia de nervosismo, a risada. "Não estou aqui para estar linda."

"A beleza não tem nada a ver com intenção. A beleza simplesmente existe."

Seu olhar fixou-se em Londres que passava por eles do lado de fora da janela, apresentando-lhe seu adorável perfil. Enquanto caminhavam, os sons da cidade fervilhavam ao redor: as rodas da carruagem rolando pelas ruidosas ruas de paralelepípedos; os gritos dos vendedores vendendo suas mercadorias;

animais latindo e cacarejando; crianças choramingando; pais repreendendo... E a lista continuava, pois Londres era um lugar com uma miríade de variedades de pessoas e experiências sendo vividas a qualquer momento. Era a mais selvagem das cidades, para que ninguém se esquecesse disso por sua conta e risco.

A carruagem e os quatro cavalos atravessaram ruidosamente a Ponte de Londres, o Tâmisa de um marrom escuro sob a luz nublada da tarde. Hortense enxugou discretamente as palmas das mãos nas saias pela décima segunda vez. Um sinal de nervosismo, aquele gesto. Ele tinha um assunto para abordar e tinha a nítida sensação de que ela não gostaria, então permitiu que o silêncio prevalecesse por um tempo, seu olhar pousado principalmente no rio que corria abaixo, mas também se voltando para ela de vez em quando.

Quando a carruagem voltou a pisar em terra firme, ele decidiu que não podia mais esperar. "Você parece saber bastante sobre St. Mary Magdalen."

Ela respirou fundo, mas ele percebeu um traço do nervosismo que ela não conseguira controlar no dia anterior à primeira menção ao asilo. "Sim", disse ela.

"Do seu trabalho investigativo?"

"Não."

Ele detectou instabilidade naquela única sílaba. Ela não queria dizer mais nada, e ele não tinha o direito de perguntar.

"Jurei nunca mais voltar lá", ela disse.

Sua confissão fora dita tão suavemente que ele poderia ter imaginado. Uma palavra, no entanto, o abalou. "Voltar?"

Sua boca se apertou em uma linha firme, como se tivesse dito uma palavra a mais, e ela puxou a saia. "Estou usando o meu melhor." Uma risada abrupta e constrangida escapou dela. "Meu melhor vestido, meu melhor gorro, meu melhor chapéu, minhas melhores botas. Bem, minhas únicas botas."

"Eu falei sério quando disse que você está linda."

Um riso sarcástico rasgou sua garganta, como um fragmento amargo. "Eu não sou nada para você."

"Roupas dificilmente são a medida da magnificência de alguém."

Ela assentiu pensativa. "Verdade."

Ele exalou um lento suspiro de alívio. Ela parecia estar voltando ao seu jeito atrevido de sempre.

"Você tem moedas?" ela perguntou.

Ele tirou uma bolsa rechonchuda de um bolso interno do sobretudo.

"O tipo de pessoa disposta a administrar um asilo se impressiona com títulos, adornos e moedas. Tudo o que você, o Marquês de Clare, possui em abundância." Sua avaliação fria lhe disse que ela definitivamente havia voltado a si. "Você consegue ser o lorde mais altivo que o mundo já conheceu?"

"Eu me considero à altura da tarefa." Ele falou em sua voz mais altiva. Que soava desconcertantemente parecida com sua voz habitual.

Ela não reagiu. "Posso falar claramente?"

"Você nunca faz isso?"

"Seja um idiota pomposo."

Ele bufou. "E você?" ele perguntou. "Quem você vai ser?"

"Eles não ousarão perguntar, não enquanto estiverem te admirando."

"Mas você já tem um papel definido, não é?" ele perguntou. Essa mulher era especialista em sua profissão. Ela não deixaria tal detalhe ao acaso.

"Claro."

"Diga-me, por favor."

"Sou sobrinha da sua antiga babá, uma criada agora senil, mas que continua querida para você. Uma prima querida passou por momentos difíceis há alguns anos, e você se interessou pelo assunto."

"Essa é uma história um tanto complicada."

"Se você não consegue simplificar uma mentira e torná-la próxima da verdade, então a torne difícil para os outros se lembrarem."

Um segundo se passou. "Você é excelente nisso."

Ela desviou o olhar. Ele percebeu que ela não queria sentir nada com os elogios dele, mas as duas manchas rosadas em suas bochechas a traíram.

Ela cerrou os punhos e sua determinação se fortaleceu diante dos olhos dele. "Você assumirá a liderança." Ela hesitou. "Mas não deixe transparecer que sabe que Mollie Rafferty faleceu."

"Por que não?"

"Você os colocará na defensiva se fizer isso. Eles vão cerrar fileiras e você não chegará a lugar nenhum."

"E o que você vai fazer?"

"Vou parecer sobrecarregada com toda a situação e não direi uma palavra. Quem é o lorde mais pomposo e autoritário que você já conheceu?"

Ele bufou. "Levaria um tempo para resumir a lista a apenas um."

"Seja ele", ela disse.

Pelas ruas de Southwark, a carruagem chacoalhava, o ar um pouco mais rançoso, os prédios um pouco mais mofados, os cidadãos um pouco mais endurecidos. Essa era uma Londres tão distante dos salões civilizados do West End quanto se poderia encontrar. A carruagem dobrou na Russell Street, e os jardins da igreja de St. Mary Magdalen surgiram. Jamie sentiu a tensão de Hortense retornar. Num impulso, estendeu a mão e tocou seu joelho. Olhos assustados encontraram os dele. "Você não está realmente voltando."

Ele queria dizer mais — *enquanto eu estiver vivo* —, mas ele se conteve surpreso com a intensidade de seus sentimentos sobre o assunto.

Com uma expressão de guerra nos olhos, ela finalmente assentiu, e ele retirou a mão. A carruagem diminuiu a velocidade até parar, e ele empurrou a porta. Seus pés pisaram em paralele-pípedos irregulares, seu olhar percorrendo o novo ambiente.

Hortense acomodou Sir Bacon nos bancos ao lado dela e encontrou seu olhar castanho. "Você ficará aqui. Tente não se tornar um incômodo." Ela o cobriu com o cobertor. "Agora, fique aqui."

Prestes a saltar para o chão sozinha, ela notou a mão esten-dida de Jamie e hesitou. "Um marquês não ajuda a sobrinha de sua velha babá a descer da carruagem."

"Sou um marquês bastante estranho. Faço o que quero."

Ainda assim, ela não se moveu. Estava tentada a não aceitar sua ajuda. A mulher não estava acostumada com homens agindo como cavalheiros, isso estava claro.

O contato não durou mais do que três segundos enquanto ela descia. Com a mão delicada na dele, a mulher não pesava mais que um pássaro. Mas era um peso diferente que ele sentia, pecu-liar e inquietante, que chegava até os dedos dos pés.

Desejo.

Isso vinha pairando nas margens de suas interações, mas a maneira como o atingiu agora era preocupante.

Então o toque dela desapareceu, e ela passou por ele, e ele se sentiu como um tolo. Nunca havia sido afetado dessa forma pelo toque fugaz de outra pessoa. Quando eram os dois, ele conseguia esquecer quem era — um lorde, seu empregador. Como tal, ele tinha uma responsabilidade para com ela. Isso era o que lhe ensi-nara a vida toda sobre sua posição, não por seu pai, é claro, mas por professores e por observar homens melhor do que seu pai. Nunca havia se envolvido com seus criados, e não estava disposto a começar agora.

Ela se virou para silenciar Sir Bacon, que começara a latir pela janela.

"Ele vai latir o tempo todo enquanto estivermos fora, não é?"

"Muito provável." Ela encarou Jamie, ignorando o terrier mal-humorado. "Você está pronto?"

O ceticismo formou uma barreira ao seu redor. Ela não tinha a menor confiança de que essa iniciativa teria um resultado positivo.

Ele endireitou os ombros, ergueu-se em toda a sua altura e invocou todos os seus antepassados aristocráticos, tanto paternos quanto maternos, e arqueou uma sobrancelha de forma exagerada. "Você tem alguma dúvida?"

Esnobe e arrogante, ele era um lorde de corpo e alma, a quem ninguém podia negar. Um brilho divertido brilhou em seus olhos, e ela balançou a cabeça antes de murmurar um manso: "Não, milorde".

A transformação de Hortense em criada submissa pegou Jamie ligeiramente de surpresa. Ele entendeu que ela não abandonaria seu papel até que retornassem à carruagem.

Juntos, eles encararam St. Mary Magdalen. Erguendo-se acima dos portões negros, havia uma estrutura simples de tijolos que pouco atraía. Uma pequena porta lateral se abriu e saiu um homem arrastando os pés com um ar distintamente autoritário, presumivelmente o porteiro. "O que posso fazer por você, milorde?"

"Como posso saber? Ainda não lhe fiz nenhuma pergunta", retrucou Jamie sem sequer olhar para o homem. "Seu superior", ele perguntou, personificando o pior tipo de aristocrata. O tipo que não fazia perguntas, mas fazia exigências.

"Bem, você vai querer a ala dos homens ou das mulheres?"

"Das mulheres."

"Você vai querer falar com a diretora, Sra. Ditch."

"Ela ainda está aqui?" perguntou Hortense, com o rosto alguns tons mais pálido do que o normal.

"Entre nós dois", disse o porteiro, "acho que ela vai ficar aqui para sempre, já que é má demais para o diabo a levar." Ele começou a se mover. "Por aqui."

Enquanto seguiam o passo lento e cambaleante do porteiro, Jamie aproveitou a oportunidade para avaliar os arredores. Após uma inspeção mais detalhada, o prédio não melhorou enquanto eles percorriam seu estreito labirinto de corredores mal iluminados e sem qualquer pretensão de limpeza. Francamente, era o lugar mais imundo que ele já havia visto, e ele passara a maior parte de uma década explorando as piores casas de jogos que Londres tinha a oferecer. Isso dizia muito.

A imundície se estendia além da atmosfera e em direção aos seus habitantes, ele viu, espiando por portas abertas sempre que a oportunidade se apresentava. E o fedor... Os gases nocivos eram tão fortes que faziam os olhos de um homem adulto lacrimejarem.

Durante todo esse tempo, ele ficou de olho em Hortense. A mudança que ele notara antes a atingira novamente. Agora, porém, sua pele exibia uma palidez distinta. Aquela mulher que ele imaginara ser composta de uma autoconfiança inabalável tinha um ar nervoso. Sempre que ele tentava encontrar seus olhos, eles se desviavam. Uma crueza de sentimentos irradiava dela, um sentimento que ela não queria compartilhar com ele, e era por causa daquele lugar.

Jurei nunca mais voltar.

Ele agora entendia esse voto com mais clareza. Seu maxilar se apertou com uma raiva repentina e inexplicável. Ela não apenas estivera ali. Ela vivera naquele horror.

O porteiro parou diante de uma porta fechada no final do corredor. "Esta é a sala da Sra. Ditch", explicou ele antes de dar duas batidas hesitantes na porta. Só se podia imaginar a megera do outro lado.

"Ah, o que foi?" perguntou uma voz áspera de mulher.

O porteiro pressionou a boca contra a porta. "A senhora tem visitas."

De repente, a porta se abriu e o porteiro tropeçou, quase caindo. Pronta para a batalha, a mulher avançou, com as mãos na cintura e uma repreensão pronta nos lábios, quando notou Jamie. Seu rosto passou por uma miríade de expressões — ira,

confusão, perplexidade, antes de se decidir pela subserviência —
enquanto observava a elegância do aristocrata parado à sua
frente.

"Em que posso ser útil, milorde?" ela perguntou com o olhar
percorrendo-o com desenvoltura. Ela fez uma profunda reverência que oscilou apenas ligeiramente para a esquerda.

"Presumo que seja a Sra. Ditch."

"Esse é o nome que o querido Sr. Ditch — que Deus o abençoe
— me deu trinta anos atrás", disse a mulher, levando um lenço
sujo aos olhos decididamente secos.

Jamie atravessou a porta aberta a passos largos, sem outra
escolha para a Sra. Ditch a não ser se afastar e permitir sua
entrada. Parecia pouco cavalheiresco, mas era assim que muitos
lordes se comportavam. Sentou-se em uma cadeira de madeira
frágil que ameaçava ceder sob seu peso e esperou que a mulher
tomasse seu lugar à mesa, que estava coberta com o restante do
chá da tarde e uma xícara grande de bebida alcoólica que ele
sentiu a cinco passos de distância. Cada célula de seu corpo
clamava por mais um gole daquele ar. Virou a cabeça para o lado,
negando a si mesmo o que tanto desejava, e encontrou Hortense
ao seu lado. "Sente-se", ordenou. Ela sentou-se na única outra
cadeira na sala, com os olhos baixo.

Ele ignorou o conteúdo da xícara da Sra. Ditch e concentrou
toda a sua atenção na mulher. "Estou aqui para perguntar sobre
uma mulher que pode ter estado sob seus cuidados há quatorze
anos."

"Bem, fui a diretora das alas das mulheres e das crianças nos
últimos vinte anos." Tinham sido vinte anos difíceis para a
mulher, a julgar pelas rugas em seu rosto. Os drinques que ela
apressadamente expulsara de vista provavelmente tinham algo a
ver com isso. Um sorriso sugestivo surgiu em seus lábios finos e
secos. "Qualquer coisa que eu possa fazer para ajudar. *Qualquer
coisa.*"

Ele ignoraria essa última parte. "Ela era prima da sobrinha

favorita da minha antiga babá, por parte de pai." Ele decidiu complicar ainda mais a mentira que Hortense havia inventado.

Os olhos da mulher se arregalaram. "Faremos o máximo para ajudá-lo, meu senhor." Seu olhar percorreu Hortense de forma astuta. "E essa é a prima?"

"A sobrinha."

Seu olhar se estreitou em fendas avaliadoras. "Eu a conheço, querida?"

Hortense manteve os olhos fixos no chão e balançou a cabeça.

Jamie pigarreou. "Essa garota não é da sua conta."

O olhar da Sra. Ditch se demorou. "Não tem uma única garota que eu não me lembre." Ela bateu o indicador na testa. "Eu conheci uma pequena Amélie. Pegou algo que me pertencia. Pensando bem, ela teria crescido e ficado exatamente igual a você."

"Não há nenhuma Amélie nesta sala", murmurou Hortense, evitando o olhar inquisitivo da Sra. Ditch. Eram os olhos dela. Seu tom azul-celeste era tão marcante. Qualquer um que tivesse visto aqueles olhos um dia se lembraria deles.

"O nome da prima é Mollie", interrompeu Jamie.

"Passou mais de uma Mollie por aqui, se não se importa que eu diga", disse a Sra. Ditch, seu olhar finalmente se desviando de Hortense. "Muitas, se quer saber. Difícil manter todas alimentadas, já que dinheiro é difícil de conseguir."

Ela não poderia ter pronunciado sua mensagem com mais clareza. Jamie tirou a bolsa de moedas do sobretudo. Um brilho ganancioso surgiu nos olhos da mulher enquanto ele tirava uma moeda e a jogava sobre a mesa. "Como eu disse, ela esteve aqui há quatorze anos."

"Tantas Mollie ao longo dos anos." A mulher girou a moeda brilhante entre o indicador e o polegar. "Você tem um sobrenome?"

"Rafferty."

"Mollie Rafferty", ela repetiu. "Um nome que permanece no limite da memória."

Jamie tirou outra moeda. Ele entendia o jogo. Hortense mantinha o olhar fixo no chão, mas sua cabeça havia se inclinado levemente para o lado. Ela estava absorvendo cada momento da conversa.

"Ah, a doce memória retorna", arrulhou a Sra. Ditch. "Uma beleza notável, essa Mollie Rafferty."

"Diga-me onde ela está", Jamie exigiu, sua máscara de fria indiferença aristocrática desaparecendo, agora que estavam à beira da descoberta.

A Sra. Ditch balançou a cabeça. "O senhor não a encontrará aqui, milorde."

Impacientemente, ele jogou outra moeda na mesa, com um baque alto e final. "Onde?"

Ela abriu bem as mãos. "Onde tantos deles acabam."

Seu estômago começou a se revirar. Ele sabia o que ela não estava dizendo. Desejava que ela desabafasse para que pudessem chegar ao como, ao por que e o quê.

Ele conseguiu encontrar o olhar de Hortense. Isso não ia acabar bem, o olhar dela lhe dizia. Ela sabia disso o tempo todo.

"Se me esclarecer, Sra. Ditch." Ele precisava que a resposta fosse dita em voz alta, e foi essa necessidade que o denunciou. Outra moeda caiu na mesa, com força.

"The Cross Bones", disse a mulher.

"The Cross Bones? Ela foi levada por piratas?"

Isso fez a mulher sorrir maliciosamente, mas antes que pudesse responder, Hortense disse: "É um cemitério de prostitutas —"

"*Prostitutas?*" Ele não berrou. Permaneceu imóvel, mesmo com o sangue correndo em suas veias.

"— e indigentes", concluiu a Sra. Ditch. "Não muito longe daqui."

Seu estômago despencou até os pés, e foi como se alguém

tivesse tapado seus ouvidos com algodão. Ele balançou a cabeça, mas não podia negar que ali estava, o inevitável.

Mollie foi enterrada em uma cova com indigentes e prostitutas para ter companhia eterna. Uma tristeza, uma desesperança o invadiu, mas também uma emoção com mais força. *Fúria.*

Ele acreditara em uma mentira — mais de uma — e era por isso que Mollie jazia em uma cova de indigente. Seu olhar se estreitou para a Sra. Ditch. "E você tem certeza?"

"Tanto quanto possível." A mulher deu de ombros, indiferente. "Quer saber o que a matou?"

Finalmente, eles estavam chegando a algum lugar. Ele esmagou todos os guinéus restantes na mesa. "Diga-me." Não havia como confundir a ameaça em suas palavras.

Uma luz astuta entrou nos olhos da mulher. "Parto."

Se ele já não estivesse sentado, seus joelhos teriam cedido sob ele. Seu estômago entendeu algo que sua mente ainda não conseguia compreender. "Quando?" ele grasnou.

"Alguns meses depois que ela chegou."

Seus pulmões se recusavam a respirar. *Poucos meses depois de sua chegada.* Só podia significar uma coisa. "E a criança?" ele se viu perguntando. "Foi enterrada com ela?"

Com um sorriso malicioso nos lábios, a Sra. Ditch estendeu a mão para pegar o saco de moedas. Ele já estava farto. Bateu com a mão no topo da pilha enquanto se inclinava ameaçadoramente sobre a mesa. "Chega de brincadeiras, mulher. Conte-me tudo. *Agora.*"

Ela engoliu em seco. Ele a abalou. *Ótimo.* "A criança, ela sobreviveu."

Se alguém tivesse enfiado uma faca em sua barriga e o tivesse cortado, Jamie não teria se sentido diferente. *Ele... Um menino... Um filho.*

"Traga-o para mim." Ele mal reconheceu sua voz estrondosa. Ele nunca levantava a voz. *Nunca.* Era o tipo de coisa que seus pais faziam. Nunca ele. *"Agora."*

"O menino não está aqui", gaguejou a Sra. Ditch. "Ele desapareceu há cinco, talvez seis anos."

"Desapareceu? Crianças não desaparecem do nada." Ele estava falando alto e de forma irracional, sabia disso, mas não conseguia parar.

A mulher deu uma risada seca. Como ele passara a detestar aquela mulher. "Agora, seu pensamento está errado, milorde. É exatamente isso que os diabinhos fazem em Londres. Desaparecem no ar todos os dias." Ela apontou o queixo para Hortense. "Pergunte a ela. Ela sabe."

A mão de Hortense envolveu seu braço. "Vamos."

"Ela sabe mais do que está dizendo", ele insistiu sem se mexer um centímetro. "O nome dele. Qual é o nome do menino?"

"A mãe dele o chamou de James Rafferty antes de falecer. Todos o chamavam de Rafe."

James. O nome atingiu Jamie como um golpe. Mollie dera ao menino o nome do pai. Era a confirmação final de que ele precisava. O menino era seu filho.

Os dedos de Hortense apertaram seu braço, as unhas cravando-se no tecido até atingir a pele e os músculos. "Vamos embora. *Agora.*"

Por fim, as palavras dela penetraram em seus ouvidos. Ela estava certa. Não havia mais nada a ganhar com a Sra. Ditch, cujo olhar ganancioso continuava voltado para o saco de moedas sob sua palma. Ele jogou algumas moedas sem cerimônia sobre a mesa. "Pelo seu tempo." Ele não a agradeceria.

Mas isso não a impediu de se levantar de um salto e expressar sua efusiva gratidão. "Qualquer coisa que eu possa fazer por você no futuro, milorde — *qualquer coisa* — eu estaria mais do que disposta a ajudar."

Jamie controlou a bile subindo pela garganta e saiu da sala, com Hortense às suas costas. Em questão de minutos, eles estavam do lado de fora, e seus pulmões começaram a funcionar novamente, mesmo que sua mente estivesse com dificuldades.

Eles atravessaram os portões, e o cocheiro perguntou: "para onde, senhor?"

E, assim, sua mente voltou a si. Havia apenas um destino. "Leve-nos para The Cross Bones."

O cocheiro franziu a testa. "O cemitério?"

"Sim."

Jamie encontrou Hortense já acomodada dentro da carruagem. Sentou-se no banco em frente a ela e Sir Bacon, que já se encolhia como uma bola em seu colo. O veículo se moveu bruscamente.

Ele encarou, sem ver, a miséria londrina que se desvanecia pela janela. Mollie estava morta. Ele sabia disso. Mas ter a confirmação era outra história. Algumas outras perguntas também haviam sido respondidas — como, por que e o quê — com uma única palavra: parto.

Mollie dera à luz um menino. Um filho. O filho de Jamie. *James Rafferty... Rafe.* Que havia desaparecido. Um fato que o impressionou profundamente.

Seu olhar se voltou para Hortense. Ela se mantivera em silêncio e os olhos fixos nele. Nunca o vira assim. Bem, eram dois. Ele havia perdido o controle naquela sala e estava tendo dificuldade para recuperá-lo. Ela esperaria, os olhos dela lhe diziam, até que ele estivesse pronto.

Logo, a extensão turva do Tâmisa se estendeu ao lado deles, e a carruagem parou. Do outro lado ficava o Cemitério The Cross Bones. Em questão de minutos, ele estava atravessando o terreno, sem nenhuma lápide à vista, apenas pequenas lápides de madeira espalhadas, um buquê aqui e ali, uma brisa fétida soprando do rio. Combinando com o ambiente.

Sua fúria não havia desaparecido quando um sentimento a acompanhou. Uma tristeza que parecia profunda. Ali, Mollie descansava em uma cova de indigente sem identificação. Ela merecia algo melhor.

"Preciso saber uma coisa", disse a mulher ao seu lado.

Ele sentiu uma pergunta pesando sobre ela e se preparou. "Pergunte."

"Você sabia que ela estava grávida?" Ela o observava atentamente.

"Não." A verdade não precisava de enfeites.

Ela assentiu lentamente, mas ele percebeu confiança em seus olhos. Um sentimento de alívio tomou conta dele.

"Se eu soubesse", ele disse, "ela não teria vindo parar aqui."

"Como você não soube?"

"Por onde eu começo?"

"Do começo."

Ele podia dizer a essa mulher; que ele entendia. Essa coisa que pesava em seu peito havia quatorze anos, ele podia falar em voz alta com ela.

E com mais ninguém no mundo.

7

Uma brisa, anunciando uma tempestade iminente, começou a rodopiar ao redor deles, soltando mechas de cabelo do coque apertado na nuca de Hortense. Ela resistiu à vontade repentina de segurar a mão de Clare. Aquele aristocrata que ela considerava magnífico e intocável parecia necessitado de conforto e amizade, duas gentilezas que ela sentia que ele não experimentava há muito tempo. A natureza solitária da vida dele lhe pareceu estranhamente semelhante à sua.

Um pensamento, como suas mãos, que ela guardaria para si.

"Eu estava entediado", ele disse.

A maneira displicente como ele pronunciou essas palavras provocou uma risada seca e uma réplica em seus lábios. "Um aristocrata entediado não é nenhuma novidade."

A sombra de humor que cintilava em seus olhos desapareceu em um instante. "Um dia, eu estava em Covent Garden e parei no Pett's Coffeehouse. A jovem que me atendia puxou conversa. Ela tinha um sorriso totalmente desprovido de artifício. Um sorriso encantador. Quando fazia uma pergunta, demonstrava interesse genuíno pela resposta e tratava a todos dessa forma, do mendigo ao duque. Nunca havia conhecido alguém como ela." Ele passou a mão pelos cabelos, tentando domar a mecha rebelde que insistia em cair sobre sua testa. "Voltei todos os dias depois desse dia. Logo, eu a levava para passear e comprava chapéus novos para ela ou qualquer coisa que lhe agradasse."

"Ela era especial."

Ele assentiu. "Era mesmo. Ela tinha uma risada alta e uma personalidade maior do que ela."

Essa lembrança de Mollie iluminou seus olhos. Era evidente que ele estava apaixonado pela mulher. Um fato que o refletia bem nele, ela não pôde deixar de pensar.

A amargura se contorceu em sua boca. "Eu não poderia me casar com ela", ele continuou. "Eu sabia. Ela sabia. Então, eu a coloquei em um apartamento com vários quartos em Cheapside."

"E isso não lhe agradou", ela completou para ele.

Ele lançou-lhe um olhar irritado. "Você sempre tem que ser tão intuitiva?"

Ela deu de ombros. "Risco profissional."

"Eu tinha uma amante mantida, assim como —"

"Assim como?" Hortense provocou. Ele precisava continuar falando. Não por ela — ela já havia deduzido grande parte da história. Não era nada novo — mas por ele mesmo.

"Assim como meu pai."

Enquanto caminhavam pelo cemitério, que era um lugar tão miseravelmente triste quanto alguém poderia encontrar — tantas esperanças, sonhos e almas perdidas e esquecidas pelo tempo — o único som era o ruído abafado dos saltos das botas na terra. *Assim como meu pai.* Aquelas quatro palavras, a maneira como ele as pronunciou, apenas confirmaram a natureza do relacionamento entre pai e filho. Um filho que não admirava nem queria imitar o pai, mas sim o oposto. Ao longo dos anos, ela tivera a mesma ideia sobre Nick.

"Eu também não via muito mal nisso", ele disse. "Eu não era casado e tinha uma afeição genuína por Mollie."

"Então, um dia, ela simplesmente se foi?" Isso não fazia nenhum sentido para ela.

"Não exatamente. Nossa família tem uma propriedade escocesa distante que meu pai queria tornar mais grandiosa com uma nova mansão. Ele pediu que eu fosse para o norte supervisionar as etapas finais da construção e conhecer seus servos e inquilinos. Cobrar aluguéis anuais, esse tipo de coisa. Ele alegou que era o negócio que o herdeiro de um marquesado precisava aprender." Ele zombou, com um tom amargo. "Não que eu já tenha visto meu pai administrando algum negócio, veja bem. Seus corretores imobiliários administravam tudo o que era repugnante para meu pai: em relação ao título, como aluguéis, reparos e os próprios inquilinos."

Ela assentiu, entendendo imediatamente o que ele não estava dizendo. "Era um plano para te tirar de Londres."

Mas *por quê?*

"Eu deveria saber." A raiva fervilhava sob a superfície das palavras de Clare. "Meu pai não se importava nem um pouco com o tipo de marquês que eu seria, pois não se importava nem um pouco com o marquês que ele era." Seu olhar se voltou para o dela. "Mas a verdade é que eu não me importava com a distração. A Escócia foi um alívio bem-vindo da cidade, então fiquei por quase meio ano. Escrevi para Mollie uma carta ocasional, mas sua leitura e escrita não eram fortes o suficiente para que ela respondesse. De qualquer forma, eu me sentia útil na Escócia, ao contrário da minha existência em Londres, onde esperava herdar um título sem ter muito que fazer. Na Escócia, pude ver algo tomar forma e florescer sob minha orientação. Lá, eu era importante."

"Você não poderia ter ficado?" ela perguntou. "Por que voltar para Londres?"

"Sou inglês. Por mais que tenha sido aceito na propriedade, jamais seria escocês. Mas voltei com a intenção de ter uma vida melhor em Londres, uma vida mais útil do que a de um herdeiro perdulário. E se não aqui, talvez na propriedade da nossa família em Hertfordshire."

"Mas isso não aconteceu."

"Quando voltei, Mollie tinha sumido. Não consegui encontrar nenhum vestígio dela. Nem no apartamento de Cheapside. Nem no Pett's Coffeehouse." Ele parecia estar ponderando como proceder, talvez se devesse ou não fazê-lo. "Eu estava prestes a contratar um Bow Street Runner", continuou, "quando meu pai e minha mãe me fizeram uma visita. Eu os via juntos somente uma vez por ano, durante o feriado de Natal, então era algo notável."

"Eles a pagaram enquanto você estava na Escócia", disse Hortense, confiante.

"Ela aceitou o dinheiro e fugiu."

Exatamente como ela pensava.

"Só que era mentira", ele disse. Um instante se passou. "Uma mentira em que eu acreditava até alguns dias atrás."

"Parecia ser verdade. Afinal, ela foi embora."

Ele balançou a cabeça. "Mas não com dinheiro."

Claro. "Ou por que ela precisaria ir para o asilo?"

Sua mandíbula se contraiu. Ele estava controlando as emoções que queriam tomar conta dele. "Acredito que, depois que meus pais descobriram sobre Mollie, eles nos investigaram e descobriram meu apego a ela. Então, eles inventaram um motivo para eu deixar a cidade. Então, eles devem ter ido visitá-la e a encontraram grávida. Talvez temessem que eu fizesse algo precipitado como —"

"Casar com ela?"

"Sim."

"Você faria isso?"

"Talvez." Um instante de silêncio, carregado de arrependimento, se passou. "Eles a intimidaram para ir embora."

"Como isso foi possível?"

"O apartamento Honey Lane é propriedade dos Asquiths."

Hortense assentiu.

"E era improvável que a Pett's aceitasse Mollie de volta, no estado dela."

Um leve choque percorreu Hortense. "Isso é algo que você acredita que seus pais teriam feito?"

Ele não mentiu. "Sim."

Uma pergunta lhe ocorreu, uma que ela precisava fazer. "Então por que você acreditou na mentira?"

"Eu cresci vendo eles se traírem ano após ano, escândalo após escândalo."

"Por que você esperaria outra coisa?"

Enquanto a pergunta pairava no ar, ela compreendeu algo fundamental sobre aquele homem, algo que ela não tinha certeza se tinha o direito de saber. Ele revelara o valor fundamental que moldava suas impressões sobre o mundo. Revelara sua vulnerabilidade. Em seu trabalho como espiã, esse era o elemento que ela sempre procurava em uma pessoa, pois lhe dava a arma de que precisava para explorar suas fraquezas.

Mas, aqui, agora, com aquele homem, era demais.

Ele havia sido magoado por aqueles que deveriam tê-lo amado a vida toda. Como resultado, ele passou a esperar isso. Por que a mulher que ele amava não aceitou o dinheiro e o deixou? Era inevitável, não é? Seus pais fizeram com que fosse fácil acreditar que o amor se transformaria em traição.

"O que aconteceu depois?"

"Meu pai e minha mãe se sentaram em lados opostos da sala e me deram um sermão sobre amantes adequadas."

E ela achou que não seria possível que ele a chocasse ainda mais.

"Nada de balconistas. Nada de moças de cafeteria. Recomendavam encontrar uma amante entre as cortesãs caras. Ou uma mulher casada para apimentar a vida. *'Mas não o tipo de mulher que te deixa com o coração partido. Não como o seu pai às vezes fica.'* Minha mãe riu. Meu pai ficou vermelho como um tomate."

"Seus pais eram —" Hortense procurou uma palavra.

"Posso te ajudar, se você estiver sem adjetivos."

"Cruéis."

Essa era a palavra, perfeita, e ela viu nos olhos dele que ele concordava.

Ele pigarreou. "Então, eles começaram a falar sobre meus deveres como herdeiro. Eu tinha apenas dois. O primeiro era encontrar uma esposa adequada. O segundo era continuar a linhagem com um herdeiro e um reserva."

"Não é esse o dever de todos os primogênitos dos filhos dos aristocratas?"

"Do amor e do respeito vem o senso de dever e obrigação." Ele bufou sem alegria. "Decidi naquele momento que não lhes devia nada, nem ao título."

Embora ela concordasse com esse sentimento, uma sensação de presságio percorreu seu corpo.

Ele a encarou. "Eu não me casaria e certamente não daria continuidade à linhagem Asquith."

"Então você começou a beber."

"E a jogar." Uma hesitação. "Por anos. Eu já demonstrava uma inclinação para me tornar um perdulário antes de Mollie, e aperfeiçoei a arte depois dela."

"Então, cinco meses atrás, seus pais morreram em um acidente de carruagem."

"E a compulsão morreu com eles."

Isso pareceu estranho para Hortense. "É raro alguém perder o gosto pela bebida depois de ter adquirido esse gosto."

A boca de Clare se curvou em algo próximo a um sorriso. "Ah, o gosto por isso desapareceu. No início, o desejo era tão forte que meu corpo sentia um enorme desconforto físico e eu me sentia vulnerável e assustado. Mas dias, depois semanas, depois meses se passaram, e a vontade desapareceu, o que não quer dizer que a vontade não apareça às vezes." Ele olhou para o cemitério, que se tornava mais sombrio à medida que uma pesada camada de nuvens se formava. Seus olhos brilhavam com a inexpressividade de quem sofrera uma perda chocante. "Mollie está morta", ele disse em voz alta, para seu próprio benefício. "E enterrada aqui, possivelmente sob nossos pés."

"Sinto muito por isso." Hortense falava sério. No entanto, ela precisava dizer algo mais. "Nossa investigação chegou ao fim."

A testa de Clare se franziu. "Chegou ao fim? Como você pode dizer isso?"

Este era um território familiar. Às vezes, os clientes tinham dificuldade em aceitar um final insatisfatório para uma investigação. "Descobrimos tudo o que havia para saber sobre o que aconteceu com Mollie."

"Mas como você pode dizer que este é o fim?" Ele pareceu completamente perplexo. "Isso é apenas o começo."

"Começo?"

"Há a questão do garoto."

O estômago de Hortense se revirou. *O garoto*. Em meio a tudo isso, ela tinha esquecido.

"Ele desapareceu", disse Clare. Eles chegaram a um muro baixo de contenção com vista para o rio. "Essa foi a palavra que a Sra. Ditch usou. Não morto, mas *desaparecido*." Ele soltou um suspiro áspero e frustrado. "Para onde ele poderia ter ido?"

Hortense queria recuperar seu dinheiro e deixar aquele dia — e aquele homem — para trás. O que ela não queria fazer era responder àquela pergunta. As próximas palavras que disse, ela ponderou cuidadosamente. "Ele pode ter ido para qualquer lugar."

"Mas ele não foi a lugar *nenhum*", insistiu Clare. "Ele foi a algum lugar." Seus olhos, prateados de emoção, estreitaram-se em fendas finas. "Aquela mulher lá atrás" — ele apontou na direção de St. Mary Magdalen — "ela se lembrou de você."

A tentação apoderou-se de Hortense. Ela poderia dar meia-volta e se perder nos labirintos escuros de Southwark num piscar de olhos — aquele aristocrata jamais a alcançaria. Mas ela precisava resistir. Não sabia se era a obrigação ou o desespero nos olhos dele que a fazia ceder com um "Talvez".

A palavra saiu curta e mesquinha. Este homem não tinha ideia do quanto lhe custava dizê-la.

"Você foi uma criança que desapareceu, não foi?"

Ela ficou muito, muito quieta, mesmo com o coração ameaçando martelar no peito.

Clare soltou um gemido de frustração. "Você não entende o que significa Mollie ter dado à luz um filho? Um que ela chamou de *James* Rafferty?"

Hortense assentiu. Ela havia notado.

"Meu filho está vivo e por aí. *Rafe*", disse Clare, hesitante, como se estivesse testando o peso do nome do filho.

Ela esperou. Sabia quais palavras viriam em seguida.

As mãos dele se fecharam em punhos. "Ele precisa ser encontrado."

Pronto. Ele havia dito.

Ele agarrou as duas mãos dela. A intensidade em seus olhos só aumentou. "Você vai me ajudar?"

Hortense se mexeu. Uma guerra se travava dentro dela. O caminho certo para ele e o caminho certo para ela eram duas entidades completamente distintas e muito contraditórias entre si.

Os olhos de Clare brilharam com uma compreensão repentina. "Você sabe onde o garoto está, não sabe?"

"Não posso ter certeza absoluta."

Uma verdade apenas em termos técnicos. E ambos sabiam disso.

Ele ignorou. "Assim como você não queria retornar para St. Mary Magdalen, você não quer voltar ao passado."

Se ao menos a verdade fosse tão simples. Se ao menos ele soubesse o que estava dizendo.

Seu olhar havia capturado o dela tão completamente, que ela se sentiu cativada por ele. Ela não conseguia desviar o olhar, embora soubesse que seria melhor não apenas desviar o olhar, mas também recuperar as mãos e correr.

"Você não estará sozinha. Eu estarei lá." Ele soltou uma das mãos dela para prender uma mecha de cabelo rebelde atrás da orelha, e o momento saltou para além dos limites do tempo.

Seu toque, seu delicioso aroma terroso... Ela lutou contra o impulso de se entregar aos dedos dele.

"Assim como todo o poder do meu título", concluiu.

Isso fez Hortense voltar a si. Ela deu um passo para trás, distanciando-se, rompendo o contato. Havia tanta coisa que aquela aristocrata arrogante não entendia. "Há lugares em Londres onde nem mesmo um marquês nobre tem poder."

Um gemido irritado escapou dele. "Você é jovem demais para saber o que sabe sobre o mundo."

"A vida que vivemos é um acidente do nosso nascimento."

"Ah, mais sabedoria do oráculo", disse ele, irritado. "Você não se cansa disso?"

"Cansada de quê?" ela perguntou não totalmente satisfeita com o tom dele.

"De estar sempre certa", ele rebateu, contando os dedos a cada ponto seguinte. "De estar sempre no controle. De ser sempre sábia. A vida às vezes não exige um pouco de intrepidez? Às vezes, o caminho imprudente é o moralmente correto."

Ela não podia negar — o homem estava certo. A questão era sobre uma criança que provavelmente era seu filho. Sabendo para onde o garoto provavelmente tinha ido e a vida que provavelmente estava levando, não era responsabilidade de ela seguir o caminho imprudente? Ela tinha escolha, se quisesse viver consigo mesma?

Olhos prateados e tempestuosos a encaravam, com a gama de emoções humanas — medo, incerteza, raiva... Esperança. Ela não conseguia afastá-lo. "Talvez eu saiba onde ele está", ela disse com a voz rouca e resignada.

Ele procurou os olhos dela por alguns instantes rápidos, então o ar ao redor se dissipou com alívio. Eles percorreram a curta distância até a carruagem. As patas dianteiras de Sir Bacon pousaram na janela enquanto ele os observava se aproximando.

"Para onde devo pedir ao cocheiro que nos leve?"

"Voltarei para a Little Peter Street", ela respondeu.

"Seu alojamento?" Ele tinha uma expressão de total perplexidade. "Não vamos encontrar meu filho?"

"Eu entendo sua pressa." Ela esperava isso. "Mas não hoje."

Perplexo, ele perguntou: "Por que não?"

"Alguns motivos. Primeiro, você não está vestido para isso."

"Estou usando minha melhor roupa, como instruído."

"Não podemos ir para onde devemos ir e fazer perguntas com você parecendo" — ela acenou com a mão para cima e para baixo, indicando todo o seu corpo — *"desse modo"*.

"Como o quê, exatamente?", ele perguntou.

"Como *você* está vestido."

"E com quem mais eu me pareceria?"

"Você parece um lorde."

"Com o que mais eu me pareceria? Eu sou um —"

"*Nobre*. Eu sei." Uma pausa. "Mas você não pode se parecer com um. Precisamos conseguir outras roupas para você."

"Vamos fazer isso agora."

Ela balançou a cabeça. "Amanhã. Eu, hum" — por que ela estava hesitando? — "Tenho um compromisso hoje à noite."

Ele se encolheu, como se ela o tivesse esbofeteado. "Outro cliente?"

"Um compromisso pessoal."

Sua expressão de choque teria sido divertida se não fosse tão desconcertante. Será que o homem achava que era a única pessoa em sua vida? Que ele estivesse muito enganado não se sustentaria sob um exame mais atento.

"Permita-me resgatar Sir Bacon e podemos nos separar aqui."

Ela precisava se preparar para esta noite. Mas também precisava se preparar para o que o amanhã traria, pois amanhã levaria

Clare até Flick Doyle, dois mundos que ela não estava muito interessada em ver colidindo. *Maldição.*

"Eu a acompanharei até o seu alojamento", disse Clare, determinado.

"Você precisa parar com isso."

Suas sobrancelhas se franziram. "Parar o quê?"

"De me tratar como uma mulher."

"Mas você é uma mulher." Ele disse cada palavra lenta e deliberadamente, como se estivesse falando com uma simplória.

"Definitivamente *não* sou uma mulher para os propósitos do nosso relacionamento. Sou alguém que você contratou para conduzir uma investigação para você."

Um instante tenso depois, ele assentiu relutantemente.

Sua mensagem ainda não havia sido assimilada. "Você é um homem extremamente frustrante. Alguém já lhe disse isso?"

"Sim."

Ela não achava que alguém falasse assim com aristocratas, especialmente marqueses.

"Meu irmão."

Ah, Nick. Deus o abençoe.

Em silêncio, Clare a ajudou a subir na carruagem, e logo estavam a caminho, com Sir Bacon visivelmente irritado, encolhido nos assentos ao lado de Hortense, o pequeno terrier recusando seu colo em protesto por ela tê-lo abandonado duas vezes.

Com o olhar semicerrado, ela observou Clare. Seu maxilar tenso e relaxado. Sir Bacon não era o único ocupante daquela carruagem irritado com ela.

A cabeça de Clare se inclinou. "Você não está pensando em voltar atrás, está?"

Sim, ela não disse. Em vez disso, disse: "Eu vou até o fim. Você tem a minha palavra."

Na carruagem, ela percorreu Londres, atravessando ruas esburacadas e o tráfego composto por pedestres, carroças, carruagens e todo tipo de transporte, seguindo seus dias. Como espiã a serviço da Inglaterra, oficial e extraoficialmente, quando necessário, ela visitara todas as grandes cidades do continente, e nenhuma delas fervilhava com a vida que vibrava em Londres. Londres era uma beleza. Londres era uma fera de duas cabeças que jamais seria domada.

Finalmente, chegaram ao número 11. Ela colocou a mão na maçaneta da porta, mas hesitou antes de empurrá-la. "Amanhã. Chegue aqui às dez horas."

"De manhã?"

"*À noite.*"

"Por que —"

"E traga mais moedas com você." Valia a pena tentar, embora ela soubesse por experiência que Doyle não dava muito valor a dinheiro. Ela pegou Sir Bacon no colo e pulou no chão antes que os instintos cavalheirescos de Clare o obrigassem a ajudá-la.

Ele se inclinou para frente, seus ombros largos preenchendo a abertura. "Até amanhã."

Ao seu aceno, ele fechou a porta e a carruagem se pôs em movimento. Aliviada, ela suspirou. Precisava de tempo e distância daquele homem.

Enquanto Sir Bacon localizava o pedaço perfeito de parede para se aliviar, a mente de Hortense trabalhava. O objetivo havia sido alcançado: eles haviam descoberto o destino de Mollie Rafferty. Trágico, isso. Então, chegou a notícia do menino, e não de um menino qualquer, mas de um filho. Ocorreu-lhe que, assim como ela havia se libertado de St. Mary Magdalen, Rafe tinha nascido no asilo e era onde Mollie tinha passado seus últimos dias. A jovem Amélie não teria noção disso, mas a vida estava repleta de coincidências estranhas como essa.

E aquele menino órfão de mãe era o filho ilegítimo de um marquês. *Certo.* E amanhã ela levaria o homem até Doyle e tentaria tirar o menino dele.

Certo.

Doyle não facilitaria, isso era certo.

Uma frustração repentina a percorreu. Assim que ela começou a formar a ideia de se desvencilhar da teia de aranha de Doyle, ela se viu ainda mais enredada. Pois não havia dúvida em sua mente de que, qualquer que fosse o acordo que fizessem pelo garoto — *se* chegassem a um acordo — Doyle esperaria um imposto separado dela, um imposto ainda maior do que o que ela já havia pagado.

A lógica exigia que ela se afastasse disso, que enviasse suas desculpas pelo correio e não se envolvesse mais com o Marquês de Clare e seus problemas.

Mas a lógica não tinha nada a ver com o assunto. Seu coração exigia que ela ajudasse. Ali estava a oportunidade de redimir um garoto das garras de Doyle. Não havia escolha.

E ela pagaria qualquer imposto que Doyle exigisse.

Ela sabia disso também.

Mas isso era amanhã. Hoje era segunda-feira, seu dia favorito da semana, e esta noite seria seu jantar semanal com Nick, Mariana e os gêmeos.

Ela deixaria o amanhã para amanhã.

Isso aconteceria em breve.

8

"Sei que Cuvier e Lamarck têm visões opostas sobre os primórdios da humanidade, mas não tenho certeza se algum deles entendeu a questão corrctamente."

De seu lugar na extremidade oposta do sofá, Hortense tomou um golc dc xerez e deixou que as palavras de Mariana preenchessem a sala sem impedimentos. A esposa de Nick possuía muitas opiniões sobre o progresso científico e a maioria dos assuntos em geral, e Hortense se contentava em ouvir em silêncio, pois a mulher era bem informada sobre muitos assuntos.

E Hortense, bem, não era. Embora possuísse um profundo acervo de informações, muitas delas não podiam ser encontradas em livros ou museus. A maior parte, ela encontrou por acaso em becos escuros ou em grandes corredores, enquanto vestia trajes de criada. A educação chegou de muitas formas variadas.

Mariana ainda não tinha terminado. "Simplesmente não posso adotar a visão de Cuvier de que o mundo foi formado por uma catástrofe após a outra, ou a de Lamarck de que os animais se transmutaram de uma geração para a outra." Sua testa franziu. "Está faltando alguma coisa."

"Querida, se você se dedicar, não tenho dúvidas de que encontrará o elo perdido." Nick disse isso, sentado no chão com seu filho de treze anos, Geoffrey, os dois envolvidos em uma animada brincadeira de cabo de guerra com Sir Bacon. O cachorrinho pesava apenas um quilo e meio, mas era forte como um touro. Lavinia, irmã gêmea de Geoffrey, estava sentada calmamente em uma cadeira perto da lareira, bordando, com um sorriso nos lábios enquanto seu olhar se voltava para o pai, o irmão e Sir Bacon.

"Mas eu provavelmente teria que viajar o mundo", continuou Mariana, "e não posso deixar você e as crianças por tanto tempo. Receio que algum sujeito inteligente tenha que fazer esse trabalho, e eu terei que me contentar em ler o extrato científico dele. Espero que seja dentro de uma ou duas décadas, só isso."

"Paciência, minha querida."

Mariana suspirou dramaticamente. "Nunca foi minha virtude."

As noites de segunda-feira com a família de Nick a acalmava e a semana de Hortense seguia em seus melhores passos. Embora essa imagem de felicidade conjugal nem sempre tivesse sido tão perfeita. Durante uma década de casamento, Nick e Mariana estiveram separados, vivendo vidas completamente separadas e ocupando o mesmo aposento apenas por causa dos filhos. Então, alguns anos antes, eles se reconciliaram em Paris. Ela não sabia os detalhes exatos, mas isso pouco importava quando os dois estavam tão claramente apaixonados um pelo outro.

Uma pequena e aguda pontada de inveja percorreu Hortense. Ela nunca havia compartilhado esse tipo de vínculo com ninguém.

"Tia Hortense", disse Lavinia. "Gostaria de ver meu projeto de bordado? É um molde da última edição da *The Lady's Magazine*."

"Claro", ela disse. Ser chamada de tia nunca deixava de despertar algo alegre dentro dela.

A menina estendeu seu hoop [1]. Era um ramo delicado que se enrolava elegantemente em círculos, com salpicos de flores amarelas, vermelhas e azuis aqui e ali. A única surpresa de Hortense foi que não havia um cavalo pastando ao fundo, pois Lavinia era louca por cavalos. Hortense segurou o tecido contra a luz, examinando-o atentamente. "Seu bordado é bastante uniforme e intrincado." Ela devolveu a peça à menina. "Muito bem."

Lavinia corou de um prazer silencioso.

"Lavinia", começou Mariana, "compartilhei com você os escritos da Sra. Wollstonecraft e Mary Lamb sobre bordado. Elas se referem a ele como uma tecnologia que oprime o avanço intelectual das mulheres. Nem eu nem sua escola o exigem como parte de sua educação."

A menina pousou o hoop e encarou a mãe. "Eu gosto de bordar."

Lavinia podia ser uma menina doce e tranquila, mas tinha uma personalidade forte. Seus pais precisariam ficar de olho nela. Aquelas águas calmas eram mais profundas do que provavelmente suspeitavam e, aos treze anos, a menina já se tornava uma beldade, com cabelos cor de mel e pele combinando, como os da mãe, mas olhos cinza-prateados como os do pai.

E os do tio, sugeriu um pensamento perdido.

"Tia", interrompeu Geoffrey, que havia parado de brincar de cabo de guerra com Sir Bacon e agora chamava Hortense para a mesa de jogos no canto. Com quase 1,80 m de altura, Geoffrey parecia cada vez menos um menino ultimamente. Era fácil distinguir o homem que ele seria. A cara do pai.

---

1. Hoop é uma ferramenta usada para manter o tecido esticado durante os bordados. A principal função dessa ferramenta é facilitar o processo de bordado. O bastidor estica e segura o tecido, facilitando o trabalho. A ferramenta é adequada tanto para ponto cruz quanto para ponto cetim, e ao trabalhar com miçangas, o bastidor é absolutamente insubstituível. Graças a ele, o desenho final fica liso e impecável, sem áreas esticadas demais.

"O que você tem aqui?" perguntou Hortense, observando a impressionante variedade de armas.

"É a minha coleção de facas." Os olhos do menino brilharam de orgulho.

"E uma excelente, por sinal." Especialmente para um garoto que recentemente entrou na adolescência.

"São do mundo todo."

"Você consegue nomear cada lâmina?"

"Claro." Ele pareceu ofendido, e ela não conseguiu conter o sorriso. "Esta aqui" — ele pegou uma faca pequena com cabo de marfim e lâmina fina de dois gumes que se estreitava até a ponta afiada — "é um estilete que papai comprou na Itália." Ele a largou e pegou outra, esta mais pesada, com uma lâmina perversamente curva que significava trabalho. "E aqui está a minha favorita. Uma faca kukri do Nepal que mamãe encontrou em Paris alguns anos atrás."

"Espero que você não tenha planos de usá-la tão cedo."

A expressão de Geoffrey assumiu um tom pensativo. "Quem pode dizer? Se um intruso invadir nossa casa, eu estarei pronto. Eu as guardo debaixo da minha cama." O menino era definitivamente filho de seu pai.

"Você sabe como usá-las nesse caso?" ela perguntou interessada na resposta. Uma arma poderia facilmente ser usada contra seu dono se este não soubesse o que estava fazendo.

Geoffrey pegou uma faca e se posicionou de forma ereta.

A espiã dentro de Hortense ganhou vida e examinou o garoto com um olhar crítico. "Seus pés estão como deveriam estar, mas você está segurando a faca de forma errada."

"Ah." Ele pareceu cabisbaixo.

Ela pegou uma faca. "Assim." Ela demonstrou a melhor maneira de segurar uma faca se um agressor estivesse avançando. "Você não quer que eles consigam te desarmar."

"Ouvi dizer que se alguém te atacar com uma faca e você não tiver outra opção, você deve agarrar a lâmina."

Ela abriu a mão esquerda, com a palma para cima. "Viu isso?"

Os olhos do rapaz se arregalaram enquanto seu olhar acompanhava a longa cicatriz vermelha que dividia sua palma. "Você fez isso?"

"Estou viva."

"Deve ter doído."

"Como o diabo."

Sir Bacon deu um único latido, atraindo a atenção de Hortense para o outro lado da sala. Ali, na porta, estava Clare, o olhar fixo na palma da mão aberta dela. Claramente, ele ouvira a última parte. Seus olhos se ergueram e encontraram os dela. Seus pulmões se recusavam a se mover ou a fazer qualquer coisa útil, como respirar.

"Ah, Jamie, você chegou", gritou Mariana. "Eu já estava começando a perder as esperanças em você. Mas, Nick, por que Bartlett não o anunciou? Ele andou bebendo gim de novo?"

"Eu disse a Bartlett para não se incomodar", disse Clare. "Sou só eu."

De seu lugar à mesa, Hortense o observou ser engolido pelo abraço da família enquanto Nick se adiantava para apertar sua mão, seguido por um abraço de Mariana. Geoffrey e Lavinia correram para cumprimentar o tio, que se curvou para a sobrinha e apertou a mão do sobrinho. Sir Bacon logo se juntou aos cumprimentos, circulando o grupo em círculos, o rabo abanando e os latidos ecoando.

Só ela ficou para trás. Ela se assustou ao vê-lo, mas aquela era a casa de Nick. Era prerrogativa de ele convidar quem quisesse, até mesmo seu irmão.

Uma onda de irritação floresceu dentro dela. Seria pedir demais que se livrasse do homem por uma noite?

Também era irritante que ele, de alguma forma, conseguisse ficar mais bonito a cada encontro. Vendo os irmãos lado a lado, suas semelhanças eram evidentes demais — altos, morenos, bonitos —, mas as diferenças também se destacavam. Clare, embora arrogante e autoritário, não tinha a dureza de Nick. Era algo profundo nos olhos de Clare que ela notara, mas não conseguira articular, até aquela tarde. Era uma melancolia. Uma que provavelmente começara na juventude dele, dado o que ela agora entendia sobre sua criação. Depois, havia Mollie Rafferty, e agora havia um menino. Seu filho. *Rafe.*

E, amanhã, eles tentariam fechar um acordo com Flick Doyle pelo menino. Ela conteve o nervosismo que ameaçava sair de suas veias sempre que o pensamento inevitavelmente retornava. Era o sol que girava em torno de grande parte de sua mente naquela noite. Clare e Doyle, juntos em um quarto. Uma coisa era levar um cavalinho de latão para Doyle para pagar seu imposto, como fizera na noite anterior, mas outra completamente diferente era levar Clare para ele. Clare não era uma bugiganga insignificante.

Mais uma vez, o olhar dele cruzou com o dela, e ela não conseguiu desviar o olhar. Seu coração bateu forte três vezes. Embora certamente tivessem pouco em comum, ela não conseguia se livrar da sensação de que ela e aquele aristocrata se entendiam em um nível elementar. Uma tremenda confusão, isso.

"Presumo que você conheça a Srta. Marchand, Jamie?", disse Mariana, com um olhar travesso.

Ele demorou um pouco a mais para responder à pergunta de Mariana. "Hum, sim." Ele fez uma reverência rígida na direção de Hortense. "Srta. Marchand."

"Lorde Clare", ela respondeu.

O momento se prolongou. Tempo suficiente para Nick pigarrear. "Alguém se importa se começarmos com o jantar? Estou faminto."

Mariana tocou uma campainha e avisou um criado que estavam prontos para jantar. As portas da sala de jantar se abriram, e todos começaram a se mover naquela direção, inclusive Sir Bacon, que se aproximou alegremente, assumindo a liderança como se fosse exigir um assento à mesa. Talvez esse fosse o costume na casa de Lady Fortescue. Nada na vida privada dos aristocratas surpreendia Hortense.

Velas estavam acesas ao redor da sala, mas não o grande lustre no teto. Enquanto muitos aristocratas faziam seus filhos comerem no berçário, Nick e Mariana não. Quando Geoffrey voltava da Escola Westminster, sentava-se à mesa com os pais, assim como Lavinia.

Todas as segundas-feiras, Hortense se deleitava com a refeição e a companhia, mas, naquela noite, prato após prato se passava sem que ela percebesse. A conversa fluía ao seu redor, e ela até participava, mas não poderia ter contado a ninguém mais tarde o que haviam discutido. Sua atenção, se não sua visão direta, estava concentrada inteiramente em Clare. Observando-o. Observando seus maneirismos.

Ela entendia o que estava fazendo. Ela o estudava como um alvo.

E o que ela encontrou?

Seus olhos brilhavam quando Geoffrey e Lavinia lhe faziam perguntas. Ele adorava o sobrinho e a sobrinha. Assim como ele tinha a mesma reação com Mariana. Com Nick, ele era mais reservado, o que demonstrava que conhecia o irmão. Ela há muito tempo considerava Nick não apenas um mentor, mas também um irmão mais velho, por isso foi um pouco surpreendente vê-lo como irmão mais novo. A maioria dos homens naturalmente se submetia à perspicácia e inteligência de Nick. Clare, não. Para ele, Nick sempre seria o irmão mais novo.

Foi uma pergunta que Nick fez a Clare que a trouxe de volta à conversa.

"Então, irmão", começou Nick, "agora que você está de volta, vai assumir seu lugar na Câmara dos Lordes [2]?" A pergunta

---

2. A Câmara dos Lordes (em inglês: *House of Lords*) é a câmara alta do parlamento do Reino Unido. O parlamento também inclui a Coroa britânica (rei ou rainha) e a Câmara dos Comuns. A Câmara dos Lordes não tem um número determinado de membros, mas em julho de 2023 contava com 781 lordes. Ela é um corpo não

poderia ser vista como displicente, não fosse a intensidade do olhar de Nick.

Clare pousou o garfo no prato. "Não consigo imaginar que eu tenha alguma iniciativa que valha a pena."

"Terei prazer em fornecer uma lista", disse Mariana. "Não há escassez, posso garantir."

Antes que Clare pudesse responder, Nick continuou: "O que ele está realmente dizendo, querida, é que não se importa."

"Por que não?" Hortense se viu perguntando. Todos os olhares se voltaram e pousaram diretamente nela, uma sensação que nunca havia apreciado particularmente. Mas ela não havia terminado. "Veja os asilos, por exemplo, eles poderiam se beneficiar com algumas reformas."

Clare estremeceu. Suas palavras atingiram o alvo.

"De fato, poderiam." Mariana pegou a faixa. "São as crianças que partem meu coração."

"Que crianças?" perguntou Geoffrey com a colherada de sorvete de limão na boca. A sobremesa havia chegado.

"Órfãos, meu amor", disse Mariana. "Eles são acolhidos e, para ganhar comida e dormir, são obrigados a trabalhar. Suas mãos pequenas e olhos aguçados são úteis para os inescrupulosos."

"Isso é horrível", disse Lavinia com tanta veemência que era possível vislumbrar a mulher que ela um dia se tornaria. Uma mulher muito parecida com a mãe, apesar do amor por bordado.

Hortênsia, enquanto isso sustentava o olhar de Clare, firme. "Alguns nascem lá, e é a única vida que conhecem. Farão qualquer coisa para escapar dela e experimentar um pouco de liberdade."

Ela falava para todos na sala, mas apenas para ele em verdade. Quando fossem ao Flick Doyle na noite seguinte, era vital que

---

eleito, formado por 2 arcebispos e 24 bispos da Igreja Anglicana (*Lordes Espirituais*), e 766 membros da nobreza britânica (*Lordes Temporais*). Os Lordes Espirituais mantêm-se no cargo enquanto ocuparem suas funções eclesiásticas, enquanto os Lordes Temporais são vitalícios. Os membros da Casa dos Lordes são às vezes chamados *Lordes do Parlamento*.

Clare entendesse isso sobre seu filho e a vida — uma vida de dedos pegajosos e pequenos crimes — que ele escolhera em vez do asilo.

A mão de uma criada estendeu-se para retirar seu prato de sobremesa intocado. O jantar havia terminado.

"Vamos continuar nossa conversa na sala de estar?" perguntou Nick. "Acredito que Sir Bacon apreciaria um colo para se aconchegar."

Ao ouvir seu nome, o cão deu um pequeno latido determinado que fez Geoffrey e Lavinia correrem atrás dele. Mariana se levantou e os cavalheiros a seguiram. Mesmo naquele ambiente informal, certas maneiras eram respeitadas. Hortense seguiu o grupo em direção à porta, ciente de que Clare, do outro lado da mesa, fazia o mesmo. A sala podia estar escura como breu, e suas terminações nervosas seriam capazes de localizá-lo. Pensamento perturbador.

Ela estava prestes a sair da sala quando um braço apareceu ao seu lado. Um antebraço. O antebraço *dele*, para ser mais exata.

"Posso te acompanhar?"

Seu olhar se elevou para encontrar o dele. "Tenho certeza de que não será necessário. Não fica a mais de alguns metros de distância." Oh, aquela rouquidão reveladora em sua voz.

"Quando os humanos já se contentaram com o que era meramente necessário?" ele perguntou, a sua voz possuindo a mesma rouquidão reveladora. "Estamos cheios demais de vontades e desejos para alcançar a satisfação tão facilmente."

Ela não tinha certeza se já havia ficado sem palavras na vida antes de conhecer aquele homem. E agora isso acontecia diariamente.

Por conta própria, e de forma totalmente desnecessária, sua mão deslizou para cima e pousou no antebraço dele. Ela inalou, e seu corpo se inflamou de calor. Lá estava, o cheiro dele. Esse homem... Ele evocava sentimentos nela. Em algum momento nos últimos dias, eles haviam surgido sorrateiramente, embora ela não conseguisse localizar o momento preciso. Mas lá estavam eles, girando dentro dela. Sentimentos, vontades, desejos e, ah, definitivamente necessidade.

Mas essa necessidade não era algo simples ou trivial, ela estava começando a suspeitar.

Como ela havia deixado isso acontecer?

ATRAVÉS DE CAMADAS de linho e lã superfina, seu toque leve foi suficiente para dar vida à pele de Jamie. A vibração de Hortense era tão potente.

Enquanto percorriam a curta distância da sala de jantar até o sofá da sala de estar, era tudo em que ele conseguia se concentrar. Ele lançou um olhar rápido para baixo, mas o olhar dela permaneceu fixo à frente. Depois de contornarem Geoffrey, Lavinia e Sir Bacon, envolvidos em uma animada brincadeira, ela murmurou um agradecimento e sentou-se perto de Mariana. Ele se moveu para ficar perto da lareira e apoiou o braço na cornija da lareira. Encontrou o olhar fixo de Nick nele. O irmãozinho estivera observando. Hortense era da família ali, isso estava claro.

Poucas horas antes, ele chegara a Asquith Court e encontrara Nick em seu escritório, esperando. Estava arrasado pelas descobertas da tarde e sem humor para Nick, que parecia guardar rancor. Bem, Nick não era o único com rancor. Considerando que fora Nick quem introduzira uma espiã em sua casa — mesmo que essa espiã agora ocupasse seus pensamentos noite e dia — ele sentiu que seu rancor suplantava o do irmão. "Srta. Marchand?" perguntou ele, ríspido, irritado.

"Eu a contratei", disse Nick, calmo, sem se desculpar. "Eu não sabia o que tinha acontecido com você." Um instante se passou. "E eu precisava saber."

Naquele instante, Jamie liberou o rancor por dois motivos.

Seu irmão se importava. E havia o fato não insignificante de que ele nunca teria conhecido Hortense de outra forma.

"Você vem jantar hoje à noite?" perguntou Nick sem preâmbulos.

O primeiro instinto de Jamie foi recusar. Então, ele considerou que, se Nick podia se esforçar, ele também poderia. "Haverá outros convidados?" Se sim, ele não iria. Socializar *em família* era uma coisa, com a *alta sociedade*, outra bem diferente.

Um sorriso se contorceu nos lábios de Nick. "Temos apenas uma convidada todas as segundas-feiras à noite. Acredito que você a conheça."

Uma sensação de presságio percorreu o estômago de Jamie.

"Recentemente, na verdade."

E ele sabia. *Hortense.* "A que horas devo chegar?" Seria mortificante se ele demonstrasse metade da ansiedade que sentia.

"Sete e meia será perfeito."

Muito tempo depois de Nick ter ido embora, Jamie pensou no olhar do irmão ao dizer aquelas palavras de despedida. Pois definitivamente fora *um olhar*. O que ele revelara ao irmão tão observador?

Agora mesmo, Nick chamou do outro lado da sala. "Gostaria de um conhaque, irmão?"

Lá estava Nick, no carrinho de bebidas, com a garrafa na mão. Cada célula do corpo de Jamie gritava sim. "Não", ele disse com firmeza e sentiu o tremor habitual na mão. A menção de bebidas alcoólicas tendia a ter esse efeito.

Nick tampou a garrafa sem se servir. Alívio percorreu Jamie. Ele não gostara da ideia de ver Nick saborear uma taça de esquecimento âmbar.

Terminadas as brincadeiras de Sir Bacon, Geoffrey e Lavinia haviam limpado a mesa de jogo com a coleção de facas de Geoffrey e já estavam envolvidos em uma partida competitiva de gamão.

Agora eram apenas os quatro adultos. Jamie esperou

enquanto Nick se sentava na cadeira em frente ao sofá, forrado com o mesmo tecido azul adamascado. Ele tinha uma pergunta a fazer. Uma que o vinha atormentando nas últimas horas, desde a visita de Nick. E com Nick e Hortense ocupando o mesmo cômodo, ele não podia perder a chance. "Como vocês se conheceram?"

Era uma pergunta simples, na verdade. Exceto que o olhar que Nick, Hortense e Mariana trocaram não era nada simples.

"Ah, eu adoro essa história", disse Mariana. "Mas, Hortense, é você quem vai contar. E só se quiser."

O instinto de Jamie foi retirar o que disse, mesmo com a curiosidade queimando dentro dele, pois ele sentia a hesitação dela. Mesmo assim... Como ela se tornara espiã do irmão dele?

Logo quando ele aceitou que ela não responderia, ela falou: "Eu estava tentando roubar a carteira dele."

Jamie segurou seu queixo antes que caísse no chão. "Você era um batedor de carteiras?"

"Entre outros talentos", ela disse.

"Onde foi isso?" Agora que a represa havia sido rompida, ele queria cada detalhe.

Ela olhou para Nick. "Piccadilly, não era?"

Nick assentiu.

"Meus dedos tinham acabado de agarrar àquele relógio de bolso de ouro dele", ela continuou, "quando uma mão apertou a minha como uma faixa de ferro."

"E?" O maxilar de Jamie ficou tenso.

"E ela exclamou — *Mon dieu!* — em um francês perfeitamente flexionado", disse Nick. "E eu sabia."

"Sabia o quê?"

"Ela não era uma moleque de rua qualquer."

Moleque de rua ... O que significava que ela devia ser jovem. *Muito* jovem. "Quantos anos você tinha?"

"Eu tinha acabado de completar quatorze anos."

"E de onde vieram os franceses?" Ele se perguntava isso desde a noite em que se conheceram.

Ela deu de ombros. "Faz parte do meu passado."

Ele sentiu falsidade tanto nos gestos quanto nas palavras. O fato de ela falar francês significava alguma coisa.

"Como você se tornou uma batedora de carteiras?" ele perguntou, mas já sabia a resposta antes mesmo de terminar a pergunta. Tinha a ver com o lugar para onde iriam às dez horas da noite seguinte. Onde encontrariam o filho dele.

"Outra parte do meu passado", respondeu ela, e o momento se prolongou por alguns instantes.

"E já chega da parte dos interrogatórios da noite", disse Mariana. "Venha, Hortense, gostaria de lhe mostrar o novo livro de ilustrações botânicas que comprei recentemente. Essa flor da Amazônia combina perfeitamente com o azul dos seus olhos."

Incapaz de se conter, o olhar de Jamie seguiu Hortense. Um sentimento de proteção surgiu dentro dele. Ele não gostava que ela tivesse passado pelas experiências que passou — a vida num asilo, a vida como ladra, a vida como espiã. Ou que eles tivessem forjado a mulher — durona, briguenta e astuta — que ele conhecia hoje. Ele não gostava que ela tivesse que ser assim.

Nick pigarreou. Ele se juntou a Jamie na lareira. "O que você tem com ela?" Não era necessário que Nick esclarecesse quem ela era.

Jamie seguiu seu primeiro instinto, que foi negar. Ele não estava pronto para compartilhar essa parte de sua vida com o irmão. "O que te dá uma ideia tão absurda?"

"Os olhos no meu rosto."

Negar mais não adiantaria. "Eu a contratei para uma investigação."

Um brilho duro brilhou no olhar de Nick. "Muitas pessoas podem fazer esse trabalho em Londres."

"Eu *a* queria", disse Jamie, altivo e implacável. Ele estava provocando o irmão de propósito? Possivelmente. Mas em todos os poucos anos, Nick precisava ser colocado em seu devido lugar. Esta era uma dessas vezes.

Nick relaxou o maxilar por tempo suficiente para dizer: "Só para o trabalho."

"Claro." A segurança escapou de Jamie como se o assunto não lhe interessasse nem um pouco. Ele sentiu a mentira se abater sobre suas entranhas.

Nick não tinha terminado. "Você entende o que essa história diz sobre a história dela?"

"Tenho certeza de que você vai me contar, irmãozinho." Jamie tirou um fio de algodão da manga. Nick não o irritaria.

Nick baixou o tom de voz, garantindo que não chegasse além dos dois. "Ela não tem ninguém. Ela é sozinha no mundo." Ele balançou a cabeça. "Na verdade, isso não é verdade. Ela tem Mariana, as crianças e eu."

"Eu consigo ver isso."

"Saiba disso: eu a protegerei de qualquer um, incluindo —"

"Eu?" Jamie completou por ele.

Nick assentiu, seus olhos cinzentos prateados de intensidade. "Sim, incluindo você."

Uma onda inesperada de raiva surgiu dentro de Jamie. "É mesmo? E você nunca a colocou em perigo?"

A boca de Nick se fechou bruscamente. Uma emoção brilhou em seus olhos. Culpa.

"Como eu pensava." Jamie se afastou da lareira. Ele precisava sair daquela sala antes de dizer algo lamentável ao irmão. "Você vai mandar sua carruagem levá-la de volta ao seu alojamento?"

"Claro. Como eu faço todas as segundas-feiras à noite."

Jamie atravessou a sala e se despediu dos sobrinhos antes de agradecer a Mariana pela noite agradável. Ela se levantou e o abraçou fraternalmente. Seus olhos castanhos, calorosos e curiosos, o encararam. "É bom ver você, Jamie. Você é sempre bem-vindo em nossa casa."

Jamie não tinha certeza se o marido sentia o mesmo. Seu olhar se desviou e encontrou Hortense. "Até amanhã?"

O momento durou mais do que o deixava confortável. Então ela assentiu, e ele pôde respirar novamente.

Ele girou nos calcanhares e caminhou pela casa. *Amanhã.* Amanhã ela o levaria até o filho de Mollie. *Seu filho. Rafe.* Que tipo de garoto ele seria? Restava apenas um dia entre ele e a resposta.

Seus pés pisaram nos paralelepípedos escorregadios, e gotas de chuva atingiram sua nuca, pesadas e refrescantes. Ainda bem que ele não tinha chegado de carruagem. Ele precisava da caminhada.

Nick certamente tinha coragem. Mas, mesmo assim, Jamie não conseguia deixar de se sentir feliz por Hortense ter roubado Nick, pois era evidente que ela não tinha família neste mundo além de Nick, Mariana e os gêmeos.

E ele.

Ele entendeu com certeza, rápida e segura. Ela o tinha.

Seu olhar de despedida o fez hesitar, pois ele detectou um lampejo de algo à menção de amanhã. *Medo.*

Quem eles encontrariam que tivesse o poder de despertar tal emoção dentro da mulher mais destemida que ele já conhecera?

9

Hortense recostou-se em um quarto, sozinha e irritada. Ela deixou Sir Bacon com a duvidosa Sra. Hayhurst. A moeda que pagou à mulher dissipou as poucas dúvidas que ainda tinha. Ela não poderia levá-lo naquela noite. Não precisava de distrações.

Uma carruagem familiar com quatro cavalos diminuiu a velocidade até parar na esquina combinada. Falando em distrações...

A porta da carruagem se abriu e Clare saltou de lá. Ele era um peixe fora d'água naquele ambiente. Mais como um pato fora d 'água. Ela suspeitava que ele estivesse usando suas roupas mais simples, mas não fazia diferença. O homem tinha uma aparência sofisticada.

Ela apostaria o salário de um ano que ele nunca se aventurara nas partes de Londres que veriam naquela noite. Claro, ele passara anos vasculhando casas de jogo das mais altas e baixas classes, mas, como todos os nobres que se entregavam a essas tendências, era uma brincadeira. Eles podiam colocar um pé no East End, mas o outro permanecia firmemente enraizado em Mayfair e St. James. Conheciam os prazeres baixos oferecidos em

115

St. Giles e Southwark, mas não a realidade. Essa noite seria uma lição para o marquês.

"Leve a carruagem e os cavalos para os estábulos", ele gritou para o cocheiro. "Não vou precisar deles novamente esta noite."

As sobrancelhas do homem se ergueram para o céu. "Você quer que eu o deixe aqui?"

Mesmo nas sombras da noite, ela podia ver o olhar de Clare se estreitar para o homem. "De fato."

Em vez de protestar, o cocheiro gritou uma ordem para os cavalos, e a carruagem se pôs em movimento. Clare era o senhor da casa.

"Você realmente não gosta de ser contrariado, não é?" ela falou.

Ele a encarou com um giro preciso. "Alguém gosta?"

Ela lutou contra o meio sorriso que queria se curvar no canto da sua boca.

Ele a olhou rapidamente de cima a baixo. "Voltamos para as calças hoje à noite?"

O óbvio não justificava uma resposta. "Vamos a pé."

Ela percebeu que ele estava prestes a oferecer o braço — como um cavalheiro —, então se dirigiu para a multidão e começou a abrir caminho, deixando-o sem escolha a não ser segui-la.

Assim que chegaram a um ponto onde a multidão havia diminuído, ela permitiu que ele se aproximasse. "Como foi o resto da sua noite ontem?" ele perguntou.

"Saí logo depois de você."

"Algum outro compromisso pessoal?"

"Não." Não que ela lhe devesse um relato da sua noite. "Passei boa parte dela limpando a bagunça do Sir Bacon."

"Ele dá muito trabalho?"

Uma risada confusa escapou dela. "Bastante."

"Eu diria que você passou a gostar do cachorro."

"Talvez."

"E a sua manhã?" ele perguntou. "Foi boa?"

Ela o encarou com severidade. "O que você está fazendo?"

Ele abriu bem as mãos. "Tentando bater papo. Você nunca ouviu falar desse conceito?"

Talvez ela estivesse sendo indevidamente rude. "Minha manhã foi, hum, sim, decente."

"Seu alojamento oferece uma boa noite de sono?"

"Sim, hum, oferece."

"Ninguém nunca lhe faz essas perguntas ou investiga sua vida, não é?"

Ela não gostou do que detectou naquela pergunta. *Compreensão.* Eles estavam se conhecendo muito bem. Bem demais.

"Para onde, por favor, nós vamos?" Ele olhou ao redor como se só agora tivesse percebido o que estava ao seu redor.

"Para uma casa de penhores."

"Uma casa de penhores?" Surpresa e preocupação soavam em sua voz. "Você precisa de dinheiro?"

Exasperada, ela balançou a cabeça. "Não. Mas você precisa de outras roupas, e a casa de penhores é onde as encontraremos."

Em silêncio, eles seguiram pelo East End, as ruas cada vez mais estreitas até começarem a se assemelhar a uma toca de coelhos. Prédios empilhados, o céu era menor ali. Cheiros pútridos pairavam em cada esquina. O nariz de Sir Bacon teria sido tentado a cada passo. Gritos estridentes soavam por toda parte, impossíveis de distinguir entre surpresa, raiva ou alegria. Somente aqueles diretamente envolvidos saberiam. Dizer que tudo era muito diferente do mundo de um marquês seria um eufemismo enorme.

Entraram no beco mais escuro e estreito até então, lotado de transeuntes que iam e vinham, alguns apressados, outros devagar — mendigos, moleques de rua, compradores, vendedores de todos os tipos. Uma tabacaria à esquerda. Um vendedor de gim à direita. Hortense apontou para frente. "Chegamos."

"A placa com as três bolas de ouro?"

"A placa da casa de penhor", ela confirmou, já batendo com o punho na porta trancada da loja. Limpou uma espessa camada de sujeira da pequena janela e pressionou o rosto contra o local limpo. De trás de uma cortina nos fundos da loja surgiu à proprietária, Haley, lambendo os dedos antes de limpá-los na calça. Deviam ter perturbado um jantar tardio.

Ela a reconheceu e destrancou a porta. "Se não é a Maggie!" exclamou a porta se abrindo e um sino tilintando acima.

"Maggie?" sussurrou Clare em seu ouvido.

Ela ignorou a pergunta e seguiu Haley para dentro da loja estreita. Do chão ao teto, a loja estava abarrotada de todo tipo de itens, dando uma sensação de aperto e excesso de coisas. Uma parede era só roupa de cama. Lençóis manchados, travesseiros, colchas. Talheres em uma prateleira, ferros de passar roupa e utensílios de trabalho na outra. No entanto, a maioria dos itens pessoais preenchia a loja. Joias e sapatos de grife, sim, mas a maior parte do espaço era ocupada por roupas de todos os tipos — masculinas e femininas e infantis. Vestidos, camisas, calças, sobretudos, roupas íntimas. As botas estavam alinhadas ao longo de uma das paredes.

"O que a traz aqui?" A dona da loja lançou um olhar rápido para Clare. Ela devia ter calculado o valor daquelas roupas finas em um instante. "Com um convidado tão distinto."

Hortense entendia esse jogo. Essa foi a parte que Haley avaliou Clare como um nobre e tentou pressioná-lo.

"Certamente", ela continuou, "sinto-me honrada em ter um lorde tão distinto em meu humilde estabelecimento. Posso perguntar seu nome?" Um instante se passou. "Ou, talvez, título?"

Ela esperava que o brilho ganancioso nos olhos de Haley apenas confirmasse para Clare o quanto ela estava certa. Suas roupas o identificavam como alguém rico onde quer que eles fossem. Era tudo o que as pessoas conseguiam ver.

"Isso não é da sua conta, Haley", ela disse com o tom firme. "Ele precisa de roupas diferentes."

O brilho avarento nos olhos de Haley transformou-se numa

expressão plena de ganância. "Certamente posso fornecer inúmeras vestimentas esplêndidas para um cavalheiro tão nobre. Ontem mesmo, uma dama trouxe todo tipo de adereços finos. Veja bem, o marido dela faleceu há duas semanas, mas o velhaco não deixou nada além de dívidas e uma viúva para pagá-las." Ela balançou a cabeça. "Um caso triste."

Hortense pigarreou alto, encerrando assim a história da viúva endividada. Haley poderia continuar falando sem parar. "Nada de bom", disse ela. "Nada esplêndido. Ele precisa de roupas de trabalhador."

Haley lançou um olhar penetrante para Clare, menos atônito do que segundos antes. "Passou por momentos difíceis, não é?"

Dois pares de olhares expectantes sobre ele — embora por motivos diferentes — Clare não teve escolha a não ser responder. "Algo assim."

Haley se voltou para Hortense. "Para comprar?"

Ela notou um brilho interrogativo e ligeiramente perplexo nos olhos de Clare. Estavam conversando perto dele, o que seria uma experiência completamente nova. De modo geral, como marquês, ele era o indivíduo de mais alta patente na maioria dos cômodos e era tratado como tal. Mas, ali, naquele cômodo no East End, ele estava descobrindo uma realidade diferente.

Ela cruzou o olhar com ele. "Quantas moedas você tem?"

"O suficiente."

"Moedas?", interrompeu Haley. "Bem, somos velhos amigos aqui, não é? As roupas dele servem."

"Espere um minuto", começou Clare.

Ela ergueu a mão, impedindo-o de protestar. "Está combinado."

Haley pegou a mão dela e a apertou. "Um por um?"

Ela assentiu.

"Certamente você não pode estar falando sério", exclamou Clare.

"Não podemos ficar com elas essa noite", ela explicou pacientemente, como se fosse uma criança.

Com um olhar revoltado, ele fechou a boca, concordando com o argumento dela.

Haley juntou as mãos com uma alegria digna de uma adolescente. Clare estremeceu e Hortense bufou. Era um comportamento desagradável para um homem de meia-idade. A dona da loja começou a circular pelo local, pegando algumas camisas aqui, um par de calças ali. "O senhor vai precisar de botas?"

"Sim", ela disse ao mesmo tempo em que Clare dizia: "*Não*".

Seus olhares se encontraram. "Não minhas botas", disse ele. "Levaram dois anos para amaciar, e eu não vou me desfazer delas." Um homem tinha que tomar uma posição em algum lugar, supôs Hortense. As botas pareciam algo razoável.

Ela soltou um suspiro resignado. "Acho que um pedaço de carvão serve."

"Para quê?" ele perguntou cautelosamente.

Ela apontou para suas botas um tanto elegantes. "Elas estão muito brilhantes. Precisam de um pouco de acabamento."

"Como o mestre delas?"

Ela deu uma bufada irônica. "Algo assim."

"Milorde?"

Haley estava nos fundos da loja, um braço cheio de roupas e o outro abrindo uma cortina com um floreio. A poeira enchia o ar. "Para sua conveniência", ela continuou "pode usar esta sala para trocar de roupa."

Clare lançou um olhar de despedida para Hortense, que não conseguiu evitar um sorriso irônico. Aquele era o momento da decisão. Ele trocaria suas roupas finas pelos trapos nos braços de Haley, ou não. E se não trocasse, o trabalho estaria cancelado.

Com o maxilar tenso pela decisão, ele fechou a distância restante até Haley, pegou as roupas e entrou, fechando a cortina atrás de si.

Ela o seguiu, com o ouvido atento ao som abafado de seus

ombros largos batendo no pequeno cômodo digno de um armário de vassouras. Assim que os ruídos se acalmaram um pouco, ela pressionou a boca contra um pano há muito tempo sujo de mofo. "Eu levo suas roupas descartadas."

Um casaco azul-escuro apareceu através de uma abertura nas cortinas. "Só esse casaco vale o conteúdo de toda essa loja."

Seu polegar esfregou a gola de veludo. Era da última moda, ela imaginou. Ele provavelmente estava certo.

"Um por um, milorde", disse Haley, não muito distante. "É o acordo."

Um resmungo indistinto e abafado soou por trás da cortina. Alguns segundos depois, um colete de seda preta apareceu, depois uma gravata de seda branca. Uma camisa branca de linho e calças de sarja de algodão cinza seguiu outra onda de movimento. O homem devia estar só de cuecas.

Um arrepio de calor a percorreu com a ideia.

A mão dele apareceu novamente, desta vez vazia. "Calças."

Haley transferiu uma braçada de roupas para ela, e ela lhe passou o item solicitado.

"Estas não servem", disse Clare, cheio de irritação, o que, por sua vez, a irritou.

Sem considerar devidamente as consequências, ela enfiou a cabeça para dentro do pequeno quarto, com uma bronca pronta. "Este não é o momento para se preocupar com qualidade ou aparência —"

Seu olhar caiu, e o restante de sua advertência morreu em seus lábios.

Ele estava sem camisa.

Sua boca ficou seca. Já estivera tão seca assim?

Ela não conseguia se lembrar.

Ela não tinha certeza se conseguia se lembrar do próprio nome.

Pois ali, a menos de quinze centímetros do rosto dela, estava o peito nu de Clare em toda a sua glória. Ela sabia que ele era alto, tinha ombros largos e era bem constituído, mas a constituição física desse homem em particular ia além das generalidades. Os músculos do peito eram salientes e definidos, descendo até formar as saliências duras e segmentadas do abdômen, com uma fina camada de pelos escuros que se estreitava a partir do peito, levando o olhar dela através daquele abdômen saliente e mais abaixo até a bainha da calça, que não estava abotoada, revelando sua cueca e um — *oh* — volume.

Uma garganta pigarreou.

A garganta *dele*.

O olhar dela subiu rapidamente para encontrar o dele. O que ela viu ali a fez arder. *Conhecimento*. Ela o estava cobiçando, e ele sabia disso.

Oh, a mortificação.

E, pior ainda, seus olhos imploravam para serem contemplados novamente.

"O QUE É, HUM", ela gaguejou. Pigarreou e tentou novamente. "Qual é o problema?"

Se Jamie dissesse que se sentia mal pelas bochechas coradas e pelo estado geral de confusão de Hortense, estaria mentindo.

O fato de ele poder — bem, seu peito nu — deixá-la sem palavras provocou uma onda de gratificação que ele não conseguia controlar.

"Se você baixar o olhar", começou ele, incapaz de esconder a autossatisfação da voz, "vai notar que estas calças estão uns vinte centímetros curtas demais."

Ela fechou os olhos por alguns segundos, como se estivesse se preparando, antes de olhar para baixo. Então, assentiu e deixou a cortina se fechar.

"Curta demais?" perguntou Haley.

Ela deve ter assentido silenciosamente, pois segundos depois sua mão estava enfiando outra calça através das cortinas, como se não ousasse espiar novamente. "Experimente essas."

A decepção percorreu Jamie. Ele queria vê-la ficar sem palavras novamente.

O segundo par era pouco melhor que o primeiro. "A cintura está folgada."

Sua mão reapareceu com um terceiro par. "Se não servir, usaremos um cinto."

Ele os vestiu rapidamente. "Elas servem."

"Graças a Deus", ela disse. Foi alívio o que ele detectou? Ela *precisava* que ele estivesse vestido?

Alguns minutos depois, ele surgiu vestindo as roupas de um trabalhador braçal: casaco cinza, calça marrom, camisa que antes era branca e lenço vermelho no pescoço, tudo feito de tecido rústico que se misturaria facilmente à multidão. Aos olhos dele, ele parecia adequado para o papel, mas Hortense deve ter visto de forma diferente, pois sua sobrancelha se ergueu em uma expressão que só poderia ser caracterizada como cética.

"O que foi?"

"Encolha os ombros."

"Por quê?"

"Você parece muito..." Ela procurou a palavra certa. "Nobre."

Ele obedeceu, mesmo enquanto bufava. "Mais alguma coisa?"

"Seu rosto", ela continuou. "Parece muito..." Ela se interrompeu no meio da frase. "Limpo", concluiu.

"Meu rosto está limpo demais?"

"Tem muita sujeira lá fora", disse Haley.

Jamie só percebeu que ela segurava um objeto quando ela o estendeu para ele. "Use isto."

Ele girou o gorro de lã cinza algumas vezes. "Preciso?"

"Há algum problema com ele, milorde?" perguntou Haley, torcendo as mãos.

"Será que tem piolhos?"

"Piolhos? Piolhos? *Piolhos?*" perguntou Haley, com o volume da voz e, presumivelmente, sua indignação aumentando a cada repetição da palavra. "Quero que você saiba que todas as peças de roupa e roupa de cama foram fervidas em soda cáustica por três minutos antes de você vê-las na minha loja. Sou conhecida por isso, não sou, Maggie?"

Um sorriso se contorceu em seus lábios. "Ela é."

"Certo." Jamie não conseguiu evitar a dúvida. Mesmo assim, colocou o boné na cabeça e continuou. Já que estamos nisso, vamos até o fim

"Acredito que nossos negócios aqui estão concluídos." Hortense já estava se dirigindo à porta. "Sua ajuda foi muito apreciada esta noite, Haley."

"A qualquer hora, Maggie", disse Haley às costas delas enquanto saíam da loja.

As paredes ficavam cada vez mais próximas, a umidade penetrava nos ossos enquanto eles se esgueiravam pelos recantos mais escuros de Whitechapel. Ele mantinha metade da atenção no ambiente ao redor e a outra metade na mulher ao seu lado. Ele apostaria que a mente dela estava gravada com um mapa de cada curva e cada esquina.

Ela pigarreou. "Você não vai gostar do que eu tenho a dizer."

Jamie contornou um vira-lata despreocupado que não estava disposto a se mover. "Diga." Ela não precisava ser simpática com ele. Isso estava no topo do que ele mais gostava nela.

"Vamos lidar com um homem chamado Flick Doyle. Quando chegarmos, fique de boca fechada."

"Como é?"

"Pronto", ela disse como se o tivesse pegado em flagrante. "Você não ouviu?"

"Ouvi o quê?"

"Você não consegue evitar soar como um lorde. No instante em que abrir a boca, as negociações se tornarão, hum, *difíceis.*"

"Difíceis como?"

"Nunca se sabe com Doyle. É esse o meu ponto."

A aura enigmática em torno desse tal Doyle estava começando a irritar Jamie. "Quem é esse Doyle, afinal?"

"Você vai saber em breve."

"Um criminoso?"

"Sim."

"Um criminoso está com meu filho?"

"Provavelmente."

"Como você sabe disso?" ele perguntou.

"Doyle gosta de roubar suas enguias..."

"Enguias?"

"Enguias da sorte. É como ele chama sua gangue de batedores de carteira."

"Meu filho é uma enguia da sorte, um... *ladrão*", disse Jamie lentamente, seu cérebro tentando absorver esses fatos desconcertantes, mas prováveis.

Hortense assentiu, com compreensão nos olhos. "Doyle gosta de retirá-los de St. Mary Magdalen, porque fica do outro lado do rio e é mais difícil rastreá-lo."

Ah. "Como você."

Ela não lhe deu nenhuma confirmação. Nem um aceno de cabeça. Nem um grunhido. Nem um piscar de olhos corroborativo. Nada.

Eles seguiram em frente, mantendo-se em silêncio pelos becos sinuosos, até que, finalmente, ela diminuiu o passo. Ela apontou com o queixo para um prédio à frente — cinza mofado, em ruínas e inclinando-se sutilmente para um lado. Ao que tudo indicava, o edifício se tornaria um monte de escombros em questão de dias, se não horas.

Mas não era o prédio que Jamie tinha em mente. Era Hortense. Mesmo na luz incerta, ele detectou um brilho anormal em seus olhos. Ela segurou a porta com o punho, pronta para bater, e hesitou. Assim que batesse, estaria comprometida com os eventos que se seguiriam.

Por mais que ele quisesse poupá-la disso, o filho de Mollie —

o *filho dele* — poderia estar dentro daquelas paredes. Ele não podia deixar para lá. Agora que sabia sobre Rafe, Jamie o reivindicaria e o levaria para seu novo lar, seu verdadeiro lar.

Sua mão ainda não havia batido. Instintivamente, Jamie diminuiu a distância, de modo que apenas alguns centímetros a separavam dele. Palavras baixas saíam de sua boca por conta própria. "Você não estará sozinha nisso."

Ela piscou. Reconheceu as palavras que ele havia dito no dia anterior, mas o nervosismo não desapareceu completamente de seus olhos. Ele assentiu com a cabeça, acalmando-a.

Ela bateu três vezes suavemente, esperou dez segundos, bateu mais duas vezes, esperou cinco segundos e então uma batida curta e forte. Um código. Um que ela ainda se lembrava. Curioso isso.

Trinta segundos tensos se passaram. Ela limpou as palmas das mãos na calça.

A porta mal rangeu ao abrir. O olhar astuto de um garoto apareceu na pequena fresta, pousando em Hortense e depois em Jamie. "É isso?"

"Diga ao Doyle que é Hortense e" — ela hesitou — "um associado."

Sem responder ao comando, o garoto fechou a porta.

Jamie olhou ao redor do prédio em ruínas. "O Doyle vai querer moedas?"

"Nunca se sabe com ele, mas provavelmente não."

"Esse lugar precisa de um pouco de moedas para se sustentar."

"Não vai ser moeda."

Novamente, a porta se abriu, as suas dobradiças enferrujadas rangendo com o esforço, dessa vez larga o suficiente para permitir que ambos entrassem em um corredor escuro, iluminado apenas pela luz fraca de uma pequena janela incrustada de sujeira. O garoto os conduziu por corredores estreitos. Conforme os olhos de Jamie se adaptavam à escuridão quase completa, ele conseguiu formar impressões do entorno. Paredes estreitas mofando com a umidade. Uma pequena mesa projetava-se na passarela, que ele empurrou com a coxa direita. Elas faziam curvas nos cantos, e os ombros largos dele esbarravam nas paredes. Ele ficaria com alguns hematomas depois daquela noite.

Não demorou muito para que chegassem a uma abertura, ainda mais escura do que os corredores que tinham acabado de atravessar. O braço de Hortense se estendeu, impedindo-o de prosseguir. "Há uma escada", ela disse em um sussurro apressado, salvando-o de uma queda por uma escada precária que provavelmente teria resultado em um pescoço quebrado no fundo.

À medida que desciam, a luz aumentava, e logo estavam dentro de uma sala iluminada pela luz fraca e bruxuleante de algumas velas de sebo. As paredes da sala eram sem decoração, ásperas e manchadas com mofo preto. Parecia ter sido escavada à mão e deixada pela metade. Cinco ou seis garotos estavam espalhados, todos os encarando em silêncio.

O olhar de Hortense, no entanto, estava fixo em um ponto à sua frente. Ali, sentado atrás de uma grande mesa quadrada, com as mãos apoiadas no tampo e cada dedo adornado com um anel cravejado de pedras preciosas, não podia estar outro senão o homem conhecido como Flick Doyle. Todo tipo de bens ilícitos jaziam espalhados à sua frente — lenços, relógios de bolso, caixas de rapé, moedas, papéis, tudo e qualquer coisa que pudesse encher os bolsos de um cavalheiro.

Doyle recostou-se em sua confortável cadeira de veludo vermelho e empurrou os óculos redondos de aro de metal para cima do nariz. "Quando o garoto me disse que ouviu Hortense bater — mas não era só Hortense, mas Hortense e um *associado* — pensei comigo mesmo: Flick, você precisa conhecer esse *associado* de Hortense." Ele soltou uma gargalhada estridente. "O que você quer de mim agora, queridinha?"

10

"**O** que você quer de mim, queridinha?"

O maxilar de Hortense ficou tenso e suas mãos se fecharam em punhos.

Queridinha.

Depois de todos esses anos, seu corpo ainda tinha uma reação visceral a Doyle chamando-a por aquele apelido. Ela não era a *queridinha* de ninguém.

Quando ela não respondeu, ele bufou. Sabia que ela não gostava de ser chamada de queridinha. Ela o encarou com novos olhos, os mesmos que Clare lançaria sobre ele agora. Doyle era essencialmente o mesmo da primeira vez que ela o vira. Cabelo talvez um pouco mais ralo e grisalho, mas ainda desgrenhado e oleoso. Na verdade, essas palavras bastavam para descrever sua pessoa inteira, por dentro e por fora. Ele apontou o queixo para Clare. "Quem é esse *associado* que você trouxe para eu examinar?"

Ela lançou a Clare um olhar supressor. Sob nenhuma circunstância ele deveria responder à pergunta. Mas ali estava ele abrindo a boca. Ela deixou a primeira mentira que lhe veio à mente rolar pela língua. "Ele não consegue falar."

Doyle inclinou a cabeça. "Ele é mudo?"

"Sim." Ela continuou falando por algum motivo incompreensível.

Ela não precisou arriscar outro olhar para Clare para saber que uma tempestade se formara em sua testa. Uma risadinha histérica quis borbulhar, mas ela imediatamente reprimiu. Ela tinha assuntos sérios para tratar naquela sala. A vida de um garoto estava em jogo.

Doyle deve ter percebido sua mudança. "O que você está fazendo aqui, queridinha? De alguma forma, acho que não é para rir do seu novo homem."

"Ele não é meu homem", Hortense retrucou, mordendo a isca antes que pudesse se conter. A boca de Doyle se curvou em seu sorriso desonesto, e ela se chutou. "Estamos procurando um garoto", ela disse, afirmando sem rodeios.

"Muitos rapazes vagando por estas ruas."

"Esse se perdeu."

Ele abriu bem as mãos, conciliador. "Rapazes perdidos, poucos encontrados. Essa é a triste verdade desse velho mundo."

"Cerca de treze anos de idade", ela insistiu. "Alto para a idade." Era tudo conjectura claro, mas ela logo percebeu o que estava fazendo. Ela estava descrevendo sua imaginação de como Clare seria aos treze anos. "Olhos cinzentos", ela continuou. "Cabelo escuro com tendência a enrolar nas pontas."

"Ele tem nome?"

"*Rafe*. Ele veio de St. Mary Magdalen."

Doyle se inclinou para frente e começou a deslizar uma corrente de relógio entre os dedos. "Ah." Seu olhar se estreitou sobre ela. Ela já havia sido alvo daquele olhar específico centenas de vezes. E mesmo hoje isso despertava incerteza dentro dela. "Rafe", ele chamou.

"Sim?" soou uma voz jovem e rouca.

"Venha aqui agora, sim?"

O rapaz saiu das sombras para a luz fraca e bruxuleante. Hortense respirou fundo. Ele era a enguia que a havia convocado alguns dias antes. Além disso, ela o descrevera com precisão, até as pontas enroladas de seu cabelo.

Ela lançou um olhar furtivo para Clare. Suas feições haviam se transformado em uma mistura de choque e crença, com uma grande dose de determinação crescente transformando-as em granito. Ele entendera em um instante que aquele garoto era seu filho.

"Quer dizer, como *esse* Rafe?"

Clare deu um passo à frente, o olhar duro e focado em seus olhos. Hortense agarrou seu braço. Os riscos haviam aumentado dez vezes. Isso precisava ser tratado com delicadeza, não com força, pois ela entendia dois fatos ao mesmo tempo: os ocupantes daquele quarto eram a única família que o rapaz conhecia há anos. Clare poderia pensar que Rafe viria com eles e ficaria grato. Mas ela entendia a situação de forma diferente. Ele talvez não quisesse sair daquele lugar de jeito nenhum.

E havia o segundo fato: Doyle iria querer algo em troca.

Ela assentiu. "Sim."

A cabeça de Doyle se inclinou, seu olhar se tornou astuto. "Sabe o que eu acho interessante?"

A pergunta surgiu leve como o ar, mesmo quando pousou em seus ombros como um peso de chumbo. "O quê?"

"Aqui está Hortense perguntando sobre um garoto. Mas, falando sério, você e seu *associado* estão me pedindo um favor, certo?"

"Talvez. Depende do seu ponto de vista."

"Foi o que eu pensei." Ele se inclinou para frente. "Aqui está o que me impressiona. Você vai querer um favor, mas o que está disposta a fazer por mim?"

Um calafrio percorreu suas veias. *O quê*, de fato?

O indicador de Doyle tocou os lábios finos e rachados. "Então você encontrou esse Rafe que estava procurando, agora o que quer com ele?"

"Você sabe o que queremos." Era óbvio para qualquer um que

tivesse olhos que o homem parado ao lado dela era o pai do garoto.

"Então você acha que pode entrar aqui e pedir tudo com jeitinho e eu te deixo ficar com ele?"

"Eu não sofro dessa ilusão."

Ele soltou outra risada. "Hortense e suas palavras bonitas. Essa sua boca esperta sempre tinha algo a dizer. Agora, o que ela vai me dizer hoje?"

"Quanto por ele?" Ela já podia ir direto ao ponto.

Uma carranca exagerada se formou na boca de Doyle. *"Tsk-tsk-tsk"*, ele repreendeu. "Agora você está me decepcionando. *Quanto?"*

A zombaria em sua voz era inconfundível, mesmo quando seu olhar se voltou para Clare, examinando-a minuciosamente enquanto chupava os dentes. Mesmo que Clare não estivesse usando as melhores roupas de um aristocrata, Doyle não se deixou enganar. O marquês não conseguia deixar de ser, bem, *um marquês.*

"Ela acha que pode perguntar quanto custa e eu vou simples-mente dizer um preço assim para ela?" ele disse para todos na sala. Ele estalou os dedos e inclinou a cabeça para o outro lado. "Mas eu fico me perguntando por que ela trouxe você junto. O que tudo isso tem a ver com um homem grande e forte como você?"

As mãos de Clare se fecharam e se abriram.

"Uma coisa eu posso te dizer: você não vai chegar a lugar nenhum com seus punhos."

"Seu preço. Diga", Clare grunhiu.

"Ele fala", exclamou Doyle. "E que jeito interessante de falar você tem. Fala bem, se meus ouvidos não me enganam."

"É comigo que você está lidando", disse Hortense. Ela preci-sava corrigir o rumo da conversa, ou eles iriam naufragar antes mesmo de saírem do porto. "Vamos conversar."

Com os lábios franzidos, Doyle lançou-lhe um olhar longo e avaliador. "Tudo bem, minhas enguias, saiam daqui."

As enguias não precisaram ser avisadas duas vezes enquanto saíam da sala. No degrau mais alto, Rafe lançou um olhar curioso para Clare por cima do ombro. Talvez o garoto também tivesse notado a semelhança familiar. Então ele se foi, e ficaram apenas ela, Clare e Doyle.

O olhar de Doyle pousou novamente em Clare. "O que você sabe sobre seu *associado* aqui, hein?"

"Doyle, vamos logo com isso", disse Hortense. Nada de bom poderia resultar dessa conversa indo por esse caminho.

Ele bateu com o punho na mesa. "Você está no meu território, e será na minha hora", rugiu antes de se recostar imediatamente na cadeira, o rosto agora uma máscara de placidez, como se o desabafo não tivesse acontecido.

"Você não vai falar com ela desse jeito, entendeu?" Clare afirmou em voz baixa e firme. Ele não estava realmente pedindo. Era claro que precisava apenas de uma desculpa para dar um soco certeiro no rosto do homem.

"Bem, vou te contar um pouco sobre ela — que eu apostaria dinheiro honesto, se eu tivesse algum", Doyle nunca conseguia resistir a uma boa e longa risada de suas próprias piadas — "que você não sabe. Hortense aqui, ela foi a minha melhor. A enguia mais sortuda que já deslizou pelas ruas ou enfiou a mão no bolso de um nobre. Nunca foi apanhada, não é?"

"Uma vez." Ela olhou para Clare. Ele tinha um rosto como uma tempestade. *Nick*, ambos sabiam.

Uma quietude tomou conta de Doyle, e um olhar reptiliano familiar apareceu em seus olhos. "Vou soltar o garoto."

Ela sabia o suficiente para não deixar o alívio invadir o momento.

Ele não havia dito o preço.

"Com uma condição."

"Quando estiver pronto para dizer."

"Você sempre foi atrevida."

Ela conteve a língua e disse a Clare com os olhos para fazer o mesmo.

"Você faz um trabalho para mim."

Aqui estava, a pegadinha. Um trabalho para Doyle. *Outro* trabalho para Doyle. Nunca haveria um último?

Seu estômago se embrulhou em uma dúzia de nós trêmulos. Como é rápido o retorno à sarjeta, se não se toma cuidado.

Uma garganta pigarreou ao seu lado. Clare, com os olhos fixos nela, assentiu sutilmente. Ele estava dizendo para ela dizer sim. Mas, ao contrário dela, ele não conhecia o mundo em que estava entrando por livre e espontânea vontade. Ninguém escolhe esse caminho. Salvo esse homem que tão obviamente faria qualquer coisa para ficar com o rapaz.

O rapaz que era tão obviamente seu filho.

Pois esse é o tipo de homem que ele é, disse uma vozinha. *Determinado. Implacável. Honrado.*

Era uma voz que ela não queria ouvir.

Os segundos se arrastando para um minuto, ela finalmente assentiu. "Qual é o trabalho?"

"Não vou te contar até você concordar. Você concorda?"

A descrença percorreu seu corpo. Como ela havia caído tão baixo, tão rápido? Pois essa era a verdade. Um imposto de cada vez, ela voltou aos poucos para o mundo de Doyle, um mundo que há poucos anos, ela havia jurado deixar para trás para sempre. Agora, além dos impostos, era um trabalho.

Mas ela não tinha escolha. Clare não iria embora sem uma maneira de ficar com seu filho. Ele poderia até insistir em levar o menino à força. Era o que seus olhos tempestuosos lhe diziam.

E onde isso a deixaria? Doyle não perderia tempo em acusá-la de enguia e ladra, destruindo sua reputação entre a clientela da classe alta, deixando-a sem nada.

Ela tinha que concordar.

Ela poderia vomitar.

"Sim", ela disse finalmente.

Doyle juntou as mãos, um sorriso que deixaria uma cobra orgulhosa se espalhando por seu rosto. "Gostaria de se sentar? Isso vai demorar um pouco."

"Vamos ficar de pé."

Ele deu de ombros. "Se você consegue acreditar, eu já fui um rapaz selvagem, com uma propensão para dados. Uma noite, me vi na casa de um duque. Você não consegue imaginar uma mansão dessas." Ele apontou o queixo para Clare. "Bem, imagino que ele consiga. Provavelmente mora em uma."

O fato de Doyle não estar errado irritou Hortense.

"Então, depois de gastar todo o seu dinheiro", ele continuou, "esse duque começou a jogar com tudo o que via. Sua caixa de rapé. Seu lenço de seda. Um castiçal. Um sujeito até ganhou um papagaio falante dele. Que boca suja tinha essa ave. Fazia um marinheiro corar. Ainda está viva, essa ave." Doyle balançou a cabeça, maravilhado. De qualquer forma, as horas estavam ficando curtas e o duque estava ficando desesperado. Continuava achando que a sorte estava chegando, então continuou, mas qualquer um podia ver que estávamos no fim. O clima tinha piorado. Sempre tem aquele momento com os dados. Melhor ir embora, principalmente se tiver um nobre na jogada. Eles nunca perderam nada na vida, então alguns não aceitam bem. Eu podia ver que era ali onde o duque estava. Então ele me olhou bem nos olhos e disse que ia tirar toda a pressão de mim. Bem baixinho, perguntei como ele planejava fazer aquilo. Eu nunca gostei de me enfrentar com um cavalheiro, e ainda por cima com um duque, mas eu tinha uma bela pilha na minha frente e não ia desistir fácil só porque um nobre mimado estava chorando sobre o leite derramado. Ele disse algo a um de seus elegantes criados e não demorou um minuto para que o homem voltasse com a coisa mais brilhante que eu já vi.

"O que era?" perguntou Hortense. Doyle havia parado para

perguntar só para que ela perguntasse, eles estavam jogando o jogo dele.

"Uma tiara."

As sobrancelhas de Clare se ergueram em surpresa. "Inesperado."

Doyle bufou. "Foi exatamente o que eu disse a ele. Ele disse que aquela tiara era para todos os meus ganhos. A mãe dele ganhou de uma princesa russa. Safiras e diamantes. Nunca vi nada igual. Agora, só para você não achar que sou desonesto, em minha defesa, hesitei. Eu não queria abrir mão de todos os meus ganhos, mas vi que não tinha muita escolha. Eu não sairia daquela casa sem mais uma jogada de dados. E, além disso, o duque tinha a marca do perdedor tão clara como se estivesse escrita em sua testa. Então, eu rolei os dados."

"E você ganhou", disse Clare.

"Peguei minha tiara e meus ganhos e saí daquela casa como se os cães do inferno estivessem mordendo a minha bunda. Eu sabia que era só questão de um minuto para aquele duque cair em si e me roubar dos meus ganhos. Os nobres têm tudo no mundo e não gostam de se desfazer de um centavo. Cerca de duas semanas depois, dois mensageiros apareceram na minha porta exigindo a tiara."

"E?" Hortense não conseguiu evitar perguntar. Ela estava ansiosa para saber o final da história. O canalha sempre tinha o dom para uma história envolvente.

Um olhar astuto surgiu nos olhos de Doyle. "Eu dei *uma* tiara a eles, com certeza."

Ela percebeu a distinção. "Mas não *a* tiara?"

"É, eu sabia que não demoraria muito para um mensageiro bater na minha porta. Então, mandei fazer uma cópia."

"Você mandou fazer uma cópia da tiara?" perguntou Clare, com a testa franzida em perplexidade. Ele realmente não fazia parte deste mundo.

Doyle deu um gesto de desdém com o pulso. "Ah, sim, não tem problema se você conhece as pessoas certas."

Uma compreensão repentina atingiu Hortense. "*Cópia*. E foi essa que o duque recebeu."

"Querida, você sempre foi rápida em entender."

"E você ainda tem a verdadeira?"

Ele assentiu, presunçoso. Não era pouca a satisfação de enganar um duque.

"Você tem a tiara genuína. Qual é o trabalho?", ela perguntou lentamente, com a mente a mil. O que ela estava perdendo?

O sorriso dele sumiu. "Anos atrás, você conheceu minha mãe."

Hortense assentiu lentamente. "Ela está viva?" A mulher devia ter chegado aos noventa anos agora. Hortense se lembrava dela como frágil e firme.

"É, ela ainda está entre nós", ele disse a sua máscara reptiliana caindo por completo. Ele adorava sua mãe. Era sua única qualidade positiva. "Sempre achei que ela fosse da realeza e merecesse ser tratada como tal. Ela usa essa tiara todas as noites para tomar chá. Mas ela está ficando velha e acha que está na hora de devolvê-la. Ataque de consciência, como ela chama."

"E não se pode simplesmente devolver uma tiara a um duque sem confessar o crime", interrompeu Clare.

"Esse seria o ponto crucial", disse Doyle, com o olhar fixo em Hortense.

Na mesma hora, ela entendeu. "Impossível."

"O quê?" perguntou Clare.

"Ele quer..." Ela detectou a confirmação nos olhos de Doyle. "Ele quer que eu troque a tiara genuína pela falsa."

"É, o Duque de Rothesbury não teria a mínima chance contra alguém como você."

As sobrancelhas de Clare se uniram. "*Rothesbury*?"

"Você o conhece?" perguntou Doyle.

Clare balançou a cabeça de forma que ninguém se convenceria. Ele realmente não era muito bom em ser outra pessoa além de si mesmo.

"Você quer que eu troque as tiaras debaixo do nariz desse Duque de Rothesbury?" perguntou Hortense. Era melhor deixar claro.

"Você é a única enguia com dedos escorregadios o suficiente para fazer isso."

"Só há um problema."

"E qual é?"

"Eu não tenho acesso ao Duque de Rothesbury."

"Oh, queridinha, você sempre foi uma garota inteligente. Sempre soube os meandros do que se propunha a fazer."

"Não se pode simplesmente entrar furtivamente nos cofres de joias de um duque. É uma tarefa impossível."

Clare pigarreou, como se para lembrá-los de sua presença. "Daqui a três noites, haverá um jantar."

Doyle bufou. "Acho que vocês têm uma dúzia desses todas as noites."

"Em Apsley House."

Doyle assobiou por entre os dentes, o som agudo e estridente. "Na casa do Duque de Wellington, hein? Bem, *lá-ti-da.* Duque errado."

Clare capturou o olhar de Hortense. "Tenho um convite para comparecer."

"Não sei como isso vai ajudar."

"Rothesbury estará lá", continuou Clare com um fervor que ela tinha dificuldade em entender. "Ele e Wellington são amigos de longa data."

"Bem, isso é se gabar, não é?" Doyle riu.

Um pensamento terrível ocorreu a Hortense. "Você não está sugerindo que roubemos o palácio de um duque enquanto ele está no jantar de Wellington?"

"Ocorreu-me, mas não. Além de sua residência em Londres, Rothesbury tem uma propriedade ducal no campo e várias outras propriedades. A tiara pode estar em qualquer lugar, se ele ainda a tiver."

"É melhor rezar para que ele a tenha", disse Doyle.

Clare se recusou a desviar o olhar de Hortense. "Tenho uma ideia diferente." Ele hesitou. "Você pode ir ao jantar de Wellington comigo."

Ela balançou a cabeça. "Não posso. Os duques não permitem que pessoas como eu se aproximem deles, a menos que haja uma troca de serviços por dinheiro, de uma forma ou de outra." Por mais desagradáveis que suas palavras soassem, eram verdadeiras.

Clare pigarreou. "Existe um jeito."

"E qual jeito é esse?" Ela estava ficando exasperada. "Não quero bancar a criada."

O ar ficou parado e pesado, como se carregado pelas palavras que Clare ainda não havia dito. Um presságio percorreu a coluna de Hortense, e ela se preparou.

"Case comigo."

11

C*ase comigo.*

Será que ele realmente expressou a ideia em voz alta?

A julgar pela série de emoções que desfilavam pelo rosto de Hortense, sim.

A ideia que se formava em sua mente pesava na ponta da língua, tão substancial quanto um objeto sólido, composta de apenas duas pequenas palavras.

Duas pequenas palavras para alterar a trajetória de uma vida.

Seu primeiro instinto foi esboçar um sorriso nervoso. Em seguida, arregalou os olhos, incrédula, quando ele não respondeu da mesma forma. Por fim, ela ficou em silêncio, chocada.

Sem se importar com o drama silencioso que se desenrolava entre Jamie e Hortense, Doyle balançou algumas vezes na cadeira antes de se levantar. Ele se arrastou até um canto e empurrou uma cômoda para revelar um cofre. Alguns momentos depois, ele retornou ao seu lugar à mesa e colocou dois itens à sua frente.

A primeira coisa a chamar a atenção de Jamie foi a tiara.

Mesmo na penumbra das velas de sebo, seus diamantes e safiras refletiam a luz turva e a espalhavam em todas as direções, com suas montagens de platina brilhando em um branco intenso e nítido. Era uma peça valiosa que teria rendido centenas, senão milhares, de libras. No entanto, esse homem — *Flick Doyle* — que carecia de decência, honra e princípios, tinha se apegado a ela. Jamie não duvidava do amor do homem por sua mãe.

Foi então que ele notou o outro item na mesa. Uma garrafa de vinho tinto. A variedade não importava muito. No final, era tudo a mesma coisa.

Fios gêmeos de medo e desejo o percorreram quando Doyle abriu uma gaveta e tirou três xícaras de chá descombinadas. Jamie sabia o que viria a seguir.

"Eu não bebo bebidas alcoólicas." Ele precisava deixar isso claro, principalmente para si mesmo.

Doyle inclinou a cabeça. "Em minha opinião, estou depositando mais fé em você do que você em mim. E eu não deposito fé em você se não tomar uma bebida com você."

Hortense encarou Jamie com seu intenso olhar azul. "Podemos ir embora."

O fato de ela entender a luta dele, bem, despertou algo dentro dele. Mas, não, eles não podiam ir embora. O rapaz — *Rafe* — era seu filho. Era claro para qualquer um com olhos. Ele não se afastaria do garoto.

Doyle despejou alguns dedos da bebida em cada xícara. Como se estivesse fora de si, Jamie estendeu a mão para pegar a xícara. Ele notou um leve tremor em sua mão enquanto o suor cobria seu corpo, o cheiro acre e enjoativo o assaltando com sua familiaridade e promessa de esquecimento.

Doyle ergueu sua xícara de chá lascada e indicou que fizessem o mesmo. "Ao vinho velho e às mulheres jovens." Ele piscou para Jamie antes de virar a bebida em um só gole.

O que exatamente Doyle estava insinuando?

Jamie parou por aí. Se não parasse, talvez tivesse que considerar que o velho patife estava insinuando alguns pensamentos que talvez ele próprio tivesse tido.

Certo.

"Não se preocupe com isso", murmurou Hortense. "É o que ele sempre diz quando começa a beber."

Ela virou a bebida dela, e Jamie a imitou. Era como fogo descendo pela garganta. Era como uma gota de chuva no deserto. De repente, seu corpo exigiu mais. Uma única gota — ou um oceano inteiro — nunca seria suficiente.

Tossindo com dificuldade, Doyle soltou uma de suas risadas que não soou muito alegre. Aquela risada não era confiável. "Isso vai te fazer crescer pelos nas nádegas." Ele jogou a xícara de chá na mesa, lascando outro pedaço de porcelana. "Você tem duas semanas. Minha mãe tem estado mal, e eu quero que isso seja resolvido antes que ela vá encontrar seu Criador com a consciência tranquila."

Jamie captou o olhar evasivo do homem. "E eu tenho a sua palavra sobre o rapaz? Você vai deixá-lo ir?"

Doyle teve a audácia de bufar. "Se a palavra de um velho canalha significa alguma coisa para você."

"Não significa", disse Jamie. "Faremos do seu jeito, *uma vez*. Mas existem outros métodos para pegar o garoto, se você decidir seguir esse caminho."

Doyle abriu as mãos em um gesto de paz. "Não vai chegar a esse ponto, milorde." Seu olhar deslizou para Hortense. "Uma vez enguia, sempre enguia, queridinha."

Ela recuou como tivesse sido atingida por um objeto duro. Jamie segurou seu braço, caso ela precisasse de apoio. Seus olhares se cruzaram por um instante, mas o que ele viu o surpreendeu. Medo. Quando a conheceu, ele pensou que ela fosse imune a esse sentimento. No entanto, de alguma forma, ele percebeu que isso não a tornava fraca. Em vez disso, o peso desse sentimento influenciava todas as suas decisões e a tornava mais forte.

Ela girou habilmente sobre os calcanhares e já estava na metade da escada quando ele a alcançou. Enquanto caminhavam pela casa — ou qualquer que fosse a função dessa estrutura, ele suspeitava que tivesse muitas —, encontraram garotos espalhados por toda parte. Mas era um garoto que ele procurava. A menos de um metro à frente — pois era até onde se podia ver — ele avistou uma figura esguia, e seu estômago deu um nó. Era o garoto. *Seu* garoto.

Sem pensar, ele deu um passo naquela direção. Dedos envolveram seu braço, detendo-o. Ele olhou para baixo e encontrou o olhar azul-celeste de Hortense fixo nele. "Agora não é a hora", ela murmurou.

"O que nos impede de levá-lo agora?"

"Eu, para começar", disse o garoto com uma voz que era pura deslealdade, enquanto encostava o ombro na parede e transferia o peso contra ela. "Eu não vou a lugar nenhum com você."

Rafe olhou para fora com os mesmos olhos cinzentos e cílios grossos que Jamie via no espelho todos os dias. Mas aqueles olhos continham uma audácia, uma dureza, que ninguém esperaria encontrar em alguém tão jovem. Primeiro o asilo, depois Doyle, quando esse menino teve o luxo de ser criança?

"Vamos embora agora", disse Hortense, baixo, firme.

Ainda assim, seus pés permaneceram firmes no lugar, teimosos.

"Jamie", disse ela, com uma súplica permeando seu nome.

Ela nunca o chamara de Jamie.

Foi o suficiente para trazê-lo de volta à realidade.

Era contra cada fibra do seu ser deixar o garoto — *seu* garoto — para trás. Através da porta. Para a fria noite londrina. Assim como Hortense os guiara até ali, através do labirinto de ruas, becos e vielas de Whitechapel, ela os conduziu para fora. Só quando alugaram uma carruagem de aluguel na Fleet Street e se acomodaram em seu interior que ela quebrou o silêncio. "Casamento?"

O turbilhão da mente acelerada de Jamie parou completamente. *Casamento.*

Ele havia proposto casamento a essa mulher. O pânico

deveria estar percorrendo seu corpo. Mas, de todas as reviravoltas e questões que o pesavam, surpreendentemente, essa não era uma delas. "Sim."

Sua cabeça se inclinou para o lado. "Certamente um casamento falso."

"Não."

"Conheço um falsificador de documentos que pode fazer qualquer coisa." Ela estava totalmente séria.

"Precisará ser real." Para quem não estava bem claro.

Seus olhos se arregalaram de incredulidade. Ele a havia deixado perplexa. "Mas... mas *por quê*?"

"Nick não toleraria que eu manchasse sua honra. Ele colocaria minha cabeça numa estaca." Era a verdade. Poderia continuar sendo verdade mesmo depois do casamento.

"Nick pode ser enganado."

"A sociedade saberá se não for real. O boato de uma licença especial para o Marquês de Clare se espalhará pela sociedade como fogo em palha."

Ela soltou um longo suspiro antes de assentir lentamente. "Dando-nos um pouco de notoriedade e elegância."

"Sim." Ainda havia mais sobre o assunto do casamento deles que precisava ser dito. "Apenas nominalmente. Não precisa ser mais do que isso."

"Eu nunca planejei me casar", ela disse.

Sua presunção atingiu Jamie profundamente. Casamento não significava nada para ele, mas ele não havia considerado que pudesse significar algo para ela. "Mas você pode pensar um dia. Se encontrar o homem certo."

Por que ele estava tentando convencê-la a desistir?

Ela balançou a cabeça. "Sou uma mulher completamente independente, receio. Nenhum homem me toleraria. Não sei cozinhar. Não sei limpar. Não tenho interesse em bordados além de remendar uma meia ou outra. Sou inútil como esposa."

"Eu dificilmente diria isso." Um instante se passou. "Talvez eu encontre alguma utilidade para você."

Uma tensão repentina percorreu o ar, sua implicação clara. Um raio de luar entrou pela janela ao lado dela, e ele pensou que poderia detectar uma bochecha corada.

O olhar dela encontrou o dele e se manteve. "Mas você já o fez, meu senhor."

"Ah é?"

Seu pênis engrossou e sua boca ficou seca. A franqueza do olhar dela causou esse efeito nele.

Outra razão para o pedido de casamento lhe ocorreu. E essa razão não era *simplesmente mais uma*, mas possivelmente *mais verdadeira*. Como sua esposa, o olhar direto dela seria dele. Não como uma posse, mas para possuir. Ele queria capturá-la, segurá-la e transformá-la com desejo. Ele queria que ela se curvasse a ele, mas sem quebrar.

"Fui muito útil na localização de sua antiga amante e agora de seu filho."

Certo. *Certo.*

Claro. *Claro.*

As palavras dela foram o balde de água fria que ele precisava.

"Agora vou lhe fazer uma pergunta." Seus olhos se estreitaram. Ela havia se recuperado e agora estava na ofensiva. "Se você se casar comigo, como vai se casar com outra pessoa?"

"Como expliquei, o casamento nunca esteve no topo da minha lista de prioridades."

"Você pode mudar de ideia sobre a linhagem do marquesado em algum momento no futuro. Nós, humanos, podemos ser inconstantes."

Ele bufou. "Não dou a mínima para continuar a linhagem Asquith. Nick tem um filho legítimo. A linhagem familiar está segura, no que me diz respeito. Geoffrey pode levá-la adiante."

"Mas—"

Impaciente com essa linha de questionamento, ele a interrompeu. "Aquele era meu *filho* no covil de Flick Doyle."

A luz do conhecimento brilhou nos olhos de Hortense. Ela também sabia.

"Ele é a minha cara naquela idade."

"Você precisa entender uma coisa", ela disse lentamente. "Doyle e aqueles outros garotos são a família dele."

"*Eu* sou a família dele."

Ela balançou a cabeça lentamente. "Ele não vai ver dessa forma."

"Eu vou tirá-lo de lá."

"E você fará qualquer coisa?"

"*Qualquer coisa.*"

"Até mesmo se casar com uma vadia?"

A maneira como ela fez a pergunta o atingiu como um golpe. Pois ela não era acusadora nem amarga, mas completa e totalmente objetiva.

"Você é mais do que isso, Hortense. Você sabe ler. Você fala francês." Ele procurou por mais — *melhores* — palavras. "Você é *você.*"

Ele hesitou inseguro de ter o direito de fazer a próxima pergunta. Mas ele precisava, mesmo assim. "Qual é a história de Hortense Marchand? Ou será Amélie?"

"Como você sabe..." A compreensão iluminou seu rosto. "A Sra. Ditch usou esse nome."

Jamie assentiu. "Como aquela garotinha que falava francês e sabia ler foi parar no asilo e na gangue de batedores de carteira do Flick Doyle? Qual é *a sua* história?"

Seu olhar fixo na janela, sem ver nada além do seu passado, ele suspeitava.

"Meus pais escaparam do Terror na primavera de 1794", ela disse. "Eles eram mestres tecelões que forneciam tecidos finos para a nobreza francesa. No início da Revolução, eles estavam seguros, mas então os ventos mudaram. Qualquer um que negociasse com aristocratas era suspeito e preso como simpatizante. Eles fugiram para a Inglaterra e montaram seu negócio em Londres. Vários anos depois, eu nasci a pequena Amélie deles."

"Era assim que te chamavam?"

Ela assentiu.

"Então como você—" Ele fechou a boca. Seria errado apressá-la. Essa história não terminou bem.

"Como fui parar no asilo?" Seus olhos escureceram com uma profunda tristeza. "A cólera começou a circular por Spitalfields. Meus pais contraíram a doença e morreram."

"Você não foi infectada?"

"Eu fui, mas foi mais brando para mim."

"Quantos anos você tinha?"

"Eu tinha acabado de completar sete anos."

O choque o percorreu. Tão jovem para estar sozinho no mundo. "E você foi levada para o asilo St. Mary Magdalen?"

Ela assentiu.

"Como foi?" Ele precisava saber. O lugar havia afetado aqueles com quem ele mais se importava no mundo, incluindo a corajosa mulher sentada à sua frente. Ele não se deteria muito nisso, só que era a verdade.

"Abrigava cerca de duzentas crianças. Fomos mantidos separados dos adultos."

"Qual era o trabalho?"

"Principalmente colhendo estopa para construtores navais, e também alguns trabalhos com calçados. Tarefas que exigiam dedos pequenos e ágeis, além de olhos aguçados. Éramos alimentados três vezes ao dia, tínhamos um catre para dormir e um teto sobre nossas cabeças."

Seus olhos se tornaram opacos ao contar, como se precisasse de distância da própria história.

"Como você saiu?"

"Um dia, vi um dos meninos do asilo — *Ned* — conversando com outro menino por uma fenda na parede."

"Uma das enguias do Doyle?"

"Doyle queria que o cofre da diretora fosse roubado."

"Por acaso não é a nossa Sra. Ditch?"

Hortense riu secamente. "A mesma. Empurrei o Ned para o lado e disse que eu roubaria."

"E você conseguiu?"

"Consegui."

"Você tem coragem."

"Arrastei aquela caixa até um buraco cavado sob o muro. Uma vez lá fora, eu era da gangue do Doyle, uma enguia da sorte. A primeira e única garota."

Ele intuiu algo importante ali. "E você não se chamava Amélie?"

"Esse era o nome que meu pai e minha mãe me deram. Eu não podia mais ser ela."

"Hortense tinha que ser um tipo diferente de garota."

Ela assentiu.

"Então como você saiu das enguias?" Uma sombra escureceu o azul dos olhos de Hortense. Antes que ela pudesse falar, ele teve a resposta. "Você roubou a carteira do Nick."

"E falava francês."

Uma possibilidade ocorreu a Jamie, uma que o fez cerrar os punhos. "Nick ameaçou você com prisão se você não fosse com ele?"

Seus olhos brilharam de alarme. "Não foi bem assim."

"Então por que você concordou?"

"Porque ele me ofereceu—"

Jamie se viu preso a cada palavra dela.

Ela pigarreou. "Uma justa recompensa monetária", concluiu, com a voz dura e inflexível.

Ele teria jurado que ela estivera prestes a dizer algo mais. "Assim como você e eu."

Ela estremeceu. Ele não estava tentando magoá-la. Mas aquela careta lhe dizia algo. Uma justa recompensa monetária era a verdade, mas não toda.

"Apenas no nome?" ela perguntou sem rodeios. Eles haviam voltado ao assunto original.

"Você tem a minha palavra."

"Não consigo imaginar que combinemos."

"Podemos levar vidas separadas."

No instante em que as palavras saíram da boca dele, ele as quis de volta.

Ela o encarou com aqueles olhos azuis penetrantes, a cabeça inclinada. "É assim que vocês fazem, não é?"

Ele não gostou dessa reviravolta na conversa, e não ajudou o fato de tê-la precipitado. "Foi como meus pais fizeram."

"Não sei nada sobre ser marquesa."

"Se minha mãe pôde ser uma, você certamente pode. É muito mais inteligente do que ela."

"O padrão é tão alto assim?"

Ele se inclinou para frente, apreensivo. "Aceita? Ou não?"

"Você estava morrendo de tédio quando nos conhecemos." Uma pausa. "Sou uma aventura exótica para você?"

Pergunta justa.

"Você é uma pessoa", disse Jamie. *E eu me afeiçoei surpreendentemente a você*, ele não disse. "Sinto que é o *certo*. Salvar Rafe, salvar —"

"*A mim?*" Uma faísca de fogo se acendeu nos olhos dela. "Eu não preciso ser salva."

"A mim", ele concluiu.

"Ah." Seu semblante se acalmou.

"Usar o marquesado para casar com você e libertar meu filho é o melhor uso que já fiz — ou que jamais farei — dele."

Ela ficou imóvel como pedra. Ponderando suas opções, ele suspeitava. Ele se sentia equilibrado na ponta de uma agulha. Se ela dissesse não...

"Então, vamos nos casar", ela disse suavemente.

Ele permitiu que um suspiro de alívio escapasse dos pulmões.

Ela estendeu a mão. Ele a apertou, mas a segurou por um instante a mais. Era simplesmente que a mão dela era muito menor que a dele, os ossos delicados, mas não frágeis. Aquela mão era capaz e forte. Mesmo assim, ele sentiu a repentina determinação de protegê-la. Com grande relutância, soltou-a.

"E depois que você tiver o Rafe?" ela perguntou.

"Você pode levar a vida que quiser." Ele não gostou da pontada no estômago.

"Você também pode."

Ele teve que fechar a boca, ou arriscar assustá-la. Poderia dizer algo como: a vida que escolhera antes de conhecê-la não era grande coisa.

Que sua vida era melhor com ela.

Mas ele não podia dizer isso.

A carruagem começou a diminuir a velocidade. Estavam se aproximando do número 11 da Little Peter Street. "Devo ficar com a tiara?" ele perguntou.

Ela assentiu. "Volte para me buscar daqui a três dias."

"Por que não amanhã?"

"Tenho assuntos para resolver e você precisa obter uma licença especial. Resolva isso amanhã e deixe a notícia circular alguns dias antes do jantar de Wellington. Isso deve nos dar bastante notoriedade quando fizermos nossa estreia como Marquês e sua nova Marquesa de Clare."

Ele percebeu a solidez do raciocínio dela, mas não passara um único dia sem vê-la desde que se conheceram. Agora seriam três? "Então, sábado?" ele perguntou, embora com relutância.

"Sir Bacon e eu estaremos prontos." Ela estendeu a mão para a maçaneta da porta e hesitou. "Mais um assunto antes de eu ir."

"Sim?"

"A bebida no Doyle's..."

Ele podia sentir o cheiro, provar... *Desejar.* "Eu pensei em nunca mais tocaria naquilo."

"Às vezes, um drinque leva à necessidade de outro", ela disse. "A necessidade voltou?"

Ele balançou a cabeça. "Acho que não."

"Você quer —"

"Eu quero o quê?"

"Você quer que alguém fique com você a noite toda?"

A pergunta atingiu Jamie de surpresa. Seu conteúdo. A preocupação em seus olhos. Ele poderia dizer sim e mantê-la consigo. Mas não a queria assim. Ele a queria por livre e espontânea vontade.

De mais de um jeito.

Ele vinha evitando isso há dias, mas não conseguia mais. Ele queria Hortense. Sem reservas.

O que, claro, não significava que ele a teria. Ele lhe garantira isso e não quebraria uma promessa feita a ela. Não importa o que isso lhe custasse.

"Vejo você daqui a três dias", ele afirmou.

"Até sábado." Ela empurrou a porta da carruagem, pulou para o chão e partiu.

A noite ficou cinzenta sem a presença dela. Pois era isso que ele notara nos últimos dias. Quando ela partiu, levou consigo toda a vivacidade da vida, deixando para trás um mundo que se tornou monótono para ele.

Ela era capaz, inteligente e forte. Também era pequena e solitária. Ele compreendia a ferocidade de Nick em relação a ela, pois a mesma ferocidade agora corria em suas veias.

Agora mesmo, ele havia mentido por omissão. Era verdade que ele queria usar seu poder e recursos como marquês do reino para salvar seu filho e, por extensão, a si mesmo. Mas ele também seria capaz de usá-los para protegê-la quando, no sábado, a fizesse sua esposa.

Só no nome.

Que Deus o ajudasse.

12

Hortense parou diante da porta mofada pela segunda vez naquela noite e bateu com a sua batida especial.

Dessa vez, ela estava sozinha. Os termos que Doyle havia acordado com Clare não eram os únicos, ela tinha certeza. Não seria tão simples quanto trocar a tiara por Rafe. Haveria um imposto.

Além disso, Doyle não havia revelado seu acordo contínuo com ela para Clare. Ela teria que pagar por isso também.

Os impostos continuavam se acumulando.

A porta se abriu o suficiente para que um olhar desconfiado aparecesse, e então se abriu para deixá-la entrar. Nem um minuto depois, ela estava diante de Doyle exatamente onde o havia deixado duas horas antes.

"Eu sabia que você voltaria. Está ficando previsível na sua velhice, queridinha." Ele soltou sua risada vil e rouca.

"Qual é o meu imposto?" Ela não via motivo para não ir direto ao ponto.

"Não posso estar fazendo algo do fundo do meu coração?"

"Não."

Ele riu novamente. "Sem impostos, querida."

"Por que você aceitou o acordo?"

"Minha querida e doce mamãe, é claro." Ele estava definitivamente brincando com ela.

Ela não ia aceitar. "Você nunca concorda em deixar uma de suas enguias ir embora, não até que elas estejam grandes demais, velhas demais ou encarceradas demais para servir aos seus propósitos. Então, por que Rafe?"

"Ah, ele está servindo a um propósito. É com ele que a alma da minha mãe poderá descansar em paz."

Hortense acreditava nisso, mas havia mais. Os olhos de Doyle brilharam com uma luz astuta. Ele queria que ela decifrasse. De repente, a luz a atingiu como um raio. "Você não vai entregá-lo."

Um sorriso beatífico se abriu no rosto de Doyle. "Eu sabia que você conseguiria descobrir. Você sempre foi inteligente demais para o seu próprio bem."

"Qual é o jogo?"

"Será muito útil ter uma enguia dentro do palácio de um lorde, sabia?"

O medo e a raiva que vinham crescendo dentro dela se romperam como uma represa. Rafe seria usado como arma contra Clare. "Não", ela afirmou clara e direta.

As sobrancelhas de Doyle se ergueram. "Não? Da última vez que verifiquei, não era você quem dava as ordens por aqui."

Sua mente a mil. *Pense, pense, pense.* Ela não podia deixar isso acontecer. Clare e Rafe jamais teriam a chance de um relacionamento verdadeiro, de pai e filho. Além disso, Rafe jamais se livraria de Doyle. *Pense, pense, pense.*

A solução lhe ocorreu. "Use-me em vez disso." Uma solução terrivelmente simples.

Os olhos de Doyle se estreitaram por trás dos óculos e seu sorriso desapareceu. "Não fale coisas que você não quer dizer."

"Serei a esposa de um lorde."

"Você vai se tornar a esposa do nobre, de verdade?"

"Sim."

"É amor?" Não havia como não perceber o sarcasmo na pergunta.

"Dificilmente", ela retrucou. A resposta foi surpreendentemente difícil de pronunciar.

Doyle levou o indicador à boca. "Eu vi o jeito como ele olhou para você."

"Você está enganado."

Doyle bufou. "Você poderia dar voltas em torno daquele senhor e roubá-lo sem que ele percebesse. É assim que ele olha para você."

Hortense deu de ombros. Ela não daria a Doyle a satisfação de corresponder às suas palavras.

"Você vai continuar casada com ele?"

"Improvável." O que era simplesmente verdade.

"Você e eu, Hortense, poderíamos governar a cidade de Londres."

E outro raio a atingiu. "Era a mim que você queria o tempo todo." Seu sorriso reptiliano apenas confirmou isso. "Mas por quê? Eu paguei meus impostos."

"Eu quero mais de você, querida. *Eu quero você inteira.*"

Ela se sentiu repentinamente sem fôlego. "Não serei sua amante." A própria ideia lhe causou um nó na garganta.

Doyle pareceu genuinamente ofendido. "Por quem você me toma? Um velho devasso?"

Melhor mudar o rumo da conversa. Ainda assim, um alívio considerável a percorreu. "Eu concordo, mas só se você deixar o garoto ir. Livre e desimpedido."

Doyle chupou os dentes. "Agora, como posso confiar que você vai cumprir?"

"Sou uma mulher de palavra."

Sobrancelhas céticas se ergueram. "Ah? Você não me contou sobre seus negócios com aquele sujeito que você trouxe. Me faz pensar no que mais você está escondendo."

Ele a pegou. "Que garantia você precisa de mim?"

Doyle deixou o tempo passar. "O anel dele."

"Como é?"

"Todos os nobres têm um anel chique", continuou ele. "Um anel que diz que eles são mais importantes do que o resto de nós. Traga-me o dele."

Doyle queria o anel de sinete de Clare. Pensando bem, nunca o vira usar e não fazia a menor ideia de onde estava. Mas, não importava. Ela poderia descobrir os detalhes mais tarde.

"O que o impediria de chamar a polícia quando descobrisse que o anel sumiu?"

Doyle bufou. "Denunciar a esposa por roubo? Isso seria uma grande humilhação para um nobre. Sabe os homens, e especialmente os nobres, não aceitam muito bem humilhações públicas. Ele não vai dizer uma palavra sobre isso, pode ter certeza."

A verdade ecoou nas palavras de Doyle. Só havia uma coisa a fazer. Ela assentiu com a cabeça.

Doyle cuspiu na mão dele e estendeu-a. Após uma hesitação repulsiva, Hortense fez o mesmo e apertou a mão dele. Era um acordo selado. O verdadeiro acordo. Aquele que ele sempre buscara.

"Você o terá depois que eu pegar a tiara e você entregar o Rafe."

Doyle assentiu, e ela se virou.

"Uma vez enguia, sempre enguia", ele gritou para ela, as palavras a seguindo escada acima e assombrando seus passos por Londres até sua cama.

Ela fizera a escolha certa. A *única* escolha.

Ela repetiu as palavras em sua cabeça enquanto o amanhecer estendia seus longos dedos dourados pelo céu e até que elas assumissem o peso da verdade. Por fim, ela caiu em um sono agitado, com Sir Bacon aconchegado na curva de suas pernas.

QUATRO HORAS depois

Um grito abafado, mas distinto, vindo da porta que dava para o beco, despertou Hortense bruscamente. Isso e a resposta em latidos de Sir Bacon.

Ela pulou da cama, abrindo os olhos com muita relutância, e vestiu a peça de roupa mais próxima, que era seu sobretudo. Quem poderia precisar tanto de seu quarto?

Ela pegou a adaga do criado-mudo e a jogou no bolso. Isso poderia tirá-la de qualquer situação que estivesse do outro lado da porta. Ou, pelo menos, dar-lhe um bom começo.

Foi só quando se viu ao pé da escada que percebeu que nem sequer havia se olhado no espelho.

Ela abriu a porta bruscamente e seu cumprimento exasperado congelou em sua boca. Mariana a encarou, expectante. "Está feliz em me ver?" ela perguntou enquanto passava por Hortense e subia a escada. Até Sir Bacon pareceu perplexo enquanto eles a seguiam obedientemente.

Hortense fechou a porta do quarto com um clique silencioso e se virou lentamente para encontrar Mariana observando cada centímetro do ambiente e tirando suas próprias conclusões.

"O que você está fazendo aqui?" perguntou Hortense. Era a única pergunta lógica.

"Ouvi dizer que haverá um casamento em dois dias", respondeu Mariana com um sorriso radiante.

"Bem —"

"Nós seremos irmãs." Mariana fechou os poucos metros entre elas e abraçou Hortense, que ela teve dificuldade em retribuir com a mesma intensidade.

"A futura Marquesa de Clare." Mariana bateu um jornal na mesa central do quarto. "Está escrito aqui."

Hortense pegou o jornal com cuidado, como se corresse o risco de ser queimada pelo conteúdo. O *London Diary*. Um jornal de escândalos. Ali, no canto inferior direito da primeira página, havia uma notícia sem sentido que não deixaria nenhum membro da *alta sociedade* no escuro quanto ao assunto:

Qual é o ditado? Casar às pressas...
*Oh, Cl*re, tome cuidado!*
Mas a verdadeira questão é...
Que dama ousaria?
Ela precisaria ser fogosa...

Ela bateu o jornal com mais força do que o necessário. Com o olhar solene sobre ela, Sir Bacon soltou um pequeno gemido, sentindo sua angústia. Mas, ah, os jornais de fofocas faziam seu trabalho sujo rápido.

Não foi o conteúdo principal que a perturbou. Na verdade, foi a introdução perfeita para um casal que buscava gerar um pouco de notoriedade em sua estreia na sociedade. Foi a última linha que a deixou com o queixo tenso. *Fogosa...* Fogosa. O passado perdulário de Clare era um fato bem conhecido naqueles círculos. Mas a casualidade da frase, bem, parecia desnecessária e cruel.

"Presumo que Jamie tenha conseguido uma licença especial ontem à noite?", perguntou Mariana.

"Deve ter conseguido." Tão rápido. Hortense jamais deixaria de se surpreender com a rapidez com que as portas se abriram para a aristocracia.

Mariana caminhou até uma das duas cadeiras puídas da sala. "Posso?"

Hortense reagiu bruscamente. Onde estavam suas maneiras? "Claro."

Mariana juntou as mãos no colo e esperou, com uma expressão de expectativa no rosto. "Isso se aplica a você também."

"Ah, sim, claro." Hortense correu para a outra cadeira e sentou-se rigidamente na beirada. Mariana não era o tipo de mulher que ficava vagando por aí, perdendo tempo. Ela estava ali por um motivo. "Eu não costumo ser tão —"

"Dispersa?" Mariana completou por ela. "Os gêmeos vão ficar tão animados para ir ao primeiro casamento deles."

Os gêmeos? *Oh, não, não, não.* "Você não deve convidá-los."

Mariana fez um olhar inocente.

Hortense conhecia a estratégia o suficiente para se preparar.

"Mas por que não? Eles amam o tio deles, e amam você."

Maldição. Mariana era *boa*.

"É simplesmente melhor se eles não estiverem envolvidos", disse Hortense. *Seria muito difícil explicar mais tarde*, ela deixou sem dizer.

A expressão nos olhos de Mariana dizia que ela tinha ouvido mesmo assim. Ela se inclinou para frente na cadeira, seus olhos castanhos repentinamente escurecendo com intensidade. "O que realmente está por trás desse casamento?"

E agora as mentiras começariam. Embora Hortense não gostasse da ideia de representar um papel para uma amiga querida, ela não conseguia ver que tinha escolha. Era um assunto particular de Clare, e se ele não tinha achado por bem contar à família, certamente não era da conta dela.

E então havia o acordo com Doyle. Ela não queria que isso vazasse. Nick e Mariana nunca deveriam saber. Era vergonhoso demais.

Então, ela se acalmou como sempre fazia antes de proferir uma mentira necessária. "Nós nos apaixonamos perdidamente."

Mariana riu, com vontade, como só Mariana conseguia, do fundo da alma. Hortense sentiu uma leve inveja daquele riso. Ela nunca tinha conseguido rir tão livremente em toda a sua vida. Bem, talvez isso não fosse inteiramente verdade. Houve um tempo antes da morte de seu pai e sua mãe — um tempo em que ela nunca se permitia pensar.

Oh, como o passado havia sido evocado nesses últimos dias.

"Você terá que se esforçar mais para me convencer de uma paixão louca e avassaladora", disse Mariana.

Hortense ergueu as sobrancelhas e apertou os lábios. Mariana era sua amiga, era verdade, mas ela não precisava lhe explicar. Não era sua história para contar.

"Se me permite a ousadia", continuou Mariana, implacável como sempre, "você não tem a loucura e a agitação específicas dos miseravelmente apaixonados."

Oh. Mariana perceberia isso. "Eu..." Este era um território desconhecido no cânone de mentiras de Hortense. "Eu acho que o amor infeliz assume muitas formas."

Mariana bufou. "Não é nada provável." Ela exalou um suspiro resignado. "Você pode guardar seus segredos, mas precisa saber disso. Por trás de todos os títulos e da nobreza geral de Jamie, bate um coração verdadeiro e firme. Um homem bom e atencioso se esconde dentro dele. Pode confiar nele."

"Eu não confio em nada", retrucou Hortense retrucou, e as palavras saíram por reflexo, mas agora pareciam menos verdadeiras do que há poucos dias.

Mariana se inclinou para frente e colocou a mão no joelho de Hortense. "Todos nós precisamos de alguém em quem possamos acreditar. Essa confiança preenche nossos corações."

Hortense engoliu em seco o nó que se formara em sua garganta. Ela estava encontrando muitos desses ultimamente. "Meu coração não é construído assim."

"Ah, é sim." Mariana prendeu Hortense no lugar com seu olhar implacável. "Mas você precisa enfrentar os espinhos selvagens para encontrar o centro. E, minha querida, vale a pena."

Hortense não entendia nada de corações. Os espinhos, no entanto, eram muito familiares. "Devo pedir à minha senhoria para trazer chá?"

Mariana fez um gesto de desdém com o pulso. "Ah, não temos tempo para isso."

"Não temos?"

"Mostre-me seu vestido de noiva."

Hortense abriu a boca e fechou-a, e o comando a pegou de surpresa. "Eu... hum..."

Mariana assentiu em confirmação. "Exatamente como eu pensava."

Hortense sentiu um pavor percorrer seu corpo. "O que você pensou?"

"Você não tem um vestido especial para o seu casamento."

"Eu tenho um vestido perfeitamente adequado para a ocasião."

"Perfeitamente adequado?" zombou Mariana. "*Perfeitamente adequado* simplesmente não serve para um casamento."

Hortense apontou para um vestido pendurado no encosto de uma cadeira na extremidade oposta da sala. "Esse serviria." Não era impressionante para uma futura marquesa, mas não importava. Ela não seria uma por muito tempo, tinha certeza disso.

Os olhos de Mariana se arregalaram de incredulidade. "Não, não, minha querida. Você *não* vai usar cinza no dia do seu casamento."

"Não vou?"

Ah, essa farsa do casamento estava realmente começando a ganhar força.

Mariana se levantou de um salto. "Sorte sua, você me tem como irmã."

Hortense não tinha certeza se se sentia nem um pouco sortuda quando Mariana atravessou a sala correndo. "Aonde você vai?"

"Para a minha carruagem", disse Mariana, com a mão na maçaneta, "para pegar alguns itens e pessoas."

13

P *essoas?*
Mas Mariana se foi antes que Hortense pudesse perguntar. Ela afundou-se na cadeira. Um redemoinho varrera o quarto e logo voltaria para causar ainda mais caos. Tudo o que ela podia fazer era esperar.

Ela olhou para Sir Bacon, que havia pulado na cama e agora apoiava o focinho nas patas dianteiras, satisfeito em observar os acontecimentos à distância. "Sábia escolha."

Logo — *cedo demais* — passos começaram a subir a escada, mais de um par. O que Mariana havia planejado?

A porta se abriu e Mariana entrou com passos pesados, os braços cheios do que pareciam ser tecidos, tecidos coloridos e *finos.* "Você virou costureira?"

"Não, deixo isso para os profissionais. Hoje, sou apenas uma entregadora."

Foi então que Hortense notou a figura entrando no quarto atrás de Mariana. De baixa estatura, com cabelos negros e brilhantes e grandes olhos escuros, em um rosto de delicada beleza que escondia o aço sob a superfície, a mulher entrou com grande energia e entusiasmo enquanto colocava as malas no chão e ordenava à moça que a seguia que fizesse o mesmo. "Nell", disse o sotaque espanhol suave, porém firme, da mulher, "traga o suporte da carruagem."

"Sim, Señora Galante."

Señora Galante? Hortense só a vira uma vez, mas a conhecia como Sra. Eva Gardiner, irmã de Isabel Galante, que agora era Lady Percival Bretagne. Hortense conhecera as irmãs no ano anterior, quando Percy as ajudara em uma situação familiar precária. Embora a mulher tivesse um filho pequeno, Hortense suspeitava que a história de que ela era viúva fosse uma completa invenção.

"A Señora Galante é uma das donas da Galante: Costureiras Extraordinárias e gentilmente concordou em confeccionar um vestido de noiva para você em cima da hora", explicou Mariana.

Hortense encontrou o olhar da Señora Galante. "Nós nos conhecemos."

A testa de Mariana franziu. "Vocês se conhecem?"

"Fomos brevemente apresentadas em Gardencourt Manor no verão passado", respondeu a costureira. "E você deve me chamar de Eva."

Mariana sorriu em compreensão, o ar subitamente carregado pelos acontecimentos de um dia de final de junho. Uma sombra cruzou o rosto de Eva, mas no instante seguinte, ela endireitou os ombros. Imediatamente, ficou claro que ela assumiria o comando. Sua assistente entrou pisando duro na sala, um pouco sem fôlego, carregando um grande banquinho circular. "Onde devo colocar isso?"

Eva apontou para a única janela do quarto, coberta com a poeira de algumas dezenas de anos. "Terá que servir." Claramente, a mulher não estava muito impressionada com a residência de Hortense.

Ela conteve um bufo. Sua moradia era funcional e limpa. Suas habilidades domésticas não se estendiam além disso.

"Bem, se todos estão acomodados, preciso ir", disse Mariana, enfiando os dedos nas luvas de pelica. "A diretora da escola de Lavinia convocou uma reunião de emergência da diretoria, composta por mim e minha irmã. Aparentemente, a cozinheira francesa da escola está sendo francesa demais. Palavras da Sra. Bloomquist." Ela deu de ombros. "A que horas devo mandar a carruagem buscá-la, Eva?"

Toda profissional, a mulher consultou o relógio de prata pendurado em uma corrente em sua cintura. "Daqui à uma hora."

Mariana piscou para Hortense e saiu da sala.

"Nell", disse Eva, "por favor, mova o espelho para a janela também." Enquanto a menina se dedicava à sua tarefa, Eva gesticulou para Hortense. "E você", ela falou, "tire a roupa."

Hortense piscou. Não tinha certeza do que esperava que saísse da boca da mulher, mas não era isso. "Toda a roupa?"

"Claro", respondeu Eva, distraidamente, com a maior parte de sua atenção concentrada em retirar as ferramentas de seu ofício das várias sacolas espalhadas pela sala.

"Ah... hum..." Sério, ela não conseguia pensar em uma resposta.

Eva se virou. "Você nunca fez prova de um vestido?"

Só a verdade bastaria. "Não."

"E você será marquesa em dois dias?"

"Sim."

Um brilho avaliador surgiu nos olhos de Eva. Ela intuía que havia uma trama em andamento. Mesmo assim, decidiu deixá-la de lado e voltou à sua tarefa. "Enquanto você se despe, Nell e eu prepararemos seu novo traje para a prova."

Bem, isso não demoraria muito, já que Hortense estava usando apenas duas peças de roupa. Ela tirou o sobretudo dos ombros e o dobrou cuidadosamente antes de colocá-lo na cama. Sir Bacon levantou-se vagarosamente sobre as quatro patas e cheirou a peça com cuidado antes de considerar suas dobras volumosas um lugar digno para seu cochilo. Enquanto as outras mulheres cuidavam de seus afazeres, arrumando alfinetes, agulhas, tesouras, tecidos e alguns vestidos que pareciam já estar quase prontos, Hortense ficou de pé, desajeitada, vestindo apenas uma combinação.

"Devo ir para a plataforma?"

"Se quiser." Eva inclinou a cabeça. "A combinação também."

"Certamente, eu posso usar a minha —"

Eva ergueu a mão, impedindo as palavras de Hortense. "A camada mais interna de nossas roupas é tão importante quanto a mais externa. É o que está mais próximo da nossa pele que nos dá mais prazer, não é mesmo?"

A boca de Hortense queria se abrir. "Nunca na minha vida pensei nisso."

"Bem, vista isso" — Eva estendeu um pedaço de musselina marfim — "e me diga que isso não muda sua opinião."

Com a bochecha em chamas, Hortense tirou a combinação surrada e aceitou a nova peça de Nell. Com uma risadinha nos lábios, a garota não conseguia encará-la.

A nova combinação deslizou por sua cabeça e pelo corpo, chegando ao meio das coxas. Até aquele exato momento, Hortense não sabia que a musselina podia ser tão sedosa. Nunca havia experimentado tamanho luxo em sua pele.

A boca de Eva se curvou em um sorriso cúmplice. "Viu?"

Enquanto Hortense aceitava e vestia camada após camada de roupa — combinação, espartilho, meias, sapatos, todos feitos das melhores sedas, cetins, musselinas e couros —ela mal conseguia imaginar a mudança que observava no espelho. Para seu olhar atordoado, ela estava realmente começando a encarnar o papel que deveria desempenhar.

Marquesa.

Eva ergueu um vestido de seda azul-claro com detalhes prateados. Era o vestido mais requintado que Hortense já vira. "Vou usar isso?" ela se ouviu perguntar.

"De fato."

"Estou noiva" — como essa palavra soou estranha em sua boca

— "do marquês há menos de um dia. Como você pôde construir uma... uma—"

"Obra-prima?" perguntou Eva, com a hipocrisia dançando em seus olhos.

Essa não fora a próxima palavra de Hortense, mas combinava. O vestido era uma glória. "Mas costurá-lo tão rápido. Não vejo como isso é possível."

"Ah, não é", disse Nell, que certamente reconheceu Hortense daquela longínqua noite de junho. "Iria para outra dama."

Eva deu de ombros. "Ela pode esperar."

"Você não deve perder negócios por minha causa. Tenho certeza de que outro vestido servirá."

A boca de Eva se curvou em um sorriso que continha uma boa dose de astúcia. "Você me parece uma mulher que conhece o funcionamento do mundo."

"Gosto de pensar que sim."

"Então você deveria entender que a outra dama é esposa de um lorde menor e você será marquesa em dois dias."

Ah.

"Os adornos que você vê diante de si são o resultado de conexões aristocráticas e dinheiro, cujo poder total você tem na ponta dos dedos."

Eva Galante era, antes de tudo, uma mulher de negócios. Hortense entendia as decisões que faziam alguém ter sucesso. "Lady Mariana certamente pode ser uma força quando se dedica a isso."

"Não foi Lady Mariana que bateu na porta da minha loja logo de manhã", disse Eva.

"Não?"

"Foi seu noivo, o Marquês de Clare."

O Marquês de Clare... Seu noivo. Era inacreditável.

"Ele deixou bem claro que você deveria ter o melhor. Quando viu esta peça pendurada em um manequim, insistiu que fosse sua." Ela bateu na boca com o indicador. "E eu entendo por quê. Combina perfeitamente com a sua pele."

Hortense lutou contra a vontade de se contorcer. Nunca em sua vida recebera tanta atenção. Não, não era verdade. Embora mal conseguisse se lembrar das curvas e contornos dos rostos de seu pai e sua mãe, o carinho em seus olhos nunca a abandonara.

E o vestido que Clare havia escolhido para ela — insistido quando o escolheu — era digno de uma princesa.

A própria ideia era brilhante demais, ousada demais, para ela encarar diretamente. Ela precisava se afastar dela. Isso fazia parte do estratagema que eles estavam vendendo para a *alta sociedade*. Só isso.

Um ganido de Sir Bacon chamou a atenção de todos na sala. O cachorrinho havia parado e abanava o rabo impaciente. Ela sabia exatamente o que aquilo significava. "Ele precisa ir lá fora."

"Com certeza, ele pode esperar."

"Me passa meu vestido."

Ela fez menção de descer do banquinho. Sir Bacon não tivera um acidente dentro de casa o dia todo ontem. Ele era um sujeito inteligente, o que levava a uma única explicação para sua incontinência dentro de casa. Ninguém jamais havia se dado ao trabalho ou à paciência de lhe ensinar boas maneiras.

Eva ergueu a mão, hesitante. "Nell, leve o animal para fora, por favor."

O rosto de Nell se iluminou. "Com prazer."

"A guia dele está ao lado da porta", disse Hortense, mas Nell já havia localizado o pedaço de seda branca e o estava passando pelo pescoço do cachorro. A garota saiu em questão de segundos.

Agora só as duas, Eva encontrou o olhar de Hortense. Era óbvio que a mulher tinha algo a dizer. "Antes de continuarmos, sinto que preciso esclarecer as coisas entre nós." Ela se referia a junho passado.

"Não há necessidade alguma", disse Hortense. "Posso lhe garantir."

Eva tinha uma expressão nos olhos que dizia que ela não se deixaria dissuadir. "Obrigada por salvar minha vida."

Hortense ficou subitamente quente, um rubor subindo à superfície de sua pele. Era a rara ocasião em que recebia gratidão por seus serviços, e isso a incomodava de um jeito estranho. "Não foi a sua vida que eu salvei."

Os olhos de Eva se estreitaram. "*Si*, foi."

Estava claro que nenhuma delas queria revisitar a noite de verão de junho, quando Hortense desviara o tiro que Eva disparara contra Lorde Bertrand Montfort. Embora tivesse conseguido evitar que a bala atingisse o alvo em cheio, ela feriu e paralisou Montfort. Não que o homem não merecesse. Mas se ele tivesse sido morto, bem, as consequências para Eva Galante estariam além da capacidade de Hortense e Percy de encobrir o acidente.

Eva ergueu o vestido, seu olhar alternando entre Hortense e a vestimenta. "Ah, por que você precisa ser tão pequena?"

"Não tenho escolha, receio. Se tivesse, posso garantir que seria consideravelmente maior."

Eva deu um suspiro resignado. "Este vestido vai precisar ser ajustado com muita frequência. Você não passa de um pedacinho de mulher."

"Acredito que tenho todas as peças necessárias."

Eva a avaliou da cabeça aos pés. "Mas olhe os músculos definidos dos seus braços. Você também é forte. Agora, vamos ver com o que estamos trabalhando."

Hortense obedeceu e colocou o vestido. Eva a apertou e prendeu, antes de colocar cuidadosamente os alfinetes onde seriam necessários ajustes.

O corpete era justo na cintura, seguindo a última moda parisiense, e essa não era sua única qualidade francesa, pois o decote era escandalosamente — *perigosamente* — profundo. Ela tentou levantá-lo, mas sem sucesso. Ele realmente estava determinado a expô-la ao menor sinal de respiração profunda.

E ela desejava usar um vestido de seda em um trabalho, pelo menos uma vez. Ela precisava ter mais cuidado com seus desejos.

No entanto, ela não podia negar que, mesmo com o cabelo preso em um coque severo, parecia mais feminina — *sentia-se* mais feminina — do que em toda a sua vida. Feminilidade era um luxo que ela nunca experimentara.

Ela mal se reconhecia. Já havia desempenhado muitos papéis como espiã, mas nunca como dama. Seria mesmo ela quem a encarava no espelho?

"O vestido precisa ser tão..."

"Revelador?"

"Essa seria a palavra."

"Recebi instruções explícitas de que você deveria usar a última moda parisiense. E você está usando." Os olhos de Eva desafiaram Hortense a protestar enquanto ela começava a desatar os laços e botões. "Tenho tudo o que preciso. Pode tirar agora."

Hortense deixou o vestido cair e saiu da pilha de seda delicada aos seus pés. Orgulhava-se de não haver nenhum papel para o qual não estivesse à altura, mas crescia a suspeita de que pudesse ter atingido seu limite com o papel de marquesa.

"Os ajustes não levarão mais do que algumas horas", continuou Eva. "Devo ter esse e mais dois vestidos prontos para você amanhã, e um traje de montaria também."

Traje de montaria? "Eu não monto."

Eva ergueu uma sobrancelha cética. "*Você* não monta?" Ela deu uma risadinha. "Achei que nada estivesse além das suas capacidades."

"Bem, isto é", corrigiu Hortense, "eu não monto como uma dama."

Desta vez, o riso de Eva chegou à sua barriga. "Agora, *nisso* eu acredito." A mulher ergueu alguns metros de seda cor coral. "Com a coloração de sua pele, tons vibrantes para você, eu acho." Ela pegou outro tecido, desta vez um açafrão de seda. "Muito enlameado." Ela o jogou de lado e pegou um vestido de seda vermelho quase pronto. "Com sua pele clara e cabelos negros, perfeição."

A porta se abriu e Sir Bacon entrou a passos largos, com Nell apenas alguns passos atrás. "Maldito seja, ele quer cheirar o mundo, não é?" exclamou a moça, com as bochechas brilhantes e rosadas.

Hortense deu um sorriso irônico. "A curiosidade do nariz dele não tem limites."

Sério, ela havia se acostumado muito com ele. Poderia até dizer que começara a gostar dele. Mas ele não era dela e, em breve, voltaria para Lady Fortescue. Ela precisava se lembrar.

"Nell", começou Eva, consultando o relógio em sua cintura, "pode me ajudar a juntar nossas coisas? A carruagem de Lady Mariana retornará dentro de um quarto de hora."

Hortense percebeu que ainda estava de pé no banco, vestida apenas com uma combinação, espartilho, meias e sapatos. "Imagino que você também vai querer estes de volta."

Eva dispensou a ideia. "Como serviram, pode ficar com eles." Ela continuou guardando os alfinetes não usados em uma pequena bolsa. "E eu consentirei em fazer seu vestido de apresentação também."

Hortense mal percebeu quando Eva e Nell se despediram e fecharam a porta atrás delas. Outros assuntos haviam passado à sua mente.

Vestido de apresentação?

A simples ideia a trouxe de volta ao propósito da elegância que a cercava e vestia. Ela estava sendo preparada para um papel. Ela entraria e encantaria a sociedade. E...

Usaria todos os seus artifícios para cortejar o Duque de Rothebury. Ela e Clare não haviam discutido isso, mas ele certamente entendia.

De que outra forma ela poderia se aproximar o suficiente de um duque para descobrir onde ele guardava uma joia como uma tiara de diamantes e safiras? Provavelmente, ele tinha uma dúzia.

Mas, para conseguir isso, primeiro, ela se casaria com Clare. Até então, a ideia não havia realmente se enraizado em sua mente. Um pedaço da conversa da noite anterior retornou à sua mente. Ele perguntara por que ela havia deixado à gangue de Doyle para se juntar à operação de Nick, e ela respondera por dinheiro. Mas dinheiro não fora o primeiro, nem o segundo, motivo para ela ter concordado.

Família, ela quase confessara. Uma família diferente de Doyle e suas enguias da sorte. Uma que não incluísse uma pancada rápida na cabeça quando ela fizesse algo errado ou dissesse algo atrevido. A *família* de Nick era a qual ela pertencia e que servia a um propósito maior do que aliviar os bolsos de um nobre. Nick lhe dera a oportunidade de ser uma pessoa de valor.

E ela fora... Por um tempo.

Ela poderia ter dito tudo isso a Clare. Parte dela queria. Mas isso revelaria muito sobre ela. Demais sobre ela.

Ela poderia até se sentir compelida a confessar que não havia deixado às enguias para trás. O que certamente levaria a um desastre ou outro — para Rafe, para Clare, para ela. Ela precisava manter o rumo.

No entanto, um sentimento relacionado àquelas palavras não ditas começara a se desenvolver dentro dela quando Mariana falou dele e, novamente, quando Eva lhe disse que fora ele quem batera em sua porta ao raiar do dia. Era um sentimento que Hortense não sentia há anos.

Ela não podia confiar nesse sentimento. Se bem se lembrava, era composto de elementos raros e elusivos: Segurança... Proteção... *Esperança.*

Um elemento perigoso, esse último. Poderia levá-la a pensar que tudo acabaria bem.

Ela afastou o sentimento. Não podia confiar nele.

Ele se escondia em um canto de sua alma, esperando pacientemente que ela baixasse a guarda, o que ela simplesmente não podia fazer.

Seria o cúmulo da tolice.

Seria o cúmulo da tolice.

14

Com a maior discrição possível, Jamie enxugou as palmas das mãos úmidas nas calças, fingindo estar presente na conversa travada principalmente por Nick e o Bispo de Londres. Ele nunca havia passado três dias tão tensos como os que se seguiram desde que viu Hortense pela última vez.

A simples lembrança dela fez com que seus olhos percorressem o corredor central da capela da família. A luz que entrava por uma pequena janela em forma de rosácea com mais de quinhentos anos iluminava o piso de mármore branco com veios cinzentos com um brilho celestial. Mas o lugar permanecia vazio. Ele não conseguia afastar a dúvida de que ela não apareceria.

"*Jamie*" interrompeu sua preocupação.

Ele olhou para Nick, que o observava como se esperasse uma resposta. "Pode repetir a pergunta?"

"Você está com a aliança?"

Jamie apalpou o bolso do colete. Estava lá. Ele grunhiu afirmativamente.

A testa de Nick franziu. "A que foi da mamãe?"

"Claro que não", Jamie retrucou com muita veemência.

As sobrancelhas do Bispo se ergueram em uma linha reta e

ininterrupta, uma lagarta espessa em sua testa. O problema era que, como Hortense entrara na sua vida na ponta dos pés com a tranquilidade de um furacão, suas emoções eram grandes demais, como se de alguma forma tivessem crescido e estivessem transbordando dele a cada oportunidade.

Ele tirou o anel do bolso e o mostrou para Nick, que estudou a joia por uns bons e longos trinta segundos. Por alguma razão, a respiração de Jamie parou em seu peito e a frequência cardíaca acelerou.

"Essa é uma pedra e tanto, irmão."

"É demais?" Muito possivelmente era.

"Duvido que ela consiga levantar a mão."

Jamie resmungou e olhou novamente para o corredor central. Ainda assim, nada de Hortense.

O joalheiro da Rundell's explicara que conhecia inúmeras damas que dariam de bom grado o primogênito por uma safira daquele tamanho e pureza.

"Não precisa de alguns diamantes ao redor, ou algo mais?" perguntara Jamie. A simples aliança de ouro lhe parecera bastante comum.

O joalheiro o encarou longamente. "Quando se tem uma pedra grande e perfeita como esta, deixa-se que ela cante sua ária sozinha."

E, agora, olhando para o anel, Jamie estava feliz por ter ouvido o homem. Hortense não iria querer um anel ostentoso. Ou, pelo menos, não um mais ostentoso.

Nick lhe deu um tapinha nas costas. "Ela será a inveja de todas as damas da *alta sociedade*."

Com seu olhar cansado, Hortense veria o presente exatamente da mesma forma, só que de um ângulo diferente. Seria parte de seu estratagema para vender sua história de amor impetuoso. A notoriedade certamente viria.

No entanto, Jamie não via a situação de forma alguma.

Simplesmente, ele vira o anel e soube instantaneamente que ela precisava dele. Só isso.

"Bem, tudo parece estar em ordem. Só precisamos da noiva."

Jamie captou um tom na voz do irmão. Nick tinha suas dúvidas.

Três noites antes, depois de deixar Hortense em seus aposentos, ele fora direto ver Nick.

"Você deseja se casar com Hortense." Essas foram as primeiras palavras que Nick disse ao receber a notícia. "*Você* deseja se casar com *Hortense*?" Ele franziu a testa. "Ela *deseja* se casar com *você*?"

Jamie bufou. Ele não conseguiu se conter. Seu irmão realmente não tinha uma boa opinião sobre ele.

Então Nick estreitou os olhos. "O que você está falando?"

"Você vai saber em breve." Jamie não devia a Nick a explicação que seu irmão pensava que devia.

O rosto de Nick ficou como um trovão. "Eu vou saber agora. Se você pensa em se envolver com Hortense, pense novamente."

"Eu não a trataria assim."

"O casamento será verdadeiro?"

"Da minha parte, sim."

Nick procurou Jamie com o olhar. "Você precisará de uma licença especial."

"Foi por isso que vim até você."

"Quando esse casamento vai acontecer?"

"Sábado." Quando Nick hesitou, Jamie perguntou: "É possível?"

"Para o Marquês de Clare? Claro."

Algo incomodava Jamie. "E um vestido. Ela vai precisar de um vestido." Um instante se passou. "Ela precisa de um guarda-roupa totalmente novo."

"Eu conheço alguém." Nick escreveu um nome — *Galante: Costureiras Extraordinárias* — e um endereço em um pedaço de papel. "Diga a elas que é para Hortense."

"Hortense conhece uma costureira?" Jamie ficou chocado. "Ela não está exatamente usando as últimas criações parisienses."

Nick revirou os olhos. "Só diga a elas."

Agora, Jamie não conseguia deixar de imaginar como ela ficaria no vestido que ele escolhera. Ele só o vira no manequim, uma confecção de seda azul-claro e prata. Parecia composto inteiramente pelo céu límpido da montanha e luz do sol brilhante.

Ela não se sentiria à vontade com o vestido, já que tal peça colocava uma mulher no centro das atenções de um ambiente, um lugar que ela não se sentia muito confortável em ocupar. Ela passava a maior parte do tempo se escondendo.

O som de passos apressados ecoou pelo mármore do lado de fora da capela, e Jamie sentiu os músculos se contraírem, se preparando. Mariana passou pela porta aberta e a tensão se dissipou de seu corpo. Seus sentimentos eram todos altos e baixos, sem meio-termo. Muito irritante.

Mariana correu pelo corredor, com um olhar travesso. Sentando-se no banco da frente, disse: "Sua noiva está a caminho."

Em seguida, ouviu-se um rápido *clique-claque* contra o mármore, e Sir Bacon apareceu no final do corredor, arrancando risos de todos, até mesmo do severo bispo. O terrier correu em direção à mão estendida de Mariana. Ela o pegou no colo e o colocou em seu colo.

Mas ainda faltava uma pessoa.

O suor que havia sido relegado às palmas das mãos de Jamie espalhou-se por todo o seu corpo. Era aquele o momento, o momento em que seu futuro mudaria.

Se ela aparecesse.

Ela tinha todos os motivos e o direito de fugir. Ele não escolheria ficar preso a si mesmo, se tivesse a opção. Era arrogante e teimoso, um pouco argumentativo e totalmente focado em seus objetivos, uma vez que os definia. Em grande parte, ele e Hortense eram semelhantes nesses pontos.

Apenas no nome.

Uma promessa que ele pretendia honrar.

No final do curto corredor, ela apareceu, e todas as promessas passadas, todas as palavras, se dissiparam no inconsequente. A visão dela o deixou sem fôlego. Ela era uma mulher pequena, mas o que não havia ficado aparente eram suas curvas femininas. *Até agora.*

Ela não deveria usar nada além de vestidos assim — ela fora feita para eles —, pois tal vestido apenas destacava o fato de que Amélie Hortense Marchand — com sua figura esbelta, seus cabelos negros sedosos e penetrantes olhos azuis-celestes — era um diamante de primeira qualidade.

Pelo canto do olho, ele notou Mariana enxugando uma lágrima. Nick se inclinou e murmurou algo em seu ouvido, mas as palavras não foram registradas. Foi só quando Nick se sentou ao lado de Mariana no primeiro banco que ele percebeu que seu irmão devia estar se desculpando. Nick não estava convencido da sabedoria ou validade desse casamento.

Essa última parte não importava para Jamie. Ele estava convencido. Não tinha certeza se algum momento havia parecido mais certo em sua vida do que esse, *aqui... Agora.*

Hortense sentou-se ao lado dele, seu leve aroma de limão fresco subindo até encontrá-lo. Incapaz de se conter, ele a inspirou.

Seu olhar se elevou rapidamente para encontrar o dele.

"Você parece...", ele se viu murmurando, mas a palavra perfeita não saía. Que palavra descrevia perfeitamente uma deusa?

"Como uma nobre?" ela completou.

Definitivamente não. Qual palavra seria melhor para bela? Essa fora sua próxima palavra, se a tivesse encontrado.

O bispo pigarreou. "Amados, estamos reunidos aqui diante de

Deus para unir este homem e esta mulher em santo matrimônio..."

Jamie sabia que deveria estar olhando para frente e prestando atenção às palavras do bispo, mas seu olhar não resistiu a deslizar para a esquerda e pousar na curva elegante do pescoço dela. Ele não queria nada mais do que se inclinar e pressionar os lábios na área de pele pálida onde batia seu pulso acelerado.

"...Portanto, não deve ser empreendido nem realizado por ninguém de forma imprudente, leviana ou irresponsável, com o objetivo de satisfazer os desejos e apetites carnais dos homens..."

Jamie recobrou a consciência. A maneira como ele seguia a curva do pescoço dela até a linha da clavícula e o sulco na base da garganta, bem, palavras como *carnal*, e *luxúria* e *apetite* poderiam ser aplicadas.

"...Como animais irracionais que não têm entendimento..."

A frase tocou desconfortavelmente perto do assunto, a se sua reação física fosse algum indicador.

"...Considerando devidamente as causas pelas quais o matrimônio foi ordenado. Primeiro, foi ordenado para a procriação de filhos..."

Como não haveria consumação, não haveria filhos. Sua consciência poderia ficar tranquila quanto a isso. Exceto...

Que mãe Hortense seria. Ele não tinha dúvidas de que quaisquer filhos dela, fossem homens ou mulheres, seriam forças no mundo.

"...Em segundo lugar, foi ordenado como remédio contra o pecado e para evitar a fornicação..."

Como ele não sabia que os votos matrimoniais da Igreja da Inglaterra [1] se concentravam tanto na relação sexual? Ele olhou

---

1. A Igreja da Inglaterra (em inglês: *Church of England*) é a igreja nacional e cristã anglicana estabelecida oficialmente na Inglaterra, a matriz principal da atual Comunhão Anglicana internacional, bem como é membro-fundador da Comunhão de Porvoo (resultado do acordo celebrado entre doze igrejas protestantes da Europa). A igreja inglesa traça sua história na igreja cristã exis-

para baixo e encontrou um sorriso se contorcendo nos cantos da boca de Hortense. Ele teve que lutar contra a vontade de beijar aqueles lábios delicadamente carnudos para ver por si mesmo se tinham gosto de cerejas, como pensara na noite em que se conheceram.

"...Portanto, se alguém puder apresentar uma causa justa pela qual eles não possam se unir legalmente, que fale agora, ou que se cale para sempre..."

A capela ficou em silêncio. Jamie não pôde deixar de olhar para trás, para Nick, cuja boca estava comprimida em uma linha firme. A dúvida brilhava nos olhos do irmão. Ele não dava a mínima, contanto que Nick não a expressasse agora.

O bispo se virou para Jamie. "Queres tomar essa mulher como sua esposa, para viverem juntos segundo os mandamentos de Deus no sagrado estado do Matrimônio? Queres amá-la, confortá-la, honrá-la e protegê-la na doença e na saúde, e, renunciando a todas as outras, manter-se fiel a ela, enquanto ambos viverem?"

Jamie não hesitou. "Eu quero."

Sua mente compreendia que esse casamento era uma fachada, mas uma parte dele que ele não permitiria explorar, tinha uma compreensão diferente do assunto.

Queria protegê-la.

Queria levá-la para a cama.

Queria nunca mais perdê-la de vista.

Ele nunca quis dizer duas palavras mais.

O bispo se virou para Hortense e repetiu as palavras. No espaço entre a pergunta do bispo e sua resposta, Jamie viveu uma vida inteira, com a garganta apertada, o coração martelando no peito.

---

tente na província romana da Grã-Bretanha no século III, e para a missão gregoriana do século VI a Kent liderada por Agostinho da Cantuária. Fora da Inglaterra, a Igreja Anglicana é geralmente denominada de Igreja Episcopal, principalmente nos Estados Unidos e em países da América Latina.

"Eu quero", ela proferiu finalmente.

Ele pôde respirar novamente.

O bispo dirigiu suas próximas palavras à capela, vazia, exceto por Nick, Mariana e Sir Bacon. "Quem entrega esta mulher em casamento a este homem?"

Seguiu-se um silêncio que só se tornava mais desconfortável a cada segundo que passava.

"Eu", disse Hortense, um rubor agradável se espalhando até as pontas das orelhas. "Eu me entrego."

"Isso é muito irregular, eu diria", bufou o bispo. Suas vestes volumosas estremeceram em concordância.

"A bolsa no seu bolso está lá para garantir que quaisquer irregularidades sejam ignoradas", disse Jamie, inflexível.

Foi a vez de o bispo corar. "Agora repita comigo."

Jamie encarou Hortense. "Eu te aceito, Amélie Hortense Marchand, como minha legítima esposa, para amar e respeitar a partir deste dia em diante, na alegria e na tristeza, na riqueza e na pobreza, na saúde e na doença, para amar e cuidar, até que a morte nos separe, de acordo com a santa ordem de Deus, e para isso eu te prometo minha fidelidade."

Ele nunca havia dito palavras mais importantes em sua vida.

Quando ela proferiu os votos, ele sustentou seu olhar. Podia ver que ele queria se desviar, mas não permitiu.

"Você está com o anel?", perguntou o bispo.

Jamie o tirou do bolso e de repente sentiu vergonha. Era realmente obscenamente ostentoso, até mesmo exibicionista. E ele pôde ver, pelo arregalar dos olhos de Hortense, que ela tinha o mesmo pensamento. Ela deu um passo inconsciente para trás, e ele não pôde deixar de sorrir. "Não morde", murmurou.

Uma risadinha escapou dela como um alívio muito necessário para os nervos.

Ele pegou a mão esquerda dela. Pequena e delicada entre as suas, ele mal percebeu que ela não estava usando luvas, e ele também não. A pele dela estava nua contra a dele. Quente, macia, com um sutil toque de umidade. Enquanto deslizava o anel em seu dedo anular, disse: "Com este anel eu te desposo, com meu corpo eu te venero, e com todos os meus bens materiais eu te favoreço."

Ele se casaria com esta mulher, a adoraria, e a protegeria, até seu último suspiro.

Parecia verdade.

Parecia certo.

"Aqueles que Deus uniu, que o homem não separe", declarou o bispo.

O silêncio desceu sobre a capela enquanto Jamie mantinha Hortense firme com o olhar. Naquelas profundezas azul-celeste, a incerteza pairava. Mas o que ele não via era dúvida. A fé dela o comovia. Ele não queria nada além de ser digno dela.

Do banco da frente, alguém pigarreou, discreto, expectante. O que diabos eles estavam esperando?

Aquilo o atingiu. *Ah.*

Hortense também compreendeu.

Cautelosamente, sem se convencer de que ele não a assustaria, Jamie deu um passo, perto o suficiente para que o calor acumulado do corpo dela o alcançasse e o convidasse a se aproximar. Intuitivamente, ele segurou o rosto dela, e ela se inclinou em sua direção. Sua cabeça abaixou, e ele sentiu a respiração de sua boca voltada para cima no instante em que seus lábios tocaram os dela. O beijo não passaria de um toque, uma formalidade. Então ela suspirou em sua boca, e uma faísca o percorreu. Sua mão livre não pôde deixar de encontrar a parte inferior de suas costas e puxá-la para si. Seus olhos se fecharam e ela se rendeu ao beijo. Uma compreensão única e fundamental de si mesmo se tornou perfeitamente clara:

Toda a sua vida tinha caminhado em direção a esse momento.

O momento em que seus lábios tocaram os dela.

Mais uma vez, alguém pigarreou e uma risadinha nervosa ecoou pela capela, tirando Jamie, que resistia, das profundezas do beijo, profundezas que ele ainda não havia começado a explorar adequadamente. Não sendo do tipo de ficar longe do centro das atenções, Sir Bacon latiu. Os olhos de Hortense se arregalaram e ela recuou assustada, as pontas dos dedos tocando os lábios esmagados pelo beijo, o peito subindo e descendo com a respiração ofegante. Olhos atordoados o encararam, e ela mordeu o lábio inferior carnudo.

Ele acompanhou o movimento. *Carnal... Luxúria... Apetite.* Palavras de seus votos. Palavras que se aplicavam ao seu estado de espírito. Ele queria tomar aquele lábio entre os dentes. Era tudo o que ele conseguia fazer para não voltar para provar mais uma vez sua doçura de cereja.

Em seguida, ele viu que Nick estava dando tapinhas em suas costas e Mariana estava envolvendo Hortense em um abraço apertado. Enquanto parabéns eram oferecidos e recebidos, Hortense não saía de seu campo de visão. Ela era sua *esposa*. A ideia o encheu de medo e alegria em partes iguais, e ele não conseguia decidir o que era mais irracional.

Ele disse a ela que ela não precisava ser realmente sua esposa. Que eles poderiam levar vidas separadas. Nada mais foi prometido.

Mas, oh, o que mais ele queria?

Ele a queria por inteiro.

Um arrependimento repentino o percorreu. Não haveria noite de núpcias.

E ele queria uma. Queria explorar cada recanto do beijo dela e descobrir o que mais ele oferecia, aonde poderia levar...

Ele se deteve ali.

O beijo não levaria a lugar nenhum.

Ele fizera uma promessa, uma que cumpriria, mesmo que isso o matasse.

"Vamos jantar?" perguntou Mariana. "Junte-se a nós para um jantar comemorativo esta noite."

"Obrigada pela oferta, mas nós —" começou Hortense.

"Temos outros planos para a noite", concluiu Jamie. Nick e Mariana ficaram boquiabertos ao mesmo tempo, e ele soube imediatamente o que eles estavam pensando. "Não é isso."

Em seguida, suas sobrancelhas se franziram. Se não forem *esses* planos, então quais?

Foi Nick quem falou em seguida. "Querido irmão, por favor, explique."

"Temos um compromisso anterior." Jamie estava empregando a altivez aristocrática que tanto deixava seu irmãozinho louco.

"Com quem, por favor, me diga?" Por sua vez, Nick adotou o tom irritantemente paciente que não fazia nada além de revelar sua profunda impaciência com o assunto em questão e irritar Jamie.

"Um jantar em Apsley House."

"Você está escolhendo passar sua noite de núpcias com o Duque de Wellington?" Nick gaguejou.

"Aquele velho *libertino*?" acrescentou Mariana, para garantir.

"De fato, estamos", disse Jamie.

Os olhos de Nick se estreitaram. "Do que exatamente se trata tudo *isso*?" Ele acenou com o braço para incluir a capela e o bispo, que agora estava na metade do corredor. O homem acenou com indiferença em despedida e disse: "Assinem o registro quando quiserem. Mandem entregar pela manhã."

Jamie abriu a boca para instruir o irmão a cuidar da própria vida, quando Hortense se adiantou. "Nick, isso não te diz respeito."

"Claro que não", protestou Nick.

Ela nem pestanejou. "Marido", ela disse, virando-se para Jamie, "acredito que você e eu vamos nos atrasar se não partirmos logo."

"Não se esqueça das luvas, Lady Clare", interrompeu Mariana, colocando a mão no antebraço do marido para contê-lo. Os olhos de Nick estavam com a tonalidade de uma nuvem de tempestade. "E não se esqueça de colocar o anel do lado de fora da luva.

Quando se tem uma safira visível da lua, dá vontade de jogá-la na cara de todo mundo, só um pouquinho."

Com essa mensagem de despedida, Mariana arrastou Nick para fora da capela, mas não antes de Nick lançar a Jamie um último olhar furioso, dizendo que aquilo não tinha acabado.

O que deixou Jamie sozinho com Hortense.

Sua *esposa.*

Um constrangimento pairava no ar entre eles.

"Mariana me chamou de Lady Clare", ela disse atordoada.

"É quem você é agora."

Ela piscou, cutucando a seda azul de suas saias. "Esse vestido..."

"Fica perfeito em você." Ele poderia dizer mais, mas preferiu deixar por isso mesmo.

"E o anel..."

Ele podia ver que aquela mulher, sempre tão tranquila e serena, estava abalada. "Nada é grandioso demais para a Marquesa de Clare."

Algo em seus olhos mudou, e ele a viu se retrair. Sua vulnerabilidade se foi. Ela assentiu. "É quem eu serei esta noite."

"É quem você é."

A descrença brilhou em seus olhos. "Vamos?"

Ele estendeu o braço para levá-la pelo corredor entre os assentos. Como marido e mulher.

Ou algo assim.

Mesmo sendo um casamento de conveniência, eles agora estavam ligados um ao outro por algo mais tangível do que acordos de aperto de mão e segredos.

Eles podiam não ter tido amor, mas tinham respeito um pelo outro.

Muitos casamentos eram baseados em menos e pior.

Como o de seus pais.

Então, ele caminharia com essa mulher pela na noite incerta.

Parecia que sua vida só agora havia realmente começado.

15

"**P**resumo que tenha sido um despojo de guerra?" Hortense estava parada aos pés da grande escadaria em espiral de Apsley House, hipnotizada pela estátua nua de Napoleão, retratada como um deus romano, segurando um globo dourado.

"Ah, sim, *Marte, o Pacificador*", disse Clare, com leveza na voz, mesmo que sua expressão impassível não revelasse nada. "Juntamente com a Batalha de Waterloo, uma das decisões mais questionáveis de Napoleão. Prinny [1] a comprou do governo francês e a presenteou a Wellington há cerca de uma década. Dificilmente se poderia recusar um presente desses."

"Isso realmente é uma declaração." Ela estava aliviada por compartilhar essa pequena brincadeira com Clare. Desde que a boca dele tocara a dela, duas horas antes, ela se sentira tímida. Aquele beijo... Não durara mais do que alguns segundos, mas seus lábios ainda formigavam.

Atordoada, ela assinou o registro de casamento, e eles o entre-

---

1. Jorge IV era chamado de "Prinny" e foi Rei do Reino Unido da Grã-Bretanha e Irlanda de 29 de janeiro de 1820 até sua morte. Ele era um grande gastador, que amava comida, moda, álcool e mulheres.

garam pessoalmente ao Bispo de Londres a caminho de Apsley House. Clare insistira.

O que tornava tudo oficial: ela era uma marquesa, um resultado que não poderia ter previsto em dezenas de vidas. Em seus trajes e joias, as pessoas a reverenciavam, se *curvavam* diante dela, e era perturbador. Aquela estátua escandalosa servia como o alívio que seus nervos à flor da pele precisavam.

"Quer que eu a leve até a sala de estar listrada?" veio o tom educado do mordomo.

Clare assentiu e estendeu o braço dele. "Vamos?"

Ela colocou a mão esquerda no antebraço dele — um antebraço cuja sensação tensa e masculina estava se tornando familiar demais. A safira ostentosa em seu dedo anular brilhou para ela. Com aquela pedra e aquele vestido, aparentemente, ela era uma delas, uma nobre.

Ao longo dos anos, ela fizera quase tudo para atingir seus objetivos. Mentir. Enganar. Roubar. Extorquir. Chantagem. Ela não se esquivava de nada disso se acreditasse que sua causa era justa. Mas casar com um homem?

O olhar dela se fixou na mão direita dele. Ela nunca o vira usar o anel de sinete, mas ele estava usando hoje à noite, o que fazia sentido. Era um objeto essencial para quem ele era — um lorde, um marquês. Ele provavelmente não se via assim devido à aversão que nutria pelo pai, mas era verdade.

E ela não o trataria melhor do que qualquer outra pessoa de quem ela já havia roubado ou roubaria no futuro, e pegaria o que quisesse.

Uma vez enguia, sempre enguia.

No entanto, ela nunca tinha ido tão longe.

O que sugeria a pergunta: por que chegar tão longe com este homem? Ou...

Seria este homem o motivo de ela ter ido tão longe?

A pergunta a abalou profundamente, pois ela suspeitava que a resposta estivesse na própria pergunta.

A cada passo que eles subiam em direção ao andar seguinte, o volume da festa ficava mais alto e denso, o burburinho das conversas se intensificava, tons sérios se misturavam aos leves e alegres. Parecia que toda a sociedade londrina estava ali.

Para seu novo marido, aquela casa e aquela reunião seriam um tanto banais, até mesmo entediantes. Pelo menos, era isso que sua expressão transmitia. Não lhe passou despercebido que as circunstâncias daquele trabalho haviam virado completamente de cabeça para baixo. Eles não estavam mais navegando pelo mundo dela, mas pelo dele.

Enquanto seguiam o criado por um corredor, depois por outro, passaram por dezenas de olhares curiosos. Alguns cavalheiros acenaram para o Marquês de Clare e suas damas ofereceram sorrisos brilhantes e sedutores antes de direcionarem a atenção para a nova marquesa. Então, houve um rápido estreitamento dos olhos, uma inclinação arqueada e avaliadora da cabeça. Eles ainda não conseguiam identificá-la na sociedade, mas naquela noite conseguiriam.

Entraram em uma sala com pé-direito de seis metros e sofás e bancos listrados de vermelho e branco, as paredes repletas de pinturas em molduras douradas de um único tema: a glória militar do Duque de Wellington e seus generais. Era uma sala destinada a inspirar admiração em seus ocupantes, e ele ficaria muito chateado se isso não acontecesse.

A voz do mordomo soou: "O Marquês e a Marquesa de Clare".

Por três segundos, todos os cinquenta pares de olhos se voltaram em uma única direção. Como nos corredores, olhares se arregalaram de surpresa antes de se estreitarem em avaliação. Clare colocou a mão dele sobre a dela e apertou. "Está pronta, *esposa*?", ele perguntou.

Essas eram as palavras de que ela precisava para assumir seu papel. Ela era a Marquesa de Clare, a mulher que o apaixonado Marquês de Clare desejava tanto e tão intensamente, que precisou obter uma licença especial para tê-la. Agora, cabia a ela mostrar à *alta sociedade* exatamente o tipo de marquesa notória com quem estava lidando.

Ela lançou um sorriso atrevido e perfeitamente calibrado para a sala, que explodiu em um zumbido de fofocas em um instante, o que era precisamente a agitação que Clare havia previsto. Ele conhecia essas pessoas. E por que não faria isso? Ele era um deles, de corpo e alma.

A última parte soou falsa, até injusta. Ele era um deles, mas mais do que isso. Ele era um homem que faria qualquer coisa para salvar um filho da rua, pelo qual a maioria dos homens nessa sala não daria a mínima importância. *Ele é melhor do que todos eles* pensou espontaneamente.

A espiã dentro dela assumiu a liderança enquanto seu olhar percorria a sala. "Você vê Rothesbury?"

Clare examinou a multidão. "Ali."

Ela seguiu a linha do olhar dele e pousou em um homem magro, de estatura mediana e sessenta e poucos anos, com cabelos grossos e castanho-escuros, que pareciam incongruentes com as linhas profundas de seu rosto. "Ele está usando..." Ela não conseguiu terminar a pergunta devido à risada repentina que surgiu.

"Uma peruca?" Clare completou por ela, com o rosto impassível. "A vaidade do homem não tem limites."

Informação que ela certamente usaria e exploraria.

"Ele era um amigo próximo do meu pai."

O maxilar de Clare se apertou, e ela sabia que ele não falaria mais sobre o assunto. Ela resistiu à vontade de apertar o braço dele para tranquilizá-lo. Ela era sua esposa apenas no nome. Não estava ali para lhe oferecer conforto. Estava ali para ajudá-lo a recuperar o filho. Por que estava achando tão difícil manter os dois separados?

Assim como o Mar Vermelho se abriu para Moisés, o mesmo aconteceu com os convidados, que se dirigiram diretamente para o casal. A identidade do homem era inconfundível, pois várias versões de seu rosto estavam espalhadas pelas quatro impressionantes paredes que os cercavam. "Clare", disse o Duque de Wellington com um aceno de cabeça. "Que bom que você veio. Já faz algum tempo que você não agracia a sociedade com sua presença, mas" — seu olhar de águia pousou em Hortense — "há rumores de que você tem estado ocupado."

"Duque", disse Clare, "posso apresentar minha esposa, Lady Clare, a você?"

"Pode, sim." Wellington curvou-se sobre a mão de Hortense. Ela não se sentia completamente em seu corpo. O *Duque de Wellington* beijava o dorso de seus dedos. "E, Lady Clare", disse ele, "posso apresentar minha amiga, a Sra. Arbuthnot, a você?"

Uma mulher pequena, de cabelos castanhos e lindos olhos escuros, deu um passo à frente e fez uma reverência. "Lady Clare, é um prazer conhecê-la."

Insegura quanto à etiqueta adequada, Hortense retribuiu com uma pequena reverência.

"Por favor, aproveitem a hospitalidade do Duque", disse a Sra. Arbuthnot enquanto pegava duas taças de champanhe de uma bandeja que passava e as oferecia a Hortense e Clare. Ele recusou. Ela aceitou.

Então, os rumores eram verdadeiros. A Sra. Arbuthnot era amante do Duque de Wellington. Uma esposa de fato, ao que parecia, já que a verdadeira esposa de Wellington preferia as alegrias bucólicas do campo aos divertimentos da cidade.

"Agora", continuou a mulher, com sua autoridade clara, "simplesmente não é permitido que marido e mulher permaneçam unidos durante todo o jantar, então diga adeus aqui", concluiu ela com uma risada cristalina, passando o braço pelo de Hortense.

"Você consegue se virar sem mim, querido marido?" perguntou Hortense, toda encantada e sedutora.

"Certas partes de mim não conseguem, receio."

A Sra. Arbuthnot deu uma risadinha fingindo choque e deu um tapa em Clare com seu leque fechado. "Oh, você é muito mau, eu temo. Lady Clare, você deve revelar todos os seus segredos para tê-lo mantido no caminho certo. Muitas damas já haviam desistido dele como uma causa perdida."

"Oh, o caminho certo nunca foi para mim", disse Hortense, lançando um olhar de despedida para Clare por cima do ombro. "Eu gosto bastante de curvas e voltas."

Embora ela e a Sra. Arbuthnot caminhassem lado a lado, Hortense entendeu que estava sendo conduzida pela sala de estar como uma curiosidade em exibição. Ela só estivera na presença de tal reunião de luminares da *alta sociedade* no papel de criada. Joias cintilantes — penduradas em pescoços pálidos, enroladas em pulsos delicados, penduradas em orelhas atentas — brilhavam com seu esplendor combinado enquanto seus donos lançavam olhares alternadamente tímidos, ousados, severos ou risonhos em sua direção.

"Vamos descansar um pouco", disse a Sra. Arbuthnot. Elas se aproximaram de um sofá localizado no centro da sala, estofado com o mesmo tecido vermelho e branco característico das tapeçarias e dos bancos que revestiam as paredes. A Sra. Arbuthnot escolheu o lugar estrategicamente, de modo que qualquer dama pudesse observar ou se aproximar da nova Marquesa de Clare. "Agora, minha querida, chegou a hora de você enfrentar o desafio." Ela lançou um olhar perspicaz para Hortense. "Sinto que você tem um pouco de determinação. Agora é a hora de usá-la."

Como se um sinal sutil tivesse sido dado, as damas começaram a se aproximar, às vezes sozinhas, às vezes em duplas, para conhecer e admirar aquela mulher misteriosa que havia conseguido capturar o esquivo Marquês de Clare. Não demorou muito para que Hortense se visse abandonada pela Sra. Arbuthnot à horda de damas curiosas que não tinham a menor intenção de conter a curiosidade. Ela também descobriu que mais uma taça cheia de champanhe havia aparecido em sua mão. A terceira.

"Ninguém jamais imaginou ver Clare casado", disse uma dama.

"Rumores sobre suas, aham, *habilidades* eram abundantes", disse outra.

"Ah, que bobagem", disse outra, "ninguém jamais acreditaria em tamanha bobagem sobre um homem como Clare. Basta olhar para ele."

Todos os olhares se voltaram para o marquês. Nem um suspiro perturbou o ar enquanto o olhar coletivo percorria seu perfil de cima a baixo, à distância. Hortense entendeu o por que. Seu marido — com seus cabelos escuros despenteados, olhos cinzentos tempestuosos, ombros largos, coxas musculosas que se destacavam particularmente em suas calças pretas e comportamento discretamente arrogante — era o tipo de homem que fazia uma dama perder o fôlego. Não havia dúvidas quanto às suas, aham, *habilidades*.

Todos os olhares se voltaram para Hortense.

"Então, a pergunta é...", começou uma.

"Como você conseguiu pegá-lo —" continuou uma segunda.

"Onde tantas outras falharam?" terminou uma terceira, sem piscar.

Hortense tentou uma risadinha desdenhosa, mas as damas permaneceram inabaláveis em sua sinceridade. Exigiram silenciosamente uma resposta. *Agora.*

Qualquer um que dissesse que aristocratas eram moles como manteiga nunca conheceu essas damas. A Inquisição Espanhola poderia ter usado seus serviços.

Ela pigarreou delicadamente e começou a girar o anel de safira que Clare havia colocado em seu dedo algumas horas antes. O movimento começara como um tique nervoso, mas assim que viu vários olhares pousarem nele e se arregalarem de inveja, usou-o como tática e continuou girando. Hipnotizante, todo aquele brilho.

"Meus pais eram de uma pequena nobreza na França", ela começou a contar à história que ela e Clare haviam combinado, e se apoiou fortemente no sotaque francês que geralmente tentava minimizar. "Eles tiveram que fugir da Revolução ou perder a cabeça." Ela fez um rápido movimento de corte no pescoço.

Isso provocou alguns suspiros chocados de todos, exceto de uma dama, cujos olhos se estreitaram. "Ah, agora eu entendo."

"Entendeu o quê, por favor?", perguntou Hortense. O olhar da dama era um sinal de problema.

A dama olhou ao redor do grupo. "Ela é francesa."

A tensão se dissipou e os rostos das damas se enrugaram com sorrisos cúmplices. Hortense sabia o suficiente para manter a boca fechada e permitir que um brilho cúmplice nos olhos a fizesse falar. Se for isso que elas queriam pensar, ela não estava ali para discutir com elas. Isso só aumentaria a notoriedade dela e de Clare e aumentaria suas chances de chamar a atenção do Duque de Rothebury.

"Então a senhora deve saber o significado da palavra francesa *enceinte* [2] certo?" perguntou uma dama com os olhos arregalados e inocentes, provocando várias risadinhas.

"Ah, nós, franceses, temos formas para evitar tal ocorrência", respondeu Hortense, provocando nada menos que cinco suspiros chocados.

"Lady Clare, a senhora é um pouco escandalosa, não é?" Não pouca alegria transpareceu na pergunta de mais uma dama que se juntara ao grupo em expansão. Hortense sentiu-se como uma sensação.

Ela estava abrindo a boca para responder quando uma figura familiar chamou sua atenção e quase a reconheceu. Era uma dama que ela já vira antes; ela sabia. Mas quem era ela...

Se a identidade da dama fosse um objeto sólido, teria lhe dado um soco na cabeça. *Lady Fortescue*. E a dama agora fazia uma reverência superficial.

Hortense congelou. Parecia que o estratagema havia chegado ao fim. Pois em questão de segundos, Lady Fortescue reconhe-

---

2. Enceinte = grávida

ceria a mulher que contratara para resgatar seu cachorrinho não tão amado de um ex-amante descontente.

O coração de Hortense batia acelerado e irregular dentro do peito. Se alguma vez ela perdesse a coragem, esse seria o momento. A dama fez um breve contato visual, murmurou suas felicitações e continuou andando, sem demonstrar qualquer sinal de reconhecimento, tão fria e indiferente como sempre.

Hortense soltou o ar que havia ficado preso em seu peito. Lady Fortescue não a reconhecera. Podia berrar com um alívio selvagem e eufórico. Elas só se encontraram uma vez, várias semanas antes, quando ela fora contratada. Durante toda a entrevista, a dama não desviou o olhar do bordado uma única vez. Na ocasião, parecera um insulto.

Agora, bem, ela nunca se sentira tão feliz por ter sido insultada.

A Sra. Arbuthnot estava diante das portas abertas no fundo da sala. "O jantar está servido."

Uma figura apareceu diante de Hortense. O Duque de Wellington estendeu o braço torto. "Como uma convidada muito especial, por favor, permita-me ser seu acompanhante."

Ela não demonstrou nenhum sinal de choque ao dar uma risadinha lisonjeada. Seu olhar percorreu a sala até encontrar os olhos que procurava. Clare assentiu com firmeza.

Com um sorriso atrevido nos lábios, ela disse: "Seria uma honra, Vossa Graça."

Ela nunca vira uma sala de jantar tão magnificamente decorada. Um lustre reluzente, surgindo de um opulento medalhão de rosas douradas, pendia no centro de uma mesa longa, onde todos os presentes poderiam se acomodar confortavelmente. Ao longo de sua extensão, estendia-se um serviço de jantar de prata composto por múltiplas travessas, tigelas, candelabros e até ninfas dançantes que pareciam ter alguma relação com a mitologia grega. Mais um despojo de guerra, sem dúvida. Ela nunca vira tanto ouro, prata e cristal expostos em um único cômodo. Essa era a vida vivida da forma mais ostensiva possível.

Ela olhou rapidamente para o anel de safira no quarto dedo da mão esquerda. Este anel fora criado para ser usado em tal cômodo.

Ao se sentar, notou Clare do outro lado da mesa. Casais aristocráticos não se sentavam perto um do outro para jantar. Ela se lembrava disso dos tempos em que fora criada em tais jantares. Pelo que ela podia perceber, casais aristocráticos tinham o mínimo de contato humano possível. Apesar de toda a riqueza exibida naquele salão, ela não conseguia deixar de pensar que suas vidas eram um tanto monótonas e mesquinhas. Era esplendor na sua forma mais elevada, mas ela não conseguia perceber onde estava o encanto.

"Minha cara marquesa", começou o duque. "A senhora conhece o seu companheiro à sua direita?"

Hortense se virou para cumprimentar o homem, que havia se sentado após ela, e seu sorriso desapareceu. *Rothesbury.* De perto, sua peruca parecia ainda mais ridícula. Além disso, ele tinha a aparência de um predador. Em seus anos como espiã, ela havia encontrado um número considerável de homens assim. Olhar lascivo. Sorriso malicioso. Ela tentou não estremecer quando ele pegou sua mão e a levou à boca.

"Lady Clare", disse Wellington, "posso lhe apresentar o Duque de Rothesbury?"

"*Enchanté*", murmurou Rothesbury.

Este era o homem que ela cortejaria com seus encantos femininos. Desta vez, ela estremeceu.

"Não é de admirar que a sociedade não veja Clare há meses", disse Rothesbury, inclinando-se em volta de Hortense para falar diretamente com Wellington. "Ele tinha todos os doces de que precisava para o inverno."

Hortense lutou contra a náusea e sorriu alegremente, como se seu duplo sentido tivesse passado despercebido.

As sobrancelhas de Wellington arquearam-se como um velho devasso. "Se me permite dizer, Lady Clare, seu marido nunca resistiu a se envolver em um ou outro escândalo."

Rothesbury virou um grande gole de vinho tinto. "Um galho da velha árvore. Os Asquiths sempre possuíram selvageria no sangue." Ele se inclinou. "Então, você é francesa, certo?"

"Por assim dizer", ela começou, tentando — e falhando — não inalar seu hálito de alho podre. "Na verdade, eu nasci na Inglaterra."

Ele não deve ter ouvido nem se importado, pois em seguida se dirigiu a Wellington. "Sempre gostei particularmente da língua francesa." Fez uma pausa para causar efeito. "Aquelas garotas sempre parecem saber o que fazer com ela."

Lá estava de novo — *repulsa*. Que ela imediatamente reprimiu, pois a tiara estava praticamente ao seu alcance. Ela devia ser charmosa, agradável e a melhor mentirosa da sala.

"Eu mesmo sempre preferi as espanholas", disse Wellington, arrancando algumas bufadas másculas dos cavalheiros próximos e um revirar de olhos de suas damas.

"Tal pai, tal filho", continuou Rothesbury. "O falecido marquês sempre gostou de um toque francês."

Pelo tempo que se seguiu, Hortense ficou sentada entre os dois libertinos, sorrindo, comendo, bebendo, acenando com a cabeça, rindo e, em geral, fingindo se divertir. Ainda assim, de vez em quando, ela se pegava olhando para a outra ponta da mesa, lançando um olhar furtivo para o marido.

Seu marido?

De alguma forma, era verdade, embora ela suspeitasse que isso nunca desafiaria a credibilidade. Ela tinha um marquês como marido. Pelo menos por enquanto.

Podia ser a quarta taça de champanhe que ela bebia, mas, na verdade, tudo em que conseguia pensar quando olhava para ele era e em como ele estava muito, muito, muito bonito em seu traje de noite preto e branco. Objetivamente falando, ele era o homem mais bonito da sala. E as damas de cada lado sabiam disso, pois cada uma disputava sua atenção. Seu evidente tédio parecia apenas atraí-las, em vez de repeli-las.

Ela experimentou a explosão de um sentimento novo, um sentimento que a queimava e irritava. Isso a fez querer pular da cadeira e... E... *O quê?*

Seria esse sentimento... *Ah...* Seria ciúme?

Ela afastou a ideia. *Impossível.* Do que ela deveria ter ciúmes? O homem era seu marido, sim, mas não de verdade. No entanto...

Ela sentiu uma vontade irresistível de ir até a ponta da mesa e bater nas cabeças daquelas damas.

O que não daria certo.

"Então", disse uma voz em seu ouvido, "onde Clare a encontrou?"

Hortense impôs firmeza à sua determinação. Ela estava atraindo Rothesbury. Deveria sentir alívio. "Bem, veja bem, eu tenho um cachorrinho muito travesso", ela começou, com um sorriso radiante. "Certa manhã, em nossa caminhada diária, o patife escapou da guia e me levou a uma perseguição alegre. Foi o marquês que o pegou para mim. O resto, como vocês dizem, ingleses, é história."

"Você estava em Londres há muito tempo?"

"Ah, não. Aquele era meu primeiro dia. Não conheço Londres muito bem. E um jantar como esse..." Ela balançou a cabeça leve-mente e mordeu o lábio inferior.

As pupilas dele se dilataram de desejo.

"Talvez seja demais para mim. Não conheço ninguém."

"O que você precisa, meu doce, é de um guia." Até o riso dele era lascivo. "Não queremos que você se perca, não é?"

Ela deveria rir. Deveria dar um tapinha sedutor no braço dele. E deveria dizer: "Oh, Vossa Graça, quem poderia me mostrar o caminho?"

E ela disse.

Então ela sentiu isso no lado do rosto. *O olhar dele.* Ela seguiu a sensação e encontrou olhos cinzentos tempestuosos fixos nela. A respiração em seus pulmões suspendeu-se no meio da inspiração. Nunca um homem havia feito seu coração acelerar com a pura força do seu olhar.

Não até esse homem.

Seu marido.

Certo.

16

Uma força sombria cresceu dentro de Jamie — seu sangue fervia com ela — enquanto ele observava o olhar de Rothesbury percorrer Hortense como se ela fosse sua.

Sua mandíbula ficou tensa, sua mão apertou um copo d'água até os nós dos dedos ficarem brancos, a compulsão de agredir Rothesbury e Wellington ameaçava empurrá-lo pela sala.

"Lorde Clare, não é educado olhar fixamente para a esposa", disse uma voz feminina e amuada à sua direita.

A dama à sua esquerda deu uma risadinha. "Daria para pensar que você está apaixonado por ela."

Ele estava prestes a protestar quando a primeira dama deu uma leve palmada em seu braço com o leque, seus olhos brilhando sedutoramente. "E *isso* definitivamente não acontece na sociedade educada", ela disse. "Amar a própria esposa? Que *exagero*"

"Claro, o senhor se casou com ela por licença especial", observou a segunda dama.

"E o casamento foi só esta semana?" perguntou à primeira.

"Perfeitamente." Ele manteria em segredo o fato de que ele e Hortense haviam se casado apenas algumas horas antes.

"E ela é francesa?" Um retorno do mau humor.

"Ela nasceu na Inglaterra."

"Mas totalmente francesa, *non?*"

Ele deu de ombros, cansado daquela conversa. Rothesbury agora estava inclinado para o lado, como um velho navio de guerra enferrujado, e invadindo seu espaço. Seu estômago se revirou. Ele compreendia intelectualmente que, ao encantar Rothesbury, ela estava alcançando o objetivo daquela noite. Ela o estava atraindo para sua teia. O que ele não havia previsto eram sua frustração e náusea ao vê-la fazer isso.

As damas de cada lado dele trocaram um olhar carregado de significado. Embora ele não as encorajasse, elas ainda não haviam terminado com ele.

"Diga-me, Lorde Clare, o que elas têm?" perguntou uma delas. Pouco importava qual.

Ele suspirou. "Quem?"

"As mulheres francesas."

Ele revirou os olhos. A conversa poderia ser mais banal ou completamente estúpida? Em uníssono, lançaram olhares especulativos para Hortense. "O cabelo preto dela é bonito", uma delas disse.

"E os olhos azuis dela são lindos, eu acho", disse a outra.

"Um pouco chamativos, verdade seja dita."

"Admito que ela seja bonita."

Com seus cabelos sedosos e negros como azeviche e olhos da cor de um mar Mediterrâneo límpido, sua esposa era um diamante de primeira qualidade, ele não disse. Dizer isso só armaria essas duas víboras com mais veneno.

Ele estava apenas contando os minutos até o jantar terminar e poder levar a esposa para casa. Longe de velhas libertinas que não respeitavam o espaço pessoal de uma dama.

E o problema era — o que mais o irritava — que ela não parecia se importar. Nem um pouco. Na verdade, ela parecia estar se divertindo imensamente.

Ele nunca a vira sorrir tanto, com os olhos alternando entre Wellington e Rothesbury. Ela era a mulher mais adorável e vibrante naquele salão. Em qualquer salão. Sua habitual intensidade e reserva haviam desaparecido. Em seu lugar, havia uma luz cintilante.

Estranhamente, ele não preferia essa Hortense.

Ele gostava da força dela.

Então ela o encarou, como se soubesse o tempo todo que ele a observava. Ele detectou um lampejo da força dela, e era tudo o que precisava. Um calor percorreu seu corpo e outro tipo de tensão o percorreu. Toda a *carnalidade, luxúria e apetite* expressos em seus votos de casamento se impuseram e se fizeram sentir.

Ele levantou-se de um salto, e suas companheiras de jantar soltaram gritos emocionados de espanto e alegria fofoqueira. Em seguida, ele começou a andar ao redor da mesa, com olhos arregalados e risadinhas divertidas, seguindo-o até seu destino. Ele não se importava com ninguém naquela sala, exceto por uma pessoa.

A não ser aquela que incendiava seu sangue.

"Meu amor", ele disse ao alcançá-la, o carinho fluindo de sua boca com muita facilidade, "você parece corada. Este ambiente fechado é demais para sua constituição delicada. Talvez um passeio refrescante no terraço seja o que você precisa."

"Posso lhe garantir, querido marido, que estou muito bem." Seus olhos semicerrados lhe disseram, em termos inequívocos, para retornar ao seu assento e parar com essa tolice. "Acabei de me familiarizar com Lorde Rothesbury e odiaria interromper nossa conversa fascinante."

Um tipo diferente de calor percorreu Jamie. O calor da humilhação. Ele tinha sido um tolo. Ela só estava fazendo o trabalho para o qual ele a contratara: atrair Rothesbury para sua teia.

Como nunca lhe ocorrera que esta seria a maneira como ela alcançaria esse objetivo? Usando sua beleza e inteligência para encantar o homem tolo. Mas...

O que mais ela planejava usar?

O rubor brilhou diante de seus olhos, e a sensação agora o percorria com um ímpeto próprio. Ele era incapaz de pará-la. E, ao que parecia, também não conseguia parar de bancar o bobo, pois estendeu a mão. "Preciso insistir."

Os olhos dela brilharam de irritação. Ela não estava feliz com ele. Ele não se importava. Não podia vê-la flertar com aquele canalha nem mais um minuto.

"A noite esfriou lá fora, Clare", disse Rothesbury. "Cuide bem dos ombros macios da sua esposa." O olhar do duque deslizou pelo braço de Hortense e pela clavícula.

Jamie deu um passo ameaçador à frente, o que só fez o duque sorrir. "Não vou pedir conselhos a você, Rothesbury, de como tratar minha própria esposa", ele disse com os dentes cerrados.

Rothesbury congelou ao ouvir de Jamie que ele não lhe pediria conselhos de como tratar a esposa, pois sua própria esposa, falecida há muito tempo, morrera em circunstâncias misteriosas em uma propriedade distante. O homem soltou uma risada forçada, mas nenhum calor transparecia em seus olhos. "Jovens galantes e suas esposas."

Jamie estendeu a mão e Hortense a apertou. O burburinho no salão se acalmou, transformando-se em um zumbido abafado. Eles tendiam a ter esse efeito. O som de risadas abafadas os perseguia. Definitivamente, tinham dado à *alta sociedade* algo para conversar naquela noite.

Mas ele não se importava com isso. O que precisava era ficar a sós com Hortense e...

O quê?

Uma ideia ainda não havia se formado completamente em sua mente. Ele estava agindo por instinto.

Enquanto caminhavam por um corredor escuro, vazio, exceto por alguns criados, ele testou a primeira porta à mão. O quarto atrás dela estava vazio e escuro, exceto pela luz da lua que entrava por uma janela. Instintivamente, ele a puxou para dentro. A porta se fechou atrás deles, abafando a cacofonia do jantar que agora parecia distante e remota. O silêncio teria prevalecido se não fosse pelo som de suas respirações irregulares.

Ela o encarou, seus lábios vermelho-cereja um pouco separados, seu corpo afastado do dele por um fio, tão perto que ele podia inalar seu aroma puro de limão. Intensidade e verdade brilhavam em seus olhos. Essa era a Hortense que ele conhecia. Como ele se sentira distante daquela outra Hortense, aquela que podia encantar dois duques com o mais leve piscar de olhos.

Mas essa Hortense... Ele precisava se conectar com *ela*.

Seus pulmões se recusavam a respirar. Esta mulher, ela, deslocava seu centro de gravidade. No espaço íntimo entre eles, entrou o beijo de casamento, dos lábios dele tocando os dela, da mão dele na parte inferior das costas dela, a curva suave se encaixando perfeitamente na palma da mão dele. A reserva e a contenção o afastaram naquela ocasião. Ele não tinha certeza se elas viriam em seu socorro uma segunda vez.

Ela estendeu a mão e acariciou o queixo dele, traçando a linha com as pontas dos dedos. A ponta da língua percorreu o lábio inferior. O que ele viu em seus olhos...

Seria possível?

Se ele a tocasse novamente, não haveria reserva, nem contenção.

Os olhos dela lhe diziam que ela entendia tudo isso e, como ele, queria mais.

Com um rosnado baixo, ele colocou uma das mãos em concha na nuca dela e encaixou a outra naquele ponto doce na parte baixa das costas. Sua cabeça se inclinou para baixo, e a respiração dela encontrou a dele no instante em que sua boca estava sobre a dela, línguas se entrelaçando, encaixando-se com uma *perfeição* carnal. Os braços dela deslizaram ao redor do pescoço dele, e seu corpo se esticou por toda a extensão do dele, os mamilos tensos sentidos através da seda fina, suas curvas femininas em perfeita sincronia com as linhas rígidas dele.

As mãos encontraram o peito dele, e ela empurrou e empurrou novamente até que ele estivesse com as costas contra a parede.

Isso era loucura.

Isso era desejo.

Era todo o desejo reprimido deles se chocando um contra o outro.

Ele nunca havia experimentado uma paixão como aquela. O corpo doce dela contra o dele, o pênis duro dele pulsando contra a barriga dela. Ela girou os quadris, aplicando uma pressão deliciosa. Através de camadas de lã superfina e seda dupioni [1], ele se esfregou contra ela.

"Hortense", raspou sua garganta enquanto ele a agarrava pela cintura e a girava. Agora era ela quem estava sendo empurrada contra a parede. Por instinto, ele empurrou o vestido dela para cima. Seus dedos encontraram suas coxas e começaram a subir. *Cremosa... Macia...* E — *ah, sim* — *molhada.* Com um gemido áspero, ela envolveu uma das pernas em volta da cintura dele, concedendo-lhe acesso a doce fenda que ele buscava.

Ela afastou a boca e exalou um longo gemido contra o pescoço dele. "Eu quero você." As pontas dos dedos traçaram a crista implacável do pênis dele. "Eu quero *isso* dentro de mim."

Ele poderia tê-la ali. Contra a parede. Na mansão do Duque de Wellington. E ele estaria dando a ela o que ela queria. Mas era o que ele queria?

Sim, ele a queria até arrebentar.

Mas era *assim* que ele a queria — a mulher que era sua esposa — pela primeira vez?

A *primeira* vez?

---

1. Dupioni é um tecido de seda de trama lisa, produzido usando fios finos na urdidura e fios irregulares enrolados a partir de dois ou mais casulos entrelaçados na trama. Isso cria uma trama densa com uma superfície altamente brilhante e um toque firme. É semelhante ao shantung, mas ligeiramente mais grosso pesado e com maior contagem de slub (irregularidade na seção transversal).

Esse casamento não seria apenas de fachada?

Com uma determinação da qual ele não se sabia capaz, ele se afastou — ou tentou. A perna dela ainda estava enrolada em sua cintura. E havia a questão de sua vagina. Estava molhada, convidativa e precisava de uma boa carícia.

Ele não conseguia pensar nisso e manter sua determinação.

"Nós não podemos fazer isso", de alguma forma saiu de sua boca.

"Ah, mas podemos", ela sussurrou contra o pescoço dele, suas palavras quentes percorrendo sua pele, incitando seu pênis a mais loucura.

"Combinamos que o casamento seria apenas no papel." Com força bruta, o lembrete arranhou sua garganta.

Novamente, ele tentou se afastar. Novamente, a perna dela o apertou.

"Poderíamos abrir uma exceção."

Esta mulher sabia o que queria. *Ele.* E, oh, como ele ansiava por lhe dar cada centímetro.

No entanto, ele se viu balançando a cabeça. Havia uma linha ali, uma que ele não devia cruzar. Se a tivesse uma vez, seria o fim para ele, pois precisaria tê-la uma segunda, uma terceira e uma quarta vez até que ele se perdesse irremediavelmente dentro dela. Ela não entendia isso nele, mas ele entendia. Em breve, ela desejaria sua liberdade, e ele precisava poder deixá-la tê-la. Não importava o que isso lhe custasse.

De repente, a perna dela o soltou e o vestido deslizou pelo corpo. Ele deu um passo para trás que o fez sentir-se um tanto embriagado. Embora não tivesse bebido nenhuma bebida alcoólica naquela noite, a embriaguez pulsava em suas veias. Ele estava embriagado por ela.

Do outro lado dos três metros que os separavam, a frustração brilhava em seus olhos. Ela não estava exatamente satisfeita com ele.

Bem, ele também não estava exatamente satisfeito com ele.

Então, finalmente, ela assentiu brevemente, e o momento mudou. Ela não insistiria no assunto.

Ele havia conseguido o que queria. Ele deveria estar sentindo um alívio enorme. Em vez disso, sentia-se irritado e mal-humorado. "Vamos embora. Acredito que conseguimos o que viemos buscar nessa noite."

As sobrancelhas dela se ergueram em direção ao teto. "Ah é?"

"Estabelecemos contato com Rothesbury e o deixamos querendo mais."

"E ele é o único que sobrou querendo mais?"

A safada atrevida. Ele deixaria aquelas palavras naquele quarto, onde ela as deixara cair. Não ousava carregá-las noite adentro, ou sua determinação ruiria. Afinal, ele era apenas um homem.

Ele caminhou até a porta e a abriu. "Depois de você, minha senhora", disse ele com a voz mais condescendente e aristocrática que conseguiu reunir. Precisava de distância daquela mulher, sua esposa.

Caso contrário, ela, seu aroma fresco e sua doce vagina o assombrariam a noite toda.

Caso contrário?

Ele bufou. Era um fato consumado. Ele seria assombrado.

Durante a viagem de volta para Asquith Court e até ela desaparecer de vista pela grande escadaria, não trocaram mais nenhuma palavra. Pelo formato de sua boca e pelo brilho de fogo em seus olhos, ele podia ver que ela estava com raiva dele.

Que assim fosse.

Ele conseguia lidar com a raiva dela.

O desejo dela, por outro lado, era uma fera completamente diferente.

Um que superasse toda resistência e imunidade.

Um que pudesse colocá-lo de joelhos.

17

E stava um calor infernal naquela cama.

Hortense passou os minutos seguintes chutando e desembaraçando as pernas de várias camadas de cobertores. Sir Bacon soltou um pequeno grunhido de irritação antes de se levantar e sair do lugar. De seu novo lugar, encolhido em uma poltrona luxuosa do outro lado do quarto, lançou-lhe um olhar ameaçador.

"Minhas desculpas por perturbar seu belo descanso, Vossa Alteza Real", ela reclamou.

Loucura. Agitação. Sofrimento.

Essas eram as palavras que Mariana usara para descrever os perdidamente apaixonados.

Ela conseguia pensar em outra condição que essas palavras descreviam com bastante precisão:

Loucura, agitação, *luxúria* miserável.

Foram aqueles beijos quentes.

E o homem que os dera.

Ele a incendiara.

Com as costas contra a parede, o corpo magro e firme dele pressionando o dela, o pênis grosso pressionando contra sua barriga. Seus longos dedos masculinos primeiro a agarraram, depois deslizaram por sua vagina pulsante e úmida.

Oh, como ela queria aqueles dedos dentro dela.

Então ele parou.

Ela possuía força de vontade, mas nenhuma como aquela, pois aqui estava a questão: ele a desejava também. Ela vira o desejo em seus olhos vidrados de luxúria, sentira-o no aperto de suas mãos e na pressão de seu pênis duro.

Apenas no nome.

Ele deve ter se lembrado de ter escrúpulos.

Escrúpulos teimosos.

Escrúpulos irresponsáveis.

Quanto mais pensava nisso, mais irritada ficava. Sério, alguém deveria explicar ao maldito homem que aquilo não era jeito de se comportar em um casamento casto.

E ela era exatamente esse alguém.

E quanto mais cedo, melhor.

Como *agora*.

Ela pulou da cama, seus pés pousando na macia lã persa. Com apenas o fogo aceso na lareira iluminando o quarto, ela se maravilhou novamente com seu esplendor. Em suas funções de espiã e investigadora, ela havia conhecido algumas casas de nobres ricos, mas nunca tivera direito a elas, e como Marquesa de Clare, era exatamente isso que ela era: uma mulher com direito ao melhor de tudo que a vida tinha a oferecer. Pelo menos, por enquanto.

A maciez da cama. O deslizar dos lençóis de seda. A lã macia sob seus pés. O fogo na lareira, fornecendo calor constante ao quarto, e que não precisava ser alimentado por ela para se manter aceso. Levar essa vida era o luxo que os aristocratas consideravam natural em cada dia de suas vidas mimadas.

Silenciosamente, ela atravessou o curto corredor que separava seu quarto do dele. A cada pequeno passo, sua coragem ameaçava ceder. Ele não a convidara. Na verdade, fizera o oposto. Mas...

Se ele queria o oposto, então por que a puxou para dentro

daquele quarto e a beijou até o ponto de total abandono? Sério, ela nunca tinha sido beijada tão intensamente, com tanta *habilidade*.

Oh, como ela queria ser beijada daquela forma novamente. O centro dela ficou úmido só de pensar nisso.

Era isso que ela precisava dizer a ele. Bem, não a última parte, mas que ele não deveria beijá-la daquela forma novamente.

Ou ela não poderia ser responsabilizada pelas consequências, que muito provavelmente envolveriam fazer tudo ao seu alcance para seduzi-lo. Afinal, tinha sido ele quem dissera as palavras *apenas no nome*. Sua boca permanecera fechada.

Ela empurrou a porta para testá-la. Ela meio que esperava que estivesse trancada. Em vez disso, ela se abriu suavemente com dobradiças macias.

Assim como o quarto dela, o dele estava iluminado pelo fogo baixo da lareira, projetando sombras que se moviam lentamente pelas paredes e por uma janela com vista para o jardim dos fundos. Diante dela, havia uma poltrona e uma mesa lateral com pilhas altas de vários livros. Ao lado da pilha, ela viu. O anel de sinete, seu ouro absorvendo a suave luz do fogo. Então, era ali que ele o guardava, um conhecimento ao qual ela se apegaria até a noite que seria sua última naquela casa, que se aproximava em breve.

Ela balançou a cabeça para clarear. Naquela noite, tinha outros assuntos para tratar.

Com o coração disparado, ela localizou a cama e começou a se mover em sua direção. No entanto, enquanto seus olhos se adaptavam à escuridão, ela viu que a colcha ainda estava intacta. A cama estava vazia, sem ele.

Ela soltou um suspiro de frustração. *Claro.* O homem provavelmente estava em seu amado escritório, lendo sobre leis do milho ou algo assim. Ela não estava muito a fim de se esgueirar pela mansão com a camisola fornecida por Eva Galante, tendo quase certeza de que o contorno de seus mamilos poderia ser detectado através da musselina diáfana. Ela só teria que desenterrar seu sobretudo surrado do fundo do guarda-roupa. Sua dama de companhia, Smith, ficara com os olhos arregalados e perplexa quando ela insistira em ficar com ele.

Ela tinha acabado de se virar para sair do quarto quando ouviu. Um barulho de água, abafado, mas distinto.

Acompanhando o som, ela detectou uma tênue faixa de luz laranja na parte inferior de uma porta fechada. Sem pensar, ela se aproximou na ponta dos pés, cada vez mais perto, tão perto que conseguiu estender a mão e agarrar a maçaneta. Um empurrãozinho, e a porta se abriu. Novamente, seu coração estava na garganta.

Ele estava perto. Ela podia sentir.

Se uma rápida olhada não confirmasse, seu olfato teria atestado que ela havia entrado no quarto de vestir dele, cercada como estava por seu delicioso perfume masculino. Ela localizou outra faixa de luz laranja espreitando por baixo de outra porta. Como um ímã, ela foi atraída para ela, seu coração acelerando seu ritmo em uma forte pulsação de expectativa. Seu corpo se movia como se fosse independente de sua vontade.

Na porta, ela parou, com a respiração suspensa. Outro som de respingos. Ela fez uma contagem regressiva de dez e empurrou levemente o carvalho maciço. As dobradiças a atenderam, abrindo-se em completo silêncio. Ela colocou a cabeça e espiou. Teve apenas uma fração de segundo para conter o suspiro de surpresa.

Do outro lado de um piso xadrez preto e branco, estava reclinado o Marquês de Clare, mergulhando em um relaxante banho de imersão em uma banheira certamente construída para cinco adultos. Somente em casas de banho no continente ela vira uma banheira assim. Ele estava de costas para ela, com os braços apoiados em ambos os lados, mantendo-o erguido. Ela só conseguia vê-lo de perfil — a linha forte do maxilar, a curva relaxada da boca, a franja de cílios grossos repousando sobre as maçãs do rosto salientes.

Um semideus em repouso.

Essa visão dele não estava ajudando em nada em sua luxúria louca, agitada e miserável. Ela deveria se retirar silenciosamente, voltar para o quarto e deixar o homem em paz. Ao ficar, bem, ela estava sendo um pouco voyeur, não estava?

No entanto, ela se viu alargando a fresta da porta e entrando, os pés descalços pisando suavemente no azulejo escorregadio de vapor.

De repente, os músculos dos ombros que estavam relaxados se contraíram em tensão. Ela congelou no lugar, dolorosamente ciente de como era errado estar ali. A cabeça dele se virou bruscamente, seu olhar cinzento a encontrando imediatamente. Ela detectou não o relaxamento que esperava encontrar naquelas profundezas, mas sim o turbilhão de uma tempestade.

Provavelmente, ele viu o mesmo turbilhão refletido em seus olhos.

Ela engoliu em seco. Precisava ignorar a consciência de que o turbilhão deles vinha da mesma fonte. *Miséria. Agitação. Loucura.* Tais sentimentos não deveriam ser permitidos em suas cabeças.

"Um banho de meia-noite?" Sua voz soou esganiçada, aguda e irritantemente diferente de si mesma.

Ele deu de ombros, músculos tensos ondulando logo abaixo da pele. "Essa é a prerrogativa de um lorde."

"Tenho certeza de que seus criados apreciam isso." Pelo menos, ela podia se orgulhar da aspereza de sua observação.

Mais uma vez, ele deu de ombros, como só um lorde arrogante e seguro de si poderia fazê-lo.

Era extremamente atraente.

"Eles são bem recompensados."

Ela não podia negar isso. O pagamento que lhe ofereceram como copeira a pegou de surpresa. Era uma quantia mais generosa do que a maioria das famílias oferecia a moças que certamente não tinham outras opções se copeira fosse o emprego que buscavam.

"É melhor do que uma garrafa de conhaque."

Ele tentou ser mais leve, mas ela não se deixou enganar. O peso dos erros do passado pesava nas palavras.

"Se não se importar", ele disse, "será que você poderia entrar no meu campo de visão, para que eu não me machuque?" Ele soou apenas um pouco irritado. "Tenho certeza de que você explicará o motivo de estar aqui."

Mesmo que seu corpo ansiasse a obedecer ao comando dele, disfarçado de pedido, ela hesitou. Para fazer o que ele pedia, ela teria que entrar mais fundo naquele quarto, úmido e abafado, e ele, *nu*, comprometendo-se assim totalmente com o caminho tolo que havia escolhido. Na verdade, ela deveria dar meia-volta e fugir.

Em vez disso, seus pés descalços obedeceram, pegajosos contra o piso úmido. Ela inalou profundamente o ar denso com óleos suntuosos que haviam sido adicionados à água. *Bétula... Patchuli... Ele.*

Ao passar por ele para entrar em seu campo de visão, que Deus a ajudasse, lançou um rápido olhar para baixo. Felizmente — *frustrantemente* —, ela não viu nada sob a água devido à combinação abençoada — *frustrante* — de vapor e brilho da luz bruxuleante das velas.

Quando ela se virou para encará-lo, no entanto, o que viu acima da água foi o suficiente para tirar seu fôlego. Não era a primeira vez que via o peito nu de um homem, ou mesmo o peito nu desse homem, então o que era aquela oscilação nos joelhos dela?

Era simplesmente a soma total dele: a barba escura que havia crescido durante o dia, os músculos dos braços e ombros, a barriga firme e definida, os leves fios de pelos escuros no peito que desciam... Desciam... *Desciam,* o resto dele cortado pela linha d'água.

Ele pigarreou, e o olhar dela se ergueu para encontrar o dele. Um leve divertimento transparecia, mas também algo mais: avaliação.

Certo.

Com o olhar encoberto, ele avaliou lentamente a camisola dela, parando bem onde os mamilos dela estavam duros como caroços de cereja. Agora, era a vez de ela pigarrear. Os olhos dele se ergueram para encontrar os dela. Ela não detectou nenhum pedido de desculpas naquelas profundezas, mas sim um desejo ardente que correspondia ao seu.

"Estou esperando", ele disse.

Sua boca ficou seca. Seu corpo sabia o que ela esperava que ele estivesse esperando. Melhor pedir esclarecimentos. "Esperando o quê?"

"Que você explique o motivo de invadir minha privacidade. Você já fez disso um hábito."

Ah. Isso. "Eu, hum, eu vim aqui para falar com você."

"Já percebi." Seu tom era paciente.

De alguma forma, embora fosse ele quem estivesse nu e deitado, ele detinha todo o poder no quarto.

Era essa luxúria implacável dela. Isso a tornava fraca e vulnerável ao seu desejo. Ela podia se ressentir dele por isso.

"Sobre esta noite." Sua voz ficou rouca. Podia ser por falta de sono, mas ela sabia a verdade. Era ele. E o efeito que ele tinha sobre ela.

"Ah", ele exalou e mergulhou mais fundo na banheira, seu abdômen musculoso desaparecendo de vista.

Será que ele tinha consciência de quão desejável era? Ela lambeu o lábio inferior. Um sinal de nervosismo que ela tentava manter sob controle, mas em alguns momentos não conseguia conter. Como esse.

Ele seguiu o deslizar da língua dela, e uma flecha de luxúria o atravessou.

Ela enrijeceu a coluna, endireitou os ombros e tentou reunir um pingo da indignação que a trouxera até ali. "Você simplesmente não pode fazer isso."

Ele inclinou a cabeça, questionando. Estaria exibindo deliberadamente a linha forte do maxilar?

"Eu não posso fazer o quê?" Sua voz emergiu como um estrondo aveludado.

"Me puxar para um quarto para um beijo."

Oh, tinha sido muito mais do que um simples beijo, e ambos sabiam disso.

"Peço desculpas se ofendi sua sensibilidade." Nem seus olhos nem seu tom de voz transmitiam arrependimento.

"Ofendeu meu—"

O resto da frase foi interrompido por o que começou como uma risada seca. Instantaneamente se transformou em uma gargalhada que brotou do seu íntimo. Longa e alta, sem reservas, ela não ria assim há anos, talvez em toda a sua vida.

Ela finalmente começou a se exaurir quando ele perguntou: "Eu entendi errado?"

"Acho que você sabe que sim."

"Por favor, me diga, como eu a ofendi?"

Todos os vestígios restantes de sua risada desapareceram. A expectativa tomou conta dela. Agora ela expressaria sua queixa e tudo mudaria. Seu coração acelerou em um ritmo instável. Haveria um *antes* e um *depois*. Ela sentia a certeza profundamente em seus ossos.

Mas, no fundo de seus ossos, ela queria o depois. O que a trouxera ali era mera pretensão.

"Parando."

As palavras pairavam no ar entre eles, palpáveis, carregadas de um significado inconfundível.

Uma imobilidade alerta o invadiu, e ele engoliu em seco. Ela acompanhou a ondulação sutil de sua garganta, os músculos que levavam ao peito. Detectou desconforto no movimento. *Ótimo.* Ela não tinha intenção de facilitar as coisas para ele.

"Não ficou óbvio para você?" ela perguntou.

"O que?"

"A solução."

"O que estamos resolvendo?" Ele ainda resistia ao que ela considerava inevitável.

"Essa atração entre nós", disse ela. "Só há uma maneira de resolvermos isso."

"Não faz parte do nosso acordo." Uma guerra de emoções soou em seu protesto.

"Acordos podem ser alterados."

"Mas —"

"Eu não vou contar, se você não contar."

Sua cabeça se inclinou. "Não é que alguém mais saberia."

Sua respiração ficou presa no peito.

"É que eu terei você", ele disse. "*Eu* saberia..." Ele a observou, viu dentro dela. "*Você*. Cada linha, cada curva. Cada gemido, cada suspiro."

Dentro dela, lugares que ela nem sabia que existiam se agitaram.

"E essa camisola..."

"O que tem ela?" ela perguntou. De alguma forma, ela era capaz de falar.

Ele deu uma risada irônica. "Não faz nada para te esconder de mim. Só me aguça o apetite."

Com um movimento repentino e rápido, ele se empurrou até a borda da banheira, a água escorrendo ao seu redor, transbordando pelas laterais, e estendeu a mão, agarrando a barra da camisola dela. Ele inclinou a cabeça para trás, e os olhos turvos de desejo encontraram os dela. Ele deu um puxão na bainha — testando-a — e ela o seguiu, se rendendo. Ele puxou novamente, e, mais uma vez, ela se aproximou um pouco mais. Era um joguinho que eles estavam jogando. Olho por olho, dente por dente.

Assim que as coxas dela pressionaram a lateral da banheira,

ele estendeu a mão e segurou a parte de trás da cabeça dela, o cabelo sedoso deslizando por entre os dedos, enquanto a puxava para baixo. Cara a cara, os lábios dela a centímetros dos dele, seus olhares se encontraram.

"Se você tem alguma dúvida, agora é a hora de falar. Pois você não é o tipo de mulher que alguém prova e simplesmente vai embora." Um sorriso travesso surgiu no canto da boca dele. "Não uma segunda vez".

18

V ocê não é o tipo de mulher que se prova e depois simplesmente se
afasta. Não uma segunda vez.

Onde ele aprendera a dizer tais palavras?

Elas roubaram-lhe o fôlego. Elas aprofundaram a sua
intenção.

A confiança na sua feminilidade e desejo floresceu dentro
dela. "Não vou a lugar nenhum."

As mãos dela agarraram os ombros dele para se equilibrar
enquanto ela pisava um pé, depois o outro, dentro da água
quente, o calor penetrando-a até os músculos e ossos, uma
companhia adequada para o desejo que pulsava por ela. Mergulhando na banheira fumegante, com a camisola flutuando ao
redor dela, ela soltou os ombros dele antes de empurrá-lo para
trás. Ela submergiu completamente na água, deixando-a fluir por
sua pele, através dos cabelos repentinamente leves. Quando
emergiu, a camisola se agarrava a cada curva de seu corpo.

Em harmonia não apenas com seus próprios desejos, mas
também com os desejos um do outro, ela e ele se moviam, lenta e
deliberadamente, eliminando a distância entre eles, os olhos fixos
um no outro. Ela não sabia ao certo se era a hora da noite, o calor

do banho ou, simplesmente, o inevitável, mas era como um sonho sensual do qual eles não queriam acordar.

Ela sabia muito bem que aquilo não era um sonho e que vir até ali provavelmente havia sido uma má decisão, mas, só por essa noite, ela iria desligar a parte do seu cérebro que avaliava as possíveis consequências das suas ações, pois e se ela estivesse certa? E se essa fosse a única maneira de tirar| aquele desejo implacável do meio deles?

Não importava agora.

Poderia importar mais tarde.

Ela partiria mais tarde, rumo ao futuro.

Só o presente — e aquele homem — importavam.

Seu olhar pousou na boca dele. Firme e segura, aquela boca. Uma boca que sabia como devastá-la. Com o foco voltado exclusivamente para aquela boca, ela se inclinou para frente, eliminando toda a distância entre eles até que a boca dele estivesse a poucos milímetros da dela.

Ainda não é tarde demais.

Ah, mas era. Para ela.

Os lábios dela tocaram os dele em um beijo que poderia ter sido doce se não fosse pela luxúria reprimida que o impulsionava. Seu corpo queria mais do que os beijos dele. Queria tudo o que ele tinha a oferecer.

Com um gemido, as mãos dele encontraram seu traseiro. Enquanto ele puxava, ela flutuou pela água, oferecendo-se para se render enquanto montava nele e se apertava contra ele. Seu pênis — grosso, duro... *Pronto* — pressionava contra ela, a única barreira separando sua carne mais íntima da dele, um fino pedaço de musselina.

"Você gosta dessa camisola?" ele murmurou contra sua boca.

Ela balançou a cabeça.

Ele pegou o tecido fino com as duas mãos e o rasgou em dois. Olhos gananciosos percorreram seus braços nus, seus seios, cada centímetro de pele exposta.

"Não", ele ordenou.

"Não?"

"Não se cubra."

Ela só agora percebeu que estivera levantando as mãos para fazer exatamente isso, um impulso. Ela sempre se achou pequena demais, pouco feminina. Mas a maneira como aquele homem a olhava com apreciação — não, com *luxúria* — a fez corar intensamente. Em vez disso, ela passou as mãos pelos cabelos dele.

"Você é tão linda quanto eu imaginava." Ele falou na orelha dela, mordiscando o lóbulo, uma mordidinha de teste. Ela se arqueou contra ele, querendo mais daquele prazer que beirava a dor. Então ela sentiu. Sua masculinidade rígida, escorregadia e quente, contra sua fenda. Instintivamente, seus quadris se moveram para baixo, a cabeça de seu pênis esfregando contra seu clitóris. Um gemido animal e inebriante saiu dela.

Ele agarrou seus quadris, as pontas dos dedos cravando-se nele. "Faça isso de novo." Suas pupilas tinham transformado sua íris em finos anéis cinzentos. *Desejo.*

Ela não podia negar nada a esse homem. Em qualquer outro momento, esse pensamento a deixaria nervosa. Mas, nesse momento, a obediência trazia consigo a promessa de prazer. Negar-se não era uma opção.

Ela girou os quadris, e o olhar dele vacilou. "Preciso de você dentro de mim."

"Precisa?"

Ela estendeu a mão e seus dedos percorreram sua masculinidade. "Você é tão—" Ela se conteve.

Um sorriso diabólico se formou nos lábios dele. "Eu sou tão—"

Ela não conseguiu conter uma risada tímida. *"Grande."*

O sorriso dele se transformou em uma intenção séria e absoluta. Ela o posicionou na abertura de sua vagina, e ele a agarrou pela cintura. Ele a penetrou com uma longa e suave investida, a estreiteza dela cedendo à dureza dele. Com as mãos nos ombros dele, ela desabou sobre ele enquanto ele a segurava.

"Sou grande demais?" ele perguntou, com uma preocupação inconfundível.

"Sim", ela respirou.

Ele ficou tenso embaixo dela.

"E não." Ela se inclinou para trás para encará-lo. "É... *você é...* sublime."

Ele começou a se mover, lentamente, com cautela. Ah, a sensação dele... Escorregadio e quente, ele deslizava para dentro e para fora dela, seus quadris encontrando seu ritmo, uma força começando a crescer dentro dela, uma força diferente de qualquer outra que ela já havia experimentado. Uma urgência por mais dele começou a dominá-la. Com os olhos se fechando, ela se tornou escrava da sensação, sem vontade própria, incapaz de formar uma impressão além da sensação desse homem dentro dela.

"Hortense", ele disse, seu nome uma expiração irregular.

Os olhos dela se abriram.

"Estou muito perto."

Suas palavras a confundiram. "Muito perto de quê?"

"De gozar, meu amor."

Rapidamente ele se retirou — provocando um grito de protesto dela — tomou-a em seus braços e ficou de pé, com a água espirrando e respingando no piso de mármore em gotas esquecidas, enquanto a carregava para o quarto e a deitava na cama. Enquanto ele estava em pé acima dela, ela não podia deixar de se maravilhar com a beleza masculina dele, como se tivesse sido esculpido em mármore pelo próprio Michelangelo. Só que nenhuma daquelas estátuas representava um pênis como o dele, duro, rígido e prestes a explodir. Um semideus, de fato. E a maneira como ele a olhava, com pura luxúria, provocou arrepios em sua pele.

Ela se sentou e agarrou a mão dele. "Já te disse o quanto gosto das suas mãos?"

O olhar dele a encarou com fúria.

"Elas são tão grandes, e os dedos são tão longos e masculinos." Movida pelo instinto, ela colocou um, depois dois dedos dentro da boca e chupou, a língua se movendo em círculos preguiçosos, saboreando o sal da pele dele.

"Hortense", ele pronunciou, seu nome uma súplica.

Ela deslizou os dedos da boca e começou a guiar a mão dele por seu corpo, lenta e deliberadamente, até que ele alcançou seu monte púbico. "Imagino como seria a sensação deles —"

O polegar dele roçou a protuberância do sexo dela, e ela ofegou. Um sorriso cúmplice surgiu em sua boca. "Dentro de você?"

Ele assumiu o controle, o que foi ótimo, pois ela se apoiou nos cotovelos, observando-o enquanto um, e depois dois dedos deslizaram para dentro dela. Seus joelhos não tiveram escolha a não ser se abrir — um pé encontrando o peito dele, o outro se cravando na cama — enquanto aqueles dedos masculinos deslizavam para dentro e para fora, proporcionando prazer a cada movimento, o olhar dele se concentrava em partes íntimas dela que ninguém — nem mesmo ela — jamais tinha visto.

"Você é tão linda quanto eu imaginava."

Ele a estivera imaginando... Assim?

Ela não conseguia pensar nisso agora, mas sabia que pensaria mais tarde. Agora, ela tinha apenas esse momento, a sensação dele acariciando-a, seu ritmo seguro, deliberado. Com a tensão em seu sexo aumentando novamente, ela estendeu a mão sobre a cabeça, puxando travesseiros, lençóis, tudo o que pudesse agarrar, enquanto se arqueava na mão dele, os quadris se inclinando para receber mais dele, longos gemidos se transformando em suspiros frenéticos. Seus olhos se abriram para encontrar aquele sorriso malicioso curvando a boca dele. "Eu preciso", ela começou e não conseguiu terminar, a ideia dessa necessidade flutuando fora de alcance.

"Isso?" O polegar dele pressionou novamente o clitóris dela — seus dedos fazendo mágica em sua vagina — e foi tudo o que precisou para que seu corpo explodisse em uma explosão de sensações, estrelas atrás de seus olhos, enchendo-a de luz e ar, como se o universo pulsasse dentro dela, disparando cometas esvoaçantes por suas veias.

De olhos fechados, perdida no mundo, um beijo na planta do pé direito a trouxe de volta. Em seguida, veio um beijo na parte interna da coxa... No umbigo... No mamilo esquerdo... Na base da garganta... Na orelha... Cada respiração dele enviando faíscas de desejo através dela. "Abra os olhos", ele sussurrou. Ela percebeu uma interrogação em seu olhar. Em resposta, envolveu as pernas em volta das costas dele e ergueu os quadris, absorvendo-o sublimemente, centímetro por centímetro. Justamente quando ela pensou que ele a preenchia, ele ainda tinha mais centímetros para dar.

Ele começou a se mover em um ritmo que ela acompanhava golpe por golpe. Embora ela tivesse acabado de ter um orgasmo, uma selvageria começou a dominá-la, uma fome por mais a deixando ávida. A mesma implacabilidade se refletiu em seus olhos. Ele estendeu a mão por baixo dela, agarrando seu traseiro, inclinando seus quadris para que ela pudesse receber mais dele.

"*Oh*", ela gemeu contra o pescoço dele, os tendões tensos pressionando a pele. Ele empurrou novamente, e um grito escapou dela. Oh, o jeito como ele estava usando seu corpo... Ela não se cansava daquilo. E, como há poucos minutos, o orgasmo começou a atormentá-la, insistindo para que ela se rendesse a ele. Outra forte estocada de seu pênis, e lá estava ela, chegando ao clímax, sua vagina pulsando contra o pênis dele que ainda a penetrava. Então, ele a seguiu pelo precipício, rumo ao esquecimento do orgasmo, com um grito e a cabeça arqueada para trás.

Ele desabou, tomando cuidado para não colocar todo o seu peso sobre ela.

Nunca em sua vida ela suspeitou que pudesse ser assim.

Oh, o homem estava enfeitiçando seu corpo e sua alma, algo que ela deveria considerar...

Amanhã.

Por enquanto, ela fecharia os olhos, sentiria a pressão pegajosa do corpo dele contra o dela e mergulharia no esplendor que ambos haviam criado juntos.

A vida não proporcionava muitos momentos assim.

***

A RESPIRAÇÃO de Jamie desacelerou e se estabeleceu em um ritmo unificado com o dela. Ele nunca se sentira tão em sintonia com outra pessoa.

Ele rolou completamente para fora dela e deslizou um braço sob sua cabeça, aconchegando-a na curva de seu corpo. Incapaz de resistir, ele aninhou o rosto em seus cabelos, úmidos e perfumados com os óleos de seu banho. Combinavam bem com a doçura do limão.

Preguiçosamente, ele começou a reentrar em seu corpo, e camadas se desprenderam do broto de uma ideia, antes de revelar um pensamento totalmente formado. Hortense não tinha exatamente experiência com o ato sexual, mas também *não* era inexperiente. "Você não era virgem", ele murmurou no alto da cabeça dela, sem pensar.

Ela não se afastou. "Não sou virgem há muitos anos." Ela declarou isso como um fato, cuidadosamente desprovida de emoção.

Desconforto, até mesmo tolice, o percorreu. Aquela mulher vivera uma dúzia ou mais de vidas em seus poucos anos nesta terra. Claro, ela não era virgem. "Eu não tenho o direito—"

"Eu fui espiã por oito anos."

As palavras, e a implicação nelas contida, o atingiram em um ângulo errado. Antes que ele percebesse o que estava fazendo, ele se levantou de um salto, mal conseguindo conter a tempestade repentina que o assolava. Ela rolou de costas e o encarou.

"Nick ordenou que você usasse seu corpo para obter informações?" Embora formulada como uma pergunta, era uma exigência. Silenciosamente, ele jurou que Nick pagaria caro por isso.

"Nunca." Ela se endireitou e sentou-se contra a cabeceira da cama, com o cabelo caindo sobre os ombros enquanto puxava as cobertas contra o peito. Era uma deusa exausta. Uma que ponderava cuidadosamente as próximas palavras. "Depois da primeira vez, foi minha escolha. Não que tenham sido muitas."

Foi como se lã tivesse sido enfiada em seus ouvidos, pois ele não conseguiu ouvir nada do que se seguiu *à primeira* vez. Gelou de fúria. "O que você quer dizer com isso?"

"Por quê?"

"Depois da primeira vez."

"A primeira vez não foi por minha escolha."

A respiração se recusava a entrar ou sair de seus pulmões. "Você foi estuprada", ele resmungou.

"Eu estava em uma casa, bancando a empregada doméstica, como sempre", ela começou, as palavras emergindo mecanicamente, como se ela tivesse se afastado do passado.

"A casa de um aristocrata?"

Ela assentiu brevemente.

"Qual?" Haveria represálias.

"Não foi na Inglaterra", ela disse. Ele pensou que ela não falaria mais sobre o assunto, mas ela continuou. "Era de manhã cedo, quando os criados já estavam acordados e os nobres ainda estavam na cama ou estavam chegando para dormir. Eu não tinha considerado essa última possibilidade quando estava carregando um balde de lenha escada acima. Estava escuro." Seu olhar se ergueu, e tudo o que ele viu foi o vazio. "Do começo ao fim, não deve ter durado mais de três minutos. Duvido que o lorde tenha pensado nisso novamente, ou que tenha lhe ocorrido que tinha feito algo errado." Ela deu de ombros, mascarando um evento de significado transformador com indiferença, o que só fez Jamie querer uivar de raiva. "A maioria dos lordes é assim. Eu me tornei melhor em cuidar de mim mesmo depois disso."

Desamparo carregou junto com sua fúria. "Não é sua responsabilidade garantir que um homem aja como um cavalheiro."

Ela ergueu as sobrancelhas, incrédula. "Não foi essa a minha experiência com essas questões."

Ele precisava que aquela mulher que agora era sua esposa entendesse alguma coisa. "Você não deveria *ter que cuidar de si mesma.*"

Seu maxilar ficou tenso e relaxou. "Cada pessoa nessa terra de Deus precisa cuidar de si mesma. É isso que significa estar viva e no mundo. Não há como escapar."

"Você contou ao Nick?" Se o irmão dele tivesse sabido disso e não tivesse tomado nenhuma providência —

"Ele não precisava saber."

Ele supôs que a surra de Nick pudesse esperar. "Por que você não largou o trabalho de espionagem?"

"Eu não precisava."

"Como assim?"

"Ensinou-me uma coisa."

A bile subiu só de pensar nisso, diante de sua necessidade pragmática.

"O mundo sempre seria maior e mais forte do que eu, mas eu poderia ser mais rápida e inteligente."

Ele absorveu as palavras dela, dando-lhes a consideração que mereciam, pois soavam como um mantra. Essas eram as palavras que governavam sua vida. Sua pessoa era pequena e delicada, e tão bonita quanto ele imaginara, mas também forte, com os músculos à mostra sob a pele. Ela havia criado aquele corpo para usar todas as suas vantagens, para se proteger.

"Hortense, você é minha esposa agora. Eu cuidarei de você."

Eram as únicas palavras que ele tinha, e pareciam ineficazes, sem valor.

Como ele poderia fazê-la enxergar?

Provando. O que levaria tempo. Num futuro mais próximo, ele poderia fazer outra coisa.

Ele estendeu a mão e a abraçou. A princípio, ela ficou tensa contra ele, mas ele a segurou firme, determinado a segurá-la pelo tempo que fosse necessário. Por fim, ela soltou um suspiro e relaxou, com a bochecha macia contra o peito dele enquanto os braços dele a envolviam completamente.

Ninguém jamais a machucaria novamente. Ele não diria as palavras em voz alta, pois ela não acreditaria. Ele mostraria isso a ela com ações.

Dentro do abraço, ele sentiu a respiração dela se tornar uniforme e regular na cadência do sono.

Parecia rendição e o presente mais doce.

Um que ele não daria como garantido.

Ele encontrou a mão esquerda dela e gentilmente a virou. Cortando a palma, do mindinho ao polegar, estava a cicatriz da faca, irregular e vermelha. Instintivamente, ele a pressionou contra a boca, sentindo uma onda de proteção — e *ferocidade* — surgir dentro dele. Ela nunca mais ela teria que se defender dessa maneira.

Nunca mais.

19

S ir Bacon levantou uma perna contra um arbusto de salgueiro roxo, e Hortense sentiu uma satisfação considerável, chegando a olhar ao redor do jardim, caso alguém testemunhasse esse triunfo nada insignificante. Era a quinta manhã consecutiva em que ele passava a noite inteira sem fazer xixi dentro de casa.

Ela teria que devolvê-lo em breve, agora que sabia que Lady Fortescue havia retornado à cidade. Surpreendentemente, ela não ansiava por isso. De alguma forma, Sir Bacon havia se tornado um companheiro afetuoso. Ela gostava bastante quando ele pulava em sua cama e aninhava seu corpinho na curva de suas pernas à noite.

Mas não na noite passada.

Na noite passada, ela não estava na cama.

Ela estava na cama com Jamie e ficou lá até o céu ficar rosa com os primeiros raios do amanhecer.

E lá ela deixou o marquês — *seu marido*. Ela simplesmente não estava preparada para encará-lo à luz do novo dia. Ainda não.

Então, ela pisou na sucessão de tapetes Aubusson até a cama e ficou ali acordada, olhando para o teto até Smith chegar, trazendo uma bandeja de torradas e chá. Ela tinha acabado de tomar o quarto ou quinto gole quando a criada voltou com caixas empilhadas uma sobre a outra, cada uma com a marca impressa *Galante: Costureiras Extraordinárias.*

Depois de escolher um vestido para o dia — uma musselina marfim estampada com um lindo motivo de folhas entrelaçadas — ela se submeteu aos cuidados de Smith com o cabelo. A mulher que ela via no espelho parecia exatamente o que era — uma marquesa elegante — e era completamente diferente da Hortense que ela conhecia, bem, desde que se tornou Hortense.

Marquesa de Clare.

E não apenas no nome.

Ela balançou a cabeça como se pudesse facilmente se livrar da verdade da noite anterior.

Que incríveis vinte e quatro horas se passaram. Realmente, mesmo para a vida de altos e baixos que ela vivera, foi um turbilhão notável que passou.

O que a possuíra?

Luxúria. Não havia como negar.

Ela nunca nutrira um desejo particular por lordes, não como muitas de seu sexo. Em sua experiência, eles eram exigentes e arrogantes demais para serem tolerados por muito tempo. Mas Clare, bem, ele era um tipo diferente de lorde.

Suas relações com o homem só se tornavam mais complicadas a cada dia. Complicadas demais.

Como se seus pensamentos tivessem o poder de invocá-lo ao jardim, ele surgiu pela porta dupla. Se ela parecia em todos os aspectos à marquesa, ele parecia em todos os aspectos o marquês.

Observando-o se aproximar, ela viu que a noite anterior fora inevitável. Era um milagre que não tivesse acontecido antes.

Sim, ele era bonito, alto e possuía todas as características físicas que as mulheres achavam desesperadamente atraentes, incluindo dedos longos e habilidosos. Um eco do desejo da noite anterior a percorreu. Mas havia ainda mais por trás da aparência desse homem bonito.

Era o olhar em seus olhos. Uma seriedade. Uma determinação. E quando alguém se via alvo desse olhar, bem, era provável que ficasse sem fôlego.

Como agora.

Nunca em sua vida um homem lhe roubara o fôlego.

Até esse homem.

Ele parou a poucos metros dela. Ela esperou que ele falasse primeiro. Se abrisse a boca, poderia voltar direto para a noite anterior, e, bem, isso não seria aceitável.

"Já quebrou o jejum?" ele perguntou após alguns segundos intermináveis.

"Chá e torrada", ela respondeu. Nunca havia pensado muito no que maridos e esposas diriam um ao outro pela manhã, mas isso parecia adequado.

"A cozinha oferece mais variedade, se desejar."

"É o meu café da manhã habitual."

Ele assentiu lentamente, aceitando relutantemente a escolha dela.

À distância, Sir Bacon começou a arranhar o portão dos fundos e a apertar o focinho sob a borda inferior e o chão, alternadamente. Quando nenhuma dessas ações produziu o resultado desejado, ele recuou e começou a latir.

"Sir Bacon!" ela gritou já em movimento. "Nunca um momento de tédio."

"St. James Park não fica longe", disse Jamie, bem atrás dela.

"Ah?" ela perguntou por cima do ombro.

"Gostaria de dar uma volta?"

Isso a fez parar de repente. "Sir Bacon certamente gostaria." As orelhas do pequeno terrier se animaram ao ouvir seu nome. Com grandes olhos castanhos olhando para cima, ele emitiu um ganido impaciente para garantir. "Acho que é cedo o suficiente para que ninguém nos veja."

Jamie inclinou a cabeça. "Garanto que é perfeitamente aceitável que um marido tome o ar da manhã com a esposa, mesmo na sociedade civilizada."

Seu tom cínico arrancou uma risada confusa dela. "Essa possibilidade não me ocorreu."

Seu humor desapareceu. "Você se acostumou tanto a viver nas sombras que não sabe mais viver na luz, não é?"

A pergunta a atravessou com a precisão de uma vara, prendendo-lhe a respiração, cortando-a profundamente. Que ele tivesse visto essa verdade sobre ela tão claramente, mais claramente do que ela mesma era surpreendente e desconcertante.

Ela desviou o olhar sob o pretexto de ficar de olho em Sir Bacon. "Vamos?"

Jamie estendeu o braço, e ela hesitou, mesmo sabendo que, é claro, precisava aceitar a oferta. Eles eram um casal, a ficção que estavam vendendo à *alta sociedade*. É claro que Lorde e Lady Clare caminhariam de braços dados.

Ela entrelaçou o braço no dele. Bétula e especiarias... O calor dele... *Ele* — tudo isso a inundou e fez seu coração disparar. Uma única palavra lhe veio à mente e circulou em sua mente num refrão obstinado.

Meu.

Que palavra. Que ideia. Não ia embora. Este homem era seu marido. Aos olhos do mundo, ele pertencia a ela.

E na noite passada, em sua cama... Lá estava ele, também.

"Podemos nos arrepender de ter deixado a guia dele para trás", observou ele enquanto Sir Bacon corria à frente. Era como se o cachorrinho tivesse intuído seu destino.

Embora fosse domingo de manhã, o curto caminho para St. James's Park já começava a fervilhar com a atividade matinal. Comerciantes expondo suas mercadorias. Uma carroça aqui e ali subindo a rua. Pedestres passando, concentrados nesta ou naquela tarefa. Hortense sempre gostara disso em Londres. Seu comércio. Seu senso de propósito e importância.

Apesar de toda a cacofonia urbana, o silêncio persistiu entre ela e Jamie enquanto caminhavam, com o cuidado de manter Sir Bacon em vista. Chegaram ao amplo calçadão que levava ao parque, colunatas ordenadas de plátanos [1] formando uma fronteira verdejante entre o parque e a cidade. Pelo menos, Sir Bacon devia ter pensado assim enquanto corria livre e solto, alternadamente espantando pombos e esquilos. Nem mesmo suas travessuras conseguiam desviar a atenção da beleza do parque, com suas amplas avenidas para caminhadas, ladeadas por carvalhos e amoreiras, e canteiros de flores que desabrochavam com a insistência da primavera. O St. James Park era um oásis.

"Você sabe alguma coisa sobre o parque?" perguntou Jamie enquanto se aproximavam do canal que servia de lago.

Ela balançou a cabeça. "Reservas de paz e beleza não fazem muita diferença no meu trabalho."

Ela poderia tê-lo imaginado enrijecendo o maxilar, mas então ele continuou: "Acontece que me deparei com uma breve história do parque recentemente."

"Deixe-me adivinhar. No seu escritório?"

Um meio sorriso surgiu no canto da boca dele. "Não aconteceu muita coisa na Inglaterra, Escócia, País de Gales ou Irlanda que não esteja registrada em meu acervo." Ele apontou para o lago. "O que você vê?"

Ela semicerrou os olhos na água. Em sua superfície flutuava um grupo de grandes pássaros brancos. "Cisnes?" ela disse.

"Pelicanos."

"Pelicanos?" Ela semicerrou os olhos novamente.

"Seus ancestrais foram um presente do embaixador russo há quase duzentos anos."

"Que coisa", ela maravilhou-se.

---

1. Os plátanos são árvores nativas da Eurásia e da América do Norte. São típicas dos climas subtropical e temperado. No geral, são árvores de interesse ornamental, podendo atingir entre 40 e 50 metros de altura. Elas são comuns em florestas temperadas e subtropicais.

"Em um tom mais escandaloso, o Rei Charles II cortejou sua amante favorita, Nell Gwyn, aqui."

"Eu arriscaria dizer que o Hyde Park estaria muito perto do olhar atento de sua rainha."

"Mas o que vemos hoje mudará em breve", disse Jamie.

"Certamente, não há planos para construir aqui. Seria uma pena."

"Nada disso. O rei contratou o paisagista John Nash para redesenhar todo o parque e torná-lo menos formal e mais naturalista."

"Selvagem e livre. Gostei bastante dessa ideia."

"Dizem que ficará pronto no ano que vem. Teremos que voltar."

Será que ele hesitou antes de acrescentar essa última parte? Ela se conteve. Não tinha certeza se estariam passeando juntos em algum lugar dali a um ano.

Sério, ela ficaria contente em ouvi-lo falar sobre este ou aquele assunto por horas a fio. Sua voz profunda e melódica. Seu conhecimento que vinha das páginas de diversos e diferentes livros. Ele era culto de maneira que ela não era, e ela apreciava isso em uma pessoa, pois, embora soubesse ler, escrever, falar dois idiomas fluentemente e outros dois razoavelmente, carecia de toda a educação formal além daquela que seus pais lhe haviam ensinado antes de suas mortes prematuras.

À medida que se aproximavam das margens do lago, ela notou áreas na superfície onde a névoa matinal ainda não havia se dissipado, lançando uma magia sobre a água. Sir Bacon correu até a beira da margem e parou de repente, seu olhar lançando uma ampla rede de suspeitas. Ele devia ter visto algo que precisava ser investigado, pois começou a latir e saiu correndo.

Ela não conseguiu conter o riso. Nunca havia experimentado uma caminhada tão agradável. Geralmente, quando caminhava pelas ruas de Londres, era para ir de um lugar para outro. A ideia de passear por prazer era nova, e ela deixou que tudo a absorvesse — o canto dos pássaros, o pequeno respingo de água de um peixe saltando, o sussurro da brisa entre as folhas recém-emergentes da copa das árvores.

"Sobre ontem à noite", disse Jamie, com a voz grave.

O prazer da manhã desapareceu, substituída pelo zumbido baixo da discórdia. Ela soltou o braço do dele, o corpo tenso em antecipação à conversa que se seguiria, e fixou o olhar no lago. Não podia tocá-lo ou olhá-lo. "Talvez não precisemos falar sobre isso", ela disse. Valia a pena tentar.

"Por quê?"

Ela não precisava olhar para ele para saber que sua testa havia se franzido em uma linha profunda.

"Porque agora já resolvemos isso", ela disse, com a voz leve e descontraída. "Resolvemos o problema."

Como ela parecia convencida. Sempre fora uma boa mentirosa.

"Era isso que estávamos fazendo na minha cama ontem à noite?" Um momento de irritação se passou. "Resolvendo um problema?"

Ela inclinou a cabeça para poder encará-lo quando dissesse a próxima mentira. "Sim."

Jamie detectou um lampejo de algo em seu olhar. Ele não acreditou muito no seu sim.

"Havia mais coisas compartilhadas entre nós do que dois corpos resolvendo um problema", ele falou tomando cuidado para manter a voz calma. Caso contrário, ele poderia se ver gritando.

"Como você pode saber disso?" ela perguntou. "O desejo pode ser muito enganoso."

"Não é uma questão de desejo. É uma questão de l—"

Seus olhos se arregalaram, interrompendo-o no meio da

frase. O que era para melhor, na verdade. Que palavra com L ele estava prestes a dizer? *Luxúria?* Ou uma palavra com L completamente diferente?

Ela cobriu a boca, e ele percebeu que o choque dela não tinha nada a ver com ele, mas sim com uma observação por cima do ombro. "Oh, não", ela disse, o pânico substituindo o choque. Ela esbarrou nele. "Não, não, não, não, não." Seus pés ganhavam impulso a cada *não*.

"O que foi?" ele gritou para as costas dela, alarmado. A mulher estava quase imperturbável. O que poderia estar a perturbando?

"Sir Bacon", ela gritou por cima do ombro.

Isso explicaria tudo.

Seu olhar varreu a área, seguindo o som de latidos até o outro lado do lago. Lá estava Sir Bacon na margem, caminhando por um aglomerado de juncos e ficando cada vez mais agitado com o grupo de pelicanos, que ele parecia ter notado só agora, com o corpo inteiro tenso com o esforço dos latidos. Hortense agora corria, chamando a pequena fera impetuosa, que a ignorava totalmente.

Ver essa mulher sempre composta se transformar em uma megera gritando e correndo era um espetáculo. Assim que ela chegou perto de Sir Bacon, o cachorro pulou na água e começou a nadar.

De pé na margem encharcada, ela gritou: "Volte aqui, seu cachorro maldito!"

Sir Bacon simplesmente nadou em direção aos pelicanos, que já começavam a notar a intrusa briguenta. Ao se juntar a Hortense na beira da água, Jamie pensou que um sorriso bobo pudesse ter tomado conta de seu rosto. Ele não sorria assim há... Dias, semanas, meses... *Anos?* Fazia anos?

Sua voz se transformou em um sussurro. "Sir Bacon", ela falou, "se o senhor não se importar de voltar para a margem, certamente agradeceríamos."

E Sir Bacon nadou.

Hortense lançou um olhar esperançoso a Jamie quando ele se aproximou dela. "Por acaso você está carregando alguma carne para o café da manhã?"

"Acho que não."

Ela colocou os punhos na cintura e bufou exasperada.

Enquanto isso, uma cena começou a se desenrolar na água, e tudo o que podiam fazer era assistir, impotentes, enquanto Sir Bacon alcançava os pelicanos, suas perninhas funcionando como pistões. Como ignorar a pequena praga não havia se mostrado eficaz, os pelicanos começaram a bater as asas em alerta. Intuindo para onde aquela cena estava indo, Hortense começou a chamar o cão teimoso com uma urgência ainda mais séria, interrompendo-se para dizer: "Quem diria que ele sabia nadar assim?"

"Um cão de muitos talentos", disse Jamie calmamente.

Infelizmente, esse talento parecia estar rompendo a tranquilidade natural dos pelicanos e deixando-os em uma verdadeira agitação. Como um só, os pássaros mudaram de direção e miraram diretamente no cão. Ele deve ter percebido o erro de sua atitude, pois deu uma guinada brusca, agora rumo a terra o mais rápido que suas perninhas conseguiam nadar. Os pelicanos, no entanto, não se contentavam em deixá-lo escapar sem consequências por perturbar sua meditação matinal. Uma lição precisava ser ensinada.

A perseguição começou.

Hortense agachou-se enquanto acenava para ele na praia com todo o corpo. "Nade mais rápido, Sir Bacon!"

Até Jamie se viu chamando o cachorro. Os pássaros estavam se aproximando dele.

As patas do cão tocaram a terra no momento em que os pelicanos o alcançaram. Percebendo que sua vida estava em perigo iminente, Sir Bacon passou correndo por Jamie e Hortense sem nem parar para sacudir o pelo. No último segundo, Jamie agarrou a mão de Hortense e a puxou para longe dos pelicanos raivosos, determinados a se vingar. No instante seguinte, porém, os pássaros, cansados de sua vingança, viraram em direção à água, seus longos bicos dispostos em ângulos compostos, suas penas eriçadas ficando plácidas. Era como se nada digno de nota tivesse perturbado sua manhã.

Sir Bacon, no entanto, era outra história. Ele começou a correr ao redor de árvores e arbustos em círculos, levantando palha em canteiros de flores, com os olhos arregalados e a língua para fora. Resumindo, ele era um cãozinho agitado.

"Sir Bacon, volte aqui imediatamente", gritou Hortense, sem mostrar nenhum sinal de sua habitual compostura.

Suas palavras devem ter cortado a névoa de caos que nublava o cérebro do cão, pois, a uns vinte metros de distância, ele parou subitamente e encontrou o olhar da dona. Então, avançou, e tudo o que Jamie pôde fazer foi assistir, horrorizada, enquanto, a poucos metros dela, o cão saltava, estendendo os braços apenas no último segundo para pegá-lo.

O cão estava molhado e enlameado, e em três segundos, Hortense também estava. Ele começou a lamber o rosto dela e continuou a fazer uma cena. Ela resmungou e se irritou, e finalmente conseguiu colocá-lo de volta no chão, momento em que ele saiu correndo novamente. Com os braços estendidos, ela ficou diante de Jamie, com os cabelos despenteados, encharcada, suja e desgrenhada. Sem dúvida, ela cheirava a lago de Londres. Ele pode ter sentido o cheiro.

Ela o encarou, um momento de perplexidade, então, ao mesmo tempo, eles caíram na gargalhada. O tipo de riso que percorria o corpo inteiro de uma pessoa e a deixava exausta e ofegante. Não que fosse melhor do que o que compartilharam na noite anterior, mas era diferente e inédito, e ele queria mais daquilo, mais daquela Hortense.

Cada vez mais, ele desejava cada parte dela.

Por fim, o riso desapareceu, mas não a leveza que o acompanhava. Ela cutucou o vestido e a peliça encharcados. "Acho que os deuses podem estar nos dizendo que é hora de voltarmos para casa." Rápido demais para o gosto de Jamie, ela se corrigiu. "Para Asquith Court, quero dizer."

Ele cruzou o olhar com ela. "É o seu lar também."

"Nós dois sabemos que isso não é bem verdade."

Ele abriu a boca para contradizê-la, mas Sir Bacon parou aos pés dela, com o peito pequeno arfando. "Terminou de fazer suas travessuras?" ela perguntou sem conseguir dar a bronca pretendida.

Em pouco tempo, eles chegaram de volta a Court.

No salão de recepções, Hortense encarou Jamie, sua seriedade habitual retornada. Ele já sentia falta da leveza dela.

"Você teve algum propósito em me procurar mais cedo?" ela perguntou.

"Tive", respondeu ele, relutante. Colocou a mão dentro do sobretudo e tirou a carta. "Recebi isso."

Ela pegou a carta, virando-a e notando o lacre rompido. O lacre rompido de um duque. "Quando?"

"Essa manhã."

Ela absorveu o conteúdo sem pestanejar. Era de Rothesbury, convidando o Marquês e a Marquesa de Clare para seu camarote particular nos Jardins de Vauxhall para os entretenimentos daquela noite.

Ela devolveu o convite a Jamie. "Foi incrivelmente rápido."

"Rothesbury não é conhecido por conter seus apetites depois que eles são aguçados."

Ela cruzou o olhar com ele. Detectou o tom de raiva em sua voz. Rothesbury queria Hortense, e o homem pretendia possuí-la. Jamie seria condenado aos confins do inferno antes que isso acontecesse.

E lá estava ela novamente, levantando a cabeça, o instinto protetor... A *possessividade*.

Este último sentimento precisava ser controlado. Hortense não era o tipo de mulher que toleraria ser possuída por ninguém.

"Eu sei o tipo de homem que Rothesbury é", ele disse. "Ele pode ser controlado."

A confiança dela da noite anterior agitava o ar. Nem sempre fora assim, Jamie queria protestar. Mas seria errado da parte dele e, além disso, um insulto a ela. Ela havia aprendido a lidar com homens como Rothesbury. No entanto, não havia conseguido lidar com aquele homem de tanto tempo atrás...

Nunca mais ela se encontraria em tal posição.

Nunca mais.

"Fique na minha mira o tempo todo." Seu tom, enérgico e autocrático, não tolerava oposição.

"Isso vai atrasar nossos resultados."

"Em todos os momentos", ele repetiu, quase rosnando.

Ela assentiu lentamente, com compreensão nos olhos, como se tivesse intuído os pensamentos dele.

Provavelmente sim. Tanta coisa havia se passado entre eles na semana desde que se conheceram. Ocorreu-lhe que ele e ela se conheciam tão bem quanto duas pessoas jamais se conheceriam, se não melhor.

Ele nunca desejara ser conhecido, mas agora queria. Por ela.

"Acho que devo começar a me preparar para a noite, começando com um banho." Ela mexeu nas roupas e torceu o nariz.

"Eu poderia ajudar." As palavras saíram de sua boca antes que ele pudesse pensar duas vezes, ou qualquer pensamento, aliás. "Uma retribuição pelo favor da noite passada."

Ela piscou, abriu a boca para falar, fechou-a e depois a abriu novamente. "Não acho que isso seria..."

"Sábio?"

Ela assentiu, o movimento firme. "Te vejo aqui quando for hora de ir."

E ela se foi.

Ele girou nos calcanhares e foi direto para o escritório, incapaz de confiar em si mesmo lá em cima, sabendo que ela estava tomando banho a apenas algumas portas de distância.

Parou de repente e gritou: "Stinton, mande buscar meu garanhão malhado no estábulo." Teve outra ideia. A mais racional do dia. "E mande trazer minhas roupas de montaria para o meu escritório."

Ele precisava desocupar completamente Asquith Court. Talvez uma cavalgada dura e suada pelo Hyde Park esfriasse o sangue que queria esquentar só de pensar nela.

Apenas um pensamento?

Ele bufou. Ele a tivera.

E ainda a desejava.

Mas desejá-la não era o mesmo que tê-la. Podia tê-la de inúmeras maneiras, mas, sinceramente, não a teria, não do jeito que queria. Não apenas com o corpo, mas com a alma. Esta manhã, ao acordar sozinho, não tinha certeza se sua cama alguma vez estivera tão vazia.

Sacudiu a cabeça para clarear. Que coisa melosa e piegas.

Mas...

Isso não era verdade?

20

O s remos cortavam as águas impenetráveis do Tâmisa, já que a noite havia caído horas antes. Do lado de Westminster do rio, Jamie alugou um barco a remo para levá-lo e Hortense até os Jardins de Vauxhall [1]. Do outro lado do rio, ouvia-se o som de uma festa, cujo volume aumentava à medida que se aproximavam. O barqueiro, indiferente a tudo, exceto ao rio, mantinha os olhos atentos às águas turvas, controlando a correnteza e os detritos com uma espécie de estoicismo, com o cachimbo sempre entre os dentes.

"Acha que sua dama de companhia será capaz de lidar com Sir

1. Os Jardins de Vauxhall são um parque público na margem sul do Rio Tâmisa. De 1785 a 1859, o local era conhecido como Vauxhall, um jardim de lazer e um dos principais locais de entretenimento público em Londres, de meados do século XVII a meados do século XIX. Os Jardins consistiam em vários hectares de árvores e arbustos com caminhos atraentes. Inicialmente, a entrada era gratuita, com venda de comida e bebida para apoiar o empreendimento. O acesso aos jardins de lazer era feito por barcos no Tâmisa até a construção da Ponte Vauxhall na década de 1810. A área foi incorporada à metrópole à medida que a cidade se expandia no início e meados do século XIX. O local tornou-se os Jardins Vauxhall em 1785, e suas atrações eram pagas. Os Jardins atraíam multidões enormes, e seus caminhos eram conhecidos para encontros românticos.

Bacon?" perguntou Jamie, tentando puxar assunto. Eles estavam constrangidos um com o outro desde que partiram de Asquith Court. A mulher certamente não se importava com um longo silêncio.

"Tenho minhas dúvidas." Ela não parecia particularmente preocupada.

"Deixando de lado suas palhaçadas com os pelicanos, ele parece se comportar melhor dentro de casa."

"Tudo o que ele precisava era de atenção."

Mais uma vez, um silêncio tenso tomou conta do ambiente. Ele havia pensado nisso durante seu passeio alucinante pelo Hyde Park e decidido que não deveria ter se oferecido para ajudá-la com o banho. Aquilo fora um erro, que acabara com a agradável manhã deles. Por que ele fizera aquilo?

A resposta era simples.

Porque ele a possuíra na noite anterior — em sua banheira, em sua cama — e o desejo o perseguia durante todo o dia. Seu sangue não conseguia parar de ferver por ela.

"Você já visitou os Jardins de Vauxhall?" ele perguntou, ignorando a própria irritação.

"Já." Ela puxou sua capa de veludo azul com detalhes em pele para perto. Com a noite clara, chegou um frio do norte.

"Não parece o tipo de lugar que você frequentaria."

"Não como hóspede."

Claro. "Como espiã."

"Se insiste nessa palavra, então, sim, como espiã. Mas mais como criada do que qualquer outra coisa."

"Imagino que você tenha bancado a criada em mais de algumas ocasiões na profissão que escolheu."

Ela soltou um suspiro atormentado. "Eu não me importaria tanto, mas...", ela prosseguiu com uma leve careta.

"Mas?" ele cutucou. Ela estava à beira de uma confidência, e ele a teria. Ele a teria por inteiro.

"Bem, uma mulher tem que ser uma criada para *interpretar* uma criada, não é?"

Um sorriso irônico surgiu em sua boca, e ele se viu respondendo da mesma forma. Ela era uma pessoa tão séria, e ele podia admitir que também fosse bastante sério. Mas juntos, eles faziam um ao outro sorrir. Ele gostava disso neles.

"Talvez devêssemos visitar a cabana na Escócia. Bem, hoje em dia é mais como uma enorme mansão", ele disse para continuar a brincadeira. "Algo me diz que você seria muito útil em uma emergência."

Desta vez ela riu, e a satisfação o inundou. "Sem dúvida. Sou um dos grandes carregadores de baldes e acendedores de fogueiras do continente e da Inglaterra."

Embora tivesse começado como uma brincadeira, ele descobriu que gostaria de levar aquela mulher para a Escócia. Era seu lugar favorito e gostaria de compartilhá-lo com ela.

Com isso, surgiu um pensamento que o fez refletir. Eles tinham um acordo matrimonial, não um casamento. Uma distinção importante, e que ele se via cada vez mais incomodado quanto mais tempo passava com ela.

Ela deve ter percebido sua mudança de humor, pois também lançou o olhar para a água, com a luz fragmentada dançando em sua superfície a cada remada. Jamie não conseguia deixar de observar seu perfil. Como ela era linda ao luar. Não era apenas sua roupa nova, cuja cor e corte lhe caíam perfeitamente bem. Ou a habilidade de sua criada em arrumar seu cabelo. Essas eram superficialidades que não contribuíam em nada para realçar a beleza que a penetrava profundamente. Ela ficaria requintada em um saco de batatas.

E desejável.

Outro pensamento preocupante.

Na noite anterior, no jantar do Duque de Wellington, ele não estava preparado para a reação da *alta sociedade* em relação a ela, como se ela fosse a mais nova e brilhante joia da coroa. Hoje à noite, ele controlaria melhor suas reações e não deixaria suas emoções tomarem conta dele.

Rothesbury era o alvo deles, e o sucesso em resgatar Rafe de Flick Doyle dependia muito de Hortense conquistar a confiança do duque. Na noite anterior, ela conseguira exatamente isso.

Ele deveria estar satisfeito.

No entanto, não conseguia evocar esse sentimento.

Ela lançou-lhe um olhar penetrante. "Vamos rever o objetivo desta noite?"

"Aproximar-nos de Rothesbury, correto?" Não havia como negar seu desgosto.

Ela assentiu lentamente. "Esse é o meio, mas não o fim. Hoje à noite, precisamos receber um convite para sua residência para que eu possa acessar seu cofre e rezar para que a tiara esteja lá."

Jamie entendeu. "Você não é apenas boa na sua profissão. Você é a melhor, não é?"

"Entre todos eles."

Ela fez o reconhecimento sem arrogância ou fanfarronice, mas sim como uma declaração da verdade. Essa qualidade, sua segurança silenciosa, era extremamente atraente.

Como se ela precisasse ser ainda mais atraente.

"Presumo que você tenha um plano para atingir o objetivo?"

"Bajulação", ela disse rapidamente, depois hesitou. "Mas devo avisá-lo."

"De quê?" Ele sabia o suficiente para ser cauteloso com o que poderia sair de seus lábios. A mulher não dava avisos inúteis.

"Esta noite não será agradável."

"Não entendi."

"Apelarei para a vaidade de Rothesbury, e você será o contraponto."

Jamie sentiu o maxilar se contrair, pois compreendeu dois fatos ao mesmo tempo. Ele iria fazer papel de bobo essa noite. E teria que se controlar bastante.

Não como na noite anterior, quando ele escorregou e perdeu todo o controle.

Ela o observou expectante, avaliando de que substância ele era feito. Ela precisava da concordância dele.

Por fim, ele reuniu toda a sua coragem e assentiu.

Os remos continuaram cortando a água com firmeza, e ela finalmente acenou com a cabeça em resposta. Ela parecia reservada. Tinha suas dúvidas.

Isso fazia com que os dois tivessem.

Quando o barco deles entrou no portão de Vauxhall, ele teria perdido as sutis mudanças em seu comportamento se não a conhecesse tão bem. Uma faísca brilhou em seus olhos. Um canto de sua boca se curvou em um sorriso brincalhão, esperando por uma resposta espirituosa para florescer por completo. A postura de seus ombros não era mais tão reta, mas sim relaxada, numa abertura que sugeria um convite para um flerte. Ela havia assumido completamente o papel de marquesa coquete.

Ela lançou-lhe um olhar sedutor. "Está pronto, meu marido?"

A sensação sombria da noite anterior percorreu Jamie. Ele não gostava daquela versão dela.

Ele pulou do barco e notou a mão sutilmente estendida do barqueiro. Jamie enfiou a mão no bolso interno e colocou uma gorjeta na sua mão, enquanto guardava seis xelins para a entrada nos jardins. Hortense pegou a mão do barqueiro, desceu do barco e foi para o cais, inclinando a cabeça timidamente enquanto o encarava por entre os cílios. Um sorriso tímido surgiu na boca do homem. Meu Deus, ele estava corando?

Subiram a escadaria e logo estavam passeando pela Grand Walk de Vauxhall, um caminho de cascalho ladeado por olmos imponentes salpicados de lanternas de vidro que iluminavam uma dúzia de constelações. Ao redor, havia outros convidados buscando seus prazeres das inúmeras maneiras que Vauxhall tão amplamente proporcionava. Fontes, ruínas artificiais, cascatas, templos, grutas e menestréis desfilando. A alegria da atmosfera efervescia um pouco demais, na verdade. Mas quando é que os caçadores de prazer já haviam pensado em *um pouco demais?*

Hortense inclinou a cabeça para trás, seu olhar percorrendo a copa das árvores acima. Jamie teve que lutar contra o impulso de se inclinar e pressionar a boca na curva exposta de seu pescoço.

O que não daria certo.

Nem mesmo em Vauxhall.

"Você sabe quantas lanternas estão espalhadas por aqui?"

"Ouvi dizer que quinze mil", ele disse.

Ela bufou secamente. Ele não pôde deixar de se sentir um pouco aliviado. Aquela bufada combinava muito com a Hortense que ele conhecia.

"Esse lugar é mais do que extravagante."

"Acredito que estejam se preparando para uma reconstituição da Batalha de Waterloo neste verão."

"Não houve uma há apenas alguns anos?"

"Terá mil soldados e cavalos, com artilharia e carroças de munição."

"Certamente não munição real?" ela perguntou chocada.

"Você não colocaria nada acima do prazer de um aristocrata, colocaria?"

Uma emoção brilhou em seus olhos e desapareceu. "Nada."

"Acredito que fogos de artifício serão usados."

"Eu..." Ela começou e parou. Uma timidez a envolveu. Um toque da sua genuína personalidade. "Eu estava interessada na sua história de St. James's Park."

"Ah, é?"

"Você por acaso conhece a história desse lugar também?"

"Eu poderia ter lido um ou dois artigos."

"O acervo de estudo?" ela provocou. Como ele se entusiasmou com aquilo.

"O acervo sobre Londres é bastante exaustivo."

"Então me fale sobre Vauxhall."

Ele não podia negar nada a ela. "Foi estabelecido como Spring

Gardens — em 1660, eu acho —, mas só se tornou Vauxhall Gardens que conhecemos quando algum sujeito assumiu o arrendamento e fez uma reforma completa na década de 1730. Desde então, tem sido um jardim de prazer para ricos e pobres. Em nenhum outro lugar de Londres — ouso dizer em toda a Inglaterra — as classes se misturam tão intimamente e compartilham as mesmas diversões."

Exemplos da alta e da baixa sociedade londrina giravam em torno deles, todos interessados nas mesmas frivolidades, desde a balconista até a duquesa, do vendedor ambulante ao príncipe. Possuía uma vivacidade destemida que fervilhava sob a pele e penetrava nas veias.

Um grito soou de um camarote próximo: "Clare!"

O medo retorceu as entranhas de Jamie. Uma voz que ele conhecia desde a infância, uma que ele reconheceria em qualquer lugar. *Rothesbury.* Em poucos segundos, o rosto de Hortense passou de pensativo e engajado a vazio e recatado, com um sorriso atrevido contornando sua boca vermelho-cereja e um brilho travesso e sedutor nos olhos. Ele havia perdido a genuína Hortense para o seu papel naquela noite.

Eles atravessaram a curta distância até o camarote de Rothesbury, e ela apertou o braço dele. "Você está pronto para isso?" ela perguntou baixinho.

Não, ele queria rosnar, mas se conteve. Ele poderia passar a noite fazendo-se de bobo se isso significasse salvar seu filho de Flick Doyle. Ele não podia perder de vista o objetivo daquela noite. Afinal, mandíbulas foram feitas para cerrar. "Claro", ele disse tenso.

"Marido recém-casado e raivoso não combina com você", ela disse com um sorriso falso. "Tente marquês arrogante. Deve ser uma combinação natural."

Ele bufou secamente.

Chegaram ao camarote de Rothesbury e encontraram seis ocupantes: Rothesbury, uma dama cujos seios fartos corriam o risco de transbordar pela frente do vestido e que não podia ser outra senão a amante de Rothesbury, e dois outros casais, damas emparelhadas com damas e lordes com lordes, sem dúvida compartilhando ladainhas de Almack's [2] e Tattersall's [3], respectivamente.

"Se não é o Marquês de Clare", exclamou uma dama.

"E sua nova esposa", disse a outra.

Que diabos. Eram suas companheiras de jantar da festa de Wellington.

A amante de Rothesbury deu um tapinha no duque com o leque. "Você disse que tinha uma surpresa para nós esta noite, seu patife." Ela olhou Jamie de cima a baixo, descaradamente. "E você cumpriu s promessa."

Rothesbury prestou pouca atenção à mulher ao apresentá-la como Lady Selborne. Os cumprimentos continuaram ao redor do camarote, e Hortense soltou o braço de Jamie e se afastou, olhando apenas para Rothesbury. Instintivamente, Jamie fez menção de segui-la, mas parou no meio do caminho. Lordes altivos não seguiam suas damas como filhotes inexperientes. Em vez disso, ele a observou se acomodar na cadeira vazia ao lado da amante de Rothesbury.

Uma criada apareceu, trazendo uma bandeja de ponche de araca, a infame bebida de Vauxhall, a araca, um licor de açúcar e coco importado das Índias Orientais. Jamie a dispensou com um gesto, atraindo a atenção de Rothesbury.

"Quando você é de recusar bebidas alcoólicas, Clare?"

---

2. Almack's, era o nome de vários estabelecimentos e clubes sociais em Londres entre os séculos XVIII e XX. Dois dos clubes sociais se tornariam famosos como Brooks's e Boodle's. O estabelecimento mais famoso do Almack's ficava em salões de reunião na King Street, St. James's, e era um dos poucos locais sociais públicos mistos de classe alta na capital britânica, em uma época em que os locais mais importantes para a agitada temporada social eram as grandes casas da aristocracia.

3. Tattersalls (anteriormente Tattersall's) é o principal leiloeiro de cavalos de corrida no Reino Unido e na Irlanda.

perguntou o duque. "A última vez que o vi no Palácio do Prazer de Pizzy — quando foi isso? Há um ano? — você estava decidido a se transformar em um velho bêbado."

Jamie deu de ombros, completamente desinteressado na opinião de Rothesbury sobre ele. "Perdi o gosto por bebidas." Talvez se ele contasse a mentira várias vezes, ela se tornasse verdade.

O duque voltou seu olhar lascivo para Hortense, quase lambendo os lábios ao vê-la. "E você, Lady Clare?" Ele ergueu uma xícara de araca e a estendeu para ela, inclinando-se sobre sua sofrida e quase esquecida amante. "Você segue a liderança do seu marido em todas as coisas, como uma boa esposa?"

"Oh, eu sou boa, Vossa Graça" — ela reprimiu um sorriso travesso — "mas não em obedecer ao meu marido."

"E em que você é tão boa?", perguntou Rothesbury.

"Você não gostaria de saber?" ela perguntou, toda sedutora e afetada enquanto aceitava a araca oferecida e tomava um gole delicado. Sua língua se lançou para fora e lambeu a doçura do lábio inferior.

Jamie não era o único homem fascinado pelo movimento de sua língua. Rothesbury. Ele poderia dar um soco para tirar o olhar malicioso do rosto do homem — um rápido tapa no queixo resolveria — ou, melhor ainda, arrancar a peruca da cabeça dele. Será que não percebia o quão ridículo isso o tornava?

Acalme-se, repreendeu-se. Era exatamente contra isso que Hortense o alertara. Para ganhar a confiança de Rothesbury, eles precisavam manter seus papéis.

Em vez de a conversa voltar para fofocas sobre bailes, moda e cavalos, ela girou para a política. "Você acredita que George Canning substituiu Lord Liverpool como primeiro-ministro?"

"Lord Liverpool deve estar à beira da morte para renunciar depois de quinze anos."

"Canning é um bom conservador, mesmo sendo filho de uma atriz e um advogado."

Risadas circularam pelo camarote.

"Wellington e Peel não servirão sob seu comando. Ele vai dividir o partido."

"Nesse ritmo, ele vai ter que convidar os Whigs [4] para fazer parte do seu gabinete. Não vai durar um ano, pode ter certeza."

Lady Selborne se pronunciou. "Esta será uma noite de alegria, cavalheiros. Chega de política."

Assim, a conversa voltou aos bailes, à moda e aos cavalos.

"Lady Selborne", começou Hortense, "sua tiara é absolutamente deslumbrante. É uma herança de família?"

Só então Jamie percebeu a tiara que Lady Selborne usava na cabeça. Platina, diamantes, safiras — bem, imitações.

Essa tiara era a réplica que procuravam e um golpe de muita sorte. Ela ainda estava em posse de Rothebury e em Londres. Agora era certo. Eles poderiam trocá-la e roubá-la.

Hortense provavelmente a notou no instante em que entraram no camarote. Ela manteve a cabeça fria, sua esposa.

Antes que Lady Selborne pudesse responder, Rothebury disse com uma risada maliciosa: "Ah, a família dela teve que vender suas joias décadas atrás. Eles agora são pobres como ratos de igreja, não são?"

Lady Selborne riu junto, mas o humor não chegou aos seus olhos.

---

4. O *Whig Party*, era o partido que reunia as tendências liberais no Reino Unido, e contrapunha-se ao *Tory Party*, de linha conservadora. *Whig* é uma expressão de origem popular que se tornou termo corrente para designar o partido liberal no Reino Unido. Esta corrente liberal contribuiu para a formação do atual Partido Liberal Democrata. Está profundamente relacionado com o setor protestante (sobretudo *calvinista* — na sua forma presbiteriana) das sociedades escocesa e inglesa. Historicamente, o *Whig Party* formou-se com base nas forças políticas escocesas e inglesas que lutavam a favor de um regime parlamentar e protestante e acabou por se tornar um dos dois partidos mais influentes no sistema parlamentar britânico até aos finais da Primeira Guerra Mundial, alternando com os *tories* a formação do governo britânico. Depois da Primeira Guerra, o partido *Whig* perdeu importância e foi praticamente substituído pelo *Labour Party*, na alternância de poder com os conservadores.

"Não, esta linda joia pertence aos Duques de Rothesbury e suas duquesas." Ninguém teve a ousadia de apontar que Lady Selborne *não era*, de fato, uma Duquesa de Rothesbury.

Espertamente, Hortense ignorou a troca de insultos, declarando, em vez disso: "Eu simplesmente adoro safiras."

"Para combinar com seus olhos", disse Rothesbury com veemência, como se tivesse invocado o poeta Keats para sua observação ridiculamente banal.

"Nem de longe", disse Jamie. Ele já estava farto.

As sobrancelhas de Rothesbury se ergueram. Ele era um duque. Ninguém, exceto um rei, o rejeitava. "Perdão?"

"Safiras são um tom opaco comparado aos olhos da minha esposa."

Sorrisos se contorceram em suas bocas e olhos dançaram com humor. Ele acabara de se revelar completamente — *vulgarmente, estupidamente* — apaixonado por sua esposa.

"Você já se casou com ela, Clare", disse Rothesbury. "Não precisa mais recitar poesia para ela."

Jamie se recusou a se sentir envergonhada. "É simplesmente a verdade."

Hortense cruzou o olhar com ele. Embora seus olhos brilhassem com a alegria que todos sentiam às suas custas, ele detectou preocupação. Ela tinha dúvidas sobre a capacidade dele de se comportar adequadamente nessa companhia. E ela tinha razão em questionar isso.

Ele próprio questionou sua capacidade.

"Lady Clare", disse Lady Selborne, "você e Rothesbury se tornaram tão amigas, vamos trocar de lugar para que você possa falar mais livremente."

"Que generosidade de espírito, Lady Selborne", exclamou Hortense, fazendo a troca. Agora, nenhuma barreira se interpunha entre ela e Rothesbury.

Jamie não tinha tempo para se preocupar com o ocorrido, pois Lady Selborne estava apontando o dedo para ele. "Lorde

Clare, me encontro com uma cadeira vazia ao meu lado." Ela deu três tapinhas rápidos na almofada. "Vamos nos familiarizar melhor?"

Incapaz de recusar, ele sentou-se ao lado da dama, mas não conseguiu pensar em nada para dizer.

Infelizmente, a dama não teve essa dificuldade. Ela se inclinou o suficiente para que ele sentisse sua respiração em seu pescoço enquanto falava. "Você anda tão sério ultimamente, Clare. Não me lembro disso em relação a você."

"Desculpe desapontá-la", ele disse, conciso, distraído. Hortense agora batia em Rothebury com seu leque e o chamava de homem travesso, muito travesso. Se o sangue de um homem podia ferver em suas veias, o de Jamie certamente fervia.

Uma mão feminina em seu joelho atraiu sua atenção para Lady Selborne, que o encarava fixamente. "Ah, eu gosto bastante de um homem sério", ela disse. "Acho que eles fazem os melhores —"

Felizmente, o restante da frase foi interrompido por um farfalhar repentino no fundo do camarote, seguido por uma fila de garçons trazendo nada menos que um banquete — um frango assado inteiro, um prato do famoso presunto fatiado de Vauxhall, pratos de carne, pão, manteiga, queijo, salada, uma travessa de limões e laranjas, tortas, cremes, um bolo Shrewsbury [5], mais um litro de ponche de araca, vinho da Borgonha, champanhe, presunto cru e vários quilos de gelo. Era um banquete digno de um rei, exceto que o excesso e a extravagância poderiam fazer até mesmo Prinny [6] corar.

---

5. Um bolo Shrewsbury, muitas vezes chamado de biscoito Shrewsbury, é uma sobremesa tradicional inglesa que tem uma forte semelhança com biscoitos amanteigados. Seu nome vem da cidade de Shrewsbury, no noroeste da Inglaterra, onde acredita-se que tenha se originado durante a Idade Média. O bolo é uma sobremesa que usa apenas uma pequena quantidade de açúcar. A maior parte de sua doçura vem de sua alta proporção de manteiga de creme doce.

6. "Prinny" é o apelido do Rei George IV, conhecido por seu estilo de vida extravagante, patrocínio cultural e reinado tumultuado de 1820 a 1830.

A cada novo prato que chegava, Hortense parecia cada vez mais impressionada pelo duque, com os olhos arregalados e apreciativos. Ela havia se transformado em uma pequena coquete vazia, precisamente calibrada para agradar a vaidade de Rothesbury. O jeito como ela olhava para o duque... Como ele poderia resistir a ela?

De pé atrás dela, Jamie se inclinou, incapaz de não sentir um gole rápido de seu aroma limpo e cítrico. "Gostaria que eu preparasse um prato para você, esposa?" Ele não conseguia parar de chamá-la de *esposa*.

Ela se virou e o encarou, com um brilho malicioso no olhar. O que quer que ela esteja prestes a dizer, ele não gostaria, sentia na pele. "Que atencioso meu pequeno marido é."

Risadas chocadas ecoaram ao redor do camarote enquanto Rothesbury gargalhava. A mandíbula de Jamie talvez nunca mais recuperasse a capacidade de se abrir.

Pequeno?

A noite passada lhe mostrara que não havia nada de pequeno nele. Ele estaria mais do que disposto a provar isso novamente.

"Nosso anfitrião tem um gosto tão refinado que acredito que ele poderia encontrar o que melhor me satisfaria."

Se Rothesbury fosse um pavão, suas penas da cauda teriam se erguido em leque.

E tudo o que Jamie pôde fazer foi cerrar o maxilar, ficar irritado e se acomodar enquanto sua esposa o fazia de corno e tolo.

21

Ah, Jamie percebeu essa *pequena* falha.

E ele não gostou nem um pouco.

Hortense ignorou o olhar furioso dele. Esta era a operação, e estava correndo tão bem quanto uma operação poderia. Homens vaidosos e egocêntricos eram os alvos mais fáceis. Na verdade, a única dificuldade era seu marido.

Agora, era hora de dar uma facada no cerne da questão. Ela olhou nos olhos sem alma de Rothesbury. "Minha família perdeu todas as suas joias durante a Revolução."

"Uma tragédia." Ele segurou as mãos dela entre as suas, úmidas, oferecendo um conforto vazio. Ela se conteve para não puxá-las de volta. "Uma mulher como você deveria estar coberta de joias."

"No entanto, como você pode ver" — um sorriso maldoso surgiu em seus lábios — "meu novo marido não compartilha do seu ponto de vista." Ela ergueu a mão esquerda. "Apenas esta única joia adorna meu corpo." Ela disse isso com desdém, como se fosse preciso uma lupa para ver a safira, quando tinha quase certeza de que Mariana estava certa em sua observação sobre a pedra. De fato, era provável que fosse possível vê-la da lua.

Enquanto isso, atrás dela, ela sentiu o marido fervendo de raiva.

"Clare", Rothesbury lançou por cima do ombro, "você não entende nada de mulheres? Ou como conquistá-las?"

"Eu não preciso conquistá-la." A ameaça na voz de Jamie era inconfundível. "Ela é minha esposa."

Rothesbury zombou. "Você tem muito a aprender, e tenho a sensação de que esta sua esposa lhe ensinará. Embora, quem não gostaria de aprender ajoelhado aos pés dela?"

"Ah, não é aos meus pés que ele aprenderá suas melhores lições, mas sim mais acima", brincou Hortense, provocando exclamações de admiração das outras damas.

Rothesbury apenas sorriu. Mesmo de bom humor, o homem tinha o semblante de uma víbora. "Você é muito travessa, não é?"

Ela deu de ombros, como se de repente estivesse entediada. Recuar serviu para irritar ainda mais o duque. Uma risadinha, depois um tapa. Era assim que ele gostava. Queria que ela fosse fácil, mas não fácil demais. Um desafio alcançável.

Ela se inclinou e apontou o queixo para Lady Selborne. "Todas as suas amantes têm acesso aos seus cofres de joias?"

Rothesbury se aproximou. O cheiro enjoativo e agridoce de araca pairava em seu hálito. "Claro."

Ela baixou a voz para um sussurro animado. "Sem limites?"

Um meio sorriso surgiu em seus lábios. Ele a tinha, aquele meio sorriso lhe dizia. Como ela gostaria de poder dizer algo diferente. "Isso depende de alguns fatores."

"Tipo?" ela perguntou, sem fôlego.

"Que acesso ela me oferece."

Um momento tenso se passou, ele aguardando sua resposta com a respiração suspensa, ela o provocando. Ela bateu na coxa dele com o leque. "Temo que você seja o homem mais travesso que já tive o prazer de conhecer, duque."

Seu olhar tornou-se suplicante. "Venha ao meu baile de máscaras."

Ah. Agora sim, eles estavam chegando a algum lugar. "Seu baile de máscaras?"

"Amanhã à noite na minha mansão." Ele lançou um olhar hostil a Jamie. "Clare sabe o endereço."

Hortense recuou, quebrando a intimidade do pequeno tête-à-tête deles. Não seria bom que o homem a achasse ansiosa para aceitar a oferta. Afinal, a oportunidade que ela vinha flertando descaradamente havia caído em seu colo. Ela moderou sua resposta para total indiferença. "Envie um convite para Asquith Court amanhã, e eu o considerarei."

Uma expressão comicamente estupefata se espalhou pelo rosto de Rothesbury. Que tipo de mulher recusava o baile de máscaras de um duque? Ele inclinou a cabeça e estreitou os olhos, e ela sabia. Ele estava comendo na palma da mão dela. Este duque queria muito descobrir que tipo de mulher ela era.

Amanhã à noite, ela e Jamie conseguiriam trocar a tiara que adornava a cabeça de Lady Selborne. Como esse trabalho estava chegando ao fim de forma rápida e fácil.

E quando isso acontecesse, eles sairiam da vida um do outro.

Uma parte dela que ela tentava suprimir — e na maioria das vezes não conseguia — não gostava dessa última parte, mas ela sempre soube disso.

Lady Selborne se inclinou para frente. "Estão falando do baile de máscaras, Rothesbury?"

"Estamos."

A dama se virou para Jamie. "Oh, vocês têm que ir!"

Ele deu um grunhido evasivo. O homem estava decididamente mal-humorado, o que irritou Hortense. Ele não sabia como interpretar um papel? Precisava ser tão decididamente ele mesmo?

Mas, ao mesmo tempo, ela gostava disso nele. Ele não usava artifícios.

Era extremamente atraente.

Mas, talvez, tivesse chegado a hora de acabar com o sofrimento dele. O objetivo da noite havia sido alcançado. "Marido, vamos dar uma volta pelos jardins? Talvez você precise de um pouco de ar."

"Ah, uma ideia esplêndida", disse Rothesbury. "Vamos todos —"

Os olhos de Jamie se estreitaram em fendas raivosas. "Você não."

O duque deu uma risada indulgente e ergueu as mãos em sinal de rendição. "Não se afaste muito."

Dois minutos depois, Hortense e Jamie estavam novamente caminhando pela Grand Walk, de braços dados. Bem, andar a passos largos era mais preciso.

"Rothesbury não está nos perseguindo", ela disse dando dois passos para cada um dele.

Ele entendeu a indireta e diminuiu o passo, a boca pressionada em uma linha firme e silenciosa.

Ela não ia tolerar. "Se você tem algo a me dizer, então diga logo. Ressentimentos mesquinhos não podem existir entre parceiros de trabalho."

Olhos incrédulos a fitaram. "*Mesquinho?*"

"É por causa de como estou me portando?"

Ele bufou. "Você tinha que ser tão... tão..."

"Galanteadora?" ela completou por ele.

"*Provocadora*", ele completou para si mesmo.

"Sim." Deixou isso ficar latente dentro dele por alguns passos. Às vezes, a franqueza era o único jeito. "Afinal, estou seduzindo o homem."

Um som estrangulado emergiu de Jamie.

Era isso.

Ela agarrou o braço dele, fez o homem parar e o encarou. "É nisso que ele deve acreditar esta noite e amanhã à noite, quando formos ao baile de máscaras."

Olhos prateados de frustração a encaravam. Ele queria refutar suas palavras. "Essa é a nossa chance", ele cedeu.

Ela assentiu, aliviada. "Sim."

"Deve funcionar." Um toque de desespero soou em sua voz.

"Vai funcionar."

"É o meio mais rápido de resgatar Rafe."

"É o mais rápido, mas não o único", ela disse.

"Sim", ele disse com uma determinação sombria na fala.

Um arrepio a percorreu. Esse homem teria o que era seu, fosse qual fosse o meio.

"Nós protegeremos seu filho." Ela estava tão determinada quanto ele.

"Acho que será difícil lidar com o garoto."

"Boa suposição. Ele tem coragem para ter sobrevivido tanto tempo."

"Talvez eu precise da sua ajuda." Jamie hesitou. "Mesmo depois de resgatá-lo."

Hortense desviou o olhar. Precisava. "Você vai se virar sem mim, sem dúvida", ela disse mesmo com a culpa a invadindo. Para atingir esse objetivo — que Jamie tivesse o filho dele —, ela o roubaria. Mesmo agora, ela estava no processo daquela traição. Como uma mulher assim se encaixaria em um futuro com ele?

Uma vez enguia, sempre enguia.

A resposta era fácil. Ela não.

Eles retomaram a caminhada, a tensão entre eles se dissipando aos poucos. Jamie olhou ao redor, que era mais silencioso e escuro do que o resto de Vauxhall. "Eu não conheço esta área dos jardins."

"Não?" ela perguntou. "Bem, você pode conhecer a história de Vauxhall, mas eu posso andar por seus labirintos. Essa é a vantagem de ter bancado a criada aqui em algumas ocasiões."

"Claro."

"Você e eu, marido, entramos em um dos escandalosos Caminhos Sombrios."

"Nossas reputações sobreviverão intactas?"

Sua pergunta era bem-humorada, mas havia uma nota duvidosa. Uma nota que fez um arrepio de consciência percorrer a coluna dela.

De repente, um clarão branco cruzou o céu e, dois segundos depois, um estrondo chocante de trovão rasgou os céus. A chuva começou a cair em gotas esporádicas e grossas, depois se transformou em uma enxurrada. Uma tempestade repentina caiu sobre eles.

"Logo na próxima curva do caminho", ela gritou por cima de outro estrondo de trovão, semicerrando os olhos através dos cílios carregados de gotas de chuva, "fica Wipple's Folly."

"O que é Wipple's Folly?" ele gritou de volta, com a mão protegendo os olhos.

"Abrigo."

Ele agarrou a mão dela, entrelaçando os dedos nos dela, e a segurou firme, puxando-a para uma corrida. O vento açoitava a chuva em todas as direções, penetrando a capa, o vestido e a combinação, encharcando-a até os ossos. Mas ela não sentia, pois o calor irradiava por todo o seu corpo a partir do local onde a mão dele segurava a dela com força.

À frente, através da escuridão e do aguaceiro, erguia-se uma estrutura de tijolos, octogonal, com um teto abobadado. Tinha uma aparência decadente, como se tivesse sido abandonada por muitos anos, com trepadeiras subindo pelas paredes e argamassa se desintegrando entre os tijolos. Seu estado de abandono podia ser apenas para efeito.

Abaixo do pórtico raso, Jamie soltou a mão dela, subiu os cinco degraus em dois saltos rápidos, antes de empurrar a porta e enfiar a cabeça para dentro. "Só nós", gritou por cima do ombro.

Lá dentro, Hortense ficou agradavelmente surpresa ao descobrir que o telhado tinha uma claraboia sem vazamentos. Não era grande coisa em uma noite como aquela, mas também não era escuridão total. Enquanto seus olhos se ajustavam, ela se se encostou à parede e observou Jamie rondar o perímetro do pequeno e simples cômodo. Esse era o problema das follies. Só estilo, mas pouca substância.

"Parece que estamos sozinhos."

Seu ouvido captou algo na palavra *sozinho*. Seu corpo captou também.

Acima deles, a chuva batia forte na cúpula, abafando a música noturna de Vauxhall e o som de sua respiração ofegante. Em silhueta, ela o observou passar a mão pelo cabelo e sacudir a água. O cômodo ficou branco com os relâmpagos e seus olhos encontraram os dele por um breve instante. Ela estremeceu. Mas não de frio.

"Certamente você está encharcada", ele disse.

"Encharcada."

Outro clarão. Ele estava avançando em direção a ela. Ela não conseguia mover um músculo sequer. Com o próximo clarão, viu que ele estava quase chegando perto dela.

"Tire suas roupas."

Ela ficou boquiaberta.

"Você vai pegar um resfriado."

"Estamos em um lugar público. Não vou tirar minhas roupas."

Embora não conseguisse ver os detalhes do rosto dele, conhecia sua expressão com certeza: uma arrogância frustrada. Antes de conhecer aquele homem, ela nunca soubera que aquela expressão existia.

"Tire sua capa, então."

"A tempestade vai se acalmar logo, e nós podemos..."

"Sua capa."

Ele deveria ser obedecido, então ela obedeceu. Ele se aproximou, perto o suficiente para que ela pudesse sentir o calor de seu corpo, perto o suficiente para que ela pudesse sentir seu cheiro.

"Pegue isso. Está seco por dentro." Um breve farfalhar de tecido, então seu sobretudo se acomodou em seus ombros.

"Você não precisa dele?" Ela perguntou em um protesto que soou fraco. A verdade era que ela não abriria mão dele mesmo que ele respondesse sim. O calor remanescente do corpo dele penetrou suas roupas molhadas até sua pele, os ossos e também outro lugar, o lugar no centro do seu peito. O lugar que ela preferia não nomear, nem mesmo para si mesma. Nenhum homem a via da maneira como ele a via.

Ele afastou uma mecha de cabelo grudada em seu rosto. Ela queria se aconchegar em sua mão. Mas resistiu. Precisava manter um mínimo de controle. Pelo menos, era isso que precisava dizer a si mesma. Como era tênue a distância entre uma mentira e a verdade.

"Devo parecer assustadora."

Ele balançou a cabeça. "Não é possível."

Mantendo o contato com a pele dela, ele deslizou os dedos até a linha do maxilar, a garganta, segurando sua nuca, inclinando sua cabeça para que seus olhos encontrassem os dele.

"A noite passada seria a última vez", ela proferiu.

"A única vez."

"Mas não vai ser."

Ele inclinou o rosto, a boca a um sussurro da dela. "A noite passada foi simplesmente a *primeira vez*."

Um tremor lento a percorreu e se enrolou profundamente em seu sexo, sem deixar dúvidas quanto à verdade e à inevitabilidade daquele momento. Essa era a próxima vez.

"Você está tão molhada", murmurou ele. *"Aqui."* Ele pressionou a boca no ponto de pulsação abaixo da orelha dela e os olhos dela se fecharam, a respiração ficou presa nos pulmões, os joelhos tremeram. O efeito que ele tinha sobre ela...

"E aqui." Seus lábios roçaram sua clavícula. *"E aqui."*

Beijos percorreram seu decote enquanto ele puxava seu vestido, expondo seus seios. Sua boca cobriu um mamilo, e ele o chupou, arrancando um longo gemido dela, sua cabeça arqueando-se contra a parede às suas costas. A língua dele percorreu o broto duro e um som saiu dela, um som que ela era angustiantemente incapaz de controlar, um som que era decididamente como um...

UM GEMIDO.

Ele fizera aquela mulher extraordinária gemer.

Ela provavelmente nunca gemera em toda a sua vida.

E lá estava ele arrancando gemidos dela.

E faria de novo.

Ele a encarou, encorajado. "Eu me pergunto onde mais você está molhada."

Ele agarrou a saia dela e a empurrou até a cintura, deixando a mostra as pernas vestidas apenas com meias brancas e ligas rosa com babados. Ele não sabia como era possível, mas seu pênis ficou ainda mais duro. Ele não conseguira tirar da cabeça a imagem dela em Apsley House, pressionada contra a parede, com a vagina exposta e pronta. Como se intuísse a direção de seus pensamentos, uma perna envolveu sua cintura.

Os dedos dele deslizaram por sua fenda, e seus olhos se fecharam, um suspiro de completo abandono escapou dela. Ela gostava dos dedos dele.

"Oh, você está molhada, meu doce", ele disse na curva do pescoço dela.

Seus dedos ágeis começaram a trabalhar na parte inferior das calças dele. Sua masculinidade se libertou, e seus olhos escureceram de luxúria. A mão dela o envolveu e puxou. Agora eram os olhos dele que se fechavam e gemidos irregulares escapando que lhe escapavam. Ela o puxou novamente, sua mão se movendo num ritmo lento e deliberado, aproximando-o ainda mais. A cabeça do seu pênis deslizava ao longo da sua vagina molhada, e o calcanhar dela cravava-se na nádega dele e os quadris dela se inclinaram, abrindo-a completamente para ele. "Preciso de você", ela sussurrou. *"Mais"*, ela exigiu.

Impulsionado por suas palavras — por instinto — ele segurou seus quadris e penetrou-a com uma lentidão deliberada que a fez contorcer-se, ofegar, gemer, *implorar* por mais, exigir mais. "Mais assim?" Entrando e saindo, ele penetrou-a, com movimentos incessantes.

"Oh, sim", ela gritou, seus dedos se enroscando nos cabelos dele, seus quadris acompanhando o ritmo dele enquanto ele lhe dava o que ela queria, o que ela *precisava... Mais.*

Não seria uma longa sessão; ele percebeu isso pelos suspiros cada vez mais intensos e gemidos prolongados dela, e pela tensão em sua masculinidade, com a liberação começando a se acumular dentro dele. Mas não antes que ela chegasse ao clímax primeiro.

Ele diminuiu o ritmo e ela soltou um gemido. "Confie em mim, querida."

Seus olhos cheios de luxúria encontraram os dele e se fixaram. "Eu confio", ela disse. "Eu confio em você —*oh*— eu confio em você."

Ele conquistou a confiança dela. Agora, era hora de merecê-la de verdade. Repetidamente, ele entrava e saía dela. Os dedos dela deslizaram por baixo da camisa dele, as unhas cravavam-se na pele dele, estimulando-o, levando os dois ao limite. Contra ele, ela inspirou profundamente e seu corpo se contraiu. Ela havia chegado ao limite, balançando, esperando... Ele se moveu lentamente, e ela se entregou, a sua vagina pulsando em torno de seu pênis, suas unhas arranhando seus ombros, sua boca entreaberta emitindo o nome dele em um grito de prazer.

Era tudo o que ele precisava, e a libertação estava ao seu alcance. Ele segurou seus quadris se movendo com um abandono primitivo enquanto ele mergulhava em um êxtase que só os dois conheciam. Só os dois jamais conheceriam.

Ali, eles estavam, suspensos fora do tempo, arrebatados, apenas o corpo maior dele pressionado contra o dela a mantendo ereta, peitos arfando, corações batendo em união, seu pulso batendo contra sua garganta de marfim sob o luar que agora fluía pela claraboia. A tempestade havia passado.

"Você consegue ficar de pé?"

Ela assentiu, evitando o olhar dele.

Ele se afastou para lhe dar espaço e ajeitou as calças, mantendo um olho nela enquanto ela se apressava para ficar apresentável. Ele desejava que ela não o fizesse. Ele gostava dela assim, desleixada, fora de controle.

Por fim, ela ergueu os olhos. "Isso foi —"

Ela não conseguia terminar a frase. Ele conseguiu. "Inevitável."

Os olhos dela concordaram, mesmo enquanto ela balançava a cabeça. "A última vez."

Cada célula do corpo dele discordava. Não se ele tivesse algo a ver com isso.

Ela começou a tirar o sobretudo dele.

"O que você está fazendo?" ele perguntou.

"Eu não posso usar isso."

"Por que não? Você é minha esposa."

"E vários centímetros mais baixa que você. Vai arrastar no chão e ficar arruinado."

Ele deu de ombros. O que ele se importava com um casaco? Poderia ter mais trinta no armário pela manhã. "Você vai usá-lo."

Ela piscou e fechou a boca. *Ótimo*. Era uma batalha que ela não venceria. Ela estava seca e aquecida dentro dele, que era tudo o que importava. Mesmo assim, ele agarrou a capa descartada dela, caso ela tivesse a ideia de usar aquela bagunça de lã encharcada. Ela podia ser teimosa.

Por terra, por água, por carruagem, por escadas e corredores, eles retornaram a Asquith Court. Durante todo o tempo, o silêncio pairava entre eles. Não era um silêncio tenso, nem irritadiço, mas sim pensativo e talvez melancólico. Ambos sabiam: mais um dia.

Amanhã à noite, eles conseguiriam ou não trocar as tiaras, e tudo isso estaria acabado. Para ele não era encenação, mas para ela era. Para ele, essa coisa entre eles era algo que ele desejava mais.

Ela era sua esposa.

Sua amante.

Dele.

Ela podia continuar sendo dona de si — na verdade, ele queria que ela continuasse sendo dona de si, pois era incrivelmente atraente e ela era incrivelmente boa nisso —, mas ele queria que ela fosse dele também.

Ele tinha apenas um dia para convencê-la disso.

22

Enquanto Jamie se dedicava a alguns pensamentos matinais, mal notava os movimentos do próprio corpo ou os cuidados do seu criado. Sua mente estava singularmente concentrada em outro lugar, nela.

E na noite passada.

E em sua determinação de possuí-la, não apenas em sua cama ou contra uma parede.

Depois da primeira vez, ele considerou que fazia tanto tempo desde que tocara uma mulher que as emoções estavam se confundindo com a sensação de liberação sublime. Ele duvidava disso, mas a possibilidade existia. Mas ontem à noite...

Acabou com essa possibilidade.

O que ele e Hortense compartilhavam era único para eles.

Será que ela conseguia enxergar isso?

Será que um casamento entre eles poderia ser genuíno?

Com o *Morning Chronicle* debaixo do braço, ele entrou na sala de café da manhã.

À mesa, estava Hortense, vestida com suas roupas — suas roupas antigas —, amarrando a guia de seda no pescoço de Sir Bacon.

A visão interrompeu o progresso de Jamie imediatamente, seu estômago embrulhando antes de cair aos seus pés. "Você está..." Ele pigarreou, recompondo-se para uma demonstração exterior de fria indiferença. "Você está indo embora?" Não, não, não.

Ela olhou para cima, e ele percebeu um lampejo de algo em seus olhos — um resquício da noite passada, talvez. Então, desapareceu substituído por uma cautela cuidadosa. "Sim."

Claro. Ali estava. O inevitável.

Claro, ela estava indo embora.

Mas isso não significava que ele não lutaria.

"Mas eu pensei..." Ele fechou a boca antes que sua turbulência interior pudesse transparecer em sua voz. "Mas e esta noite?"

Ela não podia ir embora. *Ela não podia.*

Ele não permitiria. Ainda restava um dia para convencê-la a ficar.

"Essa noite não tem nada a ver com isso. Vou devolver Sir Bacon a sua dona."

Um alívio rápido percorreu Jamie. "Mas por que você está vestindo..." Ele gesticulou para cima e para baixo, indicando seu traje atual.

"Talvez seja melhor que Lady Fortescue não reconheça a Marquesa de Clare como a mulher que contratou para resgatar seu cachorro do antigo amante."

"Ah." *Claro.*

Ele se sentou do outro lado da mesa, e um criado entrou carregando a familiar bandeja de prata com a correspondência da manhã. Jamie deu uma olhada rápida e encontrou uma missiva com relevo dourado e um selo que se tornara familiar demais. Ele a ergueu para que Hortense a inspecionasse.

Sua cabeça se inclinou. "Rothesbury?"

"Sim." Jamie rompeu o selo e deu uma olhada rápida no conteúdo. "É o convite para o baile de máscaras dessa noite." Ele se perguntou se contava ou não a próxima parte.

"E?" Ela notou sua hesitação.

"Todos os casais devem chegar separadamente e com no máximo meia hora de diferença."

Hortense não demonstrou a menor surpresa. Ela já tinha visto de tudo quando se tratava de aristocratas. Um fato que o irritava.

"Qual de nós chegará primeiro?" ela perguntou. "Você? Ou eu?"

"*Eu.*"

"Vamos considerar isso com cuidado. Provavelmente seria mais produtivo se fosse eu."

"*Eu* serei a primeira a chegar."

Seus olhares se encontraram. Quando ela abriu a boca para continuar argumentando, ele ergueu a mão. "Não a deixarei sozinha na mansão de Rothesbury."

"Centenas de pessoas da *alta sociedade* estarão presentes. Eu não estarei sozinha."

Ele se recusou a ceder.

Cansada da disputa de olhares, ela assentiu. "É sua operação, meu senhor."

Esse *meu senhor* lhe deu a resposta que ele merecia. Ele estava sendo um idiota autoritário. Sobre esse assunto, que assim fosse. Ela estaria segura.

"Você precisa enviar uma mensagem para Eva Galante sobre as roupas necessárias para esta noite", ela disse. "Elas precisam estar aqui às oito horas, no máximo."

"Informarei Stinton."

Sir Bacon deu um pequeno gemido e puxou a guia. "Bem, preciso ir", ela disse levantando-se.

Uma faísca de pânico percorreu Jamie ao pensar em sua partida. Cedo demais, seria a última vez. "Posso acompanhá-la?"

Ele não deveria ter perguntado. Deveria ter se sentado em seu lugar de costume à mesa do café da manhã e começado seu ritual matinal de café, *Chronicle* e torrada.

Mas ele não conseguia se conter. Não conseguiu evitar agir como um miserável apaixonado perto dela.

Essa era a verdade. Ele estava completamente apaixonado por aquela mulher.

Sua esposa. Sua amante. Sua...

"Você vai querer trocar de roupa."

"Por quê?"

"Entraremos pela entrada dos empregados."

Jamie ergueu a mão, como se, como um mago, tivesse a magia para detê-la com um feitiço. "Encontro você no salão de recepção em cinco minutos."

Ela assentiu com a cabeça, mas não pareceu tão relutante quanto ele esperava. "Estarei esperando."

A caminho do quarto, chamou Stinton e ditou um bilhete rápido para ser entregue a Eva Galante. Ele voltaria a ser um operário, e não se importava nem um pouco. Não quando estava com Hortense.

Quão profundos são os vales. Quão altos são os picos. Ele nunca havia experimentado essa turbulência de altos e baixos dependente de outra pessoa.

Então, isso era paixão? A emoção volátil que tornava os homens tolos. Não é de se admirar que os poetas tenham dedicado inúmeros versos e rimas a ela.

Era imperativo que ele controlasse isso.

Ou ele a assustaria como um cavalo arisco.

E, então, perderia a chance de torná-la sua.

Hortense estava parada no salão de recepção e refletiu sobre como Asquith Court parecia diferente agora do que na primeira vez que entrara pela porta dos criados.

A entrada imponente dava para uma magnífica escadaria de mármore que levava a um amplo patamar onde a escada se dividia para os dois lados, levando ao andar seguinte. Uma claraboia permitia que o sol entrasse, iluminando o vasto espaço com um brilho suave. Em intervalos cuidadosamente escolhidos, estátuas de mármore exibiam seus laços com o passado antigo da Grécia e de Roma.

Os nobres nunca encontraram uma estátua clássica à qual pudessem resistir.

Ainda assim, ela conseguia apreciar que diferentes membros da família Asquiths tivessem cuidado de elementos da casa ao longo dos séculos. Esse tipo de espaço sempre a fizera sentir-se pequena e insignificante. O que ela era para um homem que possuía tudo isso?

Em circunstâncias normais, a resposta era que ela não era nada. No entanto, o homem que possuía tudo isso a procurara repetidamente. E, dois dias antes, ele a fizera sua esposa.

Apenas no nome.

Certo.

Agora era tarde demais para evitar o problema.

Duas vezes.

Seu corpo nunca se sentira tão deliciosamente usado.

Ela deu um longo suspiro. Como era possível que ela continuasse tendo relações sexuais com o homem que deveria estar vendo como um alvo?

Seu corpo se recusava a ouvir sua mente.

O som rápido dos saltos das botas estalava contra o mármore. Ela se virou e viu a Sra. Blanche se aproximando. A mulher que a contratara como copeira há mais de duas semanas não pestanejou quando ela se tornou marquesa. Se a Sra. Blanche tinha alguma opinião sobre a estranha reviravolta dos acontecimentos, guardou-a para si.

"Precisa de alguma coisa, minha senhora?"

Minha senhora.

Instintivamente, Hortense abriu a boca para corrigir a mulher, mas depois a fechou. Por mais que desafiasse qualquer crença, e enquanto residisse naquela casa, *"minha senhora"* era sua identidade. "Não preciso, Sra. Blanche. Estou aguardando o retorno de Sua Excelência."

A Sra. Blanche ainda não havia terminado. "Quem sabe antes do chá possamos combinar sobre o cardápio da semana?"

"Seria muito agradável, Sra. Blanche."

Não seria. Hortense não sabia nada sobre comida além do sustento que ela proporcionava. Além disso, provavelmente não estaria ali para comê-la.

Ah, se seu estômago não se revirasse com a ideia. Cedo ou tarde, teria que se acostumar a essa realidade.

Com o rosto neutro, a Sra. Blanche assentiu e se despediu, continuando com as inúmeras tarefas que uma governanta enfrentava ao longo da manhã, do dia e da noite.

Não demorou muito para que outro par de passos soasse mais pesado, mas não menos firmes e precisos. Ela reconheceria os passos do marido em qualquer lugar. O rabo de Sir Bacon começou a abanar e ela se virou para observá-lo se aproximar.

Ela se sacudiu mentalmente. Melhor não se deter na beleza do marido, mas sim se concentrar na tarefa em questão. "Como você consegue parecer aristocrático com o que está vestindo?"

Ele ergueu as mãos vazias. "Um talento especial?"

Um vaso de plantas no canto chamou a atenção de Hortense. "Você precisa de um pouco de bagunça."

Ela pegou dois dedos de terra e, antes que ele pudesse entender o que ela estava fazendo, caminhou até ele e a espalhou em ambas as bochechas. "Que diabos?", ele gaguejou, dando um passo para trás.

"Agora esfregue e certifique-se de passar um pouco no cabelo. Você está limpo demais para um trabalhador braçal."

"Você espera que eu ande por Mayfair com sujeira no corpo?"

Ela deu de ombros, com a intenção de perturbá-lo. "Eu sempre posso ir sozinha. Além disso, ninguém vai te reconhecer."

"Por quê?"

"Porque nenhum nobre está procurando o Marquês de Clare andando por aí com sujeira no rosto."

Com um movimento confuso da cabeça, ele fez o que lhe foi dito, mesmo não gostando. Apesar de todos os seus ares e títulos, o homem realmente era um bom sujeito. Ela gostava disso nele.

Logo, eles estavam a caminho, atravessando as ruas em direção à mansão de Lady Fortescue. "Você já entrou em alguma casa pela entrada de serviço?" ela perguntou. E já sabia a resposta.

"Nunca."

"Siga-me, então." Ela diminuiu o passo em uma casa geminada pintada na mesma cor branca com acabamentos em preto que as vizinhas e abriu um portão baixo de ferro forjado no topo de um pequeno lance de escadas. Ela começou a descer, Jamie dois degraus atrás. Levantou o punho e deu três batidas rápidas na porta da cozinha.

A mesma criada com quem lidara na semana anterior abriu a porta. "Ah, é você", disse a moça sem nenhuma alegria enquanto olhava para Sir Bacon, que latia em cumprimento.

"Chame a governanta e diga a ela que quero devolver o cachorro de Lady Fortescue", disse Hortense, com a voz autoritária. Era a única maneira de lidar com uma criada que parecia prestes a bater a porta na sua cara.

Pouco antes de se voltar para sua tarefa, o olhar da moça captou algo por cima do ombro de Hortense. Seu olhar se arregalou e um rubor lhe subiu às faces. Ela havia notado Jamie.

Hortense pigarreou. "A governanta?" ela perguntou. Jamie era um homem difícil de desviar o olhar. Só mais um olhar rápido para trás e a garota sumiu.

"Feche a porta", disse uma voz áspera, "e sente-se com um dos meus biscoitos frescos." Era a cozinheira. "Se eu conheço bem essa moça, você vai ficar esperando um pouquinho."

Para os olhos de Jamie, Hortense levou o indicador à boca, dizendo-lhe em termos inequívocos para ficar de boca fechada. Cada um sentou-se em um banquinho à mesa da cozinha, Sir

Bacon acomodando-se a seus pés, o rosto voltado para cima na eterna esperança de que um pedaço de biscoito caísse. A cozinheira lançou um olhar sinistro para o cachorrinho.

Hortense sentiu-se compelida a defendê-lo. "Ele já está treinado para sair."

A cozinheira respondeu com um "Harrumph" incrédulo

Por fim, o farfalhar eficiente de saias se aproximou, e a governanta entrou na cozinha. A mulher exibia o que Hortense suspeitava ser uma expressão permanente de ofensa. "Sua Senhoria não precisará mais do cachorro."

Hortense se alarmou. "O que isso significa? Ele é o cachorro dela. Aquele que ela está me pagando para buscar."

"Quanto a isso..." A governanta estendeu uma bolsa, com moedas tilintando dentro. "Aqui está o seu pagamento. Agora, por favor, leve o animal com você quando for embora."

Nem Sir Bacon nem Hortense foram dispensados tão facilmente. "Ela não se importa com o que acontece com ele?"

"Não muito. Ela conseguiu um novo filhote no campo."

"Agora ele está treinado para sair para fazer suas necessidades." Hortense não conseguiu evitar a defensiva. "Ele é realmente um bom —"

As pontas dos dedos de Jamie percorreram seu braço, contendo o restante de sua defesa. Em um silêncio contundente, ela aceitou a bolsa da mão da governanta. Então ela girou nos calcanhares, passando por Jamie, que havia aberto a porta. Sentindo a agitação no ar, Sir Bacon latiu para todos da casa, só para garantir. Eles podiam tê-lo visto pela última vez, mas não o esqueceriam tão cedo.

Assim que voltaram para a calçada, Jamie lançou um olhar divertido para Hortense. "Parece que você tem um cachorro."

Ela olhou para Sir Bacon, completamente atordoada. Grandes olhos castanhos a encaravam, aguardando a nova direção. Ele era... *Dela?*

"Ele não pode ser meu." Ela tinha que dizer isso.

"Não tenho certeza se ele sabe disso."

Sir Bacon permaneceu estranhamente indiferente às visões e cheiros do mundo ao redor e singularmente focado nela. Uma sensação estranha percorreu Hortense. Este pequeno animal dependia dela, e... Ela poderia gostar disso. Que acontecimento perturbador.

Ela começou a andar e mudou de assunto. "Estamos certos sobre o plano de trocar as tiaras?" Trabalho, sempre um assunto confiável — e seguro.

O bom humor do momento desapareceu. "Sim."

"É o único jeito", ela disse respondendo ao que ele não dissera. Ele não gostou do plano.

"Tenho certeza de que existem outros."

Isso de novo. "O roubo direto, é a maneira mais eficiente."

A boca de Jamie se apertou em uma linha firme e silenciosa, e ele não disse mais nada até entrarem em Asquith Court. O homem realmente não estava preparado para não conseguir o que queria.

"Até hoje à noite?" Ela podia ser uma profissional, mesmo que ele não pudesse.

"Hoje à noite."

Ela girou nos calcanhares, levando Sir Bacon para longe. O calor do olhar de Jamie queimou suas costas por todo o caminho até a grande escadaria. Depois do que pareceu uma eternidade, ela chegou ao patamar, andou em direção ao seu quarto e saiu da vista dele. Dentro do quarto, fechou a porta e, finalmente, conseguiu soltar a respiração presa. Sua mente divagou por pensamentos familiares demais.

Depois daquela noite, o objetivo deles seria alcançado e a farsa do casamento acabaria. Ela lhe daria permissão para anular o casamento da maneira que achasse melhor. Era justo, e a única maneira que fazia sentido. Que os dois pudessem ter um futuro compartilhado era um completo absurdo. Garotas do asilo não compartilhavam seus futuros com marqueses. Não era normal.

Ela reprimiu uma pontada de emoção naquele último momento. Emoção que estava se tornando cada vez mais difícil de negar. Emoção que continha um traço de — ah, quais foram as palavras de Mariana?

A loucura e a agitação específicas dos miseravelmente apaixonados.

Que melodramático.

Jamie a havia contratado para um trabalho. Ela estava fazendo esse trabalho. E, naquela noite, se tudo corresse bem, eles trocariam as tiaras, pegariam Rafe, e ela trairia Jamie. Nessa ordem.

E então ele, assim como ela, perceberia que o que compartilharam na noite anterior, e na anterior a essa, não passava de uma ilusão provocada pelo perigo e pela intriga.

E então ela voltaria à sua antiga vida.

Sem ele.

23

Jamie encostou-se a um trecho discreto de parede, com o olhar fixo na entrada principal da mansão do Duque de Rothesbury. Em breve, Hortense chegaria, e ele não a perderia de vista quando ela chegasse.

Sedas de cores vibrantes pendiam em faixas drapeadas do teto alto do salão de recepção, que, juntamente com candelabros e lustres semi-iluminados, criava uma atmosfera de mistério e intriga. O efeito era suave e dramático, enquanto uma valsa cadenciada vinda do salão de baile se misturava ao aroma de especiarias e perfumes penetrantes. Como convém a um baile de máscaras, todos os convidados estavam mascarados. Alguns usavam dominós simples, como ele, enquanto outros tinham se esmerado em máscaras venezianas elaboradas, até mesmo grotescas.

Uma malícia muito consciente de si mesma permeava a atmosfera. Uma máscara frágil parecia ser toda a permissão de que seus colegas aristocratas precisavam para serem suas versões mais desinibidas e escandalosas, como se pudessem esconder seus diversos pecados. Esposas passavam os dedos sem luvas convidativamente por maxilares que não pertenciam a seus maridos. As mãos dos maridos percorriam livremente o traseiro de esposas que não eram suas. Excesso era a palavra da noite. O que, claro, não era um grande choque.

Seus pais teriam estado lá. A percepção atingiu Jamie de repente e com força. Eles não eram do tipo que perdia um entretenimento cujo único propósito era o excesso e a devassidão. Eram bastante conhecidos por isso.

Houve um tempo, não muito tempo atrás, em que tal pensamento o teria feito sair correndo dali o mais rápido que uma carruagem de quatro cavalos conseguiria levá-lo. Ele podia ser um perdulário, mas não era um libertino. Ele entendia a distinção, mesmo que a maioria não entendesse.

A multidão se abriu um pouco e Hortense entrou pela abertura, com um sorriso tímido estampado no rosto, os dedos envolvendo uma taça de champanhe. Uma joia em suntuosa seda carmesim, ela atraiu vários olhares lascivos, todos especulando sobre sua identidade. Ela não apreciaria a atenção que esse vestido, com sua ostentação e decote profundo, lhe proporcionavam. Sua mão livre moveu-se discretamente para puxar o corpete para cima, mas não havia mais tecido disponível. O vestido deixava muito pouco dos seios dela à imaginação.

Ela só deveria usar vestidos assim. No quarto dele.

Em seguida, ela tocou com a ponta dos dedos o adesivo decorativo que adornava sua bochecha esquerda para garantir que permanecesse no lugar, depois segurou sua máscara de veludo preto. Tudo feito em questão de segundos.

Quando ela começou a se mover, ele se afastou da parede para segui-la, decidindo não se revelar ainda. Ele preferia vê-la transitar pelo salão. Ela terminou o champanhe e outra taça apareceu em sua mão em segundos. Ela teria que ficar de olho nisso. Champanhe era uma amiga perigosa.

Ao entrar no salão, ela seguiu o fluxo da música do quarteto de cordas e observou o perímetro, evitando todo contato visual e sem parar. Se ela fizesse isso, poderia atrair impertinência indesejada, e não seria bom para a operação dessa noite se ela quebrasse a mão de um lorde por tê-la tocado.

Ele bufou. Ela faria isso.

Enquanto seus pés se moviam, seus olhos também não paravam. Ela procurava alguém. *Rothesbury.*

O sorriso oleoso e lascivo do duque não deveria ser muito difícil de localizar. Exceto que o olhar dela pousou no homem, repousou por um segundo e seguiu em frente. Ela estava procurando por alguém, sim, mas não Rothesbury.

E Jamie sabia.

Ela procurava por *ele*.

Incapaz de resistir, ele deu a volta, ficando diretamente atrás dela. Lentamente, aproximou-se, diminuindo a distância entre eles com cuidado. Não tinha certeza do que exatamente estava fazendo. E deixaria o momento levá-los aonde quer que fosse.

Perto o suficiente para que sua respiração arrepiasse os finos pelos de sua nuca, ele inclinou a cabeça e murmurou baixinho em seu ouvido: "Perdoe-me, minha senhora, por ser tão atrevido, mas já nos conhecemos?"

Ela inalou um rápido gole de ar e ficou imóvel. Um calor instantâneo o percorreu, acelerando seu sangue, fazendo seu coração dar uma leve cambalhota.

Oh, eles já se conheciam.

Ela encontrou o olhar dele por cima do ombro. Sob o dominó, seus olhos estavam delineados com kohl, conferindo-lhes um azul sobrenatural. "Acho que não, meu senhor", ela disse, entrando no jogo que ele só pensara em iniciar no instante em que fez a pergunta. "Acho que me lembraria de *você*."

Seu olhar o percorreu. Ele não pôde deixar de notar a apreciação ali.

"É você quem é memorável", ele disse sentindo um sorriso sugestivo se formar em seus lábios. "Nenhuma dama nesta sala é mais encantadora."

"Certamente, você está me elogiando." Em meio ao protesto, ele detectou falta de ar?

"Eu nunca elogio ninguém."

Cercados por uma profusão de frivolidade e falsidade, ali estavam os dois, dizendo um ao outro, verdades que jamais ousariam dizer fora daquelas paredes, mesmo fingindo ser estranhos um para o outro. Ali, ele experimentava uma liberdade com ela que nunca imaginara ter. Ele podia ser tanto um estranho quanto... um amante.

"Posso ter a ousadia de perguntar seu nome?" ele perguntou, seguindo a possibilidade que se abria por ali.

"A ousadia parece ser a ordem da noite." Ela bateu na boca, como se considerasse seu valor. "Pode me chamar de Madame Coquette. E o senhor é?"

"Lorde X bastará."

O sorriso dela lhe disse que ela gostava disso. "Um homem misterioso."

As notas iniciais de outra valsa começaram, e ele estendeu a mão. "Me daria à honra dessa dança?"

Ela empurrou sua taça de champanhe vazia para a mão do estranho mais próximo e colocou os dedos nos dele. Tudo o que ele conseguia pensar enquanto ela o seguia para a pista de dança era que aqueles dedos tinham estado em volta do seu pênis, e ele os desejava de novo. Isso poderia ser uma verdade difícil de admitir em voz alta.

Eles entraram no fluxo da dança, seus corpos em harmonia com o ritmo, em harmonia um com o outro, enquanto davam o passo *um-dois-três* da dança. Ele pressionou a base da coluna dela até que seu corpo ágil se esticasse contra o comprimento do dele. Sua boca encontrou a orelha dela, causando arrepios pelo pescoço dela. "Por que uma beldade como você está vagando sozinha por uma festa?"

Ela inclinou o rosto para cima para encontrar o olhar dele. "Eu estava tentando localizar meu marido."

Ele ergueu a sobrancelha em falsa descrença. "Você é casada?"

"Muito casada."

Muito casada.

Eles eram realmente *muito casados?*

"Você deveria torcer para que ele não nos veja", ela continuou. "Eu não duvidaria que ele lhe desse um soco direto no nariz."

"Um homem violento?"

"Possessivo, ao que parece."

Um sorriso surgiu em seus lábios, adicionando leveza às suas palavras. Mas elas não estavam erradas.

"Que homem não seria possessivo com uma esposa como você?" ele retrucou. "Minha única surpresa é que ele não a mantém fechada a sete chaves."

Ela ofegou. "Ele não ousaria."

"Ele poderia." A sobrancelha que ele ergueu não foi exatamente irônica. "Talvez você não queira testar os limites dele."

"E você, meu senhor?", ela perguntou. "Você tem uma esposa?"

A reviravolta era justa.

"Não vamos discutir maridos e esposas. Vamos falar de você e de mim." Ele não tinha certeza se era o turbilhão da valsa ou a conversa deles que o atordoava e fazia seu peito ficar leve. "E *nós*."

Uma seriedade a envolveu. "Lorde X, não existe *nós*."

Mas havia um tom em sua voz, uma incerteza, como se ela pudesse ser tentada a acreditar.

Então que ele fosse Lúcifer.

"Pode ser", disse ele.

O passo dela vacilou. Ele a alcançou sem hesitar.

"Mas por que—" Uma emoção opaca cintilou em seus olhos. "Por que falar do futuro quando temos esta noite?"

Mesmo que a parte dele que queria concretizar um futuro com ela exigisse que ele seguisse em frente, outra parte — ou seja, a carnal — não se deixaria dissuadir de explorar a possibilidade daquele flerte.

O futuro podia esperar.

Ele os conduziu através da multidão de outros casais até a beira da pista de dança. Sua boca encontrou a concha da orelha dela, seu hálito quente certamente enviando um arrepio pela coluna dela. "Está bem barulhento aqui dentro, você não concorda?"

O CONVITE que se estendia por baixo de suas palavras...

A promessa...

Tudo o que Hortense pôde fazer foi acenar com a cabeça e não soltar sua mão por nada enquanto ele a conduzia através da multidão e por um longo e silencioso corredor, desprovido de qualquer luz, exceto aquela que entrava pelas cortinas abertas, com a música noturna às suas costas. Ela sabia — *sentia* — para onde ele a estava levando, e queria ser levada.

Ele enfiou a cabeça na primeira alcova escura que encontraram. "Ocupada."

Assim como a segunda.

Mas a terceira foi a vencedora. Ele a puxou para dentro e fechou as cortinas atrás deles. Uma longa janela permitia que a lua iluminasse o pequeno espaço com um brilho prateado. Como a sombra e a luz acariciavam os ângulos do rosto dele.

Trêmula e quente, ela se pressionou contra o canto onde a parede encontrava a janela. Uma luxúria sombria brilhava em seu olhar, enviando uma onda sinuosa de desejo através dela. "Eu nunca quis um homem como eu quero você."

Oh, que ela não tivesse falado assim com ele, esse estranho, seu marido.

Ela não tinha certeza se era coragem ou imprudência que a tinha inspirado a dizer aquelas palavras em voz alta, mas não se importava. Ela havia ficado embriagada com champanhe e *ele*.

Com intenção deliberada, ele avançou, e ela se tornou uma presa escravizada por um predador. Impotente contra ele. Impotente contra si mesma... contra seu desejo. Uma mão plantada na parede ao lado do rosto dela, a outra em concha em sua nuca, enquanto a boca dele encontrava a dela, seus lábios firmes e macios, pressionando, buscando, aprofundando o beijo enquanto ele tocava a língua dele com a dela. O joelho dele se pressionou entre suas pernas até o sexo dela, que se esticava contra ele com uma pressão deliciosa. Ela se contorcia, se retorcia, se esticava sem pensar em direção à promessa de libertação de qualquer maneira que pudesse encontrar.

As mãos dele deslizaram pelo corpo dela e começaram a recolher a seda carmesim, até que ele prendeu a saia dela em volta da cintura, sua vagina latejante esperando por ele. Ela se abaixou, seus dedos percorrendo sua masculinidade dura e pronta. Ela usou a perna em volta da cintura dele para trazê-lo para mais perto, de modo que pudesse abrir o fecho de sua calça.

A boca dele se separou da dela. "Quero te provar."

"Não é isso que você tem feito?"

A maldade brilhou em seus olhos prateados. "Você *toda*."

Através da névoa ofuscante de luxúria, surgiu a confusão. "Do que você está falando?" ela perguntou, sua frustração com o homem bastante genuína.

Ele deixou que suas ações respondessem por ele enquanto caía de joelhos diante dela. Agarrou o pé dela e o levantou. "O que é isso?"

Ele notou a adaga presa acima do tornozelo dela. "Nunca se sabe como uma noite vai ser."

"Palavras verdadeiras..." Seu olhar retornou ao sexo dela enquanto colocava o sapato de cetim em seu ombro. Agarrando seus quadris, ele a puxou para frente.

"Por que —"

A boca dele encontrou sua vulva, e ela perdeu toda a capacidade de falar. A língua dele acariciou sua fenda, escorregadia, quente e completamente, totalmente devastadora. Com uma das mãos, ela agarrou as cortinas e, com a outra, agarrou os cabelos dele, agarrando-se com unhas e dentes enquanto um prazer sem igual a invadia.

Ela teve muitas experiências na vida, mas nunca esta. Nunca imaginou que um homem faria isso *por* ela... *com* ela.

Sua língua astuta acariciava, afagava, lambia, ora firme, ora suave, com beijos e movimentos rápidos como borboletas, levando-a além do prazer, à beira da loucura.

"Oh, seu homem inteligente" ela exclamou, os seus quadris se inclinando para receber mais do que ele tinha a oferecer. Tomada por essa selvageria, ela se abandonou completamente enquanto o clímax se aproximava, provocando, incitando, pairando, tão, tão, tão perto... Até que, de repente, ele se aproximou e pulsou através de sua vagina, disparando prazer por suas veias, levando-o a cada terminação nervosa, até que ela não passasse de um feixe trêmulo de saciedade.

Ele lhe deu um último beijo antes de se agachar e puxar sua saia para baixo. Que sorte que ele se importasse com o recato dela, pois ela não se importava. Ela se tornaria a mais indecente de toda Londres para que ele fizesse isso de novo. Talvez ele nunca superasse isso. Jamie e sua língua a transformaram em geleia e a deixaram sem palavras.

"Homem inteligente?" ele perguntou erguendo uma única sobrancelha.

Houve um tempo em que ela não queria nada mais do que tirar aquele sorriso arrogante da boca dele. Agora não. Ele havia conquistado o direito àquele sorriso. "Muito", ela disse, com a voz quase irreconhecível aos seus próprios ouvidos.

Ele se levantou e estendeu um braço. "Vamos voltar ao baile?"

"Mas não vamos—" Ela fechou a boca. Parecia petulante e mimada. Mas, sinceramente, eles não iam terminar o que começaram? Ela ansiava por isso.

"Isso foi por sua causa. Não queremos bagunçar muito você."

"Acredito que eu deixaria você me bagunçar a qualquer momento."

Tanta verdade dita essa noite.

Eles não se falaram novamente até a metade do corredor, passando por um ou outro casal em busca de um encontro discreto. Lentamente, aos poucos, ela voltou a si. Suspeitava, no entanto, que nunca se recuperaria completamente. Essas últimas três noites — o que ele fizera com seu corpo — bem, talvez tivesse ficado gravado em sua alma.

"O que você está pensando, Hortense?"

Ela detectou um tom além da curiosidade na pergunta. *Preocupação.*

"É Madame Coquette, lembra?" Ela não conseguia lidar com a preocupação dele. Ela poderia se transformar em geleia novamente, e isso não seria aceitável.

"Hortense", ele insistiu, baixo e definitivo. "Ou você prefere Lady Clare?"

"Apenas no nome", ela disse, porque precisava. O momento exigia.

Uma risada irônica foi sua resposta. "Ah, acho que acabamos com essa ideia."

O que ele poderia querer dizer? Estaria insinuando que o casamento deles agora era real?

Antes que ela pudesse perguntar, uma voz que a fez arrepiar soou atrás delas: "Tsk, tsk, vocês sabem as regras da noite."

Seu estômago se revirou de medo.

Rothesbury.

Ela não podia ser Hortense, Madame Coquette ou Lady Clare. Era uma investigadora contratada para um trabalho. Jamie tinha um jeito de fazê-la perder de vista seus objetivos.

A operação daquela noite tinha acabado de começar para valer.

24

Hortense lançou um olhar rápido para Jamie no momento em que ele disse: "Nunca conheci uma regra de que eu gostasse particularmente." Seu rosto se tornara petrificado, inescrutável. Um arrepio a percorreu.

Rothesbury se esgueirou para o outro lado dela e a segurou pelo braço. Sua peruca naquela noite era realmente especial, abundante em cachos e empoada com um rosa vibrante, não encontrado na natureza. "Um marido não deve monopolizar toda a atenção da esposa."

Mesmo sorrindo, Hortense lançou um olhar para Jamie. Era isso. O trabalho estava em andamento. Os músculos de seu maxilar ficaram tensos em resposta.

"As bochechas de sua esposa estão bastante coradas", disse Rothesbury, alheio à conversa silenciosa que se travava ao seu redor. "Seja um bom menino e traga um copo de ponche para ela."

Hortense abriu um largo sorriso. Seu riso era o da marquesa sempre alegre e despreocupada, implacável. "Ah, sim, seja um bom menino, querido marido, e vá buscar o ponche. Estou morrendo de sede."

"Eu não gostaria de deixar você insatisfeita, doce esposa", ele respondeu.

Uma onda repentina de desejo ardente a percorreu, pois era exatamente isso que ele tinha feito.

E ele sabia disso.

E agora ele sabia o que mais precisava fazer, embora ela o sentisse hesitando. Ele precisava de um empurrãozinho para desempenhar seu papel — o corno. "E então, querido marido?" ela o cutucou. "O ponche não vai se servir sozinho, vai?"

A gargalhada alta de Rothesbury continha uma dose considerável de crueldade. Inabalável, com o maxilar cerrado, Jamie se virou e se afastou. Hortense sentiu a falta dele como uma dor física. Seu corpo — e talvez outras partes dela também — o queria de volta, terminando o que havia começado.

"Está gostando da minha pequena reunião?" perguntou Rothesbury. O homem era sempre presunçoso. Ela nem tinha certeza do que ele esperava que ela pudesse fazer por ele.

"Nunca participei de uma festa dessas", ela disse. A verdade, em mais de um sentido.

"Como você é inocente", ele falou. Oh, sua condescendência era quase insuportável. "Talvez precise de alguém para ajudá-la a se livrar dessa inocência?"

Quantas vezes ele havia dito essa frase?

Ela podia vomitar só de pensar. Em vez disso, piscou para o homem vil e perguntou: "E você é esse alguém, duque?"

Seu peito estufava como o de uma ave lasciva. Ele gostava de ter seu título reconhecido e brandido por aí.

"Talvez pudéssemos ir a algum lugar mais tranquilo e descobrir por nós mesmos?" Seu olhar malicioso era tão cômico que era uma paródia de si mesmo. Tudo o que faltava era um arquear de suas sobrancelhas.

"Se quer saber", ela disse, "uma parte da nossa conversa de ontem à noite continua me incomodando."

"Ah? Qual parte?" Desta vez, ele arqueou as sobrancelhas, que ele havia empoado de um rosa que combinava com a peruca.

"Sobre o seu cofre de joias." Ela mordeu o lábio, atraindo o olhar dele. "Tenho uma confissão a fazer."

"Pode confessar todos os seus pecados para mim, minha queridinha."

Queridinha. O apelido que Doyle lhe deu. Ela não gostou nem um pouco quando ouviu isso da boca desse homem. Um arrepio de repulsa quis percorrer seu corpo, mas ela o reprimiu, olhando para ele através dos cílios. "Eu sempre quis usar uma tiara."

"Certamente, Clare poderia vasculhar os cofres da família e encontrar uma ou duas."

Talvez ela tivesse exagerado em sua atuação de pobre coitada?

A presunção de Rothesbury, no entanto, a salvou. "É claro que os cofres de um marquês não seriam nada comparados aos de um duque."

"O cofre de joias de um duque", ela disse sonhadora. "Só consigo imaginar suas maravilhas. Ouro, platina, prata. Rubis, diamantes, pérolas... safiras." Ela estremeceu dramaticamente de prazer. Nossa, ela estava se irritando sozinha, mas Rothesbury parecia não se cansar. "E, oh, contemplar tais maravilhas me faria sentir incrivelmente grata. Eu absolutamente precisaria provar minha gratidão de qualquer forma. Nada seria tabu."

Ele engoliu em seco como se sua boca tivesse ficado seca de repente. "Nada?"

"Nada."

Ele acelerou o passo, quase a puxando agora. "Eu mantenho um cofre no meu quarto de vestir. Não é o meu maior — o maior fica em Aberthorpe Palace, a residência da família — mas acho que você encontrará algo aqui para seduzi-la. E" — um tom sugestivo, uma consistência de óleo rançoso, permeou sua voz — "é adjacente ao meu quarto."

"Oh, que delícia." Ela riu para não engasgar.

Ele a guiou pela festa, ignorando todos os pedidos de atenção. Era um homem com uma missão. Hortense estava feliz pela adaga presa ao tornozelo. Ela confiava que Jamie faria tudo o que estivesse ao seu alcance para mantê-la segura — não duvidava disso nem por um instante —, mas uma garota sábia sempre tinha um plano B. Essa noite não seria como Rothesbury esperava não se dependesse dela.

E, de fato, ela estava aliviada por estar passando pela confusão da festa, pois na ausência dela e de Jamie, mais inibições — e peças de roupa — haviam sido descartadas, assemelhando-se mais à decadência de uma antiga orgia romana do que a um autêntico baile aristocrático inglês. Quantas permissões uma simples máscara permitia.

Em pouco tempo, eles entraram em um quarto que só poderia ser descrito como uma explosão descontrolada de dourado e berinjela. É claro que o quarto de Rothesbury pareceria um bordel. Ele estalou os dedos para o criado que cochilava em uma cadeira. "Você está dispensado por esta noite." Um sorriso malicioso se formou na boca carnuda do duque. "E feche a porta atrás de você."

O criado se levantou de um salto, fez uma reverência profunda a Rothesbury e saiu do quarto antes que Hortense pudesse piscar. O duque fez um gesto com o dedo para ela, e ela o seguiu até o quarto de vestir, onde ele removeu uma pequena pintura da parede, revelando um cofre quadrado e preto. Ele girou a chave na fechadura e a respiração dela congelou no peito. Toda a operação dependia da tiara de safira estar naquele cofre.

"Conheço a joia perfeita para você, minha encantadora pequena marquesa."

A mão dele emergiu lentamente... Segurando a tiara de safira. Ela exalou um suspiro de alívio que poderia facilmente ser confundido com um de prazer. "Oh, Vossa Graça, não pode estar falando sério —"

"Eu vi o quanto a admirava." Ele se aproximou, a tiara estendida à sua frente.

Hortense desejou que seu corpo permanecesse no lugar. Quatro minutos. Esse era o tempo que ela e Jamie haviam concordado que seria suficiente para garantir a joia. Mesmo assim, ela notou todas as saídas. Duas portas e uma janela. Ela poderia escapar de uma forma ou de outra. Suas mãos se fecharam em punhos ao lado do corpo, prontas, caso uma ação rápida fosse necessária. Ela miraria baixo. Ele nunca perceberia o golpe chegando.

"Gostaria que eu tirasse minha máscara?" ela perguntou doce e submissa.

"Ah, não, minha queridinha, isso faz parte da diversão."

Claro que sim.

Ele colocou a tiara na cabeça dela, e ela soltou um grito de alegria. "O peso delicioso de todas essas joias", exclamou. "Preciso me ver no espelho."

Ele indicou o espelho do quarto, mas ela balançou a cabeça. "Notei um esplêndido espelho dourado no seu quarto. Gostaria de me ver nele." Ela precisava sair daquele quarto pequeno e isolado com ele. Ela estava vulnerável demais ali.

Ele deu uma risada igualmente lasciva e indulgente. "Depois de você."

Com passos leves, ela atravessou o quarto, toda risonha e alegre, e começou a se enfeitar diante do espelho. Narciso não poderia competir com ela em termos de vaidade. Rothesbury surgiu por trás dela, e todos os músculos de seu corpo se contraíram instintivamente. Ela não havia percebido até aquele exato momento o quanto o duque era maior do que ela. Mas ela era mais rápida e esperta.

Certo?

Certo.

E ela tinha uma adaga presa ao tornozelo. Nunca a decepcionara, e não a decepcionaria naquela noite, se necessário.

No entanto, quando as mãos dele percorreram seus braços, seus dedos se fecharam novamente em punhos. Ela poderia muito bem precisar mudar de papel e lutar contra aquele homem. Ela estaria pronta.

Já tinham se passado quatro minutos?

"Nunca vi uma tentação mais deliciosa do que o seu pescoço, Lady Clare. Preciso provar."

Ele abaixou a cabeça, claramente decidido a pressionar os lábios carnudos contra a pele dela. Ela se preparava para desferir um golpe nas entranhas que ele não esqueceria tão cedo quando a porta se abriu e Jamie invadiu o quarto. "O que diabos você está fazendo com a minha esposa?"

Com as maçãs do rosto coradas e um brilho metálico nos olhos, a raiva que irradiava de Jamie não era fingida. Ele atravessou a sala correndo e agarrou Rothesbury pelo colarinho, afastando o duque de Hortense à força. No instante seguinte, ficou claro que nem o duque nem o marido dela tinham experiência em brigas, pois ficaram frente a frente, cada um calculando claramente o que fazer a seguir.

Rothesbury atacou primeiro, desferindo um tapa um tanto efeminado na bochecha esquerda de Jamie. Jamie respondeu da mesma forma, exceto que o tapa fez a cabeça de Rothesbury girar. Hortense se viu sufocando uma risada. Ela estava ansiosa para fazer isso desde que conhecera o homem.

Enfurecido, Rothesbury agarrou-se aos cabelos de Jamie, o que só a atraiu para mais perto. O duque parecia estar tentando prender a cabeça de Jamie sob o braço. Estratégia interessante.

Com um rugido, Jamie usou sua força superior para se soltar — sem um pequeno punhado de cabelo — e agarrar os dois lados do rosto de Rothesbury. Então ele jogou a cabeça para frente num movimento rápido e deu uma cabeçada bem na testa de Rothesbury, provocando gritos e gemidos enquanto ambos os homens cambaleavam para trás, momentaneamente atordoados, com as mãos nas testas.

Era óbvio que Jamie nunca havia dado uma cabeçada em ninguém em toda a sua vida. Havia uma maneira correta de fazer isso e uma incorreta. Ele fizera errado. Sério, ela deveria ter lhe dado algumas dicas de socos antes daquela noite. Ela simplesmente não havia considerado a necessidade.

No instante seguinte, os homens voltaram à luta. Hortense entrou em ação enquanto a briga continuava, ficando atrás de Jamie, exatamente como haviam planejado, e arremessou a tiara da cabeça. "Oh, céus, a tiara!" ela exclamou caindo de quatro como se fosse recuperar a joia. Ela puxou a capa dele, implorando o tempo todo: "Pare agora mesmo, Clare! Pare!"

Ele recebeu o sinal dela, pois a capa caiu no chão. Certeiramente, ela tateou o forro interno até encontrar um caroço irregular. Com os olhos semicerrados nos homens em conflito, ela enfiou a mão no bolso escondido e tirou a tiara genuína, colocando a falsa no lugar. Levantou-se de um salto e bateu na parte inferior das costas de Jamie três vezes em rápida sucessão, dando-lhe assim o segundo sinal. Ela havia feito à troca.

Mas ele não havia terminado. Recuou o punho direito e acertou Rothesbury diretamente no nariz. Um jato vermelho de sangue jorrou e começou a escorrer pelo rosto do duque.

Lívido e tapando as narinas sem sucesso, ele gritou: "Fora da minha casa!"

Jamie não havia terminado. Agarrou a peruca de Rothesbury, arrancando-a da cabeça do duque. "Você não está enganando ninguém com essa coisa patética!" Para fora, a confusão de pelos rosa voou pela janela aberta.

Pelo que poderiam ter sido alguns segundos, alguns minutos ou horas, o tempo parou enquanto três pares de olhos fitavam a janela, a importância do que Jamie havia feito se dissipando no ar. A mão de Rothesbury voou para sua cabeça, que tinha apenas cerca de vinte fios de cabelo branco natural povoando sua abóboda bastante protuberante. Seu rosto se contorceu de raiva e humilhação, mas principalmente de raiva, enquanto com uma das mãos segurava o nariz sangrando e a outra, a cabeça.

"Saia!" ele gritou.

Jamie agarrou Hortense pelo pulso, mesmo enquanto ela fazia um grande esforço para se aproximar de Rothesbury. "Eu não vou te abandonar, meu duque", ela gritou, as palavras piegas deixando um gosto amargo em sua língua.

"E leve sua rameira com você!" O sangue de Rothesbury pingou no tapete persa. "A tiara fica aqui!"

Só então Hortense percebeu que ainda segurava à verdadeira. Ela a deixou cair sobre um aparador ao sair e lançou ao duque um último olhar lacrimoso por cima do ombro.

"Fora!" ele gritou soando completamente perturbado, com a mão livre a enxotando.

O homem havia sido humilhado na frente de uma mulher. Ele não seria capaz de tolerar tal coisa.

Em três minutos, ela e Jamie estavam saindo da mansão e chamando a carruagem. Ela enxugou as lágrimas antes de remover o adesivo. "Você tem um lenço?" Ela suspeitava que o kohl estivesse escorrendo por suas bochechas.

Ele enfiou a mão dentro da capa e tirou um pedaço de linho branco. Silêncio se estendeu entre eles enquanto ela enxugava o kohl. "Consegui tirar tudo?"

Ele examinou o rosto dela. "Aqui, permita-me."

Ela fechou os olhos enquanto ele limpava delicadamente algumas manchas. Ela cambaleou sob o toque dele, incapaz de se conter.

"Pronto", ele disse. "Você está como antes."

Os olhos dela se abriram quando as mãos dele caíram. "No quarto do Rothesbury..."

"Sim?"

"Houve alguns segundos..." Ela balançou a cabeça. "Não importa."

"Você achou que eu não iria?"

"Eu sabia que você iria."

"Mas você achou que teria que lutar contra ele?"

"Possivelmente."

Ele colocou o polegar sob o queixo dela, erguendo o olhar dela para encontrá-lo. "Eu fiquei do lado de fora da porta do quarto o tempo todo. Dei exatamente quatro minutos, como planejamos. Você nunca ficou sozinha com ele, não de verdade."

Ela engoliu uma onda repentina de emoção. Claro. Jamie nunca a deixaria sozinha. Um sorriso surgiu em sua boca. "A peruca." Uma risada borbulhou, sem poder contê-la. "Você acha que o Rothesbury algum dia vai se recuperar desta noite?"

Jamie bufou. "Nem pensar."

"Ótimo."

A leveza do momento desapareceu, e a mão dele caiu, seus olhos ficando sérios. "Não haverá troca de roupa nem outras distrações. Vamos para o Flick Doyle agora. Meu filho volta para casa hoje à noite."

Como ela esperava. Ela torcia para que Doyle não tivesse mais nenhum jogo planejado, pois Jamie não iria tolerá-los.

Então estaria acabado.

E, pouco tempo depois, ela pegaria o anel com sinete, e eles também estariam acabados.

25

"Assim que nos vir sair por aquela porta" — Jamie apontou para o estabelecimento de Flick Doyle — "prepare-se para sair."

"Sim, meu senhor", disse o cocheiro, posicionando-se em seu lugar para que a porta permanecesse em seu campo de visão.

Assim que estavam do lado de fora do covil de Doyle, Hortense cruzou o olhar com Jamie e disse: "Só quero que saiba que, não importa aonde esta noite nos leve, aprendi a gostar de você."

Sua declaração repentina o pegou ligeiramente de surpresa. Ele não sabia se se sentia lisonjeado ou insultado. Um pouco dos dois, talvez. "Você me conhecerá depois dessa noite, Hortense."

Ela o encarou em silêncio, tensa e nervosa. Algo em seu olhar o perturbou. Ele não conseguia decifrar. "Fique aqui fora", ele disse. "Eu posso pegar a tiara e buscar Rafe sozinho."

Ela balançou a cabeça. "Preciso ir e concluir o trabalho até o fim."

As palavras dela o atingiram como um soco no estômago. Até o fim. O fim do trabalho. O fim deles. A ironia não passou despercebida por ele. Ao ganhar o filho, ele perderia Hortense.

Pois suspeitava que, embora tivesse lhe dado prazer após prazer, não lhe dera o *suficiente* para ficar.

Ela bateu à porta com a mão. A porta se abriu uma fresta e o rosto sujo de terra de um garoto apareceu. "Ah, você voltou." O garoto se afastou e acenou para Jamie e Hortense entrarem.

O interior estava tão escuro e sinistro como da primeira vez, mas esta noite Jamie sentiu o impacto com mais intensidade. Era ali que Hortense vivera. Era ali que seu filho agora vivia. Nessa miséria, nesse poço de desespero — pois, embora fosse noite escura, certamente nenhuma luz jamais brilhava dentro daquelas paredes, além do sebo mais barato —, as duas pessoas que mais significavam para ele no mundo viviam sob o domínio de Flick Doyle, sujeitas ao poder que ele exercia em seu pequeno feudo.

Basta.

Não enquanto Jamie ainda respirasse.

Eles desceram para a sala subterrânea, cujo ambiente rústico era exatamente o mesmo de cinco dias atrás, com Doyle vasculhando a arrecadação do dia — moedas, relógios, correntes, anéis, lenços — e parecendo muito com o senhorio das favelas do seu reino.

Sua cabeça se ergueu. Ele empurrou os óculos para cima do nariz enquanto um sorriso reptiliano se espalhava por seu rosto. "Ora, vocês dois, todos arrumados para a noite."

Jamie supôs que ele e Hortense estavam bastante chamativos em seus trajes de baile de máscaras. Ele deu de ombros. Não se importava nem um pouco.

Os olhos de Doyle se estreitaram em fendas avaliadoras. "Agora, o que vocês têm para mim?"

Jamie tirou a tiara de sua capa e a jogou sobre a mesa. Doyle fechou a lamparina e pegou uma lupa em uma gaveta. Curvado, com a lupa no olho direito, ele virou a tiara, e a inspecionou cuidadosamente por um minuto inteiro.

Jamie lançou um olhar furtivo para Hortense. Seu corpo inteiro era uma bola tensa de tensão. Ele ansiava por alcançar a mão dela, mas resistiu. Instintivamente, entendeu que era a atitude errada naquela sala e com aquela plateia.

Doyle se endireitou, largando a lupa e a tiara. "Agora minha mãe pode descansar em paz. Essa é a cópia."

"Você fez uma marca nela." Hortense falou.

Claro.

Uma gargalhada ecoou das entranhas de Doyle, trazendo à tona uma nuvem de catarro que ele levou dez segundos inteiros para se livrar. "Essa não é a minha primeira vez e nem será a minha última, queridinha."

Seu maxilar ficou tenso. Ela não gostava de ser chamada de queridinha.

A paciência de Jamie tinha limites. Era hora de terminar aquilo. "Onde está Rafe?"

As sobrancelhas de Doyle se ergueram em direção ao teto. Um teto que ameaçava desabar sobre eles a qualquer momento. Como diabos aquele edifício se mantinha de pé, afinal?

"Não gosta de esperar, não é? Você é um verdadeiro nobre?"

Hortense se pronunciou. "Esse era o acordo." Ela lançou um olhar de advertência a Jamie. Ele deveria manter o temperamento calmo.

Doyle chupou os dentes. "Ei! Rafe!" berrou.

Poucos segundos depois, passos desceram pesadamente as escadas. Jamie não entendia muito de crianças, mas o menino era alto para os seus treze anos. Magro também. E imundo.

Seu filho jamais conheceria outro dia imundo e cheio de pulgas.

"Rafe", disse Doyle, "você vai com eles."

"Por quê?" perguntou Rafe, lançando um olhar furioso e impressionante para Jamie e Hortense. Aquele olhar carrancudo serviria bem ao garoto como o homem que ele se tornaria um dia.

Doyle deu de ombros. "Não é da minha conta."

As sobrancelhas de Rafe se juntaram e ele piscou. "Mas eu

moro aqui." A voz do garoto falhou na última palavra, seu pânico inconfundível.

Doyle balançou a cabeça. "Você será substituído facilmente."

Rafe se encolheu como se tivesse sofrido um golpe físico. "Voltar para o asilo?"

"Se eles quiserem."

Hortense deu um passo à frente. "Não para o asilo. Para um lar."

"Para uma casa? Para a casa desse nobre?" Rafe perguntou, desconfiança e uma raiva crescente transparecendo na pergunta.

"Sim", disse Jamie, esperando que a palavra oferecesse um pouco de segurança ao garoto que suspeitava — e com razão — de toda aquela situação. Construir um relacionamento com o filho não seria algo instantâneo. Ele poderia dar uma patada em Doyle por inflamar o assunto desnecessariamente. Seu punho parecia ter desenvolvido sede de sangue esta noite.

"Agora, vá embora." Doyle pegou a lupa e voltou sua atenção para a tiara.

Jamie encontrou o olhar de Hortense e assentiu. Entendendo o que ele queria dizer, ela subiu as escadas na frente. Jamie gesticulou para que Rafe o seguisse. Com o maxilar cerrado, o garoto permaneceu imóvel.

Antes que Jamie pudesse descobrir como lidar com um rapaz intratável de treze anos, Doyle latiu: "Vá e não apareça na minha porta novamente."

Junto com a desconfiança e a raiva, havia uma pontada de mágoa nos olhos de Rafe. Por fim, o garoto seguiu Hortense. Jamie fechava a fila enquanto eles deixavam o caos do covil de Doyle. Lá fora, o cocheiro estava sentado ereto em seu lugar, as rédeas na mão, pronto para partir.

Rafe hesitou na porta da carruagem antes de se sentar ao lado de Hortense. Jamie sentou-se no banco em frente e deu duas batidinhas no teto. A carruagem se pôs em movimento, e ele soltou um suspiro de alívio. Ele tinha seu filho. Um filho que ele não conhecia e que não o conhecia. Um filho taciturno e circunspecto cujo olhar furioso havia retornado com intensidade ardente.

"Você está" — Jamie procurou algo para dizer, o algo correto para dizer — "confortável?"

Rafe deu de ombros.

Isso tinha sido bem recebido.

Jamie estava abrindo a boca, certamente para cometer outro erro, quando Hortense se virou para o rapaz. "Qual é a sua posição?"

Posição?

Mesmo que Jamie não tivesse ideia do que aquilo significava, Rafe parecia saber, pois seus olhos se estreitaram, mas sua boca permaneceu em silêncio.

"Eu era a escolha", ela disse. Ela entendia mais sobre o filho dele do que Jamie jamais entenderia. Ela falava a língua dele.

Os olhos de Rafe se ergueram, revelando certo respeito. Finalmente, ele mordeu a isca que Hortense estava lançando. "Cuidado. Eu nunca fui bom o suficiente para ser escolhido."

Ela assentiu com compreensão, até mesmo camaradagem. "Suas mãos são grandes demais e você é alto demais para escolher."

"É, isso também. Doyle sempre dizia."

"Você gostou de lá?"

Ele deu de ombros, indiferente. "Melhor do que o asilo." Seus olhos se alternavam entre Jamie e Hortense. "E pelo menos eu sei o que se passa com o Doyle." Seu olhar cauteloso pousou em Jamie como um soco no estômago.

"Esse é um acordo melhor, acredite em mim", disse Hortense.

Rafe zombou. "Confiar em você? Eu não te conheço. Só te vi na casa do Doyle."

Hortense estendeu a mão. "Eu sou Hortense."

Cautelosamente, ele pegou a mão dela e a apertou. "Eu sou o Rafe."

"É um prazer conhecê-lo, Rafe."

Ele apontou o polegar para Jamie. "Ele é um nobre de verdade?"

"Ele é."

"E ele é meu pai?" Ele ainda não olhava para Jamie.

"Você é a cara dele, eu diria."

Por fim, os olhos do garoto se voltaram para Jamie, observando-o, avaliando-o. "Eu acho." Ele não parecia muito animado com a perspectiva.

Logo, eles estavam parando em frente à Asquith Court. Rafe pressionou o nariz contra a janela da carruagem, com os olhos arregalados. "Essa é sua casa?"

"Sim."

"Meu Deus", murmurou o garoto com uma dose considerável de admiração.

O fato de qualquer filho dele sentir tanto temor pela casa do pai fez com que uma nova onda de raiva invadisse Jamie. Embora Rafe nunca pudesse ser o herdeiro de Asquith Court ou do título de marquês, o garoto cresceria acostumado ao luxo.

Bem, ele era uma proposta completamente diferente, uma que Jamie não sabia bem como lidar.

Eles foram recebidos no salão de recepção por Sir Bacon, que não parava de latir e correr em círculos animados ao redor de Rafe. Um sorriso surgiu no rosto do garoto, o sorriso de uma criança igualmente animada. Algo semelhante à felicidade surgiu dentro de Jamie. Ele sabia que nada estava realmente resolvido, mas esse era um bom começo.

Ao perceber a confusão, a Sra. Blanche juntou-se ao pequeno e barulhento grupo. Embora Jamie pudesse não ter a mínima ideia de como lidar com Rafe, ela tinha. Deu uma olhada no rapaz, tirou silenciosamente suas próprias conclusões sobre sua identidade e assumiu o comando. "Vamos levá-lo para a cozinha para comer alguma coisa, depois um" — claramente a mulher estava usando todo o autocontrole de seu arsenal para não torcer o nariz para o fedor que emanava do garoto — "banho".

Rafe se deixou levar, Sir Bacon em seu encalço.

Jamie se viu sozinho com Hortense.

"Você vai precisar de alguém para ficar de olho nele", ela disse quebrando o silêncio.

"Ele tem a mim."

Ela colocou a mão no braço dele, a empatia brilhando intensamente em seus olhos. "Eu sei, mas para garantir que ele não tente fugir de volta para Doyle."

"Ah."

"Você precisa ir até ele agora. Falar com ele."

"Eu não falo a língua dele."

"Você precisa aprendê-la. E..." Ela sustentou o olhar dele. "Ensine a ele a sua."

Agora que ele tinha Rafe, Jamie não tinha a menor ideia do que fazer com ele.

Hortense deve ter percebido sua hesitação. "Você precisa se esforçar. Ele precisa ver isso, mesmo que ainda não saiba."

Jamie sentiu que ela estava certa, mas algo mais o impedia de ir embora ainda. "Você..." Ele não tinha o direito de perguntar.

"Estarei aqui", ela disse intuindo corretamente a pergunta dele.

Jamie foi embora com um fio de esperança no coração. Ainda havia tempo para convencê-la a ficar.

Mas estava acabando.

26

Noventa e oito... Noventa e nove... Cem.

Ofegante e com o suor escorrendo pelo rosto, Hortense desabou de bruços. Incapaz de esperar calmamente por Jamie decidiu colocar o corpo à prova, o que geralmente acalmava a mente e a colocava em ordem. Não naquela noite. Então, ela faria duas rodadas.

Depois de guardar seu traje do baile de máscaras no guarda-roupa, ela se resumia a uma simples camisa. Se vestisse as calças pretas lisas com as quais planejava sair, Jamie suspeitaria instantaneamente de suas intenções. Ela, no entanto, havia cuidado de um assunto vital: pegara o anel de sinete da mesa lateral do quarto dele e o escondera no bolso da calça.

Com o tempo, ele não o notaria e deduziria que fora ela quem o pegara. Ele poderia ir atrás dela, mas ela duvidava. Não tinha valor sentimental para ele, e ele poderia facilmente mandar fazer outro. Ele, provavelmente perceberia, e com razão, que estava afastado dela.

E ele teria Rafe, livre dela e de pessoas como Doyle. O garoto teria a oportunidade de moldar uma vida criada para ele. Filho de um lorde, ninguém teria poder sobre ele.

Uma vida invejável.

No meio de seus revirar de estômago, a porta entre os quartos se abriu. Jamie entrou, parando apenas quando a viu no chão. Em vez de se acomodar no luxuoso tapete Aubusson, ela se sentou ereta e cruzou as pernas à sua frente. Ele não se sentou na cadeira, mas se abaixou até o chão e a encarou. O homem parecia exausto e completamente esgotado, o rosto contraído, a boca apertada. A enormidade daquela noite devia estar se instalando. Sempre acontecia depois que um trabalho era concluído. Ela deveria tê-lo avisado.

"Onde está Rafe?" ela perguntou.

"Submetendo-se de forma um tanto deselegante aos cuidados da Sra. Blanche."

"E Sir Bacon?"

Ele deu uma risada cansada. "Ele parecia muito decidido a se juntar a Rafe no banho." Todos os traços de humor desapareceram de seu rosto. "O rapaz não passa de sujeira, pulgas, pele e ossos."

Hortense engoliu em seco. Era doloroso ver os efeitos da miséria e da privação de perto, especialmente em uma criança. Não havia preparação para isso. Ela envolveu os tornozelos com os braços para se impedir de estender a mão e lhe oferecer conforto. "A Sra. Blanche terá tudo isso sob controle."

"Quando eu saí, ele já tinha enfiado três biscoitos amanteigados na boca. Expliquei a ele que os biscoitos não iriam a lugar nenhum e, se acabasse tudo o que ele precisava fazer era pedir mais." Jamie balançou a cabeça, incrédulo. "Ele parecia não conseguir compreender o que eu falei."

"Levará tempo para ele ver seu novo mundo. Para ele acreditar nele."

Jamie cruzou o olhar com o dela e o manteve. O conhecimento brilhou dentro dela. Suas palavras eram sobre mais do que Rafe. "E você?" ele perguntou. "Você acredita? O que seria necessário para ganhar sua fé?"

Seu olhar se voltou para as brasas da fogueira. Ela não conseguia responder a tal pergunta não sem revelar muito de si mesma.

"Então é assim que você faz", ele disse.

"Como eu faço o quê?"

"Deixar seu corpo tão forte."

Ah. "Todas as noites."

"É uma disciplina e tanto."

"Nas últimas noites, eu não fiz", ela confessou.

"Mas você sentiu a necessidade de retomar a prática hoje à noite."

Ambos sabiam o que ela estava deixando por dizer. Depois dessa noite, ela voltaria à vida que exigia que seu corpo fosse uma arma.

"Nunca serei a maior ou a mais forte em uma disputa, mas posso ser a mais rápida e inteligente."

"Você é uma maravilha, Amélie Hortense."

Amélie.

Fazia tanto tempo que ela não era chamada por esse nome, o nome que ela considerava o mais verdadeiro, o que estava escrito em seu coração. Que aquele homem pronunciasse o nome Amélie parecia certo.

Ela se viu inclinando-se para frente, e ele acompanhando o movimento, ambos movidos por instinto mútuo até que apenas uma distância mínima separava sua boca da dele. Ela inalou um gole de ar, inspirando-o. Aquele ar era precioso para ela, pois entendia que era a última vez.

Ele estendeu a mão e segurou a nuca dela, os dedos se enredando em seus cabelos, puxando-a para frente. Todo o seu ser parecia concentrado nos pontos onde a pele dele encontrava a dela, na leve pressão das pontas dos dedos, no roçar dos lábios. Era um momento que ansiava por ser mais do que um simples e doce toque.

Uma onda de sensualidade percorreu seu corpo, e ela

começou a desatar a gravata dele, desabotoando o colete. Em seguida, a camisa dele passou por cima da cabeça, e seu peito ficou nu. Um espécime de homem tão lindo.

Ele desabotoou a calça e logo a jogou de lado. Ela puxou a camisa pela cabeça, e mais uma vez, eles ficaram frente a frente, nus não apenas no corpo, mas com as almas expostas um ao outro.

Mesmo quando ele se inclinou em seu espaço, ele a segurou firme enquanto a deitava. Ele se esticou nu ao longo de seu corpo, a luz do fogo lançando seu brilho quente e bruxuleante, as pontas dos dedos traçando sua pele com uma intenção lenta que acendeu uma chama dentro dela. Seu olhar escuro a absorveu, e a urgência dos últimos dias foi substituída por um sentimento mais profundo e significativo. O que eles estavam prestes a fazer era mais do que prazer físico e libertação. Seria uma expressão de tudo o que sentiam e não podiam dizer com palavras, mas com uma linguagem que seus corpos falavam intuitivamente.

Ele inclinou a cabeça e pressionou a boca contra a dela em um beijo que floresceu com intenção a cada batida rápida do seu coração. Ela envolveu os braços em volta do pescoço dele e o trouxe para mais perto, sua língua emaranhada na dele, querendo — *precisando* — aprofundar o contato com ele. Ela precisava da massa sólida do corpo dele, do peso delicioso dele pressionando-a contra o tapete, prendendo-a ao chão, a esse momento.

Com os antebraços plantados em ambos os lados da cabeça dela, ele pairou sobre ela. As pernas dela se abriram, respondendo à pergunta em seus olhos. Com uma penetração longa, lenta e deliberada, ele entrou nela, arqueando a cabeça para trás e fechando os olhos de prazer. Cada uma de suas investidas medidas e implacáveis trazia uma sensação de plenitude, como se ela só estivesse completa quando estava em sintonia com ele, seu corpo colado ao dele.

O suor escorria pelo rosto dele enquanto ele a penetrava, os quadris dela acompanhando cada estocada dele. As mãos dela percorreram-no — o rosto, os ombros largos, os braços musculosos, a barriga definida, o traseiro firme — sentindo-o, saboreando-o, memorizando-o. "Oh, Jamie", ela suspirou, sua mente começando a se fragmentar com a felicidade que ele estava proporcionando.

Olhos prateados intensos encontraram os dela. "Posso fazer algo" — uma investida, uma hesitação — "diferente?"

Um arrepio de antecipação a percorreu. "Você pode fazer qualquer coisa comigo."

Ele se inclinou para trás, afastando-se dela — provocando um gemido de protesto — agarrou seus quadris e a virou de bruços. Ela ficou completamente imóvel.

"Você concorda?" ele perguntou com cautela na voz.

"Eu..." Agora ela estava ali, de bruços no tapete, não tinha certeza. Mas, pensando bem, era Jamie, e ela falava sério. *Você pode fazer qualquer coisa comigo*. "Eu concordo."

A sensação de ter se tornado inteiramente vulnerável a ele a percorreu. Ela afundou na sensação que deveria tê-la perturbado. Não evocava medo, mas sim alívio. A libertação de um fardo que carregava sem perceber. Estar completamente vulnerável a esse homem era liberdade.

Apoiada por um cotovelo ao lado da cabeça e o outro no quadril, ela sentiu o longo membro dele pairar sobre ela, o ar entre seus corpos pulsando de desejo. Então, centímetro por centímetro, ele afundou dentro dela, seu pênis longo e duro a esticando, suas costas arqueando para que sua vagina pudesse recebê-lo ainda mais. Sem a visão perturbadora dele, ela foi capaz de se tornar nada além de um conjunto de sensações. Essa rendição... Era a verdadeira intimidade.

Com o hálito quente e úmido, a boca dele encontrou seu pescoço, causando arrepios em sua pele. A cada impulso, seus breves suspiros encontravam seus grunhidos roucos na antiga sinfonia de luxúria e prazer. Ela se moveu para puxar os joelhos para baixo e se levantou apoiando-se nos antebraços, com o traseiro levantado, as mãos fortes dele agora segurando seus quadris, seu pênis penetrando-a com um ritmo que ganhava ferocidade a cada movimento.

Além de ternura e intimidade, ela também precisava disso, desse impulso animal, desse prazer que beirava a dor, às vezes se transformando nela, enquanto seu sexo começava a se contorcer com uma tensão que se tornara — *ah* — tão deliciosamente familiar. "Estou tão", ela gritou e ofegou com a próxima investida dele, "tão..." Ela não conseguia terminar a frase.

Uma risada cúmplice soou atrás dela. "Perto?"

Ela soltou um longo gemido em resposta. Tão perto, mas tão longe de alcançar.

Com uma mão firme na parte inferior das costas dela, ele a alcançou por baixo, encontrando sua fenda, deslizando ao longo de sua abertura molhada, levando-a a um frenesi selvagem enquanto seu traseiro batia em seu pênis. Seu polegar encontrou um ponto — o mesmo ponto que sua língua havia encontrado mais cedo naquela noite —, usando a umidade dela para deslizar sobre ele, repetidamente, fazendo-a suspirar em pequenas explosões. "Você está brincando comigo?" ela perguntou, frustrada, a pergunta como uma exigência.

Outra risada sombria e cúmplice. "Oh, sim, meu amor", ele sussurrou em seu ouvido, sua voz um estrondo aveludado que enrijeceu seus mamilos e curvou seus dedos dos pés. "Mas agora" — ele aplicou mais pressão, seu polegar movendo-se em círculos firmes e deliberados, levando-a além do ponto de sanidade — "você vai gozar para mim."

E... E... E lá estava. Seu corpo tenso e preso no limbo — escrava do redemoinho de seu polegar, da implacável movimentação de seu pênis — a liberação caindo sobre eles, afogando-os em rápidos espasmos de prazer, seus corpos ao mesmo tempo nada mais do que sensação física e, de alguma forma, existindo fora dela.

Nesse momento infinito, eles eram um. Que poderia se estender para sempre.

Ela desabou de bruços, e ele desabou sobre ela. Ela acompanhava a subida e descida de seu peito. Cada respiração que ele dava, era um presente.

Cedo demais, ele deslizou para fora dela, e ela quase gemeu com a perda. Mas não gemeu. Foi apenas a primeira perda da noite, uma pequena para prepará-la para a maior. Ela se enrolou de lado, encarando-o, os olhos acompanhando cada linha e ângulo do rosto lindamente formado.

"Você não precisa fazer isso, sabia?"

"Fazer o quê?" ela perguntou, um pouco surpresa com o tom dele.

"Me memorizar." O olhar dele se recusou a soltar o dela. "Eu não vou a lugar nenhum."

Ela se encolheu.

Ótimo.

Ela precisava ouvir. Ela precisava *entender*.

"Isso não precisa acabar." Ele passou os dedos levemente pela curva suave do quadril dela. Ela queria se inclinar para o toque dele, ele podia ver pelo brilho das pupilas dela, o azul dos olhos dela reduzido a finos anéis. "*Nós* não precisamos acabar."

Em uma súbita onda de atividade, ela se arrastou para trás, rompendo o contato, agarrou sua camisa e a puxou pela cabeça. Lentamente, ele se sentou e encontrou sua calça. A conversa que se aproximava pedia roupas.

Uma vez vestida, ele a encontrou sentada na beira da cama, com determinação estampada no rosto.

"Já lhe ocorreu que não precisamos terminar nosso casamento?" ele perguntou, movendo a cadeira diante da lareira para que ficasse de frente para ela. Melhor estar sentado do que pairar sobre ela como um bruto. Ou, pior ainda, tentar seduzi-la para que ela se submetesse. Seria uma péssima ideia. E também muito, muito difícil de resistir.

"Nem uma vez", retrucou ela, com a voz carregada de uma bravata que não chegava aos seus olhos. Ele detectou incerteza ali. Ela havia considerado a possibilidade, seus olhos lhe diziam. "Nós nos conhecemos há pouco tempo."

"E, no entanto", ele disse sem hesitar, "você me conhece melhor do que qualquer pessoa na Terra."

Ditas com leveza, as palavras soaram pesadas e inabaláveis. Elas continham o peso da verdade.

"Você não me conhece."

"Então me fale sobre você."

Um turbilhão de emoção brilhou em seu olhar, e nele ele viu a tentação. "Uma vez enguia, sempre enguia", ela disse.

"Palavras de Doyle."

"São."

"Eu não me importo com o seu passado."

"Não é só o meu passado."

"O que você quer dizer?"

Ela balançou a cabeça. "Não importa."

Jamie sentiu que sim, mas antes que pudesse pressioná-la, ela disse: "Os sentimentos que você está experimentando têm mais a ver com a novidade e a excitação das últimas duas semanas. Eles não são genuínos nem duradouros."

"Você já vivenciou o que há entre nós com outra pessoa?"

"*Não é nada provável*", ele deixou por dizer.

Mesmo assim, ela insistiu. "Os sentimentos vão desaparecer à medida que sua vida se normalizar."

"*Regularidade?* Eu não saberia como começar a ter uma vida normal", ele zombou. "E por que eu iria querer uma?" Ele teria a coragem de falar o que sentia? Tinha. "Agora que te conheci."

"É exatamente disso que estou falando", ela disse exasperada.

Que ela se exasperasse. Essas crenças dela precisavam ser desafiadas.

"O que você está sentindo é fruto das nossas circunstâncias e proximidade."

Ele se inclinou para frente na cadeira, com os cotovelos apoiados nos joelhos. "Proximidade? É assim que você está chamando?"

Ela estava realmente começando a testar a paciência dele. Por que se recusava a ver o que estava diante dela?

Eles.

Um futuro.

"Não vai durar", ela disse certa. "É bem típico de tudo o que vivemos juntos. Vai passar."

"*Não.*" Não passaria. Ele entendia isso até a medula dos ossos.

"Temos pouco em comum." Ela levantou a mão e começou a enumerar as diferenças. "Primeiro, há a nossa disparidade de classe."

Ele bufou. "Isso não importa para mim. Além disso" — ele a tinha aqui — "você é uma marquesa, então eu diria que somos iguais nesse aspecto."

"*Você* nasceu conde e futuro marquês. Deu seus primeiros passos em um palácio. *Eu*" — ela cutucou o peito com o polegar — "nasci uma ninguém. Passei a infância catando estopa em um asilo e roubando nas ruas de Londres." Ela levantou um segundo dedo. "Você tem uma riqueza imensurável à sua disposição."

"À sua disposição também. Preciso ficar lembrando que você é minha esposa? Quer você goste ou não, você é uma marquesa."

Implacável, ela levantou um terceiro dedo. "E educação. Você sabe tudo o que um marquês deve saber, e mais. Você tem conhecimento de livros. Eu só sei o que aprendi nas ruas. Não sei nada de bordado, planejamento de cardápios ou passos de dança. A questão é que posso bancar a marquesa por alguns dias, mas nada mais. Eu simplesmente não me encaixo no seu mundo."

Ele estava perdendo a batalha, podia sentir. Não porque acreditasse nos motivos dela, mas porque ela acreditava.

"Temos tudo o que importa em comum." Ele não gostou do tom de desespero em sua voz.

"Casamento é mais do que relações sexuais."

"Quero ser um marido para você de mais maneiras do que simplesmente na cama." Ou no chão, ou contra uma parede, ou em uma banheira, ele não disse.

Em vez disso, levantou-se e diminuiu a distância entre eles. Quando ela não levantou o olhar para encontrar o dele, ele colocou o polegar sob o queixo dela até que ela não tivesse escolha. Para as verdades prestes a emergir de sua boca, ele precisava olhá-la nos olhos. "Quero te proteger. Quero cuidar de você. Quero te mimar até você ficar mimada e insuportável. Pelo resto de nossos dias."

Ela balançou a cabeça. "É apenas uma sensação fantasmagórica."

"Quem você está tentando convencer? A mim? Ou a si mesma?"

Ele viu crueza, vulnerabilidade e medo no olhar dela, não dele, mas daquele futuro desconhecido que ele lhe apresentava. Um futuro que colidia fortemente com a visão de mundo que ela havia formado em seus vinte e três anos nessa terra. Uma visão formada não por preferência e inclinação naturais, mas por necessidade e autoproteção contra o mundo.

O que ele viu foi dúvida. O tipo de dúvida que se arraiga profundamente na alma de uma pessoa, garantindo que ela nunca acreditaria em boa sorte ou segurança duradoura.

Ela não estava tentando se convencer de nada. Ela acreditava verdadeiramente em sua visão de mundo.

"Quanto tempo?" ele perguntou, fazendo uma última tentativa de mudar o rumo da situação.

Suas sobrancelhas se encontraram. "Como assim?"

"Você diz que não houve tempo suficiente, então me responda: quanto tempo precisa passar antes que você saiba que o que existe entre nós tem substância?"

Com os olhos arregalados fixos nele, ela não parecia capaz de responder. Apenas um desespero devastador e frustrante o iluminava.

"Um dia?" ele insistiu. "Duas semanas? Um mês? Um ano?"

"Eu... eu não sei."

Por fim, ela demonstrara incerteza. Talvez aquela fosse a brecha por onde seu argumento conseguiria se infiltrar e penetrar. O que ele diria em seguida precisava ir além da lógica e vir de sua própria alma. Era sua última chance. "O coração entende o tempo?"

"Eu..." Ele a deixou perplexa. "Eu não saberia como funciona o coração."

"Você não sabe?"

Ela afastou o queixo do toque dele e se recusou a encará-lo. Ele deixou a mão cair ao lado do corpo. Sabia o que dizer em seguida. "Vá embora", saiu de sua boca.

Olhos chocados encontraram os dele. Ela esperava que ele continuasse lutando. "Hoje à noite?"

"Você pode esperar até de manhã, é claro." Ele deu um passo para trás. Afastou-se dela.

Uma batalha se travava atrás dos olhos dela, ele podia ver. Mas era uma que ele não tinha o poder de decidir, apenas ela.

Ela pigarreou. "Eu vou hoje à noite. Assim será menos confuso para Rafe."

Com o maxilar tenso, Jamie assentiu. "Meu mais profundo agradecimento por tudo o que você fez para recuperar meu filho." Ele havia se recolhido à arrogância que não empregava desde a noite em que se conheceram. "O pagamento será entregue em sua residência amanhã."

Ele girou nos calcanhares e caminhou em direção ao corredor

que conectava seus quartos. Ao sair, seu corpo quis hesitar. Queria olhar para trás e partir com uma última imagem dela. Mas a sua vontade era mais forte.

Ele continuou andando.

27

Enquanto a aurora lançava raios dourados pelo céu matinal, Jamie examinou o corpo adormecido de Rafe uma última vez antes de seguir para o quarto de Hortense.

Ela tinha ido embora.

Da janela do escritório, com vista para a praça, ele a observara partir uma hora antes. Uma hora gasta lutando contra a vontade de ir para o quarto dela. No fim, sua vontade não foi páreo para seu coração.

Lá estava ele.

A cama estava lisa e intocada. O fogo tremulava baixo na lareira. Em seu quarto de vestir, suas roupas novas permaneciam. Imponentes e frias, seus aposentos não guardavam nenhum vestígio dela, apenas um resquício de seu perfume. Em breve, isso também desapareceria.

Ele não tivera escolha a não ser mandá-la embora. Mesmo assim, ficara tão chocado quanto ela por ter dito aquelas palavras. Mas ele conhecia os sentimentos que pulsavam em seu coração a cada batida. Era mais do que admiração, paixão e luxúria. A única palavra para descrevê-los era amor. E ele não podia forçá-la a confiar nele, a sentir por ele ou a amá-lo de volta. Foi isso que ele entendera nos segundos antes de mandá-la embora. Ele não podia estar perto dela, sentindo o que sentia por ela, sem que ela retribuísse o sentimento.

E, claro, ela não faria isso. Como ele podia achar que era o suficiente para uma mulher como ela? A verdade era que ela o enxergara e o achara deficiente. O que ele representava para ela?

Em seu quarto, ele não foi para sua cama, mas, em vez disso, se jogou em uma poltrona diante da janela com vista para o jardim dos fundos. Desesperado para se livrar dela, mesmo que por um instante, estendeu a mão para a pilha de livros na mesa lateral e agarrou o que estava em cima. *Um Tratado sobre o Asilo Inglês e Suas Condições de Trabalho e Vida.* Ele o havia tirado do escritório dias antes, depois da visita a St. Mary Magdalen.

Ele folheou o sumário e deu uma olhada rápida, aprofundando-se no assunto a cada palavra lida. Hortense, Mollie e Rafe — sem dúvida as três pessoas mais importantes que entraram em sua vida — foram submetidas ao asilo, tendo seus destinos moldados por seus caprichos e condições. Talvez tivesse chegado a hora de compreender suas vidas e os fatores que as moldaram.

Naquela segunda-feira à noite, no jantar de Nick e Mariana, a conversa se concentrou no Parlamento e nos asilos. Quando Hortense falou, foi para a sala em geral, mas verdadeiramente para ele. Ela acreditava que ele poderia fazer a diferença.

Nesse momento, com o canto do olho, ele notou a ausência. Virou-se para absorver completamente o conteúdo da mesa lateral. Seu anel de sinete. Onde estava?

Hortense. Ele sabia. Mas por quê?

Uma vez enguia, sempre enguia... Não é só o meu passado.

Doyle.

O velhaco não estava no passado dela. Essa era a resposta.

Antes que percebesse o que estava fazendo, Jamie se levantou bruscamente, entrou no quarto de vestir e calçou as botas e o sobretudo. A insistência dela de que eles não podiam ficar juntos. Que ele não a conhecia. Essas afirmações estavam em completo desacordo com a mulher que ele segurara nos braços apenas algumas horas antes. Ela não fugiu com seu anel de sinete porque era uma ladra, mas porque seu passado também era seu presente.

Ela não confiara a ele esse conhecimento. Mas como poderia? Quando a vida lhe mostrara que era seguro confiar?

Passos raivosos e determinados o guiavam por corredores escuros e para fora de Asquith Court, Jamie se viu chamando um carruagem de aluguel.

Basta.

Hortense estaria livre de Doyle antes que aquela noite terminasse, pois Jamie jurara protegê-la e ele não abandonaria essa promessa. Hortense estaria sob sua proteção pelo resto de seus dias, mesmo que não estivesse sob seu teto.

***

JAMIE nunca se aproximara do estabelecimento de Flick Doyle à luz do dia. Mesmo a luz suave e dourada do amanhecer não favorecia a estrutura, pois sua aparência precária e desorganizada era suficiente para fazer com que se pensasse duas vezes antes de entrar em seus limites estreitos e inclinados.

Mas não Jamie. Seu passo acelerou instintivamente.

A mão de Nick envolveu seu braço. "Vamos esperar e observar um pouco."

A frustração tomou conta de Jamie. Ele queria que aquilo fosse feito. Já. Mas também entendia que esse tipo de missão era a área de especialização de Nick. Um homem não se torna um mestre da espionagem se precipitando em situações como um jovem inexperiente e imprudente. Então, Jamie se deixou levar para um beco escuro, onde ele e Nick observavam, ombro a ombro.

"Você vai me contar do que se trata?", perguntou seu irmão.

Jamie cerrou os dentes. Ele não queria contar nada a Nick. A ideia de revelar os segredos de Hortense sem a permissão dela deixava um gosto amargo em sua boca. No entanto, Nick fora arrancado da cama e chegara até ali sem questionar. Jamie devia uma explicação ao irmão. "Hortense", ele disse bruscamente.

Nick ficou alerta. "Ela está em perigo?"

"Não que eu saiba."

"Então?"

"Doyle."

"Flick Doyle? O antigo mestre dela? Esse é o local dele?"

"Sim." O ar ficou pesado de expectativa. Nick queria mais informações, e Jamie supôs que ele as merecia. "Acho que ela voltou a trabalhar com ele."

Nick bufou. "Ela é esperta demais para isso."

"Não se ele estiver tramando algo contra ela."

"O que aquele canalha de meia-tigela pode ter contra Hortense?"

"É isso que pretendo descobrir", Jamie resmungou.

A porta se abriu e uma figura esguia deslizou para fora. *Hortense.* Novamente, Nick agarrou o braço de Jamie. "Agora não", murmurou. "Doyle, lembra?"

Jamie assentiu bruscamente enquanto observava Hortense olhar ao redor sem detectar ele e Nick, e então desaparecer na noite. Cada célula de seu corpo clamava para segui-la.

Em vez disso, seus pés seguiram em direção à porta de Doyle, Nick em seus calcanhares. Jamie bateu com a batida especial de Hortense. A porta rangeu nas dobradiças enferrujadas e um olho apareceu pela fresta. O olho se arregalou. Antes que o garoto pudesse bater a porta na sua cara, Jamie enfiou o pé na fresta. "Sugiro que fique de lado, pois não temos nada contra você", ele disse. "Mas vamos entrar."

A porta se abriu. Jamie e Nick entraram, Jamie liderando o caminho pelo labirinto de corredores e escadas que levavam à sala subterrânea, onde o velho patife estava sentado em seu lugar de sempre à mesa coberta com a comida do dia anterior. Ele se recostou na cadeira, ajustou seus óculos de aro de metal e observou seus visitantes. "Um pouco tarde — ou será que é cedo? — para uma visita social, não acha?"

Jamie não faria os joguinhos de Doyle. "O que você tem contra ela?"

"Ela?" O sorriso de cobra de Doyle se encaixara, aquele que dizia que ele tinha todas as cartas na mão. Logo perceberia que não era o caso. "Está falando da Hortense, presumo?"

"Responda à pergunta."

"Não está curioso para saber o que ela está fazendo para mim?"

Jamie viu o que Doyle estava tentando fazer. Semear a dúvida em sua mente. "Não preciso saber."

Doyle apontou o dedo para ele. "Ah, mas seus olhos estão me contando uma história diferente. Coleciona bugigangas para mim. Paga seus impostos como uma boa enguia."

Uma vez enguia, sempre enguia.

A declaração de Doyle foi apenas uma confirmação.

"O que você tem contra ela?" Jamie estava mais convencido agora do que nunca. "É a última vez que pergunto."

"Ou o quê?" Doyle gargalhou. "Quer um conselho?"

"De você?"

"Deixe Hortense comigo. Os talentos dela serão desperdiçados com gente como vocês, nobres. Aquela moça poderia governar Londres, é isso que pretendo ensinar a ela."

O tempo para discussão havia acabado. Doyle havia perdido a chance. Jamie se virou para Nick. "Seu cunhado ainda está envolvido com transporte marítimo?"

"St. Alban? Sim."

Isso chamou a atenção de Doyle, pois ele se sentou ereto, claramente tendo notado a expressão que havia nos olhos de Nick. Implacável, firme e totalmente pronto para fazer o que fosse preciso. O homem era um mestre espião há mais de uma década, e era fácil entender como.

"O que é isso?" perguntou Doyle, a luta em sua voz desaparecendo.

"Meu cunhado — um de nós, nobres, como você gosta tanto de dizer — era capitão de navio", disse Nick. "Acontece que ele ainda tem interesse na empresa de transporte marítimo da família. E eu sei que um desses homens das Índias Orientais partirá para os mares do sul dentro de uma semana."

"O que isso me importa?" perguntou Doyle, sua voz com medo em vez de demonstrar uma luta impulsionando a pergunta.

"Você estará no navio", afirmou Jamie, baixo e implacável.

Enquanto Doyle gaguejava e procurava as palavras, uma voz fina e trêmula soou no vazio. "Você não vai me levar a lugar nenhum."

Acima do quarto, na metade da escada, estava uma mulher cuja idade podia ser entre cem anos e a eternidade das colinas, a julgar pelos sulcos profundos que a vida havia esculpido em seu rosto. Camadas de pijamas de inverno se acumulavam sobre seu corpo frágil, e ela usava uma tiara de diamantes e safiras no topo da cabeça. Uma tiara *falsa* de diamantes e safiras. Ela não podia ser outra senão a amada mãe de Doyle.

"É só uma brincadeira entre amigos, mamãe", disse Doyle, tentando acalmá-la, levantando-se rapidamente e atravessando a sala até ela, de repente seu querido e amado *Felix*. "Agora vá para a cama, e vamos rir disso no chá da manhã."

A mulher lançou um olhar de despedida para Jamie e Nick por cima do ombro enquanto Doyle a ajudava a subir a escada íngreme e fechava a porta atrás dela.

"Não posso deixar, minha mãe", disse Doyle, virando-se para Jamie e Nick. Ele parecia ter compreendido bem a situação, pois seu comportamento havia mudado completamente de arrogante para suplicante. "Sou tudo o que ela tem nesse mundo cruel. Ela não sobreviverá sem mim."

"Podem providenciar acomodações para ela no navio", disse Nick, ignorando completamente as preocupações de Doyle.

O velho patife pareceu arrasado. "Ela não sobreviverá a essa viagem. Pense com seu coração, você sabe disso."

Jamie não queria a morte da mãe de Doyle em suas mãos, mas Doyle também não podia ficar em Londres. "Você precisa sair de Londres."

Nick claramente captou a direção dos pensamentos de Jamie. "Encontre outra cidade."

A esperança estava por trás dos óculos de Doyle. "Minha mãe tem uma irmã mais velha lá em Exeter."

Mais velha? Como isso era possível? Mas Jamie não tinha tempo para os mistérios do universo. "Saia de Londres em três dias. Um minuto a mais e você estará em um navio com destino a terras desconhecidas."

"E", acrescentou Nick, "estarei de ouvidos abertos para você. Não me deixe ouvir falar de nenhuma enguia rastejando por Exeter."

Doyle balançou a cabeça, olhos arregalados, mãos abertas, atitude obsequiosa e pacificadora. O Flick Doyle de dez minutos atrás se fora. Quase se podia admirar o aguçado senso do homem de manter sua pele intacta. "Oh, não, não, não, para mim está tudo certo, sem dúvida."

"Você se esquece de que conheceu Hortense", disse Jamie. "A partir de agora, não lhe cause preocupações nem problemas, ou não haverá lugar na terra onde você possa ir e se sentir seguro."

A testa de Doyle se franziu em confusão. "Hortense quem?"

"E uma última coisa." Jamie ainda não tinha terminado.

"Qualquer coisa, milorde."

Jamie estendeu a mão. "Meu sinete."

A expressão de Doyle ficou envergonhada. Sem demora, ele abriu uma gaveta e enfiou a mão lá dentro. Jamie lançou um olhar para Nick. Seu irmão estava de pé, pés bem plantados, braços cruzados. Ele não cederia um centímetro. Jamie sentiu uma pontada de algo que não sentia por Nick há anos, algo que ele estava demasiado entorpecido pelas bebidas alcoólicas para sentir — afeto fraternal. Nick o apoiou quando foi necessário. Isso significou mais do que Jamie poderia expressar em palavras.

O barulho de metal batendo na madeira chamou a atenção de Jamie. Sobre a mesa estava o sinete. *Seu* sinete. Era parte dele, sempre seria. Era hora de aceitar esse fato. Ele o deslizou no dedo médio da mão direita. Pela primeira vez, o encaixe pareceu perfeito.

"Dentro de três dias", disse ele a Doyle.

"Não precisa me dizer uma terceira vez."

Com isso, Jamie e Nick partiram para a nova manhã londrina.

"Vamos informar Hortense?" perguntou Nick, com os olhos brilhando de determinação.

"Não", disse Jamie. Ele vinha pensando bastante no assunto.

"Não?" gaguejou Nick, incrédulo. "Por que diabos não?"

"Eu não a quero assim."

"De que jeito?"

"Em dívida comigo", disse Jamie. "Ela agora tem a escolha."

"Irmão, você está falando em enigmas, e eu não suporto pessoas falando em enigmas." Nick estava claramente exasperado. "Que escolha?"

"Ter a vida que ela quiser."

Hortense nunca teve essa chance, e ele queria isso para ela.

"Ela quer você, irmão." Nick bufou, como se não conseguisse acreditar.

"Talvez", disse Jamie.

Ele esperava que sim. Talvez em sua nova realidade de criar uma vida unicamente por sua escolha, ela percebesse que não estava completa, e nunca estaria sem ele. Da mesma forma que ele sentia por ela. Mas ela tinha que chegar a essa conclusão sozinha.

Ela viria até ele por livre e espontânea vontade.

Ou não.

28

M*aio*
Hortense e Sir Bacon mal haviam dobrado a esquina da Little Peter Street quando um rato brigão cruzou o caminho deles, arruinando o que até então havia sido uma rara caminhada sem drama. O cachorrinho puxou a coleira e soltou uma série de latidos. Hortense parou, exasperada. Não adiantaria nada lutar contra o instinto natural de Sir Bacon. Era melhor deixá-lo se cansar.

Por hábito de longa data, ela olhou ao redor, meio que esperando encontrar uma enguia inclinando o chapéu para ela, chamando-a para Doyle. Mas não havia ninguém, não havia aparecido ninguém em um mês, desde que ela entregou o anel com sinete. Após a primeira semana de espera por contato, ela retornou e bateu na porta de Doyle por quinze minutos, mas sem resposta.

Uma vozinha soou atrás dela. "Você está procurando o Doyle?"

Hortense se virou e encontrou uma menina de uns sete anos olhando para cima. "Sim."

"Ele e sua mãe fugiram." Ela franziu a testa, pensativa. "Há cinco dias."

"Eles partiram?" Uma sensação estranha começou a invadir Hortense. "Ele disse para onde estava indo?"

"Não disseram uma palavra a ninguém."

Hortense colocou meia coroa na mão da garota e saiu rapidamente do East End, completamente perplexa. Ela só conseguia imaginar que Doyle havia se deparado com alguém com quem não conseguia lidar tão facilmente quanto um bando de garotos famintos e uma mulher chantageada. Era inevitável que acontecesse em uma cidade como Londres.

Mas a cada passo que dava, outro sentimento florescia e se espalhava por ela — alívio. Se ela parasse de se mover, ou ela cairia no chão ou ganharia asas e voaria.

Levou mais uma semana inteira para ela aceitar essa nova realidade. De Doyle ter ido embora. De ele estar completamente fora de sua vida. De ela estar livre, de verdade.

Sir Bacon puxou a guia, ansioso para descobrir todos os novos cheiros fora do alcance do seu nariz. Ele se tornara um bom parceiro, raramente interferindo no trabalho investigativo dela, que ainda consistia principalmente em infidelidades e roubos ocasionais. Era um trabalho constante, embora não exatamente gratificante. Mas era dela, dela para cultivar e desenvolver. Somente dela. Essa era a parte importante.

No entanto, havia outra nova realidade que a chocara quase tanto quanto a partida repentina de Doyle. Ela não precisava mais continuar com aquele trabalho, ou qualquer trabalho, aliás. Não com a quantia em dinheiro que chegara por entrega especial no dia seguinte à sua partida de Asquith Court. Era uma quantia que facilmente manteria o Rei George vivendo confortavelmente por um ou dois anos. E o bilhete que o acompanhava... Se o dinheiro não tivesse sido suficiente para deixá-la boquiaberta, o bilhete certamente o fez. Era composto de poucas palavras, mas não eram necessárias muitas.

Todos os anos, nessa data, você receberá essa quantia.
Não devolva o pagamento, pois todas as tentativas falharão.
- J

E assim ficou decidido.

Ela possuía uma pequena fortuna e não tinha a menor ideia do que fazer com ela. Então, ignorou. Não tinha certeza se algum dia conseguiria gastá-la. No entanto, todos aqueles guinéus não foram suficientes para distraí-la do único machado restante suspenso acima de sua cabeça.

Todos os dias, ao retornar ao seu alojamento, esperava encontrar os papéis de anulação esperando por ela. Já fazia um mês e os papéis não haviam chegado. Mas chegariam.

A essa altura, Jamie já teria recobrado a razão sobre o tempo que passaram juntos. Ele teria percebido que o perigo e a intriga tinham um jeito de criar uma intensa sensação de emoção que rapidamente desaparecia depois que a ameaça passava e a vida voltava ao seu ritmo normal. Ele estaria se achando bem livre da ladra de rua com quem se casara. Ela simplesmente não era adequada para ser uma marquesa.

Ele já teria percebido isso.

E ela? O que ela percebeu?

Não importava. Era melhor guardar seus sentimentos onde eles pertenciam.

A um quarteirão do Número 11, ela notou uma carruagem com quatro cavalos. Seu coração batia forte. Poderia ser —

Não era. Uma tinta preta brilhante brilhava onde o brasão deveria estar. Mesmo assim, ela reconheceu o veículo. Pertencia a Nick e Mariana. O medo a percorreu e se instalou em seu íntimo. Ela havia pulado os jantares de segunda-feira por um mês e pretendia recusar novamente o do dia seguinte. Precisava de um tempo longe de todas as pessoas com o sobrenome Asquith. Pelo menos, era o que sua mente insistia.

No entanto, havia uma parte dela — uma parte enraizada em

seu corpo, na altura do peito e decididamente independente da razão — que carregava uma dor. Se ela baixasse a guarda — digamos, nas primeiras horas da madrugada — a sensação poderia ser menos aguda e mais próxima, na escala da dor, de uma dor aguda. Poderia latejar e fazer seu peito ficar pesado, como se abrigasse um soluço profundo e não resolvido. Sir Bacon também podia sentir isso, pois choramingava lamentosamente quando isso acontecia.

Na pensão, ela não entrou pela entrada do beco para seus aposentos, mas pela porta da frente. A Sra. Hayhurst estava parada no corredor, esfregando as mãos, com uma expressão ansiosa no rosto. "A senhora tem uma visita", disse ela em um sussurro alto e entregou a Hortense um cartão de visita. *Lady Mariana Asquith.* "Ela insistiu em ficar até a senhora voltar. Está aqui há quase uma hora."

"Ela está na sala de estar?" Hortense já estava a caminho.

"Sim, está."

Fechando a porta da sala de estar atrás de si, Hortense encontrou Mariana empoleirada ereta na beirada do sofá, brilhando de impaciência. "Mariana", ela disse hesitante, cautelosa com o mau humor da amiga.

"Onde você esteve?" Mariana iria direto ao ponto.

Hortense demorou a desatar a coleira de Sir Bacon, esperando que sua calma aparente servisse para acalmá-la e apaziguar. "Trabalhando em algumas investigações aqui e ali. O de sempre."

Os olhos de Mariana se estreitaram, a tensão não diminuiu nem um pouco. "Não a vimos nas últimas quatro segundas-feiras."

"Não", disse Hortense. Ela não quis dar mais detalhes.

"Você planeja jantar conosco amanhã à noite?"

"Não." Uma definição direta das expectativas era o melhor.

Mariana estalou o pulso. "Por favor, sente-se. Temos muito que conversar."

Com certa desconfiança, Hortense fez o que a amiga sugeriu,

se é que sugestões eram exigências. Essa mudança de tom despreocupada não era um bom presságio. Ela tinha faro para esse tipo de coisa.

"Consegue adivinhar quem tem nos agraciado com sua presença?" perguntou Mariana, as palavras leves, mesmo que seus olhos não tivessem perdido a intensidade. "E quem estará lá amanhã?"

"Jamie, eu suponho." Ah, se a voz dela não tivesse falhado um pouco ao pronunciar o nome dele. O tempo deveria amenizar isso.

"Isso mesmo." Mariana hesitou. "E Rafe." Outra hesitação. "O filho dele."

"Suponho que tenha sido um choque."

"Foi, e não foi. Jamie sempre foi bastante sombrio."

Contra a vontade, Hortense estava se deixando levar. Não conseguia evitar. Ela estava se perguntando sobre Rafe. "Como está o rapaz?"

"Ele é um pouco difícil, mas é um garoto simpático."

Hortense assentiu. "Eu percebi isso nele." Como o pai, ela não disse.

"Geoffrey se apegou a ele."

O humor brilhou no olhar de Mariana. "Sim, bem, Geoffrey está sempre em busca de aventuras, e este novo primo dele é a pessoa certa." Todos o humor desapareceu. "Mas eu não estou aqui para falar sobre os meninos."

"Você não estaria." Hortense se preparou.

"Então vou direto ao ponto. Hortense, você é a mulher mais corajosa que conheço, e é por isso que não entendo uma coisa."

"O que é?"

"Por que você está se comportando como uma covarde?"

A declaração a deixou sem fôlego.

"É que você não quer ser marquesa?" perguntou Mariana. "Eu entendo. Uma vida assim não é para todos, incluindo muitas das pessoas que a levam."

"Nunca pensei muito nisso." Hortense sabia desde o início que não seria marquesa por muito tempo.

"Você está acostumada a uma vida agitada, mas no papel de dama você poderia encontrar muito com que se ocupar. E pense em todos os recursos à sua disposição."

"Suponho que você esteja certa."

Mariana inclinou a cabeça, avaliando. "Mas não é isso."

"Não."

Uma resposta monossilábica não satisfaria Mariana. De jeito nenhum. Ela tentaria uma abordagem diferente.

"Você sabe sobre os pais horríveis do Nick e do Jamie?"

"Monstruosos."

Mariana assentiu. "Por causa dessas pessoas, o Nick teve dificuldade em aceitar a ideia de amor —"

"Não vamos começar a usar essa palavra por aí", protestou Hortense.

Mariana a ignorou. "Ele nunca tinha visto evidências de nada duradouro, especialmente amor."

O coração de Hortense se transformou em um martelo em seu peito, como se quisesse se libertar e se proclamar. Todos os músculos de seu corpo se contraíram para contê-lo.

"Mesmo depois de casados, ele continuou pensando assim, apesar de todas as evidências em contrário." Mariana se recusou a desviar o olhar. "É isso que o universo te ensinou também? Que nada dura?"

Hortense desviou o olhar. Precisava. Mariana estava acertando em cheio demais para se sentir confortável.

"Mas e se o universo agora estiver te oferecendo uma lição diferente?"

"Acredito que já ouvi tudo o que o universo tem a dizer. Em vários idiomas", acrescentou. Ah, havia mais do que dois dedos de amargura em seu tom de voz.

"Algumas coisas duram", insistiu Mariana. "Algumas pessoas ficam."

Hortense balançou a cabeça em negação. Como uma criança, ela suspeitava. "Tudo é temporário." Um mês antes, a declaração teria surgido como um simples fato. Agora, não conseguia deixar de soar vazia e um tanto desesperadora.

Um sorriso gentil se formou nos lábios de Mariana. Esse sorriso quase desfez Hortense. "Não, minha querida, isso simplesmente não é verdade. Lamento que você tenha se enganado todos esses anos. O amor verdadeiro dura para sempre."

O nó no peito de Hortense subiu até a garganta. Ela não conseguia falar.

"Nick e eu temos esse tipo de amor."

Hortense sabia disso. "O que você e Nick compartilham é uma ocorrência rara, como um raio. Não tenho certeza se é para nós, meros mortais."

Mariana riu. "Nunca pensei que você fosse alguém tão sentimental, mas, sério, o amor pode fazer isso com uma pessoa."

"Por favor, pare de usar essa palavra."

"Qual palavra?" Os olhos de Mariana brilharam com malícia. *"Amor?"*

"Essa mesma."

"Mas por que, minha querida? Você está envolvida nisso."

Hortense abriu a boca para protestar.

Mariana ergueu a mão para silenciá-la. "Conheço todos os sinais. Uma letargia particular. Olheiras. Roupas largas no corpo por causa dos quilos perdidos. O amor não correspondido é um tipo particular de sofrimento."

"Você não pode saber o que se passa no meu coração", disse Hortense, com a raiva transparecendo, acompanhada de um toque de desespero. Ela precisava que Mariana parasse de falar.

"Talvez eu não saiba todos os detalhes do *quê,* mas sei *quem.*"

Hortense engoliu em seco com dificuldade. "Ele é um marquês. Meu tipo não passa de uma brincadeira exótica para gente como ele."

Mariana arqueou uma sobrancelha. "Ele te falou isso?"

Hortense se remexeu na cadeira, inquieta. "Bem, não."

"Eu acho que não." Mariana cruzou os braços, irritantemente presunçosa.

"Por quê?" Oh, por que ela estava encorajando a mulher?

Um sorriso se formou nos lábios de Mariana. Definitivamente presunçoso. "Porque eu o vi, e ele também tem todos os sinais."

"Eles vão passar." Assim como os dela... Um dia.

Mariana balançou a cabeça. "Não funciona assim quando é verdade."

Hortense tinha uma pergunta a fazer a Mariana, uma que guardava para si mesma, mas que agora precisava ser esclarecida. "Como você manteve a fé durante todos esses anos em que você e Nick estiveram separados?"

"Eu não mantive a fé. Usei todas as distrações que pude imaginar para afastá-la — cheguei até a pensar em arranjar um amante —, mas ela não se movia. Era simplesmente uma constante."

"Talvez existam constantes para você", disse Hortense. "Mas não para mim."

O olhar de Mariana pousou no cachorrinho encolhido no tapete entre elas. "E quanto ao Sir Bacon?"

"E quanto a ele?"

"Ele não tem fé de que você o alimentará e o levará para passear? Você não é uma constante na vida dele?"

"Sou."

"Então por que alguém não pode ser isso para você?"

Mariana a comparara a um cachorro? Ela podia rir do absurdo. Ou chorar com a possível precisão. Ou ambos. "Sou perfeitamente capaz de me alimentar e sair sozinha."

A boca de Mariana se curvou. "Uma pessoa precisa de mais do que autossuficiência. *Você* precisa mais do que isso."

"Ele me pediu para ir embora", disse Hortense com uma compostura que lhe dava crédito. Pois a admissão, dita em voz alta, a arrasou novamente. Em todas essas semanas, sua aspereza não a havia abalado nem um fio de cabelo.

"Nick achou que Jamie partiria seu coração, enquanto eu suspeitava que fosse o contrário. Mas parece que vocês fizeram isso um ao outro."

"Corações não estavam envolvidos." As palavras soaram tão vazias quanto pareciam.

"Não estavam?" perguntou Mariana, gentilmente. "Você já se perguntou por que ele pediu para você ir embora?"

A pergunta atravessou a dor. Hortense não a questionara uma única vez. Ela simplesmente aceitara com um *"é claro"*.

"Será que ele queria que você fosse embora? Ou poderia ter sido por outro motivo?" Mariana fez uma pausa, mantendo Hortense em suspense. A mulher era tão boa nesses momentos. "Talvez ele a quisesse demais."

Hortense abriu a boca para refutar a própria ideia, mas só conseguiu emitir um grasnido confuso que não tinha nenhuma semelhança com a língua inglesa, ou qualquer outro idioma, exceto o do desespero.

Mariana estendeu a mão para sua bolsa e se levantou. "Como sua amiga, esta é a última coisa que direi sobre o assunto." Ela se aproximou o suficiente para segurar as duas mãos de Hortense, apertando-as enquanto dizia: "Você precisa deixar o seu passado para trás para ter o futuro que seu coração deseja." Ela procurou dentro da bolsa. "Ah, e Nick mandou isso."

Ela colocou um bilhete na mão de Hortense e lhe deu um beijo carinhoso na bochecha antes de sair da sala. Hortense rompeu o lacre e examinou o conteúdo.

Você provavelmente notou que Doyle foi neutralizado.
Você pode enviar um bilhete de gratidão ao seu marido.
Ou, melhor ainda, agradeça pessoalmente. -N

Todo o fôlego abandonou o corpo de Hortense. Ela ficou sentada, ligeiramente atordoada, por um minuto inteiro.

Jamie — tinha sido ele. Ele havia tirado Doyle de Londres. O que significava...

Ele sabia. Ele soube que ela havia pegado seu anel de sinete quase no mesmo instante em que o pegou. E — essa era a parte que estava causando todo o turbilhão em suas entranhas — ele instintivamente foi à fonte. Ele...

Ele a libertou de Doyle.

Uma vez enguia, sempre enguia.

Ela se apegou a essa crença maligna por anos. Mas Jamie não. Se ele tivesse acreditado nisso, teria destruído sua posição com Nick e Mariana, no mínimo. Jamie a via diferente, a pessoa que ela queria ser. A pessoa que ela era com ele.

Sua antiga crença — de que ela não era nada mais do que Doyle dizia que ela era — não precisava mais ser verdade. Foi isso que Jamie fez por ela.

Uma agitação repentina a invadiu, e ela se levantou de repente. Começou a andar de um lado para o outro, seus pés incapazes de acompanhar sua mente acelerada.

Você precisa deixar o seu passado para trás para ter o futuro que seu coração deseja.

O passado. O passado continha tantas camadas. O passado antes mesmo de Doyle, antes do asilo. O passado que continha a verdadeira ela. Ela sempre tentara empurrar esse passado para trás, trancando-o e escolhendo seguir em frente, sempre em frente. Ela se convenceu de que havia deixado para trás aquele passado com o nome Amélie, mas as palavras de Mariana ressoavam profundamente dentro dela.

Ela não tinha esquecido nada. Na verdade, ela carregava isso consigo todos esses anos, como um peso de chumbo preso às costas. E isso tinha tudo a ver com seu coração e seus desejos.

Quando seus pais morreram, seu coração não morreu com eles. Fechara-se sobre si mesma, rígido e impenetrável. Não tinha outra escolha se quisesse sobreviver ao asilo, a Flick Doyle e até mesmo à vida de espiã. A única maneira de estar segura era confiar inteiramente em si mesma. Mas agora...

Talvez ele a quisesse demais.

Agora, talvez, um tipo diferente de segurança estivesse disponível para ela, mas uma que exigia que ela abrisse o coração para dar um salto descomplicado em direção à felicidade.

O nó não resolvido se apertou em sua garganta e lágrimas arderam em seus olhos. Ela não chorava há mais de uma década, desde a morte de seus pais, mas não havia como pará-la agora. Ela desabou na cadeira mais próxima e chorou copiosamente, lamentando tudo o que havia perdido — seus pais, sua inocência... *Jamie.*

Sir Bacon pulou em seu colo e se enrolou como uma bola, permanecendo com ela até seus olhos secarem. Ela não se sentiu destruída, como teria previsto, mas, em vez disso, purificada. Precisava daquele choro há muitos anos. E, nessa luz nova e purificada, ela conseguiu sentir uma centelha de algo. Algo que se assemelhava à esperança.

Não havia como recuperar seus pais ou sua inocência. Eles se foram para sempre. Mas Jamie...

Ela o amava. Ela precisava dele. E esse amor e essa necessidade estavam seguros com ele.

Ela precisava ir até ele. Não amanhã, no jantar de segunda-feira à noite, mas esta noite, onde tudo começou.

E então ela se abriria para ele.

Se os sentimentos dele fossem os mesmos, ela se deixaria amar e o amaria sem reservas, sem limites.

Pois qual era o propósito de uma vida sem amor? Era apenas a sombra de uma vida. A vida que ela vivera por tantos anos.

Era hora de trazer sua vida e seu amor à luz.

29

A porta fechou-se discretamente com um clique, e Jamie exalou um suspiro lento e aliviado.

O rapaz dormia profundamente. Ele ainda estava ali.

A mesma sequência de pensamentos que tivera todas as noites durante o último mês.

Seus pés se voltaram para o caminho batido que levava ao escritório com a intenção de sobreviver a mais uma noite. Após os primeiros dias delicados de entendimento mútuo, Rafe se tornara a única fonte de alegria em seu dia, mesmo que esta semana o rapaz estivesse exausto pelos estudos. Jamie levou exatamente um dia para perceber que Rafe não sabia ler. Em duas semanas, ele contratou um professor muito conceituado — Sr. Carson — de Harrow por uma quantia considerável. Só o melhor serviria para seu filho, e o melhor era tudo o que o garoto conheceria dali em diante.

A princípio, ele temeu que Rafe não aceitasse a ideia de aprender por meio de livros, mas o garoto encarou o desafio com garra e determinação, aprendendo as letras em dois dias e pronunciando palavras de duas sílabas na primeira semana de aula. Na maioria das vezes, era o Sr. Carson quem precisava encerrar os estudos do dia. Rafe estava ávido pelo mundo recém-descoberto do conhecimento. Jamie esperava que o rapaz estivesse pronto para frequentar a Westminster School com seu primo Geoffrey no ano seguinte.

O sotaque de rua do garoto? Isso provavelmente estava além das habilidades do Sr. Carson. Um especialista em dicção precisaria ser contratado antes que Rafe frequentasse Westminster, ou ele seria alvo de zombarias, mesmo que o seu guardião fosse o Marquês de Clare, pois sem nascimento legítimo, Jamie não poderia ser mais do que isso para Rafe aos olhos da lei.

Menos de 24 horas após a chegada de Rafe a Asquith Court, Jamie contratou um advogado para obter os registros de nascimento de Rafe no cartório paroquial e iniciar o processo de vinculação legal do rapaz a ele. Em breve, ele seria o Sr. James Rafferty Asquith.

Jamie esperava que a desconfiança latente que pairava sobre o garoto se dissipasse com o tempo. Era como se estivesse esperando que lhe dissessem que tudo isso era uma brincadeira e que ele seria jogado na rua como lixo velho.

A cada dia, porém, um pedaço diferente de sua verdadeira personalidade aparecia. Ele era um garoto excêntrico que conseguia inserir um toque de humor na maioria das observações. Uma característica que certamente fora herdada de sua mãe.

Essa noite, ele perguntara sobre Mollie. Jamie se perguntava quando a curiosidade de Rafe o dominaria. "Só sei que meu nome me foi dado por ela", ele disse. "Como ela era?"

Jamie contou ao garoto o que se lembrava de Mollie o que era mais uma ideia dela do que uma imagem nítida, tantos anos depois. "Ela tinha olhos azuis brilhantes e cabelo escuro e cacheado. Tinha um tom castanho-avermelhado."

"O que é castanho-avermelhado?" perguntou Rafe, com a cabeça inclinada e o olhar atento. Agora que o garoto tinha permissão para fazer perguntas, ele verbalizava cada uma que lhe vinha à cabeça. Jamie gostava disso no filho.

"Ruivo-escuro." Ao aceno do garoto, ele continuou: "Ela possuía uma sagacidade que não tinha medo de usar com ninguém. Ela extraía da vida uma alegria rara. Sua boca estava sempre pronta para um sorriso, e sua risada era repentina e ampla. Você tem a risada dela."

Rafe não cedeu. "Se você gostava tanto dela, então por que a abandonou? Foi por minha causa?"

Ele merecia essas perguntas. Na verdade, estava aliviado por Rafe finalmente tê-las feito. "Eu não sabia sobre você. No dia em que descobri sobre você, eu o procurei. Eu jamais teria tolerado o que aconteceu com sua mãe ou com você."

Olhos solenes continuaram a encará-lo, mas ele detectou confiança neles. "Mas", Jamie continuou. Ele precisava dizer isso. "Eu fui descuidado. Acreditei em quem não devia, e me arrepender-me-ei disso pelo resto dos meus dias."

Alguns segundos se passaram antes que Rafe, finalmente, assentisse, aceitando esses fatos e permanecesse em silêncio pelo resto da refeição.

Agora, Jamie entrava em seu escritório, suas imagens, sons e cheiros o envolvendo em sua familiaridade. Uma familiaridade que não era mais um conforto. A sala parecia mais com uma cela de prisão ultimamente. Por alguma razão, naquela noite, ele se sentiu atraído pela garrafa de conhaque. Incapaz de resistir, estendeu a mão que tremia um pouco menos do que um mês antes e puxou a rolha. Ele inalou profundamente. Não havia sido reabastecido em todos esses meses, mas isso não significava que a vontade tivesse desaparecido, ou que jamais desapareceria. Ainda assim, não era essencial que ele caísse naquele buraco.

Ele tampou a garrafa e se virou para o fogo baixo que os criados mantinham acesa noite adentro. Um pequeno movimento captou sua visão periférica e ele se virou bruscamente.

Parou de repente e piscou.

A figura ocupando sua cadeira habitual podia ser uma ilusão nascida de desejá-la tanto ali.

Ele piscou novamente. Mas lá estava ela, olhando para ele com um olhar firme e decidido.

"Como você —" A esperança surgiu, a qual ele imediatamente conteve. Mas não conseguia completamente. Ela estava ali. E se ela estava ali, então talvez... Talvez...

"Os criados ainda me consideram a senhora de Asquith Court", ela disse.

Isso seria verdade, pois ele não lhes dissera o contrário.

O olhar dela caiu sobre a mão direita dele. "O que você anda lendo ultimamente?"

Ele ergueu o livro que esquecera que estava segurando. *"Regras, Privilégios e Procedimentos do Parlamento nos Tempos Modernos."*

"Parlamento?" Ela pareceu surpresa.

Bem, ele também se surpreendeu. "Decidi assumir meu assento na Câmara dos Lordes e, como não quero fazer papel de bobo, estou aprendendo seus meandros."

Sua cabeça se inclinou. "Achei que sua opinião era de que você não seria útil."

"Desde então, mudei minha posição sobre essa posição."

"Uma qualidade benéfica em um político." A provocação soou sem malícia.

Ele sorriu. Ah, mas era bom vê-la, tê-la aqui. Onde ela pertencia.

"Não tenho certeza se meus colegas lordes verão isso dessa forma." Ele riu ironicamente. "Pois eu tenho uma causa."

"Você tem?"

"Reforma das Workhouses [1]."

---

1. Na história britânica, uma workhouse era um lugar onde as pessoas pobres que não tinham com que subsistir podiam ir viver e trabalhar. As origens da *Workhouse* podem ser traçadas até a Poor Law de 1388, que procurou resolver a situação de falta de mão de obra posterior à Peste Negra, restringindo o deslocamento dos trabalhadores, e tornando o Estado responsável por ajudar no sustento dos pobres. Mas o massivo desemprego sucessor ao final das Guerras Napoleô-

"Ah", deslizou de seus lábios entreabertos. O fogo lançava sombras dançantes em seu rosto, dificultando a compreensão de sua expressão, mas talvez estivesse satisfeito. Possivelmente mais do que isso.

"Claro, não tenho certeza de até aonde chegarei. Estou pensando em recrutar Mariana para uma função de consultora."

Hortense bufou. "Aqueles velhos nobres não têm ideia do que os espera."

"Sem piedade", disse Jamie. Sua leviandade se foi.

"Ótimo."

Ele ponderou se deveria ou não dizer as próximas palavras. "Decidi ser útil no mundo." Ele precisava que ela soubesse. "Em vez de me esconder dele."

"A reforma do asilo provavelmente não chegaria longe sem o apoio de um marquês."

"O asilo já causou danos a muitos, em particular àqueles que eu amo."

Ele observou suas palavras a atingirem. Ela piscou. Ela abriu a boca. Ela a fechou.

"Eu tenho um propósito. Eu tenho meu filho", disse ele, encorajado. "Eu diria que minha vida está quase completa."

"Quase?"

"Quase. Nunca me sentirei totalmente completo."

Uma emoção brilhou em seus olhos, como se ela tivesse intuído o que ele deixara sem dizer. *Sem você.*

Seu olhar se desviou. "Eu te vi com a garrafa de bebida agora mesmo. Ela — você—"

---

nicas em 1815, a introdução de novas tecnologias para substituir a mão de obra dos agricultores, e uma série de safras ruins indicavam, no começo dos anos 1830, que o sistema estabelecido de acolhimento aos pobres era insustentável. A New Poor Law de 1834 procurou reverter à nova situação econômica ao desencorajar o acolhimento a qualquer um que se recusasse a entrar para uma *workhouse*. Algumas autoridades da Poor Law ansiavam operar *workhouses* e obter lucro do trabalho gratuito de seus moradores, que geralmente não possuíam nenhuma habilidade ou motivação para competir no mercado de trabalho.

"Um reflexo, receio. Não tenho certeza se algum dia vou me livrar disso."

Ela assentiu, compreendendo.

"Talvez você me diga por que está aqui." Ele deu um passo. Não conseguia evitar.

Ela se levantou de um salto, uma energia irritada brilhando, como se as palavras que ainda não havia expressado estivessem prestes a se soltar. Suas mãos se apertaram firmemente à frente do corpo, os nós dos dedos brancos. Ela apontou para a mão direita dele. "Você está usando seu anel de sinete."

"Sim."

"Combina com você."

"Combina?"

"Fala de solidez e poder. *De você*."

O jeito como ela o olhava. Podia dar esperança a um homem.

"Como você o recuperou?"

Ela não estava enrolando. Ambos sabiam como Doyle tinha conseguido, e não valia a pena discutir. "Acontece que Doyle não estava muito interessado em viver seus últimos anos do outro lado do mundo."

"Você não resgatou apenas o seu anel."

"O anel não era a parte importante."

Ela respirou profundamente e começou a falar, instável, mas determinada. "Eu achava que uma enguia era tudo o que eu era ou seria. Então, quando Doyle me abordou há um ano e me disse que eu teria que começar a pagar impostos a ele para manter minha reputação e meus negócios, foi terrível, mas adequado."

"Era tudo o que você sabia."

Ela assentiu. "Então você apareceu e tivemos que fazer um acordo para garantir o Rafe. Mas eu sabia que não era só isso. Então, fui até Doyle sem você." Ela engoliu em seco. "Ele planejava manter Rafe sob seu controle, mesmo enquanto seu filho morava com você."

"Ah."

"Eu não podia deixar isso acontecer. Era como se Doyle tivesse ultrapassado um limite que eu não sabia que existia."

"Então você se ofereceu no lugar de Rafe."

Seus olhos brilharam com lágrimas não derramadas. "Mas, então, você me resgatou. Você me libertou do meu passado."

"Um pequeno pagamento pelo que você me deu."

"O que eu te dei?"

"Um futuro, Hortense." Seu coração não aguentava muito mais. Que ela tivesse se sacrificado por seu filho, por ele... "Você é mais do que alguém como Doyle jamais poderia entender."

Uma lágrima escorreu por sua bochecha, e ela a enxugou impacientemente. "Você me perguntou quanto tempo levaria."

"Quanto tempo o quê levaria?" Jamie ficou repentinamente cauteloso.

"Para eu saber se o que havia entre nós era genuíno."

Ele optou por assentir em vez de falar. Sua voz revelaria todo o desejo que vinha crescendo dentro dele há semanas.

"Um mês."

Ali estava. O momento que ele temia desde que a vira partir. Ela estava ali pela sua liberdade. "Entendo. Já preparei os papéis de anulação."

Seus olhos se arregalaram. "Papéis de anulação?" Ela parecia completamente desolada. "Ah, claro."

Uma onda de pânico o percorreu. Ele havia errado em alguma coisa. Agora tudo o que queria era consertar. Começaria do começo. "O que levou um mês para você descobrir?"

De alguma forma, ele se aproximou dela. Tão perto que podia estender a mão e acariciar sua bochecha.

Olhos azuis lacrimejantes o encaravam abertos e vulneráveis. "Que o que sentimos — *sentimos* — era — *é* — genuíno."

Como era possível que ela estivesse dizendo as únicas palavras que ele queria ouvir?

"Quando meus pais morreram", ela disse com uma pressa incomum, suas palavras quase tropeçando, "e eu fui levada para o asilo, perdi a fé no funcionamento de um universo benevolente. Meu tempo com Doyle, e até mesmo meus anos como espiã de Nick, só reforçaram a visão de que nada de bom dura para sempre."

"Que outra escolha você tinha? Você tinha que sobreviver."

"Mas a vida precisa ser mais do que sobrevivência para ser verdadeiramente vivida. Eu nunca entendi isso até conhecer você." Sua língua passou nervosamente pelo lábio inferior. "Eu nunca terei fé no mundo. Sempre verei seu lado sombrio antes de reconhecer sua luz."

Jamie não conseguia mais evitar tocá-la. Ele pegou as mãos dela, quentes e escorregadias de nervosismo, e apertou, quando tudo o que queria era abraçá-la e protegê-la do mundo que tentara derrotá-la.

"Mas eu tenho fé em você. O passado não mais me negará o futuro que desejo." A voz dela estava trêmula, mas segura. "Nem você precisa ser prisioneiro do seu passado. Nós dois somos livres para construir um novo futuro, juntos."

As palavras dela — a fé e a confiança deles — foram o maior presente que ele já recebera. Ele passaria o resto da vida tentando ser digno delas.

"Você é tudo o que preciso neste mundo, e agora só consigo ver um futuro."

"Qual é?"

"Um com amor duradouro. Um com você."

Ele estendeu a mão e colocou uma mecha negra e sedosa atrás da orelha dela, os dedos demorando-se na curva do seu maxilar. "Acho que te amei desde o momento em que você me chamou de pouco impressionante."

Ela soltou uma risada suave, talvez um pouco envergonhada de si mesma.

"Você não só me mostrou quem é — uma mulher independente que fala o que pensa — mas quem eu era e quem eu precisava ser para vencer e ser digno de você. Você me tornou um homem melhor do que eu jamais imaginei ser."

Ele poderia parar por aqui. Talvez devesse parar por aqui. Mas precisava dizer algo. E, talvez, fosse algo que ela precisasse ouvir e considerar.

"Você é determinada, resiliente, inteligente e linda", ele disse. "Você é extraordinária. Você é magnífica."

"Por favor, Jamie, você não precisa dizer essas coisas."

"Eu preciso, porque tudo isso é verdade. E me faz pensar."

Suas sobrancelhas se franziram. "Pensar?"

"Se eu posso ser o suficiente para você."

As palavras pairaram no ar entre eles, e ele quase desejou poder enfiá-las de volta na boca.

Ela balançou a cabeça. "Você não é o suficiente."

Seu coração despencou até os dedos dos pés.

"Você é apenas o sol nascendo no leste e se pondo no oeste", ela disse. "Você é apenas a lua no céu noturno e as estrelas em minhas veias quando sinto seu toque. Você não é apenas o suficiente. Você é simplesmente tudo."

Ele não tinha certeza se algum dia respiraria novamente. Que *ela* se sentisse assim por *ele*...

Podia ser inacreditável. Mas ele não deixaria. De alguma forma, era a verdade.

Ela era dele.

E ele era dela.

Eles simplesmente eram. E isso o enchia de uma admiração da qual ele nunca se recuperaria.

"Devo adicionar poetisa à lista de suas qualidades extraordinárias?" ele perguntou e com um leve murmúrio. "Eu te amo e amo cada parte de você, minha marquesa, minha Hortense, minha Amélie."

"E eu te amo, meu marquês, meu amante, meu Jamie."

Ele inclinou a cabeça e pressionou os lábios nos dela, todas as palavras que precisavam ser ditas, foram ditas. Ele a envolveu em seu abraço, jurando nunca deixá-la ir. O universo poderia tentar inserir sua forma de caos, mas não teria sucesso.

Pois juntos, ele e sua Amélie Hortense não estavam sujeitos a nenhum mundo além daquele que eles mesmos criaram.

EPÍLOGO

ESCÓCIA, AGOSTO

De ambos os lados de Jamie e Hortense, erguiam-se colinas altas e irregulares, verdes e roxas com a grama e a urze do fim do verão, enquanto eles se deitavam na margem do rio que cortava o vale. Um cobertor sob eles, olhavam para um céu impossivelmente azul pontilhado de nuvens brancas e fofas flutuando em seu próprio ritmo lento.

"Isso é o paraíso", ela disse.

Uma risada lenta e preguiçosa escapou dele. "Rafe e Sir Bacon certamente acham isso."

"Quando os vimos pela última vez?"

"Há mais ou menos uma hora."

"Devemos formar um grupo de busca?"

"Ah, Sir Bacon provavelmente está no encalço de uma raposa. Eles voltarão quando estiverem com fome."

Que pai esplêndido Jamie era para Rafe. A cada dia dos últimos meses, o coração de Hortense encontrava novas maneiras de se abrir mais. Era como se, depois que ela lhe tinha lhe dado permissão, ele não conseguisse mais parar de se expandir. E tudo por causa do homem deitado ao seu lado.

Ele se ajeitou no quadril e apoiou a cabeça na mão, de modo

que agora a encarava. O olhar dela se fixou em sua boca. Aquela boca talentosa e generosa. Como ela desejava que ele se inclinasse e a beijasse.

"Tenho algo para você", ele disse.

"Você já não me deu tudo?"

Ele se sentou e pegou a cesta com o chá embalado. "Minha marquesa deveria ter algo especial para o dia da santa do seu nome."

Ela deu um pequeno suspiro, mesmo com um sorriso se formando em sua boca.

"Quem te contou?"

"Quem você acha?"

"Mariana."

"Com instruções estritas para que eu faça um grande alarde sobre isso."

"Por favor, diga-me que não. Eu tenho tudo o que meu coração nunca soube desejar."

Ah, o jeito que ela falava ultimamente. Ela supunha que o amor fazia isso com uma pessoa.

"Feche os olhos."

"Por favor, Jamie, não—"

"Olhos. Fechados."

Rindo, ela os fechou com força. Seus ouvidos captaram um farfalhar, depois o farfalhar de tecido. A expectativa a percorreu, mesmo se sentindo tola por isso.

"Pode abri-los agora."

Ela abriu um olho, depois o outro. Um suspiro sincero escapou dela desta vez. Empoleirada na palma da mão aberta dele estava uma tiara de safiras e diamantes. Sua mão voou para a boca para conter o riso que queria se soltar. Ela não teve sucesso algum.

"Acho que me lembro de você falando sem parar sobre um profundo desejo por uma tiara só sua."

"Jamie", ela disse um tanto impressionada, "esta tiara tem o dobro de diamantes e safiras que a outra." Ela não iria poluir o ar puro das Highlands [1] com o nome de Rothesbury.

"Naturalmente."

"Não consigo imaginar o custo. Por favor, me diga que é uma cópia."

"Claro que não." Ele deu de ombros. "É só dinheiro."

Ela ainda não havia se adaptado a essa parte de sua nova vida, a atitude arrogante da aristocrata em relação a dinheiro. Isso a deixava perplexa.

"Incline-se para frente, Amélie."

Ele passou a chamá-la de Amélie. E, só para ele, ela era ela.

Cuidadosamente, ele colocou a tiara em sua cabeça — estava bem pesada com todas aquelas pedras preciosas — e, depois de alguns ajustes, recostou-se, avaliando. "Rainha do Vale."

Ela riu novamente. Não conseguiu se conter. Essa alegria provocava tanta frivolidade. "O que devo fazer com você, marquês?"

"Permita-me dar-lhe outro presente?"

"Outro? Este já é demais. Eu não preciso de nada. Você está me mimando muito."

De trás das costas dele, sua mão emergiu com o outro presente, um pano dobrado. Ela viu de relance que era um brocado de seda azul-claro com um delicado padrão floral. Algo nele a fez prender a respiração. Ela o pegou e passou o polegar pelo tecido. Suntuoso e macio. "É um xale?"

Ele assentiu.

Ela o ergueu contra a luz do sol para apreciar melhor sua qualidade. Lindo. Nem um raio de sol atravessava sua trama fina. "Onde você conseguiu isso?"

"França." Uma pausa. "Foi bem difícil de localizar."

---

1. The Highlands são uma região histórica da Escócia. Culturalmente, Highlands (Terras Altas) e Lowlands (Terras Baixas) divergiram do final da Idade Média até o período moderno, quando a língua escocesa das Terras Baixas substituiu o gaélico escocês na maior parte das Terras Baixas.

Um sentimento se formou em seu peito, perto do coração. Disse-lhe que não se tratava de qualquer brocado de seda fina que segurava. "Isto foi feito pelas mãos do meu pai e da minha mãe." Ela falou com uma dose considerável de certeza e admiração. Eles se especializaram em um trabalho tão superior. Foi assim que chamaram a atenção da nobreza francesa.

"Sim."

Toda a gama de emoções — da tristeza à alegria — a inundou, mas, ao contrário dos anos anteriores, ela não teve medo de senti-las enquanto lágrimas escorriam de seus olhos e um sorriso se espalhava por seu rosto. "Este é o presente mais especial que já recebi."

E agora ela lhe daria o seu presente. Ela estivera esperando pelo momento perfeito, e nenhum momento jamais fora mais perfeito. Ela enxugou a bochecha — na verdade, ela se tornara um balde furado — e disse: "Vai dar um belo cobertor."

Uma leve carranca repuxou os cantos da boca dele. "É bem pequeno para um cobertor."

"Não para um bebê."

Seus olhos se arregalaram, um pouco selvagens, ao pousarem sobre a barriga dela. Sua boca se abriu, mas nenhum som saiu. Ela o deixara sem palavras. Ela pegou a mão dele e a pressionou contra si, que só na última semana começara a mostrar sinais.

"Sua mulher inteligente", ele murmurou enquanto se inclinava, segurava seus quadris e pressionava a boca contra sua barriga.

O riso dela era de pura alegria, desenfreada. "Não foi preciso nenhuma inteligência de nossa parte." Mas uma quantidade considerável de luxúria e... "amor."

"Eu nunca conheci o verdadeiro amor ou felicidade até conhecer você."

Seus lábios encontraram os dela, ternos, insistentes. Ela se aproximou para explorar as possibilidades da urgência que inspirava uma selvagem imprudência dentro dela quando, subindo o vale, um grito soou, seguido por uma série de latidos. A algumas centenas de metros de distância, Rafe e Sir Bacon corriam em direção a eles com o ímpeto feliz de um menino e seu cachorro.

Com uma risada resignada, ela e Jamie se separaram. "Eu te dou seu terceiro presente de aniversário mais tarde", ele prometeu.

Novamente, ela riu. Nunca o riso fora tão livre.

"Estamos criando uma família e tanto", disse ele, puxando-a para o colo para que pudessem apreciar a vista juntos.

Não muito tempo atrás, ela não teria desafiado o destino com tal crença. Mas isso era antes, e agora era agora.

Isso era felicidade. Isso era vida.

A felicidade dela. A vida dela.

O passado sempre seria parte dela, mas nunca mais seria um fardo que a impedisse de encontrar a alegria.

Aqui estava o amor.

Aqui estava o futuro.

Era o suficiente.

Era tudo.

Continue lendo para uma prévia de "Por Uma Noite, Sua Dama", Livro 6 de

POR
UMA NOITE
SUA
DAMA
SEDAS E SOMBRAS, LIVRO 6
SOFIE DARLING
AUTORA NA LISTA DE MAIS VENDIDOS DO "USA TODAY"

1

CHÂTEAU LA PERLE, FRANÇA, MARÇO 1829

De vez em quando, o lado sombrio de Eva tentava ganhar da luz.

Seu lado sombrio podia ser persistente.

Embora escondida sob três anos de camadas cuidadosamente acumuladas de autocontrole e ações ponderadas, esse lado sombrio ainda existia. O lado sombrio governado pela paixão. O lado sombrio que agia por impulso. O lado sombrio que a colocava em encrenca.

Por exemplo, seu lado sombrio podia facilmente pegar uma agulha — como a que segurava entre o indicador e o polegar — e dar uma picada rápida, certeira e "acidental" em uma cliente ocasionalmente arrogante e irritante demais. Esse lado sombrio não se importava com o império da costura que ela vinha construindo metodicamente nos últimos anos.

É claro que a cliente que ela realmente desejava furar com a agulha não era a jovem cujo vestido ela estava ajustando, mas a mãe dela, Lady Uxbridge, que era — e essa era a parte frustrante — uma das melhores e mais influentes clientes de Eva. A *Duquesa* de Uxbridge. O lado sombrio de Eva não teria suportado a Duquesa por mais de trinta segundos, mas seu novo eu demonstrava uma habilidade surpreendente, mesmo quando Lady Uxbridge abria a boca e proferia observações para a filha como: "Ah, não curve os ombros dessa maneira. Isso faz você parecer uma mulher de má reputação."

"Mas, *maman*", respondia a sempre imperturbável Lady Portia, "a senhora nasceu na França e deseja que eu me case com um francês. Eu não deveria ser um pouco continental?"

Lady Uxbridge soltou um grunhido de frustração. "Isso é diferente, *ma chérie*. Sou esposa de um duque inglês nos últimos trinta anos e posso garantir que sou bastante inglesa no que importa."

A filha ajeitou os ombros conforme as instruções, mesmo que a sugestão de um sorriso brincasse em sua boca. Era difícil saber com Lady Portia, pois sua habitual placidez não revelava muito.

Essas conversas entre mães e filhas na costureira não eram nada incomuns. Cuidadosamente e intencionalmente, Eva mantinha seu exterior isento de reação, mesmo que seu interior estivesse repleto de opiniões. O único ponto que a costureira experiente deveria manejar era o de uma agulha, não o da opinião.

Ela enfiou a agulha na seda azul, da cor de gelo congelado, e manteve a boca decididamente fechada. Ela havia sido convidada para aquele castelo no interior da França para seus serviços de costura para as damas de Uxbridge. Lady Portia estava prestes a ficar noiva do senhor daquela propriedade, o Marquês de Touraine, se as mães casamenteiras dele e de Lady Portia conseguissem o que queriam. O desespero de Lady Uxbridge pela união só aumentava a cada dia que o Marquês não a pedia em casamento. Até Eva começava a se perguntar por que o homem estava demorando tanto.

Convencida de que o guarda-roupa perfeito aceleraria o casamento, Lady Uxbridge pagou a passagem de Eva de Londres até o Château La Perle, além do preço dos tecidos, vestidos prontos e artigos diversos, e a atenção exclusiva de Eva, o que lhe rendia uma quantia considerável por seus serviços personalizados. Ela só precisou de uma rápida parada em Paris para deixar seu filho Ariel e sua aprendiz Nell com Madame Fabienne, *ex-modiste* da corte espanhola e amiga da família.

Ariel. Uma pontada de saudade percorreu Eva. Ela só estava separada dele há dois dias, mas era tempo demais. Mas foi por ele que ela concordou com o pedido de Lady Uxbridge. Era assim que se construía um império, cada cliente poderoso era um tijolo na fundação. Seu próprio avanço no mundo só importava na medida em que promovia a posição de Ariel. Ela não valia nada. Ele valia tudo.

Então, ali estava ela, com o rosto a menos de um centímetro da cintura de Lady Portia — costurar era um negócio íntimo — dentro do Château La Perle, um palácio que atingiu o auge da sofisticação discreta e arejada, com seus pisos de mármore branco, paredes verde-claro e tetos altos. As cinturas haviam caído consideravelmente nos últimos meses, e Eva estava ali para garantir que Lady Portia estivesse vestida da cabeça aos pés com a última moda. Lady Uxbridge fora extremamente firme nesse ponto. Nenhuma dama francesa iria rir pelas costas da filha.

Eva sentou-se sobre os calcanhares e admirou o resultado do seu trabalho. Amanhã à noite, no baile que se esperava ser o baile de noivado de Lady Portia, ela iria impressionar a todos com sua figura alta e esguia, cabelos loiro-claros, olhos azuis cristalinos e maçãs do rosto que revelavam gerações de ancestrais nobres.

Ainda assim, Eva não estava exatamente encantada com aquele tom particular de azul em Lady Portia. Ela não podia negar que a cor combinava perfeitamente com os olhos de Lady Portia e realçava sua pele pálida, mas sua frieza glacial pendia demais nessa direção. Eva teria escolhido uma cor diferente para descongelar Lady Portia alguns graus. Talvez um verde musgo suave ou um amarelo-sol de verão. Mas Lady Uxbridge insistira.

Eva deixou o assunto de lado. Talvez o Marquês quisesse uma rainha do gelo como esposa. Ela nunca conhecera o homem — e provavelmente nunca conheceria — pois seu trabalho a mantinha à sombra das damas que atendia. Havia homens que gostavam desse tipo de beleza.

Havia homens que gostavam de tudo.

Ela afastou o pensamento. Não pensaria nos homens e em seus gostos variados, nem em como adquirira tanto conhecimento. Esse era o seu passado. Um passado que se tornava mais distante a cada cliente aristocrático que conquistava.

Ninguém mais poderia tocar nela ou em sua família. *Nunca mais.*

"Señora Galante", disse Lady Uxbridge, seu tom oscilando entre uma adulação e uma ordem. Eva não gostaria do que sairia da boca da dama. "E se você abaixasse o decote mais um centímetro?"

"Mais um centímetro?" exclamou Lady Portia. "*Maman,* se o decote descer mais um centímetro, os meus mamilos vão ficar à mostra."

Lady Uxbridge ergueu as mãos em sinal de exasperação. "E isso seria o pior resultado do mundo?"

"Sim", disse Lady Portia, fria ao ponto da indiferença. "Não farei *nenhum* esforço para garantir uma proposta de casamento do Marquês."

"Oh, *ma chérie,* às vezes me desespero com você." Lady Uxbridge soltou um suspiro sofrido e voltou o olhar para Eva.

Eva se preparou. Ela não gostava de ser apanhada no meio de uma discussão entre mãe e filha.

"Você é uma mulher casada, *non?*" perguntou a Duquesa.

"Só por um curto período", disse Eva, firme e controlada. Ela se moveu para inspecionar as costas do vestido de Lady Portia para não ter que olhar nos olhos de ninguém.

De todos os assuntos existentes, casamento era o que ela mais especialmente não queria discutir. Havia o respeitável casamento curto com um soldado fictício que essas mulheres pensavam que ela tivera.

E havia o outro.

Lady Uxbridge, no entanto, não era de se distrair. Ela era como um pequeno terrier com um osso quando sua mente se fixava em um assunto. "Não estou interessada no seu casamento. Mas e quanto ao pedido de casamento? Talvez você possa dar algumas sugestões à minha filha sobre como persuadir Touraine a fazer a proposta."

Um fragmento de memória passou pela mente de Eva. *Olhos escuros, sinceros e seguros... Dedos longos e masculinos segurando sua mão, o calor dele penetrando seu corpo através daquele único ponto de contato... Uma pergunta repentina e solene... Um "sim" ofegante e animado foi a resposta... Uma fina folha de grama arrancada da margem do rio, enrolando-se no dedo anular de sua mão esquerda... Um voto de nunca removê-la enquanto vivesse...*

Seu polegar esfregou o dorso do dedo anular — pele nua, apenas.

E, de alguma forma, ela havia sobrevivido.

"Não foi um pedido romântico." Como seu novo eu mentia facilmente.

Lady Uxbridge fez um gesto de desdém com a mão. "Ah, que bobagem, mas foi um pedido de casamento, não é?"

"Ele ia para a guerra." O soldado fictício havia perecido tragicamente em uma região remota do mundo. "O pedido de casamento foi fruto das circunstâncias." Eva se perguntou se a mentira soaria vazia aos ouvidos de alguém. "Foi tudo meio apressado."

Isso se aplicava tanto ao casamento falso e respeitável quanto... Ao outro.

Uma astúcia surgiu nos olhos de Lady Uxbridge. "Ah, eu sei do que você está falando."

"Sabe?" Eva não conseguia imaginar que soubesse.

"Movido por paixões carnais." A boca de Lady Uxbridge se contraiu recatadamente nos cantos. "Bem, esse definitivamente não é o caso aqui."

"Não?" Eva perguntou, completamente perplexa com aquela reviravolta. Como ela gostaria de poder voltar no tempo um minuto e direcionar a conversa para um caminho diferente.

"Touraine *não* é um homem de paixões carnais." Lady Uxbridge quase bufou. "Ele é conhecido por seus altos padrões e natureza virtuosa."

"Um homem virtuoso?" Eva zombou, sem pensar. "Nunca ouvi falar de tal coisa."

Lady Portia riu, mas o aperto na boca de Lady Uxbridge não cedeu. O medo se apoderou de Eva.

"Talvez isso seja verdade para os homens inferiores com quem o seu tipo se diverte", disse a Duquesa. "Mas posso garantir que o Marquês de Touraine é da mais alta respeitabilidade e nobreza de toda a França. Ele não se deleita com prazeres vulgares."

Com as bochechas em brasa, Eva apertou os lábios e pegou a bainha de Lady Portia, fingindo encontrar um ponto que precisava ser consertado.

O seu tipo.

Não demorou muito para que as classes altas revelassem o que pensavam do seu *tipo* — uma mulher cujo sobrenome não constava no Debrett's [1]. Claro que não, já que sua ascendência era espanhola e judaica, embora pouquíssimos na sociedade inglesa soubessem dessa última parte. Não que Eva escondesse ou negasse, mas ninguém pensou em perguntar, tão míope era a visão aristocrática inglesa do mundo. Mas tudo isso contribuiu para torná-la diferente — exótica, com seus olhos e cabelos escuros e sotaque — e, portanto, de posição social inferior.

---

1. Debrett's Peerage & Baronetage, um livro que inclui um breve histórico da família de cada titular,[6] era publicado anteriormente aproximadamente a cada cinco anos. A última edição impressa foi a de 2019, a 150ª edição, publicada no 250º aniversário da empresa. Charles Kidd foi o editor do Peerage por quase 40 anos; ele foi o editor consultor da última edição, editada por Susan Morris, Wendy Bosberry-Scott e Gervase Belfield, da Debrett Ancestry Research Ltd, uma empresa irmã da Debrett.[7]

A verdade era que ela havia se excedido. Impérios construídos em torno do serviço aos ricos e nobres não eram alcançados por meio de exageros. Eles foram construídos por serem os melhores e por serem humildes.

A primeira opção era facilmente alcançada. Era um fato. Ela era a melhor em sua profissão.

A segunda...

Até mesmo sua nova personalidade teve um pouco de dificuldade com isso.

Ela se refugiou na segurança de sua ocupação. "Lady Portia, se puder tirar o vestido, farei os ajustes necessários e o deixarei pronto amanhã à tarde."

Lady Portia se virou e encontrou o olhar da dama de companhia, que permanecera sentada em silêncio e despercebida num canto discreto durante toda a sessão de ajustes. "O que você acha, Edith? Estou atraente neste vestido?"

"Você precisa chamar sua dama de companhia pelo nome de batismo?" perguntou Lady Uxbridge. Sua capacidade de exasperação não tinha limites. "É muito peculiar."

"Sim, de fato, preciso", respondeu Lady Portia sem um pingo de irritação, mas com uma determinação fria e férrea.

Edith encarou sua patroa. "Qualquer homem seria tolo se pensasse o contrário."

Lady Portia claramente tinha uma amizade com sua dama de companhia, assim como muitas damas. Afinal, a dama de companhia de uma dama era a guardiã não apenas das roupas e outros pertences de sua patroa, mas também de seus segredos.

Enquanto Lady Portia trocava de roupa, sua mãe adotou uma abordagem diferente. "Diga-me o que sabe sobre o Château La Perle, *ma chérie*."

"Ah, *maman*", disse Lady Portia. "Visitei aqui algumas vezes com você e meu pai quando criança. Sei o suficiente sobre a propriedade de Touraine."

"Mas já faz anos, e Touraine está mais envolvido na administração de seu empreendimento vinícola. Quanto mais uma mulher se interessa por um homem, mais ele se sente curioso por ela." Lady Uxbridge deu de ombros, aceitando que não era ela quem ditava as regras.

Como resistir à mãe não a levaria a lugar nenhum, Lady Portia começou a recitar uma lista de fatos. "O Château La Perle é construído em tuffeau, um calcário local que dá ao castelo sua aparência branca. Tem cerca de trezentos anos."

"E o vinhedo?"

"Plantado há duzentos anos. Foi reabilitado pelo marquês anterior após a Revolução."

"Melhor não mencionar a Revolução", interrompeu Lady Uxbridge.

Lady Portia continuou. "O atual marquês continuou com os negócios após a morte prematura de seu pai no ano passado."

Lady Uxbridge fez o sinal da cruz e disse: "Descanse em paz, querido Henri." Seu foco, no entanto, não se desviou do assunto em questão. "A produção de vinho não é um negócio, Portia, e o marquês não é um comerciante comum."

"Então ele é incomum?"

Eva mal conteve um bufo.

Os olhos de Lady Uxbridge se estreitaram para a filha. "Não cabe a você apresentar ideias. Deixe isso para o marquês."

O olhar de Lady Portia cruzou com o de Edith por uma fração de segundo, uma comunicação silenciosa que permaneceria apenas entre elas.

Lady Uxbridge não havia terminado. "Agora, sobre esta tarde —"

Um grito de frustração irrompeu de Lady Portia. "Preciso ir?"

"Estamos sob o mesmo teto que um jovem marquês sem esposa", explicou Lady Uxbridge bem devagar. "Uma situação que resolveremos agora que o período de luto pelo pai dele terminou. É por isso que sua querida *maman* nos convidou para vir aqui.

Então, você vai elogiar os vinhos dele e patinar de braços dados no gelo com ele esta tarde."

"Embora a primeira opção esteja dentro das minhas capacidades, a segunda é uma proposta delicada", disse Lady Portia. "Sou um sapo inábil no gelo."

Um brilho astuto surgiu nos olhos de Lady Uxbridge. "E por isso você vai precisar contar com o apoio do Marquês."

Ter nascido em uma classe baixa pode ter tido suas desvantagens, mas pelo menos Eva nunca teve que sofrer em uma campanha para garantir um marquês como marido. Que situação terrível.

Lady Uxbridge ofegou. "Señora Galante, você tem a hora?"

Eva consultou o relógio de bolso de prata pendurado em uma corrente em sua cintura. "Onze horas, minha senhora."

"Oh, precisamos ir", exclamou a Duquesa. "Devemos encontrar o grupo às duas e meia para a patinação no gelo."

"Acredito que isso nos dá tempo de sobra para nos prepararmos." Lady Portia entregou o vestido de baile para Eva. "Señora Galante, talvez queira se juntar ao nosso grupo?"

Eva abriu a boca para recusar quando Lady Uxbridge se adiantou. "Señora Galante se juntar a nós?"

A mulher riu. Um pouco maliciosamente. O suficiente para irritar o lado sombrio de Eva. O lado que não era tão gentil quanto o seu novo lado.

"Não consigo imaginar de onde você tira essas ideias, *ma chérie*. Señora Galante é nossa —"

"*Convidada*", interrompeu Lady Portia. Sua mãe estava prestes a dizer *criada*. "E ela está aqui a nosso convite. Por que não deveria desfrutar da hospitalidade do Marquês?"

"Tenho certeza de que as mãos dela estarão cheias de agulhas e seda, preparando seu vestido para o baile de amanhã à noite", afirmou Lady Uxbridge.

Eva deveria recusar o convite, ela entendia isso. Mas seu lado sombrio já havia erguido a cabeça. Algo sobre Lady Uxbridge usar todas as desculpas que Eva teria usado a irritava particularmente. Fazia com que ela não quisesse nada além de contradizer a mulher.

Uma tentação à qual ela precisava resistir... Resistir... *Resistir...*

"Seria uma honra me juntar a vocês", Eva se viu dizendo.

Lady Uxbridge abriu a boca e fechou-a. Abriu-a novamente e fechou-a novamente. Eva havia deixado a mulher momentaneamente sem fala. E uma parte dela não gostou muito disso.

Considerando imprudente irritar ainda mais uma de suas melhores clientes, Eva silenciosamente começou a arrumar suas duas malas e saiu da sala às pressas, acenando para cada uma das damas e recusando educadamente a ajuda de Edith.

Foi só depois de carregar as malas até a ala oposta do castelo e subir metade de um segundo lance de escadas que ela se arrependeu de sua decisão. Ela chegou a um patamar que levava a mais um lance de escadas, deixou suas malas caírem no chão em uma pilha e apreciou a beleza ao seu redor. Os franceses se destacavam em um design simples que revelava luxo na qualidade de seus mármores, tapetes e tapeçarias, mesmo naquela parte do castelo — uma ala fora de moda que não era exatamente o alojamento dos criados, mas também não era para os convidados de alto escalão.

Eva pertencia àquela classe média — não era uma criada, mas também não se igualava à nobreza. Mesmo sendo a costureira mais requisitada de toda Londres — um título pelo qual vinha se esforçando nos últimos anos — ela sempre existiria em um nível inferior. Contanto que pagassem suas contas, os ricos poderiam tratá-la como quisessem. O que quer que os façam sentirem-se superiores.

Suas mãos apertaram as alças das malas e ela se endireitou, determinada a não parar novamente até chegar aos seus aposentos. Faltavam apenas uns cem metros.

Ela estava na metade da escada quando uma voz masculina soou atrás dela: "Por favor, *madame*, permita-me ajudá-la."

Eva forçou um sorriso antes de se virar, pronta para recusar a oferta. Um criado- bonito-demais-para-o-próprio-bem, se aproximou dela com um sorriso malicioso no rosto, como se soubesse disso.

"Não preciso da sua ajuda." Ela nunca aceitava ajuda de homens. Isso só deixava uma mulher em dívida com um homem, o que só colocava uma mulher em apuros.

Ele não pareceu ouvir a recusa dela — ou simplesmente a ignorou —, pois se aproximou. "Aqui", ele disse, estendendo as mãos.

Ela apenas apertou as malas com mais força. "Eu disse não."

"Você é a *modiste, non?*"

"Já nos conhecemos?" ela perguntou fria e direta. Ele saberia quem estava no controle ali.

Não era ele.

Ele deu de ombros com a indiferença que só um francês poderia ter. "Você sabe como as notícias se espalham entre os criados."

"Eu sei?" Ela se endireitou e estreitou os olhos. "Sou uma hóspede aqui, não uma criada. Agora, se você se afastar, tenho um dia cheio pela frente."

Com a testa franzida de perplexidade, o criado se afastou para permitir sua passagem com uma reverência exagerada e um floreio de braço. Os ingleses tinham uma palavra excelente para um homem como ele. *Atrevido.*

Dentro do quarto, com os braços determinados a cair, ela fechou a porta com um movimento brusco, deixou as malas caírem no chão, girou a chave na fechadura e se jogou na cama.

Finalmente sozinha.

Mas não teve tempo para alívio, pois o arrependimento a dominou instantaneamente. Ela havia concordado em ir à festa de patinação no gelo. *Por quê?*

A resposta era fácil.

Seu lado sombrio, sempre procurando um ângulo para se afirmar.

Ela havia permitido que aquela parte de si mesma tivesse um vislumbre de luz, e agora não tinha escolha a não ser comparecer.

Arrastou-se até o guarda-roupa e abriu as portas. Cada vestido que ela construía era único: cores suaves e linhas sóbrias. Nada que chamasse a atenção ou se destacasse. Nada que ousasse ofuscar as damas que atendia. Ainda assim, ela se permitiu uma concessão: suas roupas eram de ótima qualidade, o que, ela podia admitir, era uma referência ao seu lado sombrio.

Mas será que ela precisava se conter e suprimir cada parte de si mesma? Ela não podia ter alguns prazeres?

A verdade é que ela preferia cores vibrantes a cinzas, e seda a algodão. Ela não podia ter as cores vibrantes, mas podia ter a seda.

No entanto, o passeio apresentava outro problema. Seu lado sombrio adorava esses passeios. A socialização. O flerte. O pavonear-se e passear. A exibição de si mesma para se destacar. Seu lado sombrio era tão consciente de sua beleza e gostava de ver seu efeito nos outros, e não apenas por vaidade. A beleza de uma mulher fazia os homens de bobos, e ela nunca se cansava de ver um homem sendo feito de bobo. Muitas vezes, eles mereciam.

Ela atravessou o quarto até a janela e apreciou a vista magnífica. Um sol frio, quase primaveril, derramava sua luz sobre os jardins cuidadosamente tratados que se estendiam desde a casa, parando na suave elevação de uma colina onde fileiras de videiras se estendiam até onde a vista alcançava, desaparecendo atrás da queda da colina e reaparecendo na subida de outra atrás dela.

A imensidão do castelo e da propriedade ao redor a impressionou pela primeira vez. Ser dona de tudo isso... E um lago para patinar no gelo também?

Embora fosse março e as árvores e videiras mostrassem um toque de verde, o inverno ainda não havia acabado naquela parte da França, como evidenciado pelos ventos frios que ainda assobiavam no ar. Ela supôs que seria o suficiente para manter um lago congelado, mesmo que estivesse à sombra de uma encosta.

Seus olhos se fixaram em dois homens subindo lentamente uma fileira de videiras. Um baixo, com um andar um pouco curvado e um passo arrastado que denunciava a velhice. O outro, bastante alto, com ombros largos que preenchiam perfeitamente seu casaco rústico de trabalhador, e possuía o passo confiante de um homem na flor da idade que sabia o que estava fazendo. O administrador da propriedade, provavelmente.

No entanto, não foi o que seus olhos viram que fez seu coração acelerar no peito, mas uma sensação fantasmagórica de reconhecimento, mesmo que sua mente insistisse que não continha nenhuma substância verdadeira. Quatro anos depois, ela deveria ter aprendido. Muitos homens eram altos, de ombros largos e dotados de passos confiantes.

E nenhuma dessas qualidades fazia desses homens *ele*.

Na verdade, nos últimos quatro anos, ela vira vários homens assim, e nenhum era *ele*.

Não que ela quisesse ter qualquer contato com *ele*, mesmo que fosse.

O que não poderia ser, mesmo que ele fosse francês.

A França era um país grande. Um país tão vasto que é capaz de fazer um homem desaparecer na inexistência. Se ao menos a memória seguisse uma lógica semelhante.

Ela se afastou da janela. Se quisesse se juntar à festa de patinação no gelo, precisava fazer algum progresso no vestido de baile de Lady Portia. Abriu as malas e tirou a peça, esfregando a fina seda italiana entre os dedos. O trabalho nunca deixava de trazer foco à sua mente quando ela queria voltar ao passado. O trabalho era seu abrigo. Foi através do trabalho que sua vida ganhou impulso, quando o passado fez tudo o que pôde para destruí-la.

Era melhor ela começar logo.

Mas, sinceramente, a ideia de que um vestido — mesmo o

mais estiloso, luxuoso e fino — pudesse fazer um homem pensar em matrimônio era absurda.

Eva estava vestida apenas com uma musselina comum, com uma folha de grama como anel, e estava absolutamente perfeita.

Por alguns dias.

E então tudo foi por água abaixo.

Ela exalou um suspiro de frustração. Ela estava pensando naquele tempo e nele com muita frequência hoje.

Era melhor deixar *ele* e aquele tempo onde ela mantinha guardado o lado sombrio de Eva.

No passado.

2

"S uas uvas ainda não foram testadas."

Uma brisa fria e forte, com um leve toque de inverno, chicoteava os cabelos longos e fora de moda de Lucien e lhe ardia as orelhas. Mas ele mal a sentia, em meio à frustração. Dar voz à sua irritação só confirmaria o que o homem mais velho ao seu lado — Monsieur Perrin — pensava dele.

Verde. Inexperiente. Jovem demais para o caminho que trilhava.

Lucien não conseguia deixar de se perguntar se um duplo sentido se escondia nas palavras de Perrin. "Minhas uvas ou" — ele sabia que era uma má ideia pronunciar as palavras mesmo quando elas escapavam de sua boca — *"eu?"*

Perrin soltou um suspiro cansado, o tipo de suspiro acostumado a lidar com jovens irracionais. "Você é um jovem marquês, Touraine. A morte do seu pai foi uma tragédia que lhe impôs tudo isso" — ele acenou com o braço, indicando os vinhedos e a propriedade ao redor — "trinta anos antes da sua hora."

Lucien sentiu um nó no estômago, como sempre acontecia ao ouvir a menção de seu pai.

"Sinto muito pela perda do seu pai."

Lucien olhou para o horizonte, para as colinas ondulantes de

371

videiras até onde a vista alcançava. Um ano se passou, e as condolências continuavam chegando. Seu pai fora esse tipo de homem. Um que tocava a todos que encontrava, com gentileza, bom humor e igualmente bom senso.

Perrin continuou. "Ele estava realmente construindo algo com La Perle, quando tudo era cinza depois da Revolução." Seu olhar aguçado encontrou o de Lucien. "E posso ver que você está dando continuidade ao legado dele."

"O melhor que posso almejar é ser como ele."

E ele se esforçava para isso todos os dias, determinado a corresponder às expectativas do pai. Ele não podia mudar as tolices do passado, mas podia trilhar um caminho digno para o futuro.

"Você provou o vinho." Lucien não cederia. Papai havia planejado que 1829 seria o ano em que La Perle entraria no mercado de vinhos Bordeaux. Lucien veria a visão de seu pai se concretizar.

Perrin assentiu lentamente, pensativo. *"Sim."*

"Então você sabe que este é o melhor vinho desta região de Bordeaux."

"É finamente equilibrado entre o doce e o ácido." Seus olhos se estreitaram, pensativos. "Seu vinho pode causar um grande rebuliço."

"Então por que não concorda?", insistiu Lucien.

Perrin era o que se chamava de *negociante*. Era simples: o Château La Perle cultivava as uvas, produzia o vinho e o armazenava em barris. O *negociante* cuidava do resto, do envelhecimento ao engarrafamento, da venda à distribuição, comprando os barris antecipadamente. Era um sistema exclusivo de Bordeaux, e Lucien estava tentando entrar nesse mercado firmando um contrato com o negociante mais experiente da região. Ele precisava que Perrin se arriscasse.

O homem mais velho lançou um olhar astuto para a fileira de vinhas antigas que cresciam naquela terra havia dois séculos.

"Quantos barris você produziu este ano?"

"Quatrocentos."

Perrin franziu a boca. "E no ano retrasado?"

"Duzentos."

"Você está aumentando a produção. Ótimo."

"Esperamos quinhentos barris este ano."

Um grito repentino cortou o ar. "Touraine!"

Com os olhos semicerrados por causa do sol, Lucien avistou seu gerente de vinhedos, Jean, praticamente arrastando um menino pela gola de seu casaco, ganhando terreno morro acima em um progresso sombrio e determinado.

"Do que se trata?" gritou Lucien, irritado. Perrin observava os acontecimentos com interesse excessivo. *Sacrebleu.* Não era essa a impressão que ele queria que La Perle causasse hoje.

Jean encarou o menino, que parecia ser composto apenas de terra, pele e ossos. Com os olhos baixos, o garoto não estava interessado em responder.

"Um espião", disparou Jean.

"Solte-o", disse Lucien, baixo e decidido.

"Mas Touraine" — Jean não ia desistir tão facilmente — "ele é um espião."

"Ele é um menino de dez anos", rebateu Lucien.

Jean afrouxou o aperto, e o garoto cambaleou ao se equilibrar. "Não há dúvida de que ele foi enviado por Duprat para relatar nossos métodos." Jean olhou feio para o garoto. "Não é mesmo?"

O garoto deu de ombros quase imperceptivelmente.

"Viu? Ele não nega", apontou Jean, virtuoso.

Magro como um osso, coberto de imundície e incapaz de encarar alguém, era evidente que o garoto não estava sendo bem tratado por Duprat. "Tudo o que vejo é uma criança precisando de uma refeição quente e um bom banho."

A confusão substituiu a raiva no rosto de Jean. O do garoto também, enquanto lançava um olhar rápido para Lucien.

"Qual é o seu nome?", perguntou Lucien.

Uma guerra brilhou nos grandes olhos castanhos do garoto, seu instinto natural de manter a boca fechada. Mas a possibilidade de clemência era inesperada, e algo que ele provavelmente nunca recebera de ninguém.

Talvez tenha sido por isso que ele respondeu: "Roby."

"Roby", repetiu Lucien. "Por que você está aqui?"

Envergonhado, o garoto apontou o queixo para Jean. "É como ele disse."

"E o que seus pais acham dessas atividades?"

"Eu nunca fiz isso." Roby disse as palavras sem um pingo de emoção. O garoto vivia uma existência difícil, lutando para sobreviver.

"O que você tem na casa do Duprat?"

"Eu tenho um canto nos estábulos."

Um canto nos estábulos. Feno e cavalos para conforto... As entranhas de Lucien se reviram de raiva, e ele tomou uma decisão. "Você gostaria de ficar aqui?"

Jean olhou para Lucien boquiaberto como se ele tivesse perdido as faculdades mentais. "Para trabalhar? Aqui?"

Lucien assentiu. "*Oui.*"

Ele lançou um olhar para Perrin. O interesse divertido do homem mais velho havia se transformado em especulativo.

"Como podemos confiar nele?" Jean gaguejou.

Lucien cruzou o olhar com Roby e o sustentou. "Podemos confiar em você?"

O garoto tinha a aparência de um cervo atordoado. Ele podia ser um espião, mas era inocente e precisava de proteção. "*Oui.*"

Em poucas palavras, Lucien detectou a verdade naquele sim. Estendeu a mão. Hesitante, Roby a aceitou e apertou a mão, concordando.

"Bem-vindo a La Perle", disse Lucien. Virou-se para Jean. "Cuidem para que Roby seja banhado, vestido e alimentado. E encontrem uma cama para ele."

"Ele veio aqui como espião", disse Jean. "Como pode recompensá-lo?"

"Como uma chance de uma vida decente pode ser considerada uma recompensa?", perguntou Lucien. "Não conheço maneira melhor de inspirar lealdade do que tratar as pessoas com justiça. Ele pode se tornar o melhor trabalhador que vocês já conheceram."

"Talvez", foi tudo o que Jean admitiu. Ele deu um breve aceno de despedida e acenou para que Roby o seguisse.

Lucien se virou para Perrin, apenas para encontrar o homem já o observando, os olhos semicerrados em uma avaliação astuta. "Muito bem feito da sua parte. Demonstrou serenidade e liderança."

"Meu pai teria feito o mesmo." Este se tornara o princípio norteador de sua vida. O que Papa faria?

"Mas foi você quem lidou com a situação hoje. Você é dono de si mesmo." Perrin riu e acenou com a mão para cima e para baixo, indicando Lucien. "Você até usa roupas de operário." Ele ficou sério. "A maioria dos vinicultores não trata seus trabalhadores como você."

"Nosso sistema aqui talvez seja pouco ortodoxo", disse Lucien. "Assim que os custos operacionais forem pagos, os lucros no final do ano serão compartilhados. Isso dá aos trabalhadores uma participação em seu trabalho, além do salário diário. É o caminho do futuro e a visão de Papa."

"E você está levando isso adiante?"

"Claro."

Perrin levou o indicador à boca, contemplativo. "Agirei como *negociante* de La Perle."

O alívio tomou conta de Lucien. Papa passara seus últimos anos, entre a saúde e a doença, reabilitando La Perle justamente para essa oportunidade.

Lucien pegou a mão de Perrin na sua, bem maior, e a apertou com força. "Você não vai se arrepender."

Perrin sorriu. "Mas primeiro, você tem algum trabalho pela frente, se quiser vender este vinho."

"Qualquer coisa." Lucien esperava não soar tão desesperado aos ouvidos de Perrin quanto soava aos seus.

"Você fará uma viagem a Londres."

Isso era inesperado. "Londres?"

"Você tem algumas vantagens que deveria explorar. O vinho fino que está produzindo e sua paixão por ele. Conheça os distribuidores. Deixe-os provar seu vinho e ver sua dedicação."

Lucien balançou a cabeça. "Não posso deixar La Perle. Os brotos da primavera começarão a qualquer momento."

"Você é o Marquês e jovem, e ainda não é a época mais movimentada do ano. É a melhor época."

Lucien supôs que Perrin estava certo e que ele poderia partir. Jean e os trabalhadores eram confiáveis em sua ausência.

A verdade era que ele não queria deixar a propriedade. Quatro anos antes, La Perle lhe proporcionara um refúgio seguro, onde pudera mergulhar em algum lugar além de sua própria mente e esquecer os eventos que o levaram de volta para casa para lamber suas feridas. A terra e a sujeira sob suas unhas o haviam amadurecido e o transformado no homem que era hoje.

"Se me permite a ousadia, Touraine", disse Perrin. "Esse é o próximo passo."

Lucien conteve a língua, apesar das suas dúvidas.

"Se você deseja construir um império vinícola em uma única geração — e você é jovem e apaixonado o suficiente para conseguir isso — é assim que você deve proceder. Concordo em assinar um contrato de vinte anos com você e apresentar seu vinho na região, se você se reunir com os distribuidores estrangeiros e conquistá-los."

Lucien bufou. "*Charme* não é exatamente o que me caracteriza."

"Eles verão que você não é apenas um jovem, mas também um homem sério, que por acaso está produzindo o vinho novo mais empolgante das últimas décadas. Isso será suficiente para que queiram fazer negócio com você." O homem riu e balançou a cabeça. "Cinquenta anos atrás, se alguém me dissesse que um marquês da França concordaria em administrar seu próprio negócio, eu teria questionado sua sanidade. Mas você é uma nova geração de marquês, *non*? O tipo que não se restringe às regras antiquadas do *Antigo Regime*. O tipo que sobreviverá, *non*?"

"E prosperará." A determinação silenciosa se fortalecia a cada sílaba pronunciada.

"Então teremos a mais frutífera das parcerias."

Lucien notou a posição do sol do meio-dia no céu. O dia estava se esvaindo. "Tenho que garantir que o feno permaneça compactado ao redor da base das videiras. Não estamos a salvo de outra geada."

"Claro, claro", Perrin resmungou. "Cuide das suas videiras e eu darei uma volta feliz. O contrato deve estar na sua mesa até o final da semana."

"Você não vai se arrepender da sua decisão", gritou Lucien para as costas de Perrin.

O homem mais velho acenou sem se virar. "Eu sei, meu rapaz."

Com uma sensação de retidão elevando sua alma, Lucien dirigiu-se para o limite nordeste do vinhedo.

Você precisa ir até o fim.

Essas foram algumas das últimas palavras de seu pai. E hoje, Lucien havia cumprido sua promessa.

A morte de Papa não fora uma surpresa. Ele sabia que estava morrendo de uma doença cardíaca e contou a Lucien no último ano de sua vida. Isso só aproximou pai e filho, já que Papa o envolveu em cada detalhe dos planos para o futuro de La Perle. E nessa proximidade, Lucien também compartilhou com Papa a tolice que o afastou das aspirações políticas e o levou em direção à terra, onde rapidamente percebeu que, lado a lado com Papa, poderia fazer uma verdadeira diferença para a França.

Ele contou a Papa sobre a outra tolice também. A tolice envolvendo *ela*...

Ele afastou aquela lembrança em particular. Ela não pertencia àquele momento, não quando tudo tinha acabado de se encaixar. O sonho de Papa havia se realizado e Lucien provara ser um filho digno.

À sua frente, havia um futuro tão brilhante e sem nuvens quanto o céu.

Ele respirou a liberdade da manhã, do trabalho puro e árduo que o aguardava. Tinha compromissos relacionados à festa na casa de *Maman* no final do dia. Obrigações que ele havia evitado com sucesso.

Ele tirou um par de luvas de couro desgastadas do paletó e as colocou. Esse podia não ser o futuro que ele imaginara quatro anos antes, mas era uma vida boa, que o mantinha longe das tentações do passado.

LUCIEN OBSERVOU a fileira de videiras retorcidas e centenárias e se agachou para realizar sua tarefa. Eram como velhos amigos, ele e aquelas videiras La Perle.

Ele tinha acabado de enrolar feno na base da última videira no final da fileira quando uma voz feminina familiar soou na brisa: "Ah, lá está ele!"

Lucien olhou ao redor e viu *Maman* a menos de vinte metros de distância, aproximando-se com sua boa amiga Lady Uxbridge; a filha da dama, Lady Portia; e uma dama de companhia a seguindo a uma distância discreta. Ele poderia gemer de medo, mas não o fez. Os convidados poderiam ouvir, e embora esse tipo de comportamento pudesse ter sido discretamente ignorado quando ele era o herdeiro, não seria agora que era o Marquês. Ele tinha responsabilidades, das quais cumprira meticulosamente nesse último ano. Podia ter apenas vinte e sete anos, mas ninguém perceberia pelo seu comportamento.

Ele se endireitou e limpou as luvas na calça. "O que a trouxe até aqui, *Maman*?" Cuidadosamente, ele manteve a impaciência longe da voz.

"Estávamos a caminho do lago."

"Você pegou um caminho bastante tortuoso", ele apontou.

"Agnes se perguntava o que exatamente você faz o dia todo, já que ninguém o vê até o jantar." Maman estendeu o braço em sua direção. "Agora ela pode ver como você se comporta como um trabalhador comum."

Isso de novo. "*Maman*, estou apenas cuidando do bem da propriedade."

"Como um trabalhador comum", ela repetiu, com evidente desgosto.

Ela não estava errada. Ele usava a vestimenta de um trabalhador — casaco, camisa e calças, todos de lã grossa e tons de marrom. Roupas práticas. O tipo de roupa que nenhum aristocrata que se prezasse teria sido visto usando há cinquenta anos — até sua morte definitiva.

Perrin estava certo. Lucien era um tipo diferente de nobre, fato que não o envergonhava nem um pouco.

Aristocrata convicta até a medula, *Maman* não entendia — ou melhor, se recusava a entender — a visão de Papa para a propriedade ou sua necessidade para a sobrevivência de La Perle. Mas Lucien entendia e a abraçava. Com La Perle, eles poderiam ter um empreendimento lucrativo na produção de vinho e beneficiar a França, melhorando as condições da terra e dos trabalhadores.

Ele também poderia entediar as mulheres se elas insistissem em interromper seu trabalho. "Com este inverno tão longo, o feno deve permanecer acumulado ao redor da base das videiras para protegê-las de geadas tardias repentinas."

"Oh, Lucien, você sempre foi uma criança muito séria."

Maman emitiu um suspiro sofrido. "E agora você é um homem muito sério."

"Acredito que essa qualidade lhe dê crédito, meu senhor", disse Lady Portia, com a cabeça inclinada em uma avaliação fria. "Se você encontra uma paixão na vida, não deveria persegui-la?"

As mães se entreolharam com um revirar de olhos que dizia: *Você consegue entender esta geração?*

"A vida, *ma chérie*", disse Lady Uxbridge, "é sobre obrigação e obediência a ela." A mulher parecia estar transmitindo uma mensagem nada sutil à filha.

Maman não se distrairia. "Lucien, espero você no lago dentro de uma hora." Uma pausa. "E vestido adequadamente."

Ocorreu-lhe que a única pessoa que poderia comandar um marquês era sua mãe. Ele podia admitir — para si mesmo, pelo menos — que algumas horas de patinação no gelo combinavam com seu humor festivo. Uma última vez antes que a primavera derretesse o gelo do inverno.

À medida que o grupo se distanciava, as palavras de Lady Uxbridge ecoavam no ar atrás deles. *A vida é sobre obrigações e a obediência a elas.*

Lucien se lembrou de suas próprias obrigações. Ou, mais corretamente, de uma única obrigação, como sua mãe a via.

Casar.

Lady Portia.

Ele soltou um gemido.

Uma infinidade de motivos para se casar com Lady Portia se apresentaram.

Suas famílias se conheciam.

O dote de Lady Portia injetaria riqueza significativa nos cofres de La Perle.

Lady Portia era inteligente, fria, sempre serena e dona de uma reputação impecável.

Até a aparência deles se complementava. Onde ele era

moreno — olhos e cabelos castanhos, pele morena — ela era clara.

Em suma, Lady Portia era perfeita.

Seria a coisa mais fácil do mundo se casar com ela. No entanto...

Onde alguns viam uma frieza natural em Lady Portia, ele via uma frieza impenetrável. Em sua reserva, ele via intocabilidade. Nas poucas vezes em que se encontraram na juventude, ele nunca desenvolvera a menor paixão por ela, e apostava que ela também não. Ela nunca lançou um olhar sedutor em sua direção nem riu de alguma bobagem que emergiu de sua boca, mas o tratava com uma distância deliberada, assim como ele fazia com ela.

Mas — e isso era de suma importância para *Maman* — Lady Portia fora treinada para ser esposa de um marquês a vida toda e conhecia seu dever.

Ele não conseguira reunir o ímpeto necessário para fazer a pergunta que precisava ser feita e estava ficando sem tempo. O baile que anunciaria o noivado seria no dia seguinte à noite. Daí o motivo da patinação no gelo hoje. Para ele chamá-la de lado e fazer o pedido... Para ela dizer sim... Para a linhagem Touraine ser protegida... Para suas mães se recolherem para suas camas esta noite, felizes e aliviadas.

Então, por que não o fez?

Era simples. Ele não conseguia vê-la como a mulher que seria sua esposa pelo resto de seus dias.

Sem ser convidado, um rosto diferente surgiu em sua mente. Um rosto muito diferente do de Lady Portia, mas não menos belo.

Ele balançou a cabeça. Não iria pensar naquele rosto. Passara quatro anos tentando esquecê-lo e não iria parar agora.

Uma figura solitária a uns cem metros de distância apareceu no canto do seu campo de visão. Uma mulher. Mesmo àquela distância, ele podia ver que ela tinha formas elegantes. Sua mão protegia os olhos do sol enquanto seu olhar se movia ao redor, procurando por alguém. Provavelmente, ela havia se separado do grupo de patinação no gelo.

Como Lucien não conhecia a maioria dos convidados que circulavam pela propriedade, deduziu que não conhecia aquela mulher e voltou ao trabalho. Ela não o consideraria nada além de um trabalhador, com suas roupas caseiras e cabelos soltos.

No entanto, uma sensação inefável, mas distinta, de reconhecimento ecoou dentro dele. Ele lançou-lhe outro olhar. A maneira como ela se portava. *Familiar.*

Ele pegou dois punhados de feno e voltou ao seu trabalho, frustrado consigo mesmo e determinado essa ideia da cabeça. Mas não era tão fácil assim. Era a segunda vez naquele dia que ele pensava *nela*.

Por quê?

Era simples.

Toda aquela conversa sobre casamento.

Sua mandíbula se apertou enquanto uma onda amarga o invadia. Ele já sabia que devia deixar a sensação seguir seu curso. Ela acabaria desaparecendo e enfraquecendo. Como a maré, a lembrança dela era forte, fraca ou indiferente, mas nunca desaparecia completamente. Não adiantava lutar contra isso.

Ele agarrou a enxada e começou a arrancar um punhado de ervas daninhas que haviam surgido entre as videiras. Os passos leves da mulher soaram atrás dele. Dentro da fileira estreita, ela estava a apenas alguns metros de distância. Ele não se dava conta de uma mulher desde... Um galho se partiu. Ele não se virou, embora a curiosidade exigisse a confirmação de que não era *ela*.

Um súbito farfalhar de seda... um baque abafado... um doloroso "*Aff!*"

Lucien se virou e encontrou a mulher no chão, a saia de veludo cinza amassada formando um ninho ao redor dela. Ele ainda não conseguia ver o rosto dela, apenas a parte superior do chapéu roxo-claro enquanto ela limpava as mãos.

"Você está ferida?" ele perguntou. Ele queria que ela olhasse para cima. Ele queria ver o rosto dela. Algo nela o fez franzir a testa com mais do que preocupação por uma estranha.

Uma risada confusa surgiu, e cada terminação nervosa de seu corpo ganhou vida. Aquele riso... O jeito como soava no fundo da garganta dela...

Ele conhecera uma mulher com um riso assim. Ele até a fez sua esposa.

Ou achava que sim.

"De jeito nenhum", ela disse. Mesmo assim, não lhe mostrara o rosto. "Tropecei em uma raiz."

A voz dela combinava com o riso, grave e rouca, estrangeira também. Espanhola, talvez.

Espanhola.

Ele não guardaria rancor daquela mulher por ela ser espanhola, como...

Ela.

Ele tirou as luvas de trabalho sujo e estendeu a mão. "Por favor, permita-me ajudá-la a se levantar."

Sem olhar para cima, ela pegou a mão estendida. Como eram leves e delicados os dedos dela, como um pássaro pousado em sua palma. Um arrepio de... *expectativa?*... o percorreu, e seu corpo se iluminou por dentro.

Por fim, o rosto dela se ergueu, um sorriso tímido curvando sua boca. "Obrigada..." Seu rosto congelou na lembrança de um sorriso, e o tempo desacelerou até se tornar um borrão.

Lucien não tinha certeza do que acontecia com sua respiração, apenas que ela não entrava nem saía de seus pulmões. Uma série de imagens passou diante dele, do *rosto dela... desse rosto... Lábios cor de ameixa se curvaram em um sorriso, meio tímido, meio sedutor, o tipo de sorriso que só uma jovem prestes a se tornar mulher poderia presentear um homem... Olhos semicerrados de desejo... Boca entreaberta em um suspiro rápido, exalando as palavras: "Mais... de novo..."*

Um rosto que ele pensou que nunca mais veria.

Um rosto que ele rezou para nunca mais ver.

Não podia ser... *ela.*

"Você", saiu de seus lábios chocados.

Ela tentou retirar a mão. Instintivamente, ele apertou-a com força, enquanto outra sensação se impunha ao choque.

O sentimento que havia se enraizado profundamente ao longo dos quatro anos desde que ele a vira pela última vez.

Fúria.

O tipo que não brilhava intensamente, mas que ardia lentamente e por muito tempo, sem nunca se apagar.

"Você", ele rosnou.

All's Fair in Love and Racing
Odds on the Rake
The Duchess Gamble
Wager With a Siren
Devil to Pay
Win Me, My Lord
A Lady's Rogue to Ruin

Sedas e Sombras
Três Lições de Sedução
Seduzida Por Um Visconde
Pecado de Amor à Meia-Noite
Como Vencer um Lorde Perverso
À Disposição de um Marquês
Por Uma Noite, Sua Dama
Nell e o Duque Incontrolável

SOBRE A AUTORA

A paixão da premiada autora de best-sellers Sofie Darling por romance histórico começou no ensino médio, no momento em que ela abriu *O Morro Dos Ventos Uivantes* (Wuthering Heights) de Emily Bronte. Um caso de amor instantâneo e duradouro nasceu.

Sofie passou grande parte dos seus vinte anos criando dois meninos e lendo todos os romances que conseguia colocar as mãos. Quando percebeu que simplesmente precisava escrever os livros que amava, terminou seu curso de inglês e começou a escrever. (Ticonderoga #2 é seu lápis preferido).

Quando não está escrevendo heróis que a fazem desmaiar, Sofie gosta de fazer uma boa caminhada no fim de semana, visitar um castelo medieval em ruínas sempre que tem oportunidade e ter um relacionamento ligeiramente codependente com seu beagle, Bosco. Visite seu site